党项悲歌

崔隐尘 崔隐墨 著

中国文史出版社

图书在版编目（CIP）数据

党项悲歌 / 崔隐尘,崔隐墨著 . — 北京：中国文史出版
社, 2019.8

ISBN 978-7-5205-1105-6

Ⅰ.①党⋯　Ⅱ.①崔⋯　②崔⋯　Ⅲ.①长篇小说—中
国—当代　Ⅳ.①I247.5

中国版本图书馆CIP数据核字（2019）第092117号

责任编辑：张春霞　高　贝

出版发行：**中国文史出版社**

社　　址：北京市海淀区西八里庄69号　邮编：100142

电　　话：010-81136606　81136602　81136603（发行部）

传　　真：010-81136655

印　　装：廊坊市海涛印刷有限公司

经　　销：全国新华书店

开　　本：710mm×1010mm　1/16

印　　张：19.25　字数：266千字

版　　次：2019年8月第1版

印　　次：2019年8月第1次印刷

定　　价：52.80元

一首古老的党项歌谣，记录着党项人的一部血泪历史。在曾经称雄西部高原的大夏王朝覆灭后，党项人被迫面对无数次的血腥杀戮，不断的逃亡使这个民族逐渐融合、消亡在迁徙之路中，他们的足迹遍布了中亚西亚，乃至于更远的地方。今天，你在哪里？我曾经盘马弯弓的党项。

目录
Contents

楔子

花剌子模国[*]，一个炎热的下午。

仿佛永远不知疲倦的太阳骄人地高悬在天空，连空气中荡起的黄尘都带着灼人的热量。这个位于中亚"母亲河"阿姆河下游三角洲的国度，原本是中亚文明发育最早的地区之一，历史上曾经有过十分辉煌的时期。但自打1219年被成吉思汗的蒙古帝国征服后，一切都改变了。

在中亚西部地区，位于阿姆河下游、咸海南岸，今乌兹别克斯坦及土库曼斯坦两国之间的荒原上，一群流落到这里的牧马人被怪异的天象惊呆了，他们正在极力收拢惊慌失措的马群，在心里祈祷着保佑他们的真神。

这些人的打扮很特别，全都留着前额直到头顶都剃得光秃秃的发式。他们腰里还系着宽大的牛皮带，铜质的带钩上悬着刀身狭长的腰刀，跟这里那些土著人惯常佩带的新月形阿拉伯弯刀形成了鲜明的对比。

其实，只是凭着他们身后的箭壶上描绘着的那只带翼苍狼的图案，就能判断出这是一些来自那个早就灰飞烟灭了的大夏的遗民，一群原本

_* 花剌子模，旧译"火寻"，是一个位于今日中亚西部地区的古代国家，位于阿姆河下游、咸海南岸，今乌兹别克斯坦及土库曼斯坦两国的土地上。花剌子模有时也被写作"花拉子模"。

应该在贺兰山下牧马放羊的党项人*。谁也说不清他们是什么时候来到这里定居的，但大家却全都知道他们是一路躲避着蒙古人的铁骑来到这里的。几十年，也许是十几年的工夫，他们就如同他们的故乡原野上无处不在的狼毒花一样，在这里生根发芽，生息繁衍了。

事情就出现在半个时辰前，原本晴朗的天空从那时起忽然变暗，很快就伸手不见五指了。灼热的空气莫名其妙地变冷，风中的水汽也越来越大。呼呼作响的凉风执着地掠过，卷起一阵阵沙尘，和接踵而至的暴雨汇聚成毁天灭地的力量到处冲撞着、倾泻着。

牧马人终于把马群驱赶到了荒原中一处突兀的山崖下，想要凭借这座山崖躲过这场劫难。但灾难还是发生了，伴着一声巨响，那座矗立了不知多少年的山崖轰然崩塌了，沙石泥水像怪兽一样席卷而来，马群立即哀鸣着奔逃，再也管束不住了。

这场天变来得突然，去得也快。在这座山崖崩塌之后，很快就风收雨住，没了痕迹。百年不遇的雨水也被蒸发殆尽，似火的骄阳又一次统治了原本属于它的天空。惊魂初定的牧马人手忙脚乱地收拢着惊散的马群，慢慢地聚拢到了那座已经变成了土堆的山崖旁。一个年轻的牧人看着雄姿不复存在的土堆叹道："天呐！难道这就是山崩地裂吗？"就在这时，他的同伴突然有了发现，伸手从垮塌的山体中捡起了一个破旧的牛皮筒儿来。

在许多双好奇的目光里，牧人打开了手里的牛皮筒，从里边抽出了一张陈旧的羊皮卷轴来。这张羊皮上画满了弯弯曲曲的线条，还画着

---

* 党项族是我国古代北方少数民族之一，属西羌族的一支，故有"党项羌"的称谓。据载，羌族发源于"赐支"或者"析支"，即今青海省东南部黄河一带。汉代时，羌族大量内迁至河陇及关中一带。此时的党项族过着不知稼穑、草木记岁的原始游牧部落生活。他们以部落为划分单位，以姓氏作为部落名称，逐渐形成了著名的党项八部，其中以拓跋氏最为强盛。此外还有黑党项、雪山党项等部落。另一说拓跋氏是鲜卑族的后裔，西夏开国君主李元昊就自称是鲜卑后代。

活灵活现的山川和河流，一些奇形怪状的文字还在上边做了标注，不知道是干什么用的。因为好奇，这张羊皮被小心地收好，带回了他们的营地。

营地里的人们争相传看着那张奇怪的羊皮，却没人能看出个究竟来。当羊皮被传送到营地里年纪最大的一个老牧人手里，那老牧人不禁神色大变，嘴角哆嗦着说不出话来了。透过他那被微风吹拂的白色胡须，大家惊诧地发现，两滴热泪已经从老人的眼角悄悄地流了出来。

过了很久，老人终于在周围那些满怀着关切和询问的目光中抬起了头，仰望着面前无尽的原野，喃喃地说道："这上边写的是咱们大夏的文字，是当年拓跋部的大首领的地图。就是它指引着党项人像狼毒花一样躲过了蒙古人的刀锋和铁蹄，最终穿越了茫茫的大漠黄沙，来到了这里……"

说完这句话，老牧人不再说话，缓缓地站起身来，望着布满黄沙和碎石的远方，慢慢地走去。营地里的牧人们也不敢说话，就这样静静地跟着他来到了营地外边一处孤零零的毡房前。

好像已经知道了营地里发生的一切，一个衣衫褴褛的老妇人走出了毡房，从老牧人的手里接过了那块羊皮地图，默默地走到了附近的一处高岗上。她身上那件褴褛的袍子几乎看不出原来的颜色，腰间一块带着蓝色流苏的玉饰随着强劲的风"扑啦啦"地飘摆着，显得十分诡异。连那个年纪最大的老牧人也不知道这个老妇人住在这里多久了，只知道无论营地怎么迁徙，她的毡房永远会奇迹般地出现在营地附近。她有着沧桑而又天籁的嗓音，有人曾经听过她的歌声，也有人曾悄悄地给她送过新鲜的奶酪和肉食，却没有人和她说过一句话。老妇人身上有一种怪异的神圣与威严。

这一次，老妇人用饱含沧桑的眼神看了看围拢过来的众人，用苍凉的声音大声地吟唱了起来：

　　党项人就像倔强的狼毒花，

　　不怕焚身的野火和暴烈的风沙，

　　只要留下一粒种子就能生根，

　　只要有一棵活着，

　　就能随风开遍整个原野，

　　直到海角天涯……

　　几个牧人知道，她吟唱的是曾几何时称雄于此的西夏帝国最后的故事。但以往听起来大家却不像今日这样动情。他们一边默默地催动了马群，一边侧耳倾听着这段其实早已耳熟能详的传奇，血管里党项人的成分开始沸腾，激起了隐藏在心底很久的万丈豪情！老人在歌中唱道：

　　在远离大夏帝国都城中兴府的贺兰山腹地，一块水草丰茂的草地上居住着大夏拓跋部的族人。他们的祖先因为在建立大夏帝国的年代立下了赫赫的战功，大夏的开国皇帝李元昊便将这里赏赐给了他们。从那个时候起，他们就世世代代在这里生息繁衍，与世无争地过着牧马放羊的生活。12世纪末，当金王朝北部连年受到蒙古诸部侵扰，宋又趁机北伐时，党项贵族也乘金国之危，于1210年（金大安二年）发兵攻金霞州，夺取金的属地。此后，两国虽有使臣往来，但和平相处的局面已遭破坏……

　　人们被歌声感动了。他们知道，从今天开始，自己不是无根的人了，那歌声也不再只是故事。就像迷路的孩子找到了家的方向，古老的地图指示着遥远的故乡。他们，就是党项人最后的血脉。

　　而那歌声，不断地继续，告诉他们来时的路途有多么艰难。

遥远的大漠，明媚的眼眸，
甜蜜的笑颜就是你的甲胄！
马背上的男人会被温柔征服，
忘记了吟唱和饮酒。
美丽的女子，伟大的母亲，
你让党项从此生生不息……

第一章　生生不息

拓跋部的历代首领都会在自己满月的时候接到皇帝颁赐的诏书和封赏的卫戍军副统领的头衔。

卫戍军是大夏帝国最精锐的劲旅，从下级军官到统帅都由勋贵子弟担任，是大夏显赫的象征。但拓跋部的头领却很少有真正到中兴府的卫戍军里去当差的，只是带着部众牧马放羊、骑射狩猎。除了遇到战事时出兵帮朝廷打仗之外，平时既不归官府管辖也不用缴纳赋税，这种自由自在的生活使他们保持了党项人的本色，没有因为建国日久被醇酒妇人消磨了铁一般的意志。

这一天拓跋逸豆正悠闲地半躺在兽皮垫子上，看着他的亲随阿木起劲地洗刷着他的战马。一阵由远而近的马蹄声突然传了过来，拓跋逸豆抬头一看是负责巡哨的百夫长*铁豪。这可是管着一个千人队伍的官职，作战时鞭梢一指，就会有千名骑兵按他的命令纵马厮杀。这个一向很沉稳的人今天却显得有些焦急，在离他的大头领只有一箭之遥的地方，居然又狠狠地加了两鞭。人还没到，他的声音已经随风而至飘进了拓跋逸豆的耳朵里："主人！主人！出事了！"

拓跋逸豆是拓跋部现在的大首领，虽然年纪轻轻但却在大夏皇帝李德旺登基时举行的那场比武中摘取了桂冠，成为当之无愧的党项第一勇士。拓跋逸豆的父亲拓跋破石半年前病死了，朝廷按惯例在丧礼后给他送来了诏书和只有亲贵才能穿着的蔚蓝色袍服。在党项人眼里，那是天空的颜色，尊贵无比。从这一天起，整个拓跋部的兴衰荣辱便落在了他的肩上。

拓跋逸豆年纪只有二十多岁，除了英武之名，他的风流倜傥也传遍了整个党项帝国。据说他当年比武获胜时，在去皇宫谢恩的路上惹了祸：一个无意中的眼神俘获了许多党项女儿的芳心，赢得一阵阵来自女性的惊呼，害得她们迟迟不肯出嫁。

拓跋逸豆站起身大声朝那个越来越近的百夫长嚷道："铁豪你这个呆瓜，是来了朝廷出兵放马的圣旨，还是来了烧杀劫掠的蒙古铁骑？看你慌得跟被猎狗追逐的胡狼一样！"

转眼之间那名百夫长就已经骑马来到了他们的面前，气喘吁吁地向他报告说："艾哈迈德大叔派人来报信儿了，他和他的商队被马贼困在了石人山，就快抵挡不住了！"

拓跋逸豆听了眉头一皱，马上果断地命令道："你这就去召集人马，我和阿木先走一步了！"

---

* 古代军制五人为一伍，长官为伍长，二十人为什长，百人为百夫长，五百人为小都统，一千人为大都统，三千人为正、偏将，五千人为正、偏牙将，一万人设正、副将军。

　　阿木一听连忙扔下刷马的家什牵过了拓跋逸豆的战马，看着拓跋逸豆轻快地跃上了马背，他赶紧把他的兵器镔铁狼牙棒高高地举过了头顶。

　　阿木是个几乎没有面部表情的党项人，他望着正在勒紧牛皮铠甲束甲丝绦的拓跋逸豆问道："你难道不想等人马聚齐了再去吗？"

　　拓跋逸豆轻松地笑道："不用，只是去剿杀几个断路的马贼，又不是去和蒙古大汗开仗，用不着那么紧张！"说话间拓跋逸豆已经从阿木手里抓过了自己的兵器，纵马朝石人山的方向狂奔而去。

　　阿木催马追上了拓跋逸豆，有些担忧地问："你说艾哈迈德他们能坚持住吗？"

　　拓跋逸豆一边狂奔一边笑着回答说道："放心，老人家手下有几个出色的武士不说，他本人的智慧也足以等到我们前去营救他！"

　　两人转眼间就跑出了二十里左右，阿木不安地回头朝背后看去，可身后的草原还是静悄悄的，部落的骑兵仍然没有跟上来。他担心主人会遇到危险，便对仍在一个劲儿飞奔的拓跋逸豆问道："我的主人，艾哈迈德又不是中兴府里的皇帝，你还是等人马来了再去救他也不迟呀！"

　　拓跋逸豆眼睛盯着前方回答说："你这个呆瓜真该打！艾哈迈德在我眼中跟皇帝有什么两样？我还是个孩子的时候他就已经带着商队来到咱们的营地了。我的父亲在世时就很喜欢这个狡猾的好人！"说完这些话后，拓跋逸豆双腿一夹马肚子，有些焦急地望着前方继续说道："再说他的女儿古兰是我看着长起来的朋友，就像我的亲妹子一样，我怎么能不急呢？"

　　阿木听了爽朗地大笑着朝他的主人嚷道："我说你干什么这么着急，原来是要赶着在美人面前耍威风啊……"

　　拓跋逸豆和阿木赶到石人山不久，他的二百精骑也很快就赶来了。拓跋逸豆在一处土丘上立马一看，脚下的洼地里艾哈迈德的商队已经用骆驼和货物组成了一个防御圈儿，数十个头缠白巾的商队护卫正在用弓箭拼死地抵挡着轮番进攻的马贼。

那伙马贼足有三四百人，个个浑身黑衣，连脸上都戴着黑色的面罩。这会儿他们正像发现了羔羊的狼群一样围着商队的防御圈不停地奔跑，一边寻找着进攻的机会一边消耗着商队护卫数量有限的弓箭。

这种打法虽然能有效地减少自己的伤亡，但却很是消耗时间。狡猾的好人艾哈迈德果然没让拓跋逸豆失望，他正是用这种以逸待劳的形式延缓了对手的进攻，等来了援兵。

拓跋逸豆的二百精骑穿着整齐的牛皮铠甲打着拓跋部的旗帜突然出现在附近的土丘上，马贼顿时像看见了狩猎队伍的狼群似的慌乱了起来。

在黑衣马贼的阵营里，一个头目指着远处拓跋部的人马对衣襟上绣着胡狼的头领说："尊敬的玉素普，咱们赶紧撤吧，大夏的军队来了！"

被称作玉素普的马贼头子坚决地摇着头，轻蔑地说道："咱们足足四百人马，岂能让比自己少一倍的大夏人给吓住！再说现在的党项人已经不是当年那些横扫天下的骑士了，斡难河畔的蒙古人不是已经不止十次地打败他们了吗？"说到这里他的眼睛里闪过了一丝寒光，盯着即将到手的商队沉声吩咐道："不用管他们，继续进攻！"

那名头目听了玉素普的话，心里也镇定了许多。正待开口回答，却看见土丘上的党项骑兵已经摆出了一副准备攻击的架势。玉素普也连忙大声地呼喊着手下的几个头目下达了新的命令："留一百人继续围攻商队，剩下的全部跟我去迎战那些留着古怪头发的党项人！"

看着三百多名黑衣马贼居然组成了阵势朝自己的队伍扑了过来，拓跋逸豆忽然感到一阵莫名的悲哀。他心中暗想，想当年放眼天下，有谁不是看见党项人那绣着带翼苍狼的旌旗便望风而逃呢？可这些年不少党项人在声色犬马前消磨了马上民族与生俱来的血性，党项那一日千里的雄风真的大打了折扣。尤其是近几十年，围绕着那个仿佛永远在贪婪地吮吸鲜血的皇位展开了无数自断臂膀的杀戮，朝廷里越来越多的无耻小人得势，爽直勇武的党项勇士却被排挤在权力圈的外边。这样一来，更加损伤了大夏帝国的元气，不但大夏在崛起不久的蒙古人面前连连败北，连这打家劫舍的马贼都敢明目张胆冲上来跟大夏的铁骑放对了！

看着嚣张的马贼，拓跋逸豆决心给他们点颜色看看，让他们知道拓跋部的马刀绝不是吃素的。也省得以后连戈壁滩上猫三狗四不入流的东西都敢再来横行在党项人的眼皮子底下了！想到这里，他使劲地握了握手里的狼牙棒，一股无形的杀气顿时笼罩了全身。

包围圈里的商队没有料到，人多势众的马贼更是没有料到，就连拓跋部的二百精骑也没有料到，拓跋逸豆没有下令进攻，只扔下一句："没我的话谁也不许动！"就单枪匹马地杀向了对面的马贼。

一看对面的大夏阵营里居然冲出来一个年轻的头领模样的年轻人，马贼首领玉素普哈哈大笑了起来："你们看，狂妄而愚蠢的党项人就这样来送死了！"他手下四个小头目为了在主子面前邀功，也不等玉素甫下令就拍马而出，直奔狂奔而来的拓跋逸豆而去。

这场即将发生的交锋立即吸引了所有的目光，党项拓跋部队伍虽然依然部伍整齐，没有动作，但他们按照党项人的习惯默默地用腰刀敲击着牛皮盾牌为拓跋逸豆助威。所有的马贼也都暂时停止了攻击，睁大了眼睛等着看这个勇气可嘉的党项人是怎样血染黄沙、命丧黄泉的。

围攻商队的行动暂时停止了，一个身材苗条的白衣少女戴着面纱，骑在一匹白色的小骆驼上来到了防御圈的最外边儿，手搭凉棚朝这边焦急地张望了起来。她就是商队头领艾哈迈德的独生女儿古兰，拓跋逸豆自小相识的伙伴。虽然拓跋逸豆把她看作自己的妹妹一样，每次相见都会伸手去捏捏她的脸蛋儿，但他却完全不知道，古兰已经把他当作了今生今世唯一的选择。

这场对决几乎没有任何悬念的结束了，因为拓跋逸豆根本就没把冲过来的四名马贼当成目标，短暂的交手几乎都没有影响到他冲锋的速度。冲在最前面的那名强盗被他手中的镔铁狼牙棒轻轻一挥，就栽到了马下。第二个马贼显然是被眼前的景象给惊呆了，傻呆呆地看着从他身边掠过的拓跋逸豆砸碎了自己的脑袋。剩下的那个马贼反应最快，连忙滚落马下，连滚带爬地钻进了一个沙坑里，逃脱了灭顶之灾。

有了前面的同伴做榜样，最后一个马贼也不再顾忌颜面了，拨转马头就往回跑。拓跋逸豆平端着狼牙棒飞也似的从他身边掠过，横扫而过的兵器把他的后背砸了个稀烂。尸体伏在受惊的马上径直穿过自己人的队伍，朝着戈壁深处奔去了……

战神般的拓跋逸豆彻底瓦解了马贼的斗志，就在他们不等命令就要四散奔逃时，拓跋逸豆已经带着一身的煞气冲进了他们当中。吓得玉素普一边拨转马头逃命，一边大声地对部下嚷道："围上去，包围这个党项人！"强盗们虽然已经是胆战心惊，但在心狠手辣的玉素普的严令下还是很快形成了一个包围圈，把煞神似的拓跋逸豆围在了当中。

阿木一看主人被围，也顾不上再等主人的命令了。挥动腰刀大声吼叫着冲了上去。他身后那些拓跋部的骑士早就被拓跋逸豆勇敢的行动撩拨得热血沸腾，全都跟着阿木大声呐喊着冲了过来。

玉素普一看，用马刀连连比画着让没有参与围攻拓跋逸豆的部下分身去迎战，又指挥着仍在包围着拓跋逸豆的手下对着拓跋逸豆痛下杀手。很快，一阵疯狂的砍杀声和惨叫声就从外围传了过来。马贼已经跟拓跋部的党项骑兵交上手了。玉素普把心一横，纵马冲进了面前的包围圈里。

拓跋逸豆此时正在马背上举着一个盛酒的皮囊仰脖狂饮着，洁白的马奶酒顺着他的脖子流了一身。直到他在这些目瞪口呆的强盗面前喝光了袋子里的酒之后，才挥手把皮囊一扔，挥舞着手里那根狼牙棒朝面前的马贼杀去。敢于和他交手过招的，不是被砸碎了脑袋就是被硬生生地从马背上扫了出去，让灵魂和躯体一起飞向了地狱。转眼之间，就有二十多名强盗死于非命。剩下的马贼虽然没有马上逃跑，但已经被这位党项煞神给吓得肝胆俱裂，光剩下在马上颤抖着祈祷的份儿了。

狡诈的玉素普这时已经来到了即将崩溃的包围圈里，他那双露在黑巾外面的眼睛里闪动着残忍狡诈的目光。他从马后摘下一张小巧的弩弓，用膝盖一顶把一支三寸来长的精钢弩箭压上了箭槽儿，在略一瞄准后便扣动机括。

那只弩箭带着尖厉的呼啸飞向了正在酣战的拓跋逸豆。眼看着脱弦的弩箭就要把拓跋逸豆的脖子射个对穿时，一个意外发生了。忠心耿耿的阿木这时正好冲到了拓跋逸豆的近前，这发弩箭没有将骁勇的拓跋逸豆射倒，却把阿木手里挥动的腰刀给射得当场化作了无数的火星和碎片。巨大的冲击力连骑在马上的阿木都给带得"哎哟"一声连晃了几下，差点栽下马去。

拓跋逸豆回头一看马上就明白了刚才发生的一切，抽出腰刀往阿木面前一扔，自己却舍弃了面前的敌人，纵马朝着正准备安装第二枚弩箭的玉素普冲去。那架势吓得玉素普扔了手里的弩弓，拍马就跑。一看首领跑了，那些马贼便纷纷掉转马头朝着戈壁深处没命地奔逃。

拓跋逸豆从衣饰上看出玉素普是这伙马贼的头领，二话不说便紧紧地追了上去。两匹骏马驮载着它们的主人风也似的狂奔了起来，扬起的尘土好像两条乱舞的土龙。

拓跋逸豆的坐骑是一匹来自西域的大宛*良驹，当年他跟父亲进宫去朝贺皇帝李德旺登基时，这匹马还曾经引得刚被封为太子的李睍艳羡不已。玉素普的战马哪里是它的对手，没跑出几里便被追上了。就在两匹马几乎平行奔跑的时候，拓跋逸豆一探身便抓住了玉素普的腰带，用力一拉就把这位驰骋草原和戈壁多年的马贼头领掀在了马下。

等被摔得只剩三魂少了七魄的玉素普挣扎着爬起来的时候，拓跋逸豆骑在高大的战马上正用嘲弄的目光冷冷地注视着他。困兽犹斗的玉素

---

* 大宛（dà yuān），古代中亚国名，大概在今费尔干纳盆地。汉武帝时，张骞通西域，于公元前129～前128年间抵达帕米尔以西，首先到达大宛。据他归国后说，当时大宛大小属邑有七十多个，人口有几十万，是一个农牧业兴盛的国家，产稻、麦、葡萄、苜蓿，尤以出汗血马著称。

普发出一阵野兽般的嚎叫抽出腰间的短剑徒步扑了上来，拓跋逸豆手里的狼牙棒划了个优美的弧线勒转马头转身便走。当他纵马跑出了十几丈远的时候，身后传出了一个像是一袋莜麦被抛在地上的声音，那是被击碎了天灵盖的马贼头领玉素普仰面倒下时发出的声响。

商队发出了一阵欢呼声，在艾哈迈德的指挥下开始重新装上货物准备前往几十里外的拓跋部。娇小的古兰像一阵风似的扑进了拓跋逸豆的怀里。拓跋逸豆伸出手轻轻地捏了捏她那吹弹可破的脸蛋儿，亲热地说道："那些马贼没有吓到你吧，我的古兰妹妹？"

古兰那双勾魂摄魄的眼睛紧紧地盯着拓跋逸豆说道："有你在，我根本不害怕什么马贼。"

拓跋逸豆忽然间感到自己怀里的这个小妹妹已经从当年那个天真未琢的小姑娘变成了一个浑身上下散发着青春活力的美丽女郎了，尤其是她那双大眼睛里火辣辣的目光让他有些不知所措。他轻轻地推开了赖在怀里的古兰，打量着她称赞道："古兰妹妹，你这几年出落得就像天边的云霞般美丽，家里的门槛是不是早就被提亲的人给踩破了呢？"

古兰听见拓跋逸豆这样称赞自己，不胜娇羞地低头答道："我家已经安上了石头做的门槛，媒人根本踏不进来……"

正说着话，满脸沧桑的老商人艾哈迈德双手交叉的放在胸前，走过来插话道："大首领真是英雄盖世，你们拓跋部的子民和牛羊肯定会越来越多，很快就要变得如同天上的繁星一般了！"

拓跋逸豆正色对艾哈迈德说："艾哈迈德叔叔，希望你别再大首领、大首领的称呼我。你难道忘了？我还是当年从你的骆驼上偷甜食吃的那个小男孩嘛！"

艾哈迈德激动地连连点着头说道："好啊！那我可就要在你面前倚老卖老了！"

古兰拉住拓跋逸豆的手摇晃着恳求道："逸豆哥哥，带着我骑骑你的战马怎么样？它跑起来就跟来无影去无踪的闪电一样……"

从小到大拓跋逸豆还从来没有拒绝过古兰的请求，当即就点头答应道："好！我就带你先赶回去准备酒宴！"说完便翻身上马对阿木吩咐道："阿木，我可把艾哈迈德大叔和商队交给你这个呆瓜了！"

阿木笑道："放心吧，我从给你的父亲当马童时就没出过差错！"

拓跋逸豆俯下身用有力的臂膀抱住古兰的蛮腰把她举上了马背，笑着说道："你猜对了，这匹马的名字真的叫闪电！"说完一抖缰绳，闪电好像知道主人的心意一般，立即撒开四蹄腾云驾雾般地走了。

在闪电那腾云驾雾般的狂奔中，古兰感到自己成了这个世界上最幸福的人。她的心上人那双铁一样坚实的臂膀正环抱着自己，铠甲上那淡淡汗味中散发着难以抵御的男人气息。如同喝了一整袋马奶酒一样，古兰简直有些醉了。

拓跋逸豆这时也有类似的感觉，他闻着风中传来的那一阵阵来自古兰的幽香，感受着她绰约曼妙的身姿，心里想道："我这妹子真的是长大了，再也不是那个爱哭的小女孩了。"

阿木望着捋着胡子微笑的艾哈迈德说道："他们可真像天生的一对呀！艾哈迈德，你干脆找人来给你的女儿说亲吧！"

艾哈迈德笑着回答说："我们只是戈壁上到处飘零的野草，哪里敢高攀大首领这样身份高贵的人呢？"

阿木听了赶紧打住了自己刚才那句鲁莽的话，翻身上了马。是呀，这样大的事情，又岂是他这样的身份能参与的？

其实那个时代的婚姻观念挺开放的，一个英俊的穷小子一夜之间变身某个西域小国的驸马，或是连语言都不通的国王娶回一位异域公主都不是没有可能的事情。就像《一千零一夜》中那些公主和王子遇到他们的平民恋人或是异国恋情一样，都是很普通的事情。连称雄世界的成吉思汗的女儿也远嫁大金，他的儿子们当中也有不少娶了别国的美女。艾哈迈德之所以这样说，其实是不知道该如何开口。他想通过阿木来传达一下这个意思，本来嘛，由拓跋逸豆提出求婚才显得不那么孟浪。但见阿木没有接话，便也只有暂时作罢，再寻机会了。

当天晚上，拓跋部的营地里燃起了熊熊的篝火，部族里有头有脸的人全都聚集到了大首领拓跋逸豆的金顶大帐前。这里已经摆下了丰盛的酒肉款待着来自西域的商队。艾哈迈德和古兰被邀请坐在了拓跋逸豆的身边，拓跋逸豆正端着镶金的牛角杯殷勤地劝着已经很有些醺醺然的艾哈迈德。自己则一杯接一杯地狂饮，衣襟前都被醇美的酒浆弄湿了一大片，而他却浑然未觉。

古兰深深地看了一眼正在开怀畅饮的拓跋逸豆，站起身对商队里的几个伙计喊道："我说你们不要只顾着享用美酒，赶紧把你们的家伙儿拿出来给主人助兴吧！"

那几个伙计一看古兰吩咐，纷纷转身取来了自己的乐器，带有西域风情的乐声和着动人心魄的鼓点儿很快就响了起来。古兰身姿曼妙地来到了拓跋逸豆等人的席前，和着悠扬的乐声翩翩起舞，面纱上那双眼睛会说话般地传递着自己内心的情感。起先拓跋部的族人还不停地叫好，但后来却鸦雀无声了。古兰的舞姿使他们一个个目瞪口呆，还以为是住在天上那些飘忽不定云彩里的仙女来到了面前。

一曲终了，人们好半晌才明白过来，全都拼命地喝起彩来。拓跋逸豆也看得心旌摇动，站起身端着手里的金杯来到了古兰的面前。古兰用热烈的目光注视着自己一直在暗暗爱恋着的情郎，挑战似的问道："逸豆哥哥，你是让我把这杯酒全都喝下去吗？"

拓跋逸豆下意识地避开了古兰的目光，这次相见他总是感觉到这个自以为很了解的小妹妹变得古怪了起来。拓跋逸豆笑道："当然，不喝下我们拓跋部酿造的马奶酒，怎么能体会到我们党项人的盛情呢？"

古兰接过了杯子，望着拓跋逸豆笑意盈盈地大声说了句："我喝！"就在酒杯接触到她那饱满的红唇时，古兰突然压低声音用只有他们两个人才能听见的声音迅速地补充道："因为这杯酒是你让我喝的。"

仰着脖子痛饮的古兰立即赢得了在场的党项人又一阵喝彩，在他们眼里这个舞姿曼妙的仙女真是一个爽快的人。古兰把一大杯马奶酒一饮而尽，原本清澈的如同贺兰山下泉水般的大眼睛也变得眼波迷离，把拓跋逸豆都给看呆了，感到身上的热血在莫名地沸腾着……

正在这个时候，一个部族里的亲兵打马来到拓跋逸豆的面前，在离他大约一箭之遥的地方滚鞍下马，急匆匆地大声说道："大首领，皇帝的红翎信使来了！"

拓跋逸豆听了不觉一愣，赶忙问道："信使到什么地方了？"

那个亲兵小声回答说："听他们来报信儿的飞骑说信使离这里不到十几里了。"

拓跋逸豆感到朝廷里一定出了什么大事，否则红翎信使是不会轻易跑到贺兰山深处，来找只管牧马放羊而不参与朝政的拓跋部的。他赶紧转身满怀歉意地对艾哈迈德说道："艾哈迈德叔叔，看来你和古兰妹妹只能换个地方继续欢宴了，等我接了圣旨再来陪你们吧！"

艾哈迈德连忙笑着躬身回答说："大首领赶紧去接旨吧，我老汉今晚喝了太多的马奶酒，正想回帐篷里去睡上一觉呢，您不必再挂怀我们了。"说完便双手抚胸行了个礼，拉起古兰先行告退了。

目送商队的人离开之后，拓跋逸豆立即命令一直侍立在身后的阿木："赶紧传令，列队接旨！"

一个头盔上斜插着一根红色翎毛的武官在拓跋逸豆面前几步远的地方下了马。匆匆地施了个礼，便在上千名打着火把的部众前解下了背后背着的那个蔚蓝色镶边的白绸包袱。大夏国以白色和蔚蓝色为尊，因为这是大海和天空的颜色。这样的包袱一眼就能看出是来自中兴府里的皇宫。书写在蔚蓝色镶边的羊皮上的圣旨展开了，拓跋逸豆和一干部众赶紧单腿跪下听旨。

浑身尘土的红翎信使带着一脸疲惫之色宣读了皇帝李德旺的旨意，命令拓跋逸豆尽发拓跋部精骑进京，随铁鹞军一起出征去攻打金国，并明确限令他们必须在五日内赶到京城中兴府。拓跋逸豆接过圣旨，看着上边用党项文书写的内容和皇帝的玉玺不解地问面前的红翎信使："大金国与我们不是已经罢战了吗？我们为什么要去攻打他们，而且还是这么紧急？"

那名红翎信使苦笑着对拓跋逸豆说："回大首领的话，下官只是卫戍军里一名小小的指挥使，这些军国大事的确不知道。只是听说蒙古的成吉思汗派使臣来见了皇帝和太后，两国之间当即订立了盟约。这次我们好像就是要出兵跟蒙古人一起去攻打大金的。"

拓跋逸豆虽然不明白皇帝为什么会跟已经劫掠了大夏至少五次的蒙古人结盟，但他明白自己作为拓跋部的大首领必须按照皇帝的意思去办，因为拓跋部的历代先祖从来都是这样做的。他沉吟着刚要开口，又有人赶来报告说："大首领，又来了一个红翎信使！"

新来的红翎信使没有带圣旨来，而是端坐在马上高举着一支黑黝黝的铸有带翼苍狼纹饰的令箭。拓跋逸豆认得这就是大夏帝国最高的军令——由开国皇帝李元昊亲自督造的镔铁大令。按照规矩，手持镔铁大令的信使对任何人都不必施礼，但见到大令的人却必须马上依令而行。拓跋逸豆等人赶紧重新跪下，等待着新来的信使传达军令。

马上的信使大声用皇帝的口吻宣布道："拓跋部大首领拓跋逸豆，朕命你见到大令立即点兵出发，五日后朕要在中兴府的城头等着见你！"

拓跋逸豆感到事情重大，给信使手里的镔铁大令行过礼后立即站起来吩咐道："阿木，赶紧击鼓传令，传所有的儿郎马上到我的大帐前会齐！"

传达完旨意的那名信使赶忙翻身下马前来行礼，拓跋逸豆伸手扶住逊谢道："尊使不必多礼，你身背大令我哪受得起呀？赶紧到我的大帐里喝上几杯马奶酒吧！"

那名信使还是坚持给拓跋逸豆施了礼，带着疲惫的神色说："不瞒大首领，我们这次传旨不同以往。皇帝陛下严旨，大首领接令后我们必须兼程赶回，只好以后再打扰大首领了。"

山摇地动的鼓声响了起来，悠扬深沉的牛角号也呜咽着吹响，整个营地立即沸腾了起来。族里的男人们用最快的速度回到了自己的帐房，一边忙着往身上套牛皮甲，一边从妻子或是父辈手里接过匆忙间擦拭的镔铁头盔，带上干粮武器之后就匆匆地告别家人，朝着拓跋逸豆居住的金顶大帐前涌去。此时拓跋逸豆已经披挂整齐，身穿钉满了银钉的牛皮铠甲、披着表示贵族身份的蔚蓝色披风端坐在轻轻喷着响鼻的闪电上，目光如炬地看着黑压压聚拢来的部众。

拓跋部远离京城中兴府，一直保持着党项人勇武的本色。他们在一定的范围内逐水草而居，过着纯粹的游牧生活，而没有像他们那些同胞一样向农耕的生活方式过渡。听到鼓响之后没多久，拓跋部的部众便全都按照各自的部伍聚集在一起，一个三万多人的党项军阵霎时间出现在拓跋逸豆的眼前。那是一色的牛皮甲下终日放牧打猎的身躯，那是一张张由于常年风吹日晒而变成了黑红色的牧人的脸庞，甚至连他们脸上那茫然但决绝坚毅的表情都是那么的一致。他们没有什么神圣的信念，只是知道必须跟着他们的大头领。因为他们的祖辈只教会了他们勇敢和忠诚。

拓跋逸豆简单地讲述了圣旨的内容后大军爆发出一阵吼叫声，尽管他们中绝大多数人都没见过金国人长的到底是什么模样，也没有什么大不了的冤仇，更不会理解他们的皇上为什么要让他们跟原本是仇人的蒙古人一起去浴血拼杀。但他们的血管里流淌着党项人奔涌的铁血，再加上大首领带领他们，这就已经足够了。他们的先辈不就是由历代大首领带出去征战最终又回到了这里吗？尽管每一次回来的都不是全部。

拓跋逸豆心里默默地计算着路程，明白即使是快马加鞭，这五天也实在是够紧张的了。想到这里，他便不再迟疑，把手里的马鞭朝着远处中兴府的方向一挥，大军便在地动山摇的马蹄声中出发了。

闷雷般的马蹄声中，拓跋部绣着带翼苍狼的军旗指引着三万骑兵开拔。拓跋逸豆默默地看着最后一个百人队从面前走过，正要催马去追赶中军，却看见艾哈迈德和他的商队全都静悄悄地站在身后不远的地方默默地目送着他。古兰娇小的身躯赫然出现在人群前面，她那让人看了心碎的目光正在一眨不眨地注视着自己。

拓跋逸豆轻轻地一夹马肚子，缓缓地来到了古兰面前。他不知道该怎样跟她讲清楚自己所行的目的，便笑着从贴胸的地方摘下了青石护身符，这是拓跋部最巧手的匠人用贺兰山上的青石精心磨制的，拓跋逸豆把它默默地挂在了古兰的脖子上，还伸出手轻轻地捏了捏她的脸蛋儿。

跟艾哈迈德等人告别后，拓跋逸豆便转身准备跃上马背去追赶渐渐远去的大军。古兰忽然扑过来在他的额头上轻轻地吻了一下。拓跋逸豆感到两滴冰凉的泪珠儿滴在了自己的额头上，他轻轻地抚摸着古兰的发辫安慰道："放心吧，古兰妹妹，再见面时我一定送给你一块大金国的美玉！"

古兰抗声道："我什么也不要，只要你……"说到这里，她顿了顿才又接着说道："只要你平安！"

拓跋逸豆感到自己的胸膛里滚动着一股灼热的东西，他忽然觉得古兰这时的神情很像族人的那些妻子，她们不正是这样送别自己远征他乡的丈夫吗？为了不让这猛然间涌上心头的感觉撕扯着自己原本坚毅得如同镔铁一样的心，拓跋逸豆猛地一挥鞭子，让闪电风也似的跑开了。

当日头第五次挂在了天上时，拓跋部的军阵终于乌云般地出现在中兴府的城下。拓跋逸豆和他率领的三万铁骑只来得及在城下接到封他为这次远征大军副统帅的诏书，便和新任的统帅——党项名将嵬名令公的长子嵬名朗月一起领着十万大军出发了。拓跋逸豆朝城头上端着金杯向他们祝福的李德旺投去了深深的一瞥，便挥鞭打马继续赶路了。

成吉思汗已经亲自率领着十多万蒙古大军在金国边境上等着他们了。对于这位蒙古大汗的命令，大夏皇帝李德旺可不敢有丝毫的违拗，因为这位嗜血的大汗一翻脸就可以让横行天下的蒙古骑兵再次出现在党项人聚居的土地上。那样的话，他还没过够的皇帝瘾就会面临着过早终结的危险。

连年的征战已经让大夏几乎没什么兵马可以调遣了，好在李德旺终于想起了贺兰山深处的拓跋部，这才连发圣旨，让他们出征，从而避免了蒙古大汗的责难。

那天我离开了父辈的草场，
只因为蒙古人的战鼓咚咚敲响。
落日的余晖里我勒马回望，
无尽的狼烟后不见了我的毡房……

第二章　出征

　　其实成吉思汗这时的实力足以荡平阳光下任何敢于反抗的力量了。不管是强弩之末的大夏还是外强中干的大金国，只要敢于在蒙古人面前张弓拔刀的全都不在话下。他已经拥有了颠覆世界的可怕力量，连西方的基督世界都因他这位异教徒的大名而颤抖。

　　最可怕的是，这位被后世誉为一代天骄的蒙古人除了盘马弯弓之外，还有着一颗睿智的脑袋，为了达到借金兵之手削弱大夏军力的目的，他便威逼利诱党项皇帝派兵参战。就如同前不久硬逼着他们跟着自己去远征花剌子模国，并把他们的摩诃末苏丹追逐着死在了一个小岛上的时候一样。

　　出发后的第三天，嵬名朗月和拓跋逸豆率领的军队终于和蝗虫一般的蒙古军队会合在一起，组成了可以横断黑水、踏碎白石的联军。大军再次开拔，直奔远方的大金国而去。他们飞快地行进着，穿过了青青的草原，跨过了不知名的河流，铁蹄踏碎了盐碱地上泛着白花的土块儿，很快就进入了大金国的领地，展开了人类之间最野蛮的对决。半个月里，这种对决最少发生了十几次。

　　每次战斗前，成吉思汗都会派出背着马头琴的传令人，去告诉党项人冲在最前面。自己的蒙古精骑却只是悠闲地跟在后边坐享渔人之利。

　　这一天，联军的脚步终于暂时停了下来，因为一座金国的城市已经拦在了他们的面前。连日的激战让拓跋逸豆疲惫异常，当他从睡梦中醒过来时已经过去了好几个时辰。忠心耿耿的阿木一看见主人醒来，赶紧为他拿来铠甲和腰刀。阿木告诉他，那个蒙古大汗已经下达了今晚必须攻克眼前这座金国城池的命令，而他拓跋逸豆就是这个命令执行者之一。

　　这毕竟既不是保卫自己的草场和女人，也不是被轻易就能撩拨得热血沸腾的仇恨驱使着。虽然血管里流淌着党项男儿与生俱来的铁血，拓跋逸豆也好像天生就是为了战斗才降生的，但对于帮着昔日的仇敌蒙古人作战，拓跋逸豆却感到怎么也提不起精神来。

　　尽管拓跋逸豆一千个不情愿，战斗还是开始了。在震耳欲聋的牛皮战鼓声中，数千名身披绵甲的撞令郎出动了，他们在身后大军呼啸的箭雨掩护下抬着云梯出动了，朝着城头上那些头盔上带有牛角装饰的金兵发出了野兽般的怒吼。撞令郎其实就是敢死队，跟蒙古军中的巴鲁营如出一辙，是由犯了死罪的囚徒或是新近降服的士兵组成，这些"伪军"必须拼着一死换取生命或是信任，往往成了炮灰。在尽管渺茫但确实存在的生存诱惑下，撞令郎的战斗力往往十分可怕。

　　城上的金兵十分清楚落到蒙古人手里的后果，成吉思汗那只要敢于抵抗就全部处死的命令，激发起他们必胜或是必死的决心。金国特有的连环弩在不停地发射，牛筋弓弦发出霹雳般的爆响中，一支支呼啸的利箭毫不留情地扑面而至，射穿了大夏撞令郎绵甲后那一具具流淌着热血的躯体，射碎了那人心中和帐房里妻子儿女团聚的梦。

　　一顿饭的工夫，大夏终于用数百具死尸换来了云梯搭上城头的战果，但却没有一个人能够通过它登上城头一步。正当大夏帝都调来的撞令郎已经损失了上千人、锐气行将耗尽时，一阵欢呼突然从军阵后传了过来。拓跋逸豆闻声看去，原来是战斗力十分强悍的泼喜军*赶来了。

大夏地处西北，主要统治区域在今天的甘肃地区，那里盛产耐力很强的双峰骆驼，泼喜军就是用骆驼背负攻击设备的特殊兵种。骆驼驮着的抛石机具有很强的破坏力，是当时游牧民族里最具战斗力的特种部队。那些小型抛石机由于发射的速度很快，还有一个很特殊的名字——旋风炮。

由于大金国境内城池林立，大夏皇帝李德旺这次特意从仅有二百骑的泼喜军中调来了五十骑，正巧派上了用场。数千名嵬名朗月麾下中军标营的将士运来了石块，片刻之间就堆积得如同小山一般。五十架旋风炮开始了他们的杀戮，随着一记闷响，一块磨盘大小的石块呼啸而出，把坚硬的城墙打得砖石四溅，凹进去一大块。

目睹旋风炮把同伴打成了一堆碎肉的金国统制官忽里牙被惊呆了，他望着原本经常嬉戏打闹的伙伴内脏四下里飞溅，感到十分的恶心。在狂呕了一阵之后，这位统率着一千人的统制官心里忽然生出了怒意，他从身后的箭囊里抽出了一支雕翎箭，搭在弓上恶狠狠地想："你们为什么要帮着蒙古人来攻打我们？你们这群没有良心的豺狗，我要杀光你们！"

就在这位统制官把弓拉得如同天边的满月、用锋利的箭头指向了一个大呼酣战的党项将佐时，一块巨石破空而来，砸碎了他心头的怒火和

---

* 当河西广大地区为西夏占有后，元昊对西夏军队也花费不少精力进行整治和重新编制。元昊开发并固定了几个新兵种：铁鹞子、擒生军、卫戍军、泼喜军。铁鹞子又称"铁林"，是西夏最精锐的骑兵部队，此种部队配以最良的战马、最精的盔甲，总人数3000人，分为十队；擒生军，是西夏为了在战争中俘掠对方百姓专门成立的部队，此种部队为西夏"元创"，人数极多，有十万之众；卫戍军是西夏禁卫军，共5000人，皆为西夏贵族子弟充任；泼喜军是"炮兵"，主要在攻城时用抛石机协助进攻，人数最少，才200人。

头颅。一阵妖异而绚烂的血雾过后，一具没头的躯体仍旧面向城外站立着，手里还紧握着那支再也无法射出的箭。忽里牙的死激起了守城金兵的同仇敌忾之心，一时间喊声四起，万箭齐发。金兵们徒然但顽强地对抗着呼啸而至的石块。

在党项人雷鸣般的欢呼声中，越来越多的石块飞了出去，其中一块在众目睽睽之下把好几个并肩而立、正在射箭的金兵打成了碎片。横飞的血雾过后，那些士兵竟然只留下一些断臂残肢，再也看不出原来的样子，也无法分辨哪块躯体原本的归属了。这个凌厉异常的打击使金兵的意志被摧毁了，城头上再也组织不起有效的防御，如梦方醒的撞令郎这才反应过来，冒着被自己人的石块打成碎片的危险，再一次开始了攻击。

但是，城内的金兵显然知道城破之后杀尽所有的人是蒙古大汗的特殊爱好，仍躲在城垛后进行着拼死的抵抗。通过云梯登城的大夏士兵尽管死伤惨重，但还是没能掌握主动权，倒是泼喜军不敢再用旋风炮了，因为两军已经胶着在一起，很难分清敌我了。拓跋逸豆再也按捺不住心里的焦虑，把自己手里的狼牙棒一举，大声对身后还没有投入战斗的拓跋部骑兵嚷道："用皮袋搭坡！让咱们的战马冲上他们的城头去！"

随着他的命令，三万拓跋部骑兵纷纷跳下战马，从马鞍上掏出早已备好的牛皮口袋，开始挖起土来。装好之后也不等命令，就飞快地翻身上马朝着仍在酣战的城下疾驰而去。来到离城很近的地方，他们把牛皮口袋往城下一扔，便又打马而回。如此循环往复了大约半个时辰，一道用数万个牛皮袋搭成的斜坡居然出现在城下。早就按捺不住的拓跋逸豆猛地一抖缰绳，挥动着狼牙棒冲上了刚刚形成的土坡。一看大首领冲上去了，拓跋部的骑兵全都狂呼着开始了冲锋。那架势比刚才的撞令郎还有过之而无不及。

在一连中了两箭之后，拓跋逸豆天神般地踏上了城头。他轻轻地拔掉了射在铠甲上的箭镞，发出了一声野兽般的怒吼，使城头仍在抵抗的金兵呆若木鸡，连连后退。拓跋逸豆哪肯放过他们，手里的狼牙棒带着呼啸的风声一阵横扫，霎时间就把城头的金兵打倒了一片，为大夏军队赢得了宝贵的滩头阵地。越来越多的拓跋部骑兵上了城墙，开始纵马在能容两骑并行的城墙上驰骋，挥动着手里的马刀，把这场攻防战变成了毫无悬念的屠杀。

城外的大夏军统帅嵬名朗月一见，不由得大喜过望，立即催动大军顺着已经无人阻挠的云梯快速登城，迅速地扩大着战果。看着城头上跃马舞棒如入无人之境的拓跋逸豆，嵬名朗月骑在马上由衷地大声赞道："真是我大夏的战神啊！"

经过了一昼夜的苦战，党项大军终于攻克了眼前的这座金国重镇。在残阳如血的傍晚，关闭了太久的城门轰然洞开了。党项军的统领嵬名朗月正要下达大军进城的命令，忽然看见大夏的监军仁多望宝飞马跑来，大老远就扯着脖子嚷道："将军，不要进城，不要进城呀！"

嵬名朗月诧异地看了看身边的拓跋逸豆，不知道这位监军为什么会说出这么奇怪的话来。拓跋逸豆对这个靠巴结太后身居高位的监军十分反感，忍不住把手中镔铁狼牙棒朝已经来到了面前的仁多望宝一指，大声质问道："这是为什么？"

仁多望宝擦着额头上的汗，心虚地瞟了他一眼没有回答。仍旧对大统领嵬名朗月急促地说道："蒙古大汗的命令，让我们即刻率军攻打东边的卫城。这城里由者勒蔑将军带领蒙古骑兵负责！"

一抹阴云笼罩在嵬名朗月俊朗的脸上，他咬牙切齿地叫道："这座城池我们已经攻打了整整一个昼夜，死伤了三千多党项的好男儿！等打下了却不让我们进城，这简直是不把我们党项人放在眼里！"刚才质问仁多望宝的拓跋逸豆也恨声说道："怎么？我们真的马上就去攻打卫城吗？难道蒙古大汗要用咱们党项人的热血为他的胜利铺路吗？"

还没等嵬名朗月表态，仁多望宝却已经以监军的身份下达了命令："传令收拢人马，转攻卫城！"说完，他看着拓跋逸豆用明显带有威胁的口吻说："拓跋逸豆，你身为大军的副统领，应该知道咱们现在的处境。

别说是你，蒙古人是皇帝陛下也得罪不得的！"然后朝气得说不出话的嵬名朗月把手一拱："我还要去给蒙古大汗复命，你们赶快行动吧！"也不等嵬名朗月回答，就径自打马走了。

正在城头上欢呼的党项士兵被一阵呜咽的牛角号声给召了回来，又开始整队朝着卫城的方向进发了。他们身后的蒙古大将者勒蔑率领着成千上万的蒙古铁骑旋风似的冲进党项军浴血得来的城里。那无边无际的蒙古铁骑里，已经可以遥遥看见成吉思汗乘坐的那辆用三十头牛拉着的高大的帐篷战车和迎风飘摆的用黑色牦牛尾扎成枪缨的苏鲁锭长枪*了。那是成吉思汗的标志、蒙古战神的化身，一切都表明这位大汗已经到了离他们不远的地方。

嵬名朗月叹了口气，抬手用马鞭朝东边一指大声命令道："儿郎们，打起你们的精神，跟我一起去攻打卫城！"党项大军爆发出一阵略显压抑的怒吼，又在他的命令下开始行动了。一阵战马的嘶鸣和铁器的碰撞声里，党项的十万大军铺天盖地地向城东的卫城涌去。

在卫城的城头上，一位须发皆白的老者身穿着华丽的绸面皮袍，他正紧皱着眉头看着城下洪水般漫卷而来的敌兵。一名牛角铁盔上插着一双雉鸡翎的虬髯大汉紧紧地跟在他的身后。当看清楚城下的敌人打着党项的旗号时，老者长长地出了口气，转身对身后的虬髯大汉说道："还好，我的莫里之将军，城下来的是党项人！"

被称作莫里之将军的虬髯大汉用不解中充满愤恨的语调儿问道："侯爷，这些背信弃义、撕毁盟约的党项狗来了对我们有什么好处？"

老者那双饱经沧桑的眼睛望着城下正在准备攻城的党项大军说："因为他们来了我们还能够投降，党项人也许不会像蒙古人那样屠城，杀光全城的妇孺！那些妇孺既然无辜，就不该这样去死！"

---

* 苏鲁锭长枪的木柄、铁头，没有固定的颜色，缠着彩带和动物毛发，枪头很像三叉戟，在内蒙古和敖包一样是一种神圣的象征。

莫里之不甘心地咕哝道:"咱们为什么不去拼死守城,万一……"

老者的语调严肃了起来,他指着远处正站在烈火中呻吟的城池高声说道:"你眼前那座用五万大军防守的城都被攻破了,三千人马防守的卫城难道还能侥幸逃脱吗?快!马上按我说的去做!"

正准备攻城的党项人惊奇地发现,卫城的城门打开了一条缝隙,几名骑马的金国武士正簇拥着一个穿着锦袍的人催马朝阵前跑来。

拓跋逸豆诧异地看着嵬名朗月问道:"统领,这些金国人来干什么?难道是想投降吗?"嵬名朗月对他报以了一个同样不解的苦笑说:"我也不知道,等一下就清楚了!"

转眼间几个金国骑手就被押到了他们的面前,在剽悍的金国武士中间的正是那个须发皆白的金国老者,他笑眯眯地朝着两名党项统领拱了拱手,像拉家常似的问道:"两位将军,不知可否跟老夫说说你们的姓名和家世?"

嵬名朗月轻轻地哼了一声才朗声说道:"我是大夏的军马统领嵬名朗月,这位是我们大夏拓跋部的首领拓跋逸豆!老人家你是什么人呢?"

老者听了默默地点了点头,然后郑重地拱手说道:"失敬!失敬!原来你就是大夏柱石嵬名令公之后!俗话说虎父无犬子,想来嵬名统领的人品也一定跟乃父一般无可挑剔吧!"说完又把目光转向了拓跋逸豆,仔细地打量了一阵后,试探地问道:"不知道大夏的豪杰拓跋破石是阁下的什么人?"一听问到了自己的父亲拓跋逸豆连忙在马上躬身还礼,恭敬地回答说:"正是我的父亲。"

老者哈哈一笑:"既然都是故人之后,咱们的事就好办了。老夫我是大金国的征北侯完颜鸿鹄,想必两位一定听过这个贱名吧?"

老者的话使嵬名朗月和拓跋逸豆全身一震,对视了一眼后二人连忙滚鞍下马,按照党项人的礼节右手抚胸向老人躬身施礼。嵬名朗月惊喜地看着老者叫道:"前辈,我从小就是听着您的英雄传奇长大的!能亲眼见到您真是三生有幸啊!"

　　拓跋逸豆更是眼圈发红地看着老者激动地说道："叔父大人，我父亲临死之前特地嘱咐我：见到您就要像见到他一样用心服侍，您是我们拓跋部的大恩……"

　　老人挥手打断了拓跋逸豆感恩的话，微笑着说道："两位贤侄不必多礼，现在，这晴空之下已经完全笼罩在了铁木真的手掌的阴影中了。你们大夏之所以会毁盟来攻打我们，肯定也是被他裹挟而希图自保的无奈之举，一切都是天意，也怪不得你们呀！"

　　嵬名朗月略一思索，把脚一跺、把胸脯一拍，对老者说道："有我嵬名朗月在您尽管放心，请立即回城带上家小，我放你们逃走！"拓跋逸豆也急切地点着头表示赞同。

　　完颜鸿鹄颇为感激地朝两人点了点头，苦笑着说："我要是贪生怕死之辈，来套老交情求你们放条生路的话，倒真是枉费了你们的父辈给你们讲过当年老夫的那些传奇了！"说到这里，他回头从左边的一个武士手中接过了一个用黄布包裹的长条包袱，打开后郑重地交给了拓跋逸豆，略带苦涩地说："这把腰刀是大夏先皇李元昊铸造的两把镇国宝刀之一。这把手柄上用美玉镶嵌着一只带翼苍狼，是你们党项先王赏赐给你家的至宝，那还是当年我和你父亲在战场上并肩厮杀，带着你们拓跋部冲出了重重围困时你父亲使用过的。突围后，我和他学着汉人的样子八拜结交，我的礼物是传家的雁翎金甲，他给我的信物正是这把御赐的宝刀！我本想借着你父亲的威名劝说领兵的党项将领带着老夫的人头请功，饶了卫城中三千降兵和数万百姓！没想到竟会遇见你。现在看起来你们一定会给老夫这点薄面的！"

　　老人说到这里声音哽咽了，但他很快就控制住了满腔的悲愤，缓缓地接着说道："你们把卫城中的降兵和百姓带回党项为奴做婢，也强过被蒙古人屠戮殆尽的好呀，上天一定会记住你们的好生之德的！"微风中，完颜鸿鹄雪白的须发随风飘扬，顽强地进行着他作为一个将死之人而为卫城里数万条生命所作的最后努力。

拓跋逸豆在一旁已经是泪眼迷离，他屈膝跪下双手过顶地接过了这把宝刀。老人又拉开衣领从脖子上摘下一个绿线串着的铁牌，上边栩栩如生地雕刻着一匹奔驰的骏马，下边曲里拐弯地写着一些古怪的文字。老人带着慈爱的表情把这块铁牌挂在了嵬名朗月的脖子上，告诉他："这是我随身携带了数十年的一个东西，是我们的祖先留下的护身之宝。据说很有灵性，老夫已经没机会去探究其中的奥妙了，你留着以后慢慢地参悟吧！"说到这里完颜鸿鹄忽然想起了什么似的拍了拍拓跋逸豆的肩膀说道："我有个女儿叫完颜可心，现在正在那座城里，如果她侥幸没死在蒙古人手里，日后你就多加照顾吧……"

凝重的气氛中，没有人再说话，只有强劲的风呼啸着掠过。说完这些话之后，完颜鸿鹄猛一转身，突然从身后的金国武士腰间拔出佩刀，朝自己的脖子上抹去。众人全都没有料到他会突然做出这个举动，虽然近在咫尺却来不及阻拦，就这么眼睁睁地看着他血溅当场、自刎而亡。完颜鸿鹄的尸身在风里矗立了很久才慢慢地倒了下去，颈间喷薄而出的鲜血溅了想抢上来制止的拓跋逸豆一头一脸。

紧接着更加令人意想不到的事情发生了，站在左边的那个金国武士从完颜鸿鹄的尸体旁边捡起了那把佩刀，用力一挥，毫不犹豫地砍下了老人的头颅。拓跋逸豆震惊地拔刀怒喝道："你怎敢……"

然而已经太晚了，另一名金国武士的刀也拔了出来，扑扑两声，两人把手里的刀互相捅进了对方的身体。嵬名朗月弯腰扶起了其中一个大声问道："为什么？告诉我这是为什么！"

那名金国武士眼睛里的光泽正在随着生命的流逝渐渐暗去，他拼着最后的力气说道："饶了降兵和百姓……别让咱们白……白送了性命……"

望着惨烈的场面，拓跋逸豆急切地朝嵬名朗月问道："咱们该怎么办？"嵬名朗月把完颜鸿鹄送给自己的铁牌郑重地塞进胸前贴肉的地方，没有直接回答他的问题，却果断地对身后的手下吩咐道："传令进城！不准伤害降卒和百姓！"说完转身对阿木说道："去请监军大人来吧，就说这个功劳让给他了，由他去报告蒙古大汗吧！"

与此同时，蒙古兵控制下的城池里屠杀已经进行到了高潮，蒙古兵对着数万名俘虏和不计其数的平民眼都杀红了，连襁褓中的孩子也被陆续投进了熊熊燃烧的大火里。十来万平民的鲜血染红了城市的土地，以至于党项的监军大人仁多望宝胯下战马的四蹄都给染成了红色。面对眼前骇人的场面，仁多望宝只得强装镇定，带着一脸的媚笑来到了成吉思汗的面前，一边施礼一边盘算着该怎样才能既在威震天下的大汗面前获得最丰厚的奖赏，又能在嵬名朗月和拓跋逸豆面前落个空头人情。他很明白，别看自己现在是位高权重的监军，可党项将士都知道他其实是靠着和寡居的太后上床才得到这个官位的，不仅没法儿跟名将之后、累世将门的嵬名朗月这个新一代的嵬名令公相比，就连普通士卒也经常在他背后指指画画的很是轻蔑。尤其是贵为大夏旧支贵族的拓跋逸豆常对他横眉相对，看来不采取些非常的手段自己还真难以在军中立足。

仁多望宝决心投靠面前那位大夏的克星——苏鲁锭长枪所指所向披靡的蒙古大汗，可后者似乎更喜欢嵬名朗月和拓跋逸豆这样真正的英雄好汉，对他这位善于阿谀的监军并不感兴趣。他胡思乱想着来到了正在观看屠杀俘虏的成吉思汗面前，跪倒在地大声禀报道："参见伟大的成吉思汗，仁多望宝来给您报喜来了！"

成吉思汗端着一碗马奶酒转过身，眯着他那双细长的眼睛不耐烦地问："你这饶舌的党项人能有什么喜事？大金国的皇帝来请降了吗？"

仁多望宝在这一声责问下不敢再逞口舌之能，老老实实地回禀道："我军仰仗大汗的神威已经拿下了卫城，俘获降卒妇孺数万！守将和一个金国的宗室已经被微臣等杀死了！"

成吉思汗两眼微闭心不在焉地问："什么宗室呀？"仁多望宝连忙答道："金国的镇北侯完颜鸿鹄！"

　　"完颜鸿鹄？！"听到这个名字后一向沉稳的成吉思汗一下子蹦了起来，手里端着的马奶酒碗也猛地扔到了身后。他扑上来抓住仁多望宝的衣襟两眼喷着火般地颤声问道："你再说一遍，那个完颜鸿鹄怎么了？"

　　本来想说自己杀死金国宗室完颜鸿鹄的仁多望宝不知道这个成吉思汗到底是怎么了，还以为是杀错了人。他眼珠儿一转，连忙战战兢兢地改口道："那个完颜鸿鹄在交战中被副统领拓跋逸豆斩落在阵前……"

　　他想着拓跋逸豆平时最瞧不起自己，不禁把这个可能惹出杀身之祸的烫手山芋顺手扔给了那个高傲的家伙。成吉思汗"扑通"一声跪倒在地，两手高高地举过头顶，大声地嚷道："长生天啊！残害我先祖俺巴孩汗的凶手之一完颜鸿鹄终于伏诛了……"

　　仁多望宝在这一刹那突然想起了当年成吉思汗的先祖、蒙古黄金部落的首领俺巴孩汗就是在一次反抗金国统治的战斗中被俘获的。后来这位蒙古头领被押解到金国的都城给钉上木驴残酷处死了。而率领金国大军生擒俺巴孩汗的正是这位完颜鸿鹄，他是成吉思汗最不共戴天的敌人之一。在铁木真还没有成为成吉思汗之前，就曾在斡难河畔面向长生天发下誓愿，一定要把金国的皇帝钉上木驴，还要用完颜鸿鹄的人头祭奠俺巴孩汗的在天之灵。

　　想到这里，仁多望宝悔得肠子都青了。一跃成为成吉思汗恩人的机会就这样轻易地送给了桀骜不驯的拓跋逸豆，这是他最不愿意看见的事实。成吉思汗在狂喜之下居然亲自伸手扶起了仍旧跪在地上的仁多望宝，随即挥动双臂对跪着的蒙古诸将大声宣布："杀光城里的金狗！女子和财物就给你们作为此次出征的奖赏吧！"蒙古兵将士一下子沸腾了起来，震耳欲聋的欢呼声惊天动地、响彻云霄。

　　成吉思汗转身对者勒蔑吩咐道："卫城的一切俘虏和财物均归党项军队所有，以示犒赏。那个叫拓跋逸豆的党项人不论今后犯下何等大罪我都将饶他三次不死，以示报答！"说完一指用托盘捧着完颜鸿鹄人头的党项侍从高兴地吩咐："快收下，我要把这颗狗头带回蒙古草原，去祭奠伟大的俺巴孩汗！”

　　说完这些，成吉思汗转身就走，仁多望宝连忙躬身大声地嚷道："恭送大汗！"成吉思汗这才想起了这儿还有个人呢，便对者勒蔑笑道："你看，咱们光顾着奖赏擒住兔子的猎狗，却忘了这里还有一只报喜的黄雀，你就好好地奖赏奖赏他吧！"说完，他便在一大群蒙古将领的簇拥下上马走了。

　　者勒蔑抓着脑袋想了半天也不知道该怎样奖赏这只报喜的党项黄雀，正在为难的时候，突然看见一名十夫长押着几个愁眉苦脸的金国妇女往这边走来。他顿时有了主意，便大步走上前去，顺手拽了一个往仁多望宝的怀里一推，说："这个给你！"然后翻身上马去追赶成吉思汗了。

　　仁多望宝望着那个没有一点姿色的半老徐娘比吞了个苍蝇还难受。但转念一想，自己何必跟者勒蔑这样的粗汉莽夫计较呢，无论怎样成吉思汗还是很看重自己的，他刚才不是还在众人面前称自己是报喜的黄雀吗？一想到这里他的心情一下子好了起来，抓过那名金国妇女往自己的老家将前边一推："赏给你了！"

　　拓跋逸豆此时的心情很差，完颜鸿鹄的音容笑貌还不时地在脑海里闪现着，那把传国宝刀已经佩在了腰际，被自己的体温暖得仿佛已经成了身体的一部分。他感到宝刀已经融入了自己的躯体，正和自己的血液一起流淌，跟自己的心脏一起勃勃地跳动着。

　　仁多望宝带着这颗救下了数万人性命的人头去找成吉思汗报功时，他感到心里空虚、疲惫到了极点。好在卫城已经是党项的天下了，他便随便推开一间原本属于金国官员的卧室，和衣倒在床上，很快就昏昏沉沉地睡着了。

　　拓跋逸豆在梦境里看见了一个穿着破烂的老妇人，她站在山顶上大声地吟唱着，一只只有皇族才能享用的蓝流苏玉饰赫然挂在她的腰间。拓跋逸豆惊诧地看着老妇人在洪荒中高举双臂，大声地赞颂着党项先民生息繁衍的故事和党项历代先君建立王国的伟业。那极有穿透力的歌声使他顿感热血沸腾，不能自已。洪荒中那苍凉的声音，正给拓跋逸豆源源不断地注入着无穷的力量。

梦中的拓跋逸豆忍不住双膝跪倒，仰起头闭上了双眼，一任高原上的冷风吹来。他感到两滴滚烫的热泪正顺着冰冷的面颊缓缓地流下。也不知道过了多久，老妇人停止了吟咏，伸手抚摸着如醉如痴的拓跋逸豆。老妇人带着诡异的笑容摘下了胸前的一支狼毒花猛地扔向了天空。拓跋逸豆眼前一花，感到自己又被改换了场景。一个绝美的女子正在石榴树下朝他甜甜地微笑，顾盼之间春风般的目光好像使世界都为之一亮，成千上万的党项精骑正在一望无际的草原上纵情驰骋，他们身后是漫山遍野的牛羊和帐篷。

就在这充满柔情蜜意的画面越来越真实的当口，拓跋逸豆眼前又一黑，四周突然急速地旋转了起来。他感到自己正在从天堂向地狱里坠落，心里虽然万分恐惧但却没有一点儿挣扎的余地，只有那个美丽的女人仍在朝他微笑。老妇人的声音在无边的黑暗中黄钟大吕般地传来："她是你累世的伴侣，要好好地守护她，直到世界上所有的生命终结！"拓跋逸豆挣扎着问："你到底是谁？"老妇人的声音在渐渐地远去，已经细若蚊吟："我是贺兰山不屈的化身，我是党项永远的魂灵……"

在继续坠落的过程中，拓跋逸豆感到自己心里清楚地知道那个美丽的女子是自己命中注定的妻子，他很想问问老妇人她的名字，可就在这时他却被侍从阿木给叫醒了。他摇着仍旧昏沉沉的脑袋：刚才的梦境却异常地清晰，尤其是梦里的那个女孩儿美丽的面容几乎是刻骨铭心地印在了他的脑海里。

拓跋逸豆白了一眼面无表情的阿木，责怪道："我的阿木，我刚刚在梦里见到心上人就被你叫醒了，你真该打！"

虽然阿木出身低微，但他却是从小就照顾着逸豆长大的，两人之间的情谊早就超越了主仆的界限，都把对方像手足一样看待。阿木的脸上浮现出一丝难得的笑意问道："你真的梦见你的小母马了？"

拓跋逸豆一边洗脸一边点着头回答说："对，她美得跟天上的仙女一样！"

阿木一本正经地回答："老辈人说得好，白天的梦都是预兆，你的小母马就要出现了。你赶快到嵬名大人那里去吧，他刚才派人来找过你了。"

见到嵬名朗月，两人商量好了把金国俘虏暂时分散到各营的事情后，心绪不宁的拓跋逸豆便匆匆地告辞出来了。他要到蒙古人占据的城里去看看，想办法找到完颜鸿鹄老人的女儿。这是个危险的念头，但心念一动，他就感到就跟冥冥中有一种力量在牵引着一样，不容他再犹豫。拓跋逸豆干脆让阿木陪他带着十几名亲兵骑马出了卫城，径直奔远处的城池了。

这座白天还属于金国的城池已经物是人非了，城门前几十名蒙古兵正在围着一个会拉马头琴的传令兵吟唱思乡的曲子，谁也没理会这一队疾驰而过的党项骑兵和他们的首领。

拓跋逸豆他们才走了一条街，就赶上蒙古将军巴特尔得意扬扬地押着属于他的财物和俘虏从面前经过。拓跋逸豆一向不愿意和蒙古人交往，便勒住马头默默地看着这支队伍走了过去。装满了整整两辆牛车的财物压得车轴呀呀作响，就像一个不堪重负的病弱老人，很难想象这样的牛车能否平安地驶回千里之外的蒙古草原。跟在车后的是一大群清一色的年轻女性，因为这城里的男子已经被杀光了，她们互相依偎着跟在牛车后，向着未知的地方前进，队伍里不时传来几声压抑的哭泣。

就在这时，突然从街角跑来了一个红衣女子，一下子慌不择路地跑到了拓跋逸豆和蒙古将军巴特尔的队伍中间。她马上意识到了自己的错误，立即停住了脚步，惊恐地四处张望，想要寻找可以逃过浩劫的地方。当拓跋逸豆看清楚那个女子的长相后惊得差点从马上掉下来：这个女子不正是刚刚梦境里见到的那个女郎？

正要催马上前，蒙古将军巴特尔却已经打马来到了女子的近前，他弯下腰用马鞭顶起那女子的下巴看了看，眼里闪动着贪婪的光芒。好半晌他才直起身大声地啧啧赞叹，并吆喝着卫兵："长生天啊，这金国小妞长得真俊！把这个姑娘给老子带回去，今天我就要她伺候睡觉了！"

女子知道再也无处可逃，突然从怀里掏出一把短刀来，用锋利的刀刃往脖子上一横，把头一昂，凄厉地叫道："我堂堂的大金国镇北侯之女岂能受辱？让上天惩罚你们这些恶人吧！"说着话手腕一抖，就要自戕。巴特尔哪肯让到了嘴边的肥羊跑掉，把手里的马鞭一挥打在了那女子的手腕上，那把短刀顿时应声脱手，掉在了路旁的草丛里。

就在几名蒙古兵准备动手的时候，拓跋逸豆已经冲到了近前，手里的马鞭一扬大声喝道："住手！这个女人我要定了！"望着马上那个威风凛凛的党项将军，几名蒙古兵迟疑着没敢动手。这一下可把骄横的巴特尔给激怒了，他轻蔑地骂了句："该死的党项狗！"就挥动着马鞭兜头抽了过来。

那女子的话拓跋逸豆刚才已经全听到了，哪里还容得蒙古兵作恶？他当下冷笑着把手一扬，手里的马鞭也"嗖"地迎了上去。两条马鞭在半空中相遇后马上纠缠在一起。巴特尔自恃身大力不亏猛地一使劲儿，想把拓跋逸豆拽下马好好地羞辱一番。哪承想对方也不是等闲之辈，正使着全力跟自己较劲儿呢。用熟牛皮编成的马鞭虽然十分结实，但在这两个天生神力的人全力的拉扯下，竟然发出了即将断裂的声音。其中几股牛皮绳已经断裂开来，两条马鞭变得越来越细了。

一看主人动起了手，双方的手下也各自抄起兵刃拉开了架势，一场火拼就要开始了。就在这时，随着"砰"的一声弓弦响，一支利箭飞来，把两条缠绕的马鞭拦腰射断。正在全力较劲的拓跋逸豆和巴特尔一下子失去了重心，全都从各自的马上摔了下去。

巴特尔暴怒地爬起来正要骂人，却看见成吉思汗在者勒蔑的陪同下已经到了不远的地方。他的侍从——名声仅次于哲别的蒙古第二神箭手赤兀，手里正拿着一张弓，显然刚才那一箭就是他的杰作。巴特尔和拓跋逸豆等人赶忙跪倒在地，迎接转眼就来到了他们面前的成吉思汗的马队。

成吉思汗坐在马上听了两人的讲述，不禁摸着胡须沉吟了起来。按照蒙古人高傲的天性，这个党项将军原本一定会人头落地的。但这小子偏偏就是那个杀死了完颜鸿鹄的拓跋逸豆，自己的恩人。这件事倒让成吉思汗犯了琢磨。过了良久，他把鹰隼一样的目光投向了心腹爱将巴特尔柔声说道："我的雄鹰，这个党项人就是我今天答应饶恕三回的拓跋逸豆，我用十个金国美女换下这个女人给你怎么样？"巴特尔不服气地说道："女人我倒是不缺了，可就这样向一个党项人低头，我不服气！"

"你竟敢用这样的口气跟大汗说话，难道是活得不耐烦了吗？"者勒蔑抬手一鞭子抽在了巴特尔的肩上，巴特尔挨了鞭子不敢再顶嘴，用充满仇恨的目光死死地瞪着旁边的拓跋逸豆，恨不得一口吞下这个害自己吃鞭子的党项人才解气。

成吉思汗深知巴特尔性格倔强，连忙摆了摆手，制止了仍在气头上的者勒蔑，又转脸对拓跋逸豆说道："那我给你十个金国美女怎么样？"拓跋逸豆躬身施礼道："我愿意给这位将军三十个美女和很多财物，但这个女人我却是要定了！"

成吉思汗面对这两头犟驴不禁恼怒了起来，他大声地吩咐着自己的侍卫道："你们数十个数儿，让这两个发了情的儿马子自己想办法，到时候再想不出来，就砍了那个女人一人分他们一半儿！"

还没等侍卫们开始数数，拓跋逸豆忽然大声嚷道："大汗！我愿意在比武场上赢回这个女人！"

那边儿的巴特尔听了也是正中下怀，马上大声地附和道："我也愿意！"

成吉思汗听了，觉得这倒不失为一个公平解决的办法，便点头答应道："好，我军刚刚大胜，就让你们的比武来助助兴吧！"

　　者勒蔑一看大汗消了气，也跟着凑趣儿地说道："这个女人我就先带走了，今晚就把她捆在营地间的马桩子上。明天你们谁在比武后还活着，就自己去领人吧！"

　　成吉思汗打马来到拓跋逸豆的跟前大声说了句："我还能宽恕你两次，我勇敢的党项人！"

那一天你身披战甲，

为了誓言挺身跃马。

党项的龙驹驰骋天下，

党项的男儿无所惧怕……

第三章　　比武

第二天的上午，当一阵阵令人心悸的牛角号声传来时，拓跋逸豆已经披挂整齐了。他不慌不忙地在侍卫阿木的帮助下把一条镶着金貔貅的腰带束紧，大踏步地走出了帐外。在翻身跃上马背之前，他还亲热地拍了拍无数次与他出生入死的大青马闪电。

阿木把他那件威震党项群雄的镔铁狼牙棒举过头顶递到了主人的手里，不无担心地想要说些什么，可终于把到了嘴边的话咽了下去。这个忠诚的党项汉子叹了口气，默默地骑上了自己的战马，沉默的脸上除了忠诚和坚毅外没有一点儿其他的表情。

阿木闹不清楚自己的主人是不是得了失心疯，竟然要跟不可一世的蒙古大将巴特尔决斗。这件事情已经在联合灭金的党项和蒙古联军里闹得沸沸扬扬，连名动天下的成吉思汗都要亲自主持这次疯狂的对决。这真是疯狂的世界里才有的疯狂的事情！

在牛角号和牛皮战鼓所产生的声浪中，参加决斗的双方在成吉思汗的金顶大帐前翻身下马，朝端坐在那根黑色牦牛尾巴扎成的苏鲁锭长枪下的成吉思汗躬身行礼。成吉思汗微微点了点头，然后把头转向身边党项军统帅嵬名朗月问道："你看今天的比武将会是什么结果呢？"

嵬名朗月眉头一皱躬身回答："回大汗的话，这就要看这两个人自己的了，他俩都是出了名的英雄好汉，我心里真是一点底儿都没有！"站在他身后的党项监军仁多望宝满脸媚笑地朝成吉思汗拱手奉承道："我们党项人已经很多年没出过神勇盖世的英雄了，拓跋逸豆哪会是草原雄鹰巴特尔将军的对手？待会儿他要是死于非命了，臣回去一定禀明我们的皇上，今天的事情都是他咎由自取！但愿大汗不要因此怪罪我们才是！"

成吉思汗爽朗地大笑起来，他不屑地瞥了仁多望宝一眼，用讥讽的语调说："草原男儿最宝贵的就是和雄鹰一样的骄傲和血性！凭本事为自己赢得一个美丽的女人何罪之有？"说完不再去看仁多望宝讪讪的样子，而是对身边的蒙古军统帅者勒蔑做了一个开始的手势。

者勒蔑立即站起身挥动双手，使周围上成千上万围观的联军将士安静了下来。他大声宣布："大汗有令，这次比武的胜负生死全凭长生天的意志决定，无论哪一方取胜，另一方均不得事后追究寻仇！"然后抽出一支粗壮的狼牙箭双手平举大声喝道："若有违背者，如同此箭！"说着双手一用力，狼牙箭顿时被折成了两截。

在离开金顶大帐不远的地方，一根拴马桩子上捆绑着那个引起了这场比武的女俘虏。她一身红色的衣裙和乌黑的长发在风中轻轻地飘荡着。美丽白皙的脸上一双黑亮的大眼睛正默然地注视着面前那两个将要为了争夺自己而不惜血染黄沙的男子。

她注意到大青马上那个光着头没戴头盔的党项男子，他按照党项人的传统髡了发，光秃秃的头顶和脑后飘逸的长发显得那么的洒脱自信。他身上那套做工精良的牛皮铠甲也使他英武异常。特别是他腰间的那条饰金的腰带格外的显眼，配着他那张年轻英俊的脸上冷峻的表情，就像是传说中的天神一般。他手里的狼牙棒也显得十分沉重，威风异常。不过她对胜负并不关心，因为这既不能改变她亡国丧家的命运，也换不回死在屠刀下的家人。这两边全是她灭国亡家的仇人，无论谁死都只会令她感到一阵复仇的快慰。

对面的棕色战马上是剽悍得如同铁塔一般的蒙古勇士巴特尔，一件本色的羊皮袍子裹住了他那强壮的躯体，一条车轴似的胳膊完全裸露在外边，如同镔铁铸造的肌肉丝丝分明。他把手中那把沉重的厚背弯刀抡得呼呼作响，脸上那不屑的表情把对拓跋逸豆的轻蔑之情表露无遗。

在比武即将正式开始前的一瞬间，金国美丽女俘心里却有了微妙的变化。不知道为什么，她的心里隐隐地感觉到自己宁愿那名英武的党项武士赢得这场比武，她死也不愿意落到那黑煞神似的蒙古人手中。但转瞬之间，她就为自己这个突如其来的想法感到了一阵莫名的羞愧。

随着者勒蔑的吼叫，战鼓和牛角号的轰鸣再次猛然响起。巴特尔催动战马旋风似的冲向了对手，在这位蒙古勇士看来，仿佛只需轻松的一击便足以如愿以偿了。拓跋逸豆望着迎面杀来的巴特尔猛地一抖缰绳，催动大青马全速迎了上去。围观的蒙古和党项兵将们被这个场面刺激得热血沸腾，纷纷挥动着手里的兵器，拼命地为自己人叫好助威。

一眨眼的工夫，交战的双方就到了短兵相接的距离，就在两匹马擦身而过的那一瞬间巴特尔弯腰狠狠地把弯刀砍向了对手的肩膀。拓跋逸豆手里的兵器也在这间不容发的当口儿搂头盖顶地打了过去。当一声震耳欲聋的金属撞击声响起时双方已经擦身而过，各自在数丈之外勒住战马拨转了马头，做好了第二次交手的准备。

周围的人们都没来得及看清楚两人交锋的细节，直到这时才明白第一次的对攻后两人都毫发无损、拼了个旗鼓相当，这才轰然叫起好来。

第二次的对攻紧接着就开始了，拓跋逸豆的大青马率先冲了过去，就在两匹马都奔跑到极速时两人手里的兵器借着这巨大的冲击力再次碰撞到一起。金铁交鸣中，巴特尔胯下的战马被震得前蹄一软，把个虎背熊腰的巴特尔硬生生地给摔出了一丈多远。拓跋逸豆借猛踩马镫而抵消巴特尔那雷霆一击的力量，马镫上的皮带当场断为两截。拓跋逸豆几乎同时也仰身摔到了马下。

在惊呼声中，巴特尔像一头人熊一样挣扎着站了起来，他摇了摇被摔蒙的脑袋，从旁边捡起自己的弯刀毫不犹豫地朝拓跋逸豆猛扑了过去。拓跋逸豆这时也撑着手里的兵刃站了起来，他吐了一口沾在嘴边儿的草叶儿，把兵器往地上一插，"嗖"的抽出了自己的腰刀。阿木趁着几个蒙古兵追赶巴特尔坐骑的功夫，赶紧把大青马拉到身边，更换起断裂的皮带来。

拓跋逸豆猛一低头躲过了巴特尔的一击，手中的弯刀如同一道长虹一般削向了巴特尔的腹部。两人都被对方凌厉的进攻给逼退了一步，巴特尔一声吼叫双手持刀猛地从正面向拓跋逸豆当头劈来，拓跋逸豆哪甘示弱舞动腰刀从下至上猛兜了上去，又是一次硬碰硬的生死相搏。巴特尔的弯刀当场断成了两截，手里只剩了一个刀柄。拓跋逸豆的腰刀则被震得脱手而飞，像一颗耀眼的流星一般落在了数丈之外。两人都不禁一愣，对视了一眼后便徒手冲到了一起。巴特尔不愧为草原的雄鹰，晃动着健硕的双臂很快就把拓跋逸豆拦腰抱住，猛地摔在了地上。

拓跋逸豆落地后敏捷地一滚，躲开了巴特尔随后补上的一脚。双腿一交叉剪刀似的把巴特尔庞大的身躯给掀翻在地。这场徒手搏斗进行了很久。在拓跋逸豆敏捷的拳脚下，巴特尔很快就血流满面，但他娴熟而凶猛的摔跤法也充分地得以施展，把拓跋逸豆摔得鼻青脸肿、摇摇晃晃。

一名蒙古万夫长拉着巴特尔的马站在场边儿用蒙古话叽里咕噜地大声嚷了起来，巴特尔听了立即虚晃一招儿转身朝自己的战马跑去。拓跋逸豆瞬间明白了他的用意，连忙把手往唇边一放打了一个响亮的呼哨。阿木听了，赶忙松开了大青马的缰绳。早就按捺不住的大青马一声长嘶飞快地朝着场中的拓跋逸豆跑去。两人几乎在同一时间跃上了马背，开始朝反方向纵马狂奔了起来。这一次两人都没有急于冲向对手，而是围着场子一味地驰骋。明眼人都看出了端倪：这是要用箭了。

随着砰砰的弓弦响起，双方已经各自射出了一支箭。巴特尔那在百步之外足以射穿三层牛皮的狼牙箭呼啸而至，而拓跋逸豆那略显秀气的雕翎箭也应声而出，直扑巴特尔的狼牙箭。两支箭仍在飞行中，两人又弯弓各射了一箭，这一回巴特尔仍旧是射向拓跋逸豆，而拓跋逸豆的箭则是朝着他的坐骑射去的。

转眼工夫，两人的第一支箭已经撞在了一起，凌空化作了一团纷飞的碎屑。目瞪口呆的观众还没来得及喝彩，第二支箭也都已经到达了攻击的目标处。巴特尔挥动手里的铁背弓百忙中打掉了拓跋逸豆射向他坐骑的箭。而拓跋逸豆则是没有理会第二支扑面而来的箭，从容地射出了第三支箭，直奔巴特尔坐骑的眼睛。巴特尔被这比他多出的一箭给弄慌了，情急之下只好猛一带缰绳，用力把马头拉向了一侧。那支箭倒是给他硬生生地躲开了，可马的眼睛仍然让箭气给扫了一下，战马一惊，前蹄一下子腾空而起，把它的主人很不体面地给摔到了地下。对面的拓跋逸豆这时正在马上缓缓地转过脸来，嘴里紧紧地咬着巴特尔的第二支箭。胜负立判，全场的人都拼命地为拓跋逸豆叫起好来，这其中也包括喜欢英雄好汉的蒙古人。

比武已经无须继续了，两人互相怒视了一眼，便双双来到了成吉思汗面前跪了下来。成吉思汗亲自起身把他们扶了起来，赞叹地看着两人朗声说道："好！真是一等一的勇士呀！"他盯着拓跋逸豆看了看，用拳头使劲地捶了捶他的胸脯儿："去吧，那个女人归你了！谁都不会再有异议的！"

拓跋逸豆深施一礼，在仍旧狂热的欢呼声中朝着自己的大青马走去。剩下巴特尔满面羞愧地面对着他的大汗。只见成吉思汗微笑着把手里装满马奶酒的金杯递到了这个大汉的面前："我允许你用我的金杯喝酒！"

巴特尔被这特殊的荣誉给惊呆了，颤抖着双手接过大汗的金杯，一脸的感激和茫然。就在这时，他清楚地听见大汗在他的耳边说："喝吧，我的孩子！赢得女人的人不一定会赢得天下最辽阔的牧场，我把这个年轻人交给你了，下一回我要你在战场上斩下他的头颅！"巴特尔感觉到自己周身的血液在汹涌在奔腾，他目光坚定地朝着自己的大汗看了一眼，深深地点了点头，端起金杯把一大杯马奶酒一饮而尽。

比武结束时，成吉思汗下令全军休整三日，收兵结束这次远征。在联军将士雷动的欢呼声中，一场狂欢开始了。无论是纷纷回营的党项人还是已经开始痛饮马奶酒的蒙古将士，都在为能够幸运地活着回到家乡而庆祝。既然精彩的比武已经结束，也就没人再关心发生在拓跋逸豆和可心之间的这些对话了。

拓跋逸豆这时已经骑马来到了美丽的女奴可心面前，用手里的马鞭一指："姑娘，我已经为你赢得了比武，让我终身守护你吧！"

女子在马下揉着被牛皮绳捆得酸痛的胳膊，她毫不领情地扬起脸，带着倔强的表情看着拓跋逸豆冷冰冰地回答："你们的铁蹄已经踏破了我的家园，我已经无家可归了，哪还用得着你守护？"

拓跋逸豆有些尴尬地回答道："我已经立下了誓言要守护你，照顾你……"

听了拓跋逸豆的话，可心不由得浑身一震，睁大了眼睛。但灭国亡家的惨痛还是让她对这位年轻的党项人的话充满了疑虑，于是猛地仰起头倔强地说道："作为你这次远征的战利品还是你的奴隶？"可心的眼光更加犀利。

"我是对你的父亲发下的誓言。你难道要让我违背誓言？"拓跋逸豆有些恼怒地反问。

可心从他的话里听出，他肯定见过自己的父亲，口气稍稍缓和了一些。不禁用她那双美丽的大眼睛打量着眼前的拓跋逸豆问道："你见过我的父亲？他……他怎么样了？"

拓跋逸豆实在不愿意在这种情况下再拿完颜鸿鹄的死来刺激她，便庄重地点了点头回答道："他让我找到你，并一直承担保护你的责任。请允许我兑现自己的誓言，跟我回大夏吧！"

听了拓跋逸豆的回答，一种不祥的预感涌上了可心的心头。她知道爱自己胜过生命的父亲能把自己托付给这个陌生的党项人，他的生命一定是凶多吉少了。想到这里，复仇的欲望顿时像一只怪兽一样在冥冥中扑来，吞噬撕咬着她那颗已经被揉碎了的心。略一思索，可心便横下心来望着面前那个满脸赤诚的党项人坚定地说出了自己的条件："我可以跟你走，但你得答应我一件事！"

拓跋逸豆听了，一股热血顿时涌上了头顶，化作了党项男儿的侠义胸怀。拓跋逸豆把胸脯一拍，傲然地答应道："说吧！我答应你！"

"我要你起誓，为我手刃杀害我全家的仇人！"

拓跋逸豆诧异地问道："谁是你的仇人？跟你有什么血海深仇？"

听见拓跋逸豆问，可心原本天鹅般高傲的模样霎时间变了，带着一种只有怀着刻骨铭心的仇恨的人才有的表情，用她那好像在燃烧的眼睛目不转睛地盯着拓跋逸豆说道："一年前，蒙古人攻破了我们的城池……"

随着可心的讲述，拓跋逸豆仿佛又回到了一年前那个滴血的夜晚。可心望着不远处正在狂欢的蒙古人说道："因为我们的城池进行了抵抗，领兵的蒙古将领便下令屠城。阖城老幼三万多口一个没剩，我的母亲和弟弟妹妹也全都惨死在他们的屠刀之下。到最后，我家上上下下一百多口人中就只有我藏在草堆里侥幸活了下来，几经辗转才找到了我爹爹的军营……"

拓跋逸豆尽管被可心的讲述打动了，但在那个铁血横飞的年代他已经见过了太多的杀戮，他只是向这个伤心欲绝的女子投去了一个同情的目光，没有开口。

可心注意到了拓跋逸豆脸上的表情，突然间泪流满面地提高了声音问道："你也许觉得这只是你经历过的事情中一件不值一提的小事吧？"

拓跋逸豆一时之间不知道该如何使可心从仇恨中解脱出来，只得避开了她那犀利的眼神，想要出言抚慰。却只见可心那张美丽的脸上突然间浮现出狰狞的表情，呀牙切齿地望着他嚷道："你永远也不会明白的，目睹自己的亲人被杀死在面前时心里是什么滋味？当亲人的鲜血溅在你的脸上你会有什么样的念头？"

这两句话显然是深深地打动了拓跋逸豆，他把自己的目光迎向了可心，用一个仿佛要熔化岩石似的表情望着仍沉浸在仇恨中的可心说道："我体会到了你说的那种感觉，我答应替你报仇！"说到这里，他下意识地用手握住了刀柄追问道："告诉我！你的仇人是谁？"

"一个打仗时肩头带着一只黑鹰的蒙古人！"可心说话时不禁狠狠地咬了咬牙，好像只要一提起那个带着黑鹰的蒙古人，她心里的仇恨就会像飓风下的沙漠一样波澜起伏、难以平静。

拓跋逸豆抬头仰望着头上的天空，过了半晌，他才收回了目光，一本正经地对可心说道："我答应为你手刃仇人，并在此向伟大的贺兰山起誓！"

当狂野的呼喊和马奶酒醇厚的芳香从空气中传来时，拓跋逸豆和女子的谈话也有了圆满的结局。拓跋逸豆下了马，他左手拄着自己的兵刃右腿跪在草地上，用右手庄严地按在胸前起誓道："我在此向党项的列祖列宗的在天之灵和伟大的贺兰山上的神灵起誓，一定要手刃那个带着黑鹰的蒙古人，如果违背誓言万箭穿身死于非命！"

可心笑了，尽管这个笑容出现在已经残破不堪的故国家园前显得有些凄凉，但还是明媚得如同春光一般。她给自己的仇人找了一个天神般的对手。她看了看面前那个俊朗的党项人，换成了温柔的语调对拓跋逸豆说："如果你能恪守你的承诺，我将从此全心全意地追随着你，无论天堂还是地狱，直到属于你的时间终结！"

拓跋逸豆把手里的兵刃交给侍从阿木的时候郑重地叮嘱道："我要你像效忠我一样效忠。她明白吗？"阿木什么都没说，只是庄严地点了点头。

拓跋逸豆用双手托住了可心的蛮腰把她举上了马背，突然开口说道：

"其实我早就知道你的名字了，可心！"可心听了微微一愣，但她马上就猜到了答案，轻声地说道："是我父亲他告诉你的吧？他现在到底怎么样了？"

拓跋逸豆没有回答，只是轻轻地叹了口气，想办法避开了这个话题。他面色凝重地望着可心反问道："怎么？难道我说得不对吗，可心？"

可心闻听，轻轻地叹了口气回答道："没错！我正是大金国镇北侯之女完颜可心！"

拓跋逸豆在纵身跃上马背时，无意间问道："你和你的父亲本应在大金国的都城里，怎么会在这个时候来到了这座边城？"

可心听了，轻声地回答道："我父亲原本是在皇帝身边，是听到了蒙古人来进攻的消息才特地赶来的。"说到这里，可心又怀着无限的心事补充道："从那时候起，我父亲就立下誓愿要替全家报仇。他还对我说过，我完颜家最后哪怕只剩下一个女人也要讨还这笔血债……"

听着可心的话，拓跋逸豆仿佛在可心的身上又看到了完颜鸿鹄的影子，他仰头望着白云悠悠的蓝天，默默地告诉已经升入了天国的完颜鸿鹄：自己终于找到他的女儿，并一定帮他完成这个心愿。祷告之后，拓跋逸豆双腿一夹马肚子，带着完颜可心在党项军纵情的欢呼声中朝着拓跋部的军营狂奔而去。

随着成吉思汗收兵的命令，党项军也踏上了归途。他们缓缓地离开掩埋着同伴尸体的金国土地，向着远在天边的贺兰山走去。

嵬名朗月和拓跋逸豆并排骑马走在大军的队列里，监军仁多望宝讪讪地跟在他们的身边。他尽量想使自己的头也仰得高高的，并因此获得士兵们的尊重。但他很快就失望了，因为这完全不可能。党项人和其他游牧民族一样，只尊重真正值得钦佩的人。

嵬名朗月是个出身名将世家的职业将领，从小就在担任党项军统帅的父亲威名赫赫的嵬名令公的身边长大，深得其父不怒自威的真传。平时在军中总是不苟言笑，一副冷冰冰的样子，让人望而生畏。只有跟幼时的玩伴拓跋逸豆在一起时才会显得随意许多。因为两家不但是通家世好，还都是大夏坚实的柱石。他看着志得意满的拓跋逸豆笑道："这次远征金国你的收获最大，不但完成诺言救下了完颜鸿鹄前辈的女儿，没想到她还是那么一个绝色美女。"拓跋逸豆笑着回答说："全是上天的安排，能让我在混乱之中找到她。"

还没等嵬名朗月说话，刚刚拍马赶上来的仁多望宝却没头没脑地插嘴道："你们都是咱大夏的世家子弟，什么样的美女没见过？不如把那个金国女子卖给我好了，我愿出黄金……"他的话还没说完，拓跋逸豆已经是勃然大怒。他"刷"的一声拔出了腰刀，用冰冷的刀锋指着仁多望宝喝道："拔出你的刀来！"

仁多望宝大惊失色地颤声问道："拓跋逸豆你这是干什么？我……我只不过是一句笑谈而……而已……"

拓跋逸豆手里的刀仍旧一动不动地指着他的鼻子，用轻蔑的语气冷冷地说："既然你不敢像真正的党项人那样拔出刀来跟我决斗，那我就告诉你，不许侮辱我的女人！况且那女子是大金国皇室完颜家的女儿，你在她面前卑贱得如同野草一般。一回到京城我就要请旨娶她，你再敢侮辱她我就立即斩你于马下！"

仁多望宝知道自己触了霉头，心里再次懊恼起来。看着嵬名朗月已经劝着拓跋逸豆收起了腰刀，他便摆起监军使的架子朝嵬名朗月气哼哼地说道："大统领，你可都看见了。我原本只是一句笑谈，可拓跋统领却这样犯上，你说该怎么办吧？"

嵬名朗月用严厉的眼神制止了准备再次拔刀的拓跋逸豆，和颜悦色地对仁多望宝说："拓跋逸豆这个浑小子总是改不了他那狗脾气，我这里替他给你赔不是了，仁多望宝大人你就不要计较了吧？他可是咱们大夏部族首领，真打起官司来赢的人可不一定是你哟！"说到这里，他还故意朝着高歌猛进的拓跋部骑兵一努嘴："再说，大人你那样谈论他们的女主人，的确有些冒失呀！"想着那些只知道拓跋逸豆、不知道大夏还有个皇帝的拓跋部众，仁多望宝情不自禁地打了个冷战，他知道自己刚才的确是说错了话。但无论如何，贵为监军的他被当众羞辱，还是使得他满脸不悦。

嵬名朗月说完这番话，看着仁多望宝那令人难受的表情，又转过身去朝拓跋逸豆假意呵斥道："拓跋逸豆你真是的！尽管大军已经班师了，可仁多望宝大人不还是监军吗？说错了话晚上给你敬酒赔礼也就是了，干什么舞刀动枪的！"

仁多望宝一听当时就软了半截，按照党项的军法，现在已经是班师途中了，既然不再有战斗，当然也就不能行军法了，他这个监军这时候实际上已经没有任何权利了。仁多望宝心里越想越气，这个嵬名朗月明摆着是在拉偏架。他的话乍听着像是在责备拓跋逸豆，其实不仅把责任全推给了自己，还在暗示不仅那个拓跋逸豆白白地侮辱了自己不算，到头来还得让自己给他敬酒赔礼。

他恨恨地想："好，让你们目中无人！等回到京城看我不让太后找你们的晦气才怪！"在接下来的路上，仁多望宝没再开口，而是胡乱地琢磨了起来，由太后那熏天的权势逐渐想到了太后白如凝脂的玉体和如丝的媚眼，不由得心驰神往、魂飞天外……

拓跋逸豆看着仁多望宝那副德行也懒得再跟他计较，俏皮地朝嵬名朗月一眨眼道："统领，左营行进的速度太慢，我这就去后边催促一下，免得他们拖了大军的后腿！"

嵬名朗月马上就明白了他是不愿意跟仁多望宝在一起，便顺水推舟地答应道："好，你赶紧去吧，日落时无论如何也要踏上咱大夏的土地！"

望着拓跋逸豆骑着大青马飞也似的朝大军的后面去了，嵬名朗月看着仍旧是一脸魂不守舍的仁多望宝笑着打岔道："监军大人，是不是在想成吉思汗赐给你的美女呀？"

仁多望宝从遐想中一下子反应了过来，好像怕被他看穿了心思似的，尴尬地掩饰道："你看，到底是嵬名统领的眼睛厉害，我这么点儿小心思还真让你看透了。哈哈哈……"心里却暗暗地骂道："那狗日的成吉思汗也不是个东西，赏的那金国女人又老又丑，让人看了连胃口都得倒上三天，还他妈的美女呢！"

嵬名朗月瞧着仁多望宝那让人作呕的嘴脸，知道他也不好意思再提刚才那档子事儿了，便抬头望了望天说："我得到前军去打打气，照这个速度什么时候才能到家呀！"说完不等仁多望宝回答就把缰绳一抖，纵马朝前队去了。

落日的余晖里，远征金国的党项大军终于回到了大夏的边廷，人马安营扎寨后便开始准备晚饭了。当地的地方官早已等候多时，他们是奉了圣旨带着肥羊美酒前来劳军的。嵬名朗月和拓跋逸豆都懒得和这些蕞尔小吏来往，喝了几杯就告辞走了。仁多望宝却乐得被这些下属逢迎，便跟着那些官员继续推杯换盏地闹腾了起来。在一阵阵肉麻的吹捧声中，仁多望宝陶醉了。他感到只有保住自己的权势，别人才会像眼前这些家伙一样敬他、怕他。至于那个鲁莽匹夫拓跋逸豆他倒是不担心，有他的太后情人在，还有什么办不成的事情吗？

拓跋逸豆跟嵬名朗月聊了一阵子，便打马朝着自己帐房走去。苍茫的夜色中，他看见可心正站在帐房前面等着自己回来。

看到这一幕，这个见惯了斩头沥血的汉子也不禁心头一热，连忙双腿一夹，让大青马加快了速度。在不远处兵士燃起的篝火映照下，可心那苗条美丽的身影在朦朦胧胧不断地变化着，显得愈发的动人心魄……

就在大夏远征军凯旋班师的时候，中兴府里却是另外一番景象。大夏的皇宫里有一处十分独特的地方，层层叠叠的五间宫殿建在了一块碧波荡漾的小湖中央，要到达这里只有通过一条弯弯曲曲的小木桥。小桥上常年摆放着应季的花卉，使人看上去就像一条开满鲜花的小径一样。为了使一年四季都有鲜花开放，十几名从南朝大宋掠来的园丁被封了官职，整天在暖阁里不停地忙活着。

这样的一组建筑，在地处西北的大夏王宫里显得格外的新奇和别致，是已经逝去的神宗皇帝李遵顼下令三万大军连续苦干了几个月才完成的。当然，这还不算那条蜿蜒数十里引来河水的沟渠，那更是耗尽了大夏一年的岁人。这里就是紫鸢坊，梁太后的寝宫。

这位太后虽然已经是四十出头了，可看上去最多也就三十刚过的样子。再加上她不但天生丽质，还很善于打扮，那妖艳的样子在每一个男人的眼里仍旧是个颠倒众生的人间尤物。她原本是先皇神宗皇帝李遵顼的偏妃，因为狐媚娇俏又工于心计，很受李遵顼的宠爱。唯一令她不快的是头上偏偏有个正宫皇后，时时压在她的头上。不甘寂寞的梁妃一心想要除掉这个令她寝食难安的老女人。三年前的夏天，她终于等来了这样的一个机会……

那时候，正赶上蒙古人大举入寇，大夏军节节败退，连一代名将嵬名老令公也吃了败仗，一气之下回家闭门隐居，称病不出了。眼见着大厦将倾难以力挽狂澜，大夏朝廷只好遣使求和，跟称雄天下的蒙古大汗铁木真签订了一系列屈辱的盟约，凶猛的蒙古铁骑才暂时退出了这片狼毒花盛开的土地。

神宗皇帝李遵顼由于急怒攻心便抱病在床，眼看着已经是命悬一线不久于人世了。梁太后眼看着自己的荣华富贵不但马上就要成为过眼的云烟，恐怕还要被正宫那个老女人逼着给即将辞世的神宗殉葬，便干脆勾结了本来没希望继承皇位的皇子李德旺发动了一场宫廷政变。

事后，不但李德旺如愿以偿地登上了大宝，梁妃也摇身一变成了大夏的太后。但从那时起她也就被杀死病重的先王和指使乱兵逼死皇后的传说所包围，成了大夏众臣人人痛恨但又人人惧怕的一个特殊的角色。但她对此却很不以为然，因为权势和富贵已经集于她一身。在她看来，在这个强者至上的世界里，只有别人会怕她。

梁太后此刻正慵懒地靠在西域高手匠人精心制作的软榻上，百无聊赖地望着窗外天空中那一阵阵带着黄沙的旋风，看着它们越过宫墙和湖面儿撼动着湖边的红柳。一切都显得寂寥无趣，尽管这位太后的心里始终被一股因为空虚而引发的无名之火烧灼着，可此刻她连发脾气的劲头儿都懒得去费了。不管此时的梁太后多么的强大，她终究还是个女人。每当浮华散尽的夜晚来临，冗长的夜晚都显得特别的孤独和寂寞。

正在这时，一名侍女轻轻地走到她的面前，小声地禀报说："太后，皇上说咱们党项的大军已经班师回朝了，请您一起升殿去犒赏有功的将士呢！"

一听说大军班师回朝了，梁太后的精神头儿便也跟着来了。她想着就要见到自己的情人、那个嘴上跟抹了蜜糖似的仁多望宝了，烦闷的心情一下子畅快了不少。她赶紧从床上坐起来吩咐道："赶紧给我梳妆！"

在头插白羽、身披铁甲的近卫军簇拥下，大夏皇帝李德旺骑着一匹来自西域的汗血宝马*出现在皇宫正殿前的空场上。满朝的文武早就奉旨等候了多时，一看皇帝来了，都纷纷地整理衣冠，整齐地分列在皇帝的两旁。

看着皇帝轻轻地点了点头，一名武官骑马来到前面大声地喊道："皇帝陛下有旨，凯旋大军行献俘礼！"他的话音刚落，宫门外就传来了地动山摇的回应，等候在那里的远征军有功将士在高呼"遵旨！"之后，便齐齐地翻身上马，缓缓地穿过皇宫高大的门洞，朝着殿前的皇帝和文武大臣走去。

---

* 汗血马的原产地在土库曼斯坦，是经过三千多年培育而成的世界上最古老的马种之一。史记中记载，张骞出西域，归来说："西域多善马，马汗血。"故在中国，两千年来这种马一直被称为"汗血宝马"。这种马头细颈高，四肢修长，皮薄毛细，步伐轻盈，力量大、速度快、耐力强。历史上大都作为宫廷用马。

　　在距离皇帝的仪仗大约还有一丈之遥的地方，头戴红缨金盔、身穿黄金雁翎铠甲的嵬名朗月把右手高高地举了起来，他身后的将士立即齐刷刷地勒住了缰绳。

　　嵬名朗月翻身下马，朝着李德旺躬身行礼，朗声奏道："臣，大夏诸军都统领、远征金国大军统领嵬名朗月仰仗陛下天威凯旋回朝，特来献俘阙下，望陛下恩准！"

　　李德旺是靠着父亲的偏妃、也就是当今太后的扶持才当上皇帝没多久，他从来没经过战阵，所以很喜欢这样的大场面。李德旺端坐在马上满意地点了点头，大声地回应着嵬名朗月道："平身吧，我的统帅！"嵬名朗月再次施礼，转身重新跨上马背，对身后的将士们命令道："奉旨，献俘开始！"

　　随着他的命令，上百名盔甲鲜明的士兵纵马跑出了队伍。他们每人手上都倒拖着一面在这次远征中缴获的金国旗帜，在飞快地打马从皇帝的面前跑过时，挥手把手里各色各样的旗帜扔在皇帝的马前。李德旺得意非凡地看着马前越来越多的金国旗帜，用手捻着两撇修剪得很讲究的小胡子，享受着九五之尊特有的荣耀。

　　大臣堆儿里，官居太师的赫连斡罗看着皇帝得意的样子，不禁皱着眉头小声地对身边的后军将军野利延祚说道："我的兄弟呀，看来我们的新皇上完全是中了那只狡猾的老狼铁木真的奸计。他一点都没有想到，等我们充当蒙古人的帮凶灭掉了与我们唇齿相依的大金后，咱们亡国灭种的日子也就不远了！"

　　野利延祚看着自己最敬重的人，满怀忧虑地问道："那咱们该怎么办呢？您是大夏的老臣，赶紧想想办法吧！"看着赫连斡罗无奈地摇了摇头，野利延祚这个爽直的汉子忍不住恨声说道："实在不行就把这个糊涂皇帝给废了算了，历代先王的功业不能就这样毁在他的手上！"

　　赫连斡罗赶紧用严厉的目光制止了野利延祚，把声音压得更低了些嘱咐道："这里人多嘴杂，什么也不要再说了，当心祸从口出！"

　　幸亏这时献旗的仪式已经结束了，大批的金国俘虏和俘获的财物正在从皇帝的面前经过，一阵又一阵的欢呼声完全遮住了他们之间这段大逆不道的对话。

　　各种炫耀大夏武功的仪式结束后，皇帝李德旺带头返回了金殿，重新坐到了刚刚坐上没多久的宝座。群臣也都跟在他的身后回到殿上，待众臣分班站好后，梁太后也完成了梳妆，光彩照人地出现在朝堂之上。尽管年纪已经不小了，但凤毛缎子做成的袍子下那婀娜的身材还是美得令人窒息。她故意等皇帝欠身行礼后，才婷婷袅袅地坐上皇帝身边的御座。一双原本媚劲十足的杏眼里带着煞气，傲慢地扫视了殿下的群臣。

　　李德旺看着群臣，兴致勃勃地开口说道："各位爱卿，我大夏承蒙列祖列宗的护佑，此次远征金国大获全胜！你们说，我该怎样奖赏此次远征的有功之臣呢？"

　　他的话音刚落，太师赫连斡罗就出班奏道："皇帝陛下，此次远征金国大获全胜，有功之臣理当厚赏。本来，此次远征是出于无奈。要不是蒙古大汗的要挟，我们是绝对不会出兵攻打与我们唇齿相依的盟国大金的。前不久我们攻打大金的金霞州就已经铸成了大错，眼下真的无力单独对抗那些野心勃勃的蒙古饿狼了！可喜的是，远征军的统领嵬名朗月不负您的厚望，用极少的伤亡赢得了此役的全胜，为我们大夏保存了实力，还宣扬了我们党项人的威风，陛下应该予以重赏！"

　　赫连斡罗刚才的那一番话明面上是顺着李德旺的话茬儿赞扬这次的胜利，实际上却委婉地道出了成吉思汗借刀杀人的诡计和大夏如果继续为虎作伥，必将落得个唇亡齿寒的下场。他的话在大夏的朝堂上引起了一阵轩然大波，一阵窃窃私语声顿时响了起来。许多大臣暗暗地点头，对太师的话表示赞同。但碍于太后的淫威，居然没一个敢站出来公开支持的。朝堂上出现了一阵难耐的寂寞。

　　好在新皇帝李德旺并没有注意到这点，他听了这番话之后若有所悟地点起头来。就在这位皇帝正要出言支持这个观点时，坐在一边的太后却轻轻地一笑插嘴说道："我大夏立国这么多年，风风雨雨见得多了！以我们的实力眼下除了暂时臣服于蒙古之外，难道还有别的选择吗？"说到这里，她那双漂亮的眼睛里闪动着威严的目光，朝着面前的群臣们扫视了一遍。目光所及，大家都好像怕被她凌厉的目光灼伤似的低下了头。

为了缓解尴尬的局面，李德旺便朝着顶盔冠甲的嵬名朗月说道："快给大家讲讲你们的事情吧，我想这才是大家急于知道的！"

接下来嵬名朗月奉旨奏报了此次出兵金国的经历，一场场激烈的战斗令朝堂上的大臣们全都屏住呼吸，仔细地聆听。李德旺听完之后，对大夏军队铁马金戈的雄姿颇有些心驰神往地感叹道："众位爱卿，这才是我们党项人的本色，是列位先王横扫六合的雄风呀！嵬名朗月不愧是将门虎子，是咱大夏一等一的忠臣良将啊！赏牛羊千头，骏马百匹。封万户黑水侯！"说着，他又把目光定格在大军的副统领拓跋逸豆身上，略一思忖便开口说道："副统领拓跋逸豆勇武过人，屡立战功。加封为……"

"陛下请慢！"他的话还没说完，就被一个突如其来的声音给打断了。大家朝发出声音的方向一看才发现，发出这个声音的原来是远征军的监军仁多望宝。李德旺看着打断了自己封赏功臣的仁多望宝，不满中带着狐疑地问："爱卿你有什么话要讲吗？"

仁多望宝偷眼朝正以欣赏的目光看着自己的太后瞟了一眼，顿时感到勇气倍增，扬声答道："臣蒙陛下信任担当了此次远征的监军，有件事情不得不先向陛下奏明。"

李德旺下意识地点了点头，把手一挥带着被打断了话头的不快说道："那你就说说吧！"

"谢陛下！"仁多望宝得意非凡地看了拓跋逸豆一眼，对皇帝奏道："大军副统领拓跋逸豆私通敌国！"

他这句话就像在滚油中泼进了一瓢凉水一样，原本十分肃静的朝堂上顿时议论纷纷，一片大乱。拓跋逸豆万万没想到这小子还有这么一手儿，一时间惊得连话都说不出来了。

　　李德旺听了疑惑地追问："你……你有什么凭据吗？"仁多望宝得意非凡地点头答道："他为了一名金国女子跟蒙古大将巴特尔大打出手，严重地损害了我们跟蒙古的邦交！"说完便添油加醋地把拓跋逸豆跟巴特尔冲突的事情叙述了一遍。拓跋逸豆一看这个恶贼竟然这么恶毒地诬陷自己，气得冲上去抡起拳头就想揍他。不想梁太后一声断喝传来："住手！你难道还敢公然在金殿上殴辱大臣吗！"拓跋逸豆只好收住了已经抡起来的拳头，狠狠地瞪了仁多望宝一眼，便悻悻地退了回去。

　　嵬名朗月实在看不下去了，便挺身而出对宝座上的皇帝大声嚷道："陛下，臣有话要说！"他作为远征军的统帅自然是最有权力发言的人了，李德旺当即就点头答应道："这样最好，还是爱卿你来说说吧！"

　　嵬名朗月谢恩之后便当着满朝文武的面儿，把这次远征中蒙古人如何蔑视党项人、怎样在历次战斗中让他们充当箭靶的前因后果仔细地讲述了一遍。当说到拓跋逸豆跟蒙古的将军巴特尔比武一节时，更是绘声绘色，让每一个党项人都感到很是舒心解气。嵬名朗月及时的陈述起到了拨乱反正的作用，拓跋逸豆私通敌国的罪名就这样被他轻松地洗刷干净了。一时之间，连仁多望宝都后悔刚才不该提起这个话头，倒让满朝文武因此把拓跋逸豆看作了党项的战神。

　　李德旺无声地叹了口气，瞪了一眼已经理屈词穷的仁多望宝，对拓跋逸豆笑道："事情已经清楚了，爱卿真不愧是我党项人的骄傲！你有什么要求尽管说出来吧！"

　　拓跋逸豆一看皇帝问话，当即不假思索地回答说："请求陛下恩准，我要娶金国女子完颜可心为我的正妻！"

　　李德旺这时也还沉浸在刚才嵬名朗月讲述的比武救美的故事里，正要顺口答应。不料太后却又在这个关键的时候开口了："不论怎么说，拓跋逸豆也是为了一个女人去跟盟国大将动武的。你的行动万一给了那些贪婪成性的蒙古人什么借口，我大夏诸多的努力岂不就付之东流了吗？"

说这句话时，太后的语气已经变得十分的严厉，令朝堂上的大臣们全都噤若寒蝉，几个胆子小的，甚至还瑟瑟地发起了抖来。

拓跋逸豆一愣还没来得及答话，梁太后却已经站起身来走到了皇帝的面前，用不容置疑的口吻说道："陛下，拓跋逸豆虽有战功但亦有过失，念在他是咱们大夏的一部首领，就不奖不罚吧！请陛下立即下旨赐死那个给我大夏招惹是非的金国女子，以儆效尤！"

这个晴天霹雳把拓跋逸豆给惊呆了，他"扑通"一声跪倒在地，大声叫道："天哪！大夏的朝堂上还有天理吗？"

嵬名朗月也没有料到太后竟然会说出这样的话来，正要站出来替拓跋逸豆争辩，却看见太师赫连斡罗伸手拉住了一脸愤愤之色、正要替拓跋逸豆出头的野利延祚，大步走到皇帝面前大声说道："拓跋逸豆跟蒙古将军比武或许有冲动的地方，但也是出于我们党项人的一腔血性。既然连蒙古的成吉思汗铁木真都没有追究，我们何苦因此去杀害一个国破家亡的孤苦女子呢？请皇帝陛下三思！请太后三思！"

嵬名朗月也趁机说道："既然是因为怕蒙古大汗怪罪才惩罚拓跋逸豆的，那么我想说的是蒙古大汗不但没有因此怪罪拓跋逸豆，还因为赞赏他的勇武，并亲口许他三次不死呢！"

李德旺虽然是在梁太后的帮助下才登上皇帝宝座的，但也是很讨厌这个妖艳阴险的女人干预朝政。他看着满朝文武都在替拓跋逸豆抱打不平，便顺水推舟地看着虽一脸怒气但也有点不知所措的太后说道："太后，我知道您这样做全是为了咱大夏好。但拓跋逸豆毕竟是立下了赫赫战功，比武的原因虽然有些荒唐，但也的确长了咱党项男儿的志气。不过拓跋逸豆既然身为大夏的勋戚重臣，娶一个金国俘虏为正妻显然有损国家体面，我看不如从皇室中选一女子赐婚给他以示恩宠！"说到这里，他沉吟了一下才接着说道："至于那金国女子，是纳成别妻还是当成侍女，就由他自己定夺吧！"

梁太后刚才是为了给仁多望宝撑腰才跟拓跋逸豆为难的，到后来看见众臣在赫连斡罗和嵬名朗月的带领下，公然跟自己打起了擂台，也觉得有些骑虎难下。正巧李德旺的话给了她一个台阶，便叹了口气故作大度地说道："既然皇帝开了金口，我还能说什么？我只不过是为了咱大夏的安危着想罢了。故去的先太后嫡亲的孙女郡主赫连飞凤是我们大夏女子中最文武双全的，我看就把她赐婚给拓跋逸豆算了！"

堂下的众臣都知道这是梁太后临时想出来的计策。那赫连飞凤正是被她害死的神宗皇帝李遵顼的正宫皇后的侄女，不仅美貌出众而且武艺超群，非常受人尊重。赫连飞凤因为头发里天生带着几缕红色的头发，被称赞为凤发郡主。更重要的是这位郡主自幼父母双亡，由先皇后一手养大，李德旺登基后，她十分不满，一直在追查先皇后死亡的真相。这次梁太后把她远远地嫁到拓跋部就再也不用担心她在中兴府兴风作浪了，真是一箭双雕，狠毒至极。

不料，拓跋逸豆却朗声应道："我已经立誓娶完颜可心为妻，党项男儿的誓言岂可随风散去？请太后收回成命！"

梁太后怒道："拓跋逸豆你别不知好歹，咱大夏皇帝赐婚，有哪个大臣敢说个不字的！你难道不怕死吗？"

拓跋逸豆不仅没被吓住，反而用更大的声音嚷道："臣宁死不愿从命！"

看着太后有些气馁地回到了自己的座位上，李德旺心里其实也很痛快。他笑吟吟地看着跪在地上一脸不服气的拓跋逸豆问道："你这个情种啊！你说我该如何处置你才好呢？"

拓跋逸豆把脖子一梗，抗声说道："臣本是个粗人，自小就在部落里长大，实在不懂朝廷里的礼数。况且我的先祖在开国时就跟太祖有约，只有国家危难时才起兵勤王，其余时间任我们在贺兰山下牧马放羊，请陛下恩准我回部落去。国家有难时我定当前来报效，万死不辞！"

李德旺笑了笑说："你本来就是拓跋部落的首领，就带着你的金国女子和族人回贺兰山下牧马放羊吧！"

拓跋逸豆谢了恩正要站起身来退出殿外，却听见皇帝又对他说道："那金国女子随便你做奴做妾！但太后既然说将赫连飞凤赐婚给你，你就不要再抗命了吧！退朝后我会让枢密院给你一道赐婚旨意的，你下去吧！"

拓跋逸豆仍要争辩，赫连斡罗和嵬名朗月连忙按住他的脑袋强迫他谢了恩。他们真怕这位不知天高地厚的拓跋部首领再触怒太后，枉送了性命。心里却对拓跋逸豆很是佩服，因为只有他才敢这样公开地跟太后放对儿，而且还能全身而退。

退朝的时候，野利延祚十分不解地对身边的赫连斡罗小声说道："这位拓跋大首领也真是的，把那个金国女子娶为别妻不就得了？"

赫连斡罗面无表情地看了他一眼没有作声，倒是他身后的大将野利不哥阴阳怪气地讥笑道："拓跋小子的确不机灵，但你老兄又娶过几个别妻呢？"

野利不哥的话正好戳在了野利延祚的软肋上，这位看上去金刚一样的汉子脸马上就红了，赶紧掩饰地咳嗽了两声，便低下头去不再言语了。因为他的妻子奎达是中兴府里出名的悍妇，半年前曾因为野利延祚想娶个别妻而闹上了金殿，连当今皇帝都哭笑不得、无法管束。

拓跋逸豆在退朝不久就收到了枢密院送来的皇帝圣旨，除了赐婚之外，只字没提给他封赏的事情。反正拓跋逸豆也不在乎那些所谓的荣华富贵，正乐得早点离开这乌烟瘴气的中兴府，当下便痛快地接了旨，带着可心和一干部众高高兴兴地打点行装，准备回贺兰山下的部族营地去。

仁多望宝虽然没有达到在朝堂上陷害拓跋逸豆的目的，但却由太后撺掇着被封为禁卫军的大统领，成了大夏的权臣。有了这个便利，他便名正言顺地出入宫廷整天陪伴着太后，越发地觉得自己很了不起了。虽然他的为人早就令群臣侧目，但因为有太后撑腰，也只得随他去了。

这一天，正在当值的仁多望宝又被太后叫进了紫鸢坊。因为已经到了宫门落锁的时间，守卫太后寝宫的侍卫在仁多望宝步入了前殿之后便转动机括，把紫鸾坊通向外界的木桥收回了殿前。这样，就没有谁能够直接到达梁太后的寝宫了。再者说，包括皇帝李德旺在内的大夏君臣，谁也不会在这个时候来自讨没趣儿。随后这对儿情人的幽会越来越频繁，也越来越肆无忌惮。

仁多望宝在宫女的服侍下脱下了穿了一天的铠甲，换上了一袭南朝织锦的便袍。他熟门熟路地走进了太后就寝的内殿，在一道用珍珠穿成的帘子前轻声禀报："太后，臣仁多望宝来了。"

"进来吧！"太后那性感的声音传出了珠帘，仁多望宝听了不禁心旌飘动，颤声答应着迈步走进了内殿。只见太后穿着薄如蝉翼的白色纱袍，丰满的胸部高高撑起了大红软缎褒衣，雪白的脖子下一道深深的乳沟很有悬念地消失在衣领中。

她身后是一盏十三头凤凰青铜站灯，十三个灯碗里散发出的柔和的光线，使太后更显得美艳不可方物。她脚下那个鎏金的香炉里燃着鬼才知道名字的香料，袅袅的青烟里弥散着略带腥味的媚香，让仁多望宝周身燥热，再也不能自已。要知道，这可是一两金子一两的天价从西域商人那里换来的，平常人就是想闻上一闻也是痴心妄想。

还没等太后开口呢，仁多望宝已经紧紧地把她搂在了怀里。雨点般的亲吻和如同复苏冬蛇般的双手在梁太后的全身游走，很快便令这位太后同样陷入了意乱情迷的境地当中。这位可以肆意在大夏的朝堂上杀伐决断的女人感到，有了仁多望宝她这辈子才算真的没白活。

她在意识彻底丧失之前娇嗔地望着她的情人说道："你怎么从疆场上回来后真的跟个将军似的，那些金国美女没有伺候好你吗？"

仁多望宝有些粗暴地把她抱到了雕龙画凤的大床上，一边手忙脚乱地脱着衣服，一边气喘吁吁地回答："除……除了你，我……谁也不要！"

两位偷情者的狂欢一直持续到谯楼上敲响了四更的时候，太后才望着匆匆穿衣束带的仁多望宝开口问道："仁多望宝，你想过咱们的事情一旦败露了会怎样吗？你会被五马分尸的！"

仁多望宝听了此话情不自禁地打了个冷战，那个惨烈的结局让他顿时魂飞天外，但他很快就恢复了镇定，用少有的真诚目光回头望着太后，坦然地笑了笑回答："臣的出身低微，能有幸受到太后您的垂青，死上一百回也是值得的！还怕什么五马分尸？"

太后的声音里明显有了些感动的成分："去吧，好好地干吧！等新皇帝登了基，你就可以因功封侯了！"

仁多望宝这回可是真的害怕了，他颤声问道："太后，什么新皇帝呀？这……这……是怎么回事儿？"

太后轻松地笑着说："没什么，就是找机会再换个皇帝呗！这个李德旺越来越不听话了，凡是我说的事情他都想反对。他就忘了我既然能把皇位给他，当然也能随时收回了！"说这句话的时候，她那双美丽而白皙的手有意无意地做了一个抓东西的动作，好像大夏的皇位真的就在她的纤纤玉手之中。

就在太后在床上琢磨着想要再次发动动摇国本的政变的时候，拓跋部的首领拓跋逸豆却意外地受到了皇帝赐婚给他的凤发郡主赫连飞凤的邀请，要他到中兴府城外的草地上去见面。犹豫再三之后，拓跋逸豆还是答应了这次会面。

提起赫连飞凤，她的大名没有哪个党项人会不知道。这位长得比天上的太阳还耀眼的美女，出生时头上竟然长着一缕红色的胎发，大夏的大巫师指天画地地告诉大家，这是神鸟凤凰转世投胎的标记，是高贵的象征。她长大后因为有了郡主的封号，凤发郡主之名也就随之传开，与凤发郡主成亲成了几乎所有党项男子心中一个难以企及的梦。

两人在风光如画的草原上相见了，他们原本并不陌生。早在十几年前太师赫连斡罗去拜会拓跋部首领拓跋破石的时候，身边就带着这位还没有长大成人的郡主。拓跋逸豆还曾经牵着手跟她一起玩耍过呢。拓跋逸豆万万没想到十几年过去了，赫连飞凤已经长成了一位英姿飒爽的女郎。

一见面，赫连飞凤便瞪着拓跋逸豆问道："听说你在朝堂上大喊大叫着不答应皇帝的赐婚，我难道就这么让你讨厌吗？"看着赫连飞凤刁蛮的样子，拓跋逸豆正要开口解释，却不料赫连飞凤没给他这个机会，"那个金国女子难道真的比我好吗？"赫连飞凤又咄咄逼人地开口发问。

拓跋逸豆忽然感到面前的赫连飞凤十分有趣，连生气的样子看上去都很是惹人怜爱，尤其是她身上那股党项女子的野性更是让人怦然心动。难怪大夏的英雄好汉都会为之迷醉。

拓跋逸豆不善于咬文嚼字，面对这位英武的党项美女，只好一五一十地讲述了自己和可心之间的故事，赫连飞凤听完神色顿时和缓了许多，她皱着眉头想了想才带着很仗义、很大度的神态对拓跋逸豆说道："既然如此，等我跟你完婚之后你可以娶她做你的别妻，我不计较，日后也不欺侮她，这总行了吧？"

拓跋逸豆苦笑着准备劝说赫连飞凤去找皇帝收回成命，哪知刚一提到太后，两人的话题就改变了。这位美艳狠毒的太后让拓跋逸豆想起了小时候听过的人面鬼鬽的故事。在他心里，太后跟那个藏在草丛中用美女的面容诱惑过路男子，然后一口吞下的人面鬼鬽真的没什么两样。

赫连飞凤向拓跋逸豆数说着这位阴险狡诈的梁太后和目前中兴府里暗流涌动的种种迹象，把个生长在贺兰山下不谙世事的拓跋逸豆听得目瞪口呆，恨不得赶紧离开这块是非之地才好。到后来，当赫连飞凤说到了正在酝酿中的政变时，拓跋逸豆简直不敢相信自己的耳朵了，他看着赫连飞凤疑惑地问道："你说她真的敢谋害当今皇帝？"

赫连飞凤看了他一眼，肯定地点着头回答说："我的族叔赫连斡罗跟野利延祚将军早就察觉到了一些蛛丝马迹，他们都说这个贱女人不会等很久的，到时候整个中兴府又会有一场腥风血雨了……"

拓跋逸豆沉吟了片刻抬起头看着赫连飞凤说道："到时候京城里真的

有了变故你就到拓跋部来吧，我那里天高皇帝远，一定不会有任何风险的！"说到这里，这位世袭大首领的脸上又重新恢复了自信的神色，骄傲地补充道："就是蒙古的那个大汗来了，我拓跋部的数万铁骑也不会让他讨了好去！"

赫连飞凤听了，连连地点着头，目光变得柔和了起来，她笑吟吟地看着拓跋逸豆说道："我当然要到拓跋部去了，听叔叔说礼部过几天就会替我送聘礼到拓跋部去，咱们很快就会再见面了！"

拓跋逸豆知道皇帝的赐婚自己实在难以抗拒，再说他也不想伤害赫连飞凤骄傲的个性，只好点头答应道："好吧，我回拓跋部去等着你！"

赫连飞凤顿时高兴了起来，立即解下自己的腰刀递了过去。拓跋逸豆不解地问道："你这是？"

赫连飞凤白了他一眼说道："你这个呆瓜，这可是先皇铸造的两把镇国宝刀之一，算是我给你的定情之物吧！"

拓跋逸豆接过宝刀仔细地看着，竟然跟完颜鸿鹄给自己的那把一模一样，这把刀的刀柄上也刻着一只健壮的带翼苍狼。他也解下自己的那把宝刀放在一块，原来真的是那对镇国宝刀。

在得知了这把宝刀的来历后，赫连飞凤伸手抓过拓跋逸豆那把宝刀说："看来咱俩真是天赐的缘分，这把刀归我了！咱们只要不死就永远也不许离身！"说完这句话她心满意足地拨马便走，把拓跋逸豆扔在身后徒呼奈何。把一切都看在眼里的阿木尽管冷峻，但望着主人为难的样子还是展颜一笑，打趣道："天呐，你的福气真的很大，不知道该有多少党项豪杰会恨你入骨了！"

见过赫连飞凤的第二天，拓跋逸豆实在无心再在中兴府待下去了，便带着完颜可心起程了。等他和三万族人回到了阔别多日的贺兰山下的营地时，出现在地平线上的族人全都跪倒在地，用天下最最真诚的祝福迎接了他们。那些拓跋部的骑兵一个个眼里含着泪水，有几个年轻的居然还低声地哭泣起来。的确，在这个铁马金戈、狼烟四起的年代，还有什么比从斩头沥血的疆场返回故乡更令人激动的呢？一瞬间，什么英雄豪情、什么万户封赏，简直全变成了不值一提的粪土。当拓跋逸豆挥动马鞭示意解散时，欢呼声和哭声顿时响彻了拓跋部营地的草场。

当天晚上，拓跋逸豆让阿木和手下的万夫长去散发财物，安抚那些失去了丈夫、儿子或兄弟的人。自己则拉着可心的手坐在帐里，把完颜鸿鹄慷慨就义的经过细细地讲给了她。听到父亲自刎的噩耗，完颜可心表现出了异乎寻常的冷静，她带着眼泪默默地承受了一切。这个经过了灭国亡家惨祸的姑娘眼泪已经流干了，心里复仇的欲望比任何时候都强烈。

两个人在这一段生生死死的经历后真心相爱了。在可心看来好像只要两人在一起，这世上就没有什么事情是可怕的了，连那个用铁蹄踏碎了无数人梦想的成吉思汗在内，都已经遥远得跟发生在弹唱歌手唱的那些远古故事里的恶魔一样，虽然凶狠但却只是存在于记忆中了。

但皇帝赐婚的消息还是把可心的梦无情地打破了。她内心深处刚刚萌发的梦想，也被这突然而至的消息击成了碎片。但迭遭大变后的完颜可心早已经学会坦然地面对一切不幸了，她把爱意悄悄地埋藏在心里，反而在一次两人独处时，劝说起显得有些心烦意乱的拓跋逸豆来。可心忍着心里泛起来的苦涩，故意笑盈盈地对拓跋逸豆说："大首领，早点迎娶赫连飞凤郡主到拓跋部吧，不仅仅是自幼失去了母亲的你，就连部众们也渴望着能有个女主人呢！"

拓跋逸豆嘿嘿地傻笑着，答非所问地说道："唉！我现在都糊涂了，真不知道，怎样做才能不违背自己的誓言？谁知道咱们大夏的皇帝会是这样赏赐他的功臣呢？"

提到了皇帝，可心的脸色一寒，但随即就克制住了自己的情绪，柔声劝慰道："你对我的情意我心里十分明白，千万不要为了我去忤逆皇帝的旨意！别忘了，你可是拓跋部世袭的大首领，你的部族还靠着你呢！"说到这里，可心用她那双隐含着无限爱意的眼睛望着犟牛似的拓跋逸豆，又小声地提醒道："你的誓言是要一生守护我，我的誓言是永远不跟你分开，我们都没有违背。"

拓跋逸豆可没有可心这般心思灵透，歪着头沉吟了一下，便起身大踏步地走出了大帐。望着逃也似的拓跋逸豆，可心连忙追到大帐前问道："大首领你要去哪儿呀？"拓跋逸豆头也不回地答道："我去找巴燕行喝酒，即使喝醉了也没有想这些烦恼的事情头疼！"

完颜可心打心里深爱着拓跋逸豆，但从那天起，她便决心以奴婢自居，再也不肯跟拓跋逸豆平等地相处了。拓跋逸豆是个粗心的人，起先并没有注意到可心的异常举动，只是尽量回避着不跟她谈论这个话题罢了。

直到有一天，他才感到了不对劲儿。那天外出巡逻狩猎的百夫长铁豪意外地抓到了一群野骆驼，整个营地里的人都争相赶去围观。为了亲眼去看看铁豪的收获，拓跋逸豆兴冲冲地走进大帐，对正在一面铜镜前想着心事的可心叫道："来吧，跟我去看看上天送给咱们的礼物吧！要知道野骆驼可是不容易逮到的呀！"

可心听了，缓缓地站起身来，全然不像前些天那样一见面就用明媚的笑容回应他。迟疑了片刻，这位大金国的美女躬身施礼道："恭喜大首领！你去看吧，我就不去凑这个热闹了……"

拓跋逸豆不明就里地望着可心，不解地问道："怎么了？我的百灵鸟？难道有谁让你感到不快吗？"

可心给了他一个平静的笑容，一本正经地回答说："大首领，请不要这样对我说话，你的百灵鸟在遥远的中兴府中，我只是你的女婢。"

这番话让拓跋逸豆一下子失去了去看猎物的雅兴，他大步走到了可心面前，伸出自己那双有力的大手把可心那冰凉的小手攥在了掌心，紧紧地盯着她的眼睛说道："我要你答应我可心，以后再也不要这样了好吗？"可心淡淡一笑，轻轻地抽回了自己的手，到大帐后边去了。

无论拓跋部年轻的大首领怎样劝解，怎样急得顿足捶胸，但可心始终不肯改变心意，就是对坐或是和他并肩而行也不肯了。可心把对拓跋逸豆的爱意深深地埋进了心里，真的把自己当成了服侍拓跋逸豆的贴身侍女，虽然仍旧形影相随，却再不会在拓跋逸豆面前说说笑笑了。

在沉闷的气氛中过了好几天，拓跋逸豆感到十分郁闷，像一只渴望咆哮山林的猛兽被关进了狭小的笼子一样，整天烦躁地走来走去，不知该怎样办才好。阿木看着主人变成了这副模样，便走过去好心地提醒道："弓箭放久了会发霉变形的，我看你该是去打猎的时候了。"

拓跋逸豆被他这么一提，顿时精神大振，一把从阿木手里抢过了闪电的缰绳，爱惜地用手摩挲着闪电的鬃毛，一边大声吩咐道："去，让可心跟我去草场射猎，现在就去！"上了战马之后，拓跋逸豆像变了一个人似的，几天来的郁闷之气一扫而光，党项第一勇士的神态又回到了身上。阿木把话传到了，可心却一句话也没说，只是不言不语地牵过了自己的马，默默地跟在他们的身后。

射中了几只野兔后，拓跋逸豆再次感到兴致索然，便把身上的牛皮铠甲脱下来放在了地上，双手垫在脑后仰面躺下，望着远处的贺兰山发愣。

阿木解开了大青马和可心的那匹胭脂马的笼头，轻轻地拍了拍闪电说道："去吧，去吧！趁着这个机会你也轻松一下……"闪电却不领他的情，朝着拓跋逸豆喷了个响鼻，就在不远处静静地吃起草来，不肯离开主人太远。可心坐在地上心不在焉地玩着一株淡蓝色的野花，任拓跋逸豆把头枕在胳膊上，在一旁静静地看着她。

洪荒世界般的草场上一片宁静，只有微风在吹拂着地上的草。他们身后是一望无际的大草原，面前是因为特殊的走向挡住了寒流、世世代代庇护着拓跋家族的黛青色的贺兰山。拓跋逸豆痴痴地欣赏着可心美丽的面庞，可心察觉后没好气地问道："你看什么？是不是后悔为我跟成吉思汗顶撞、跟蒙古将军拼命了？难道我连做你的侍女都不够格了吗？"

拓跋逸豆摇了摇头深情地说道："这是哪里的话？你美丽的面容就是

多看一眼都会做个美梦的。我是在想，只要我活着，就该多看上几眼！"

可心撕扯着手里一朵盛开的野花，心里被拓跋逸豆的话说得暖洋洋的，却又增添了一丝惆怅，说道："我们的大首领什么时候学得这么会说话了？你还是多想想即将成为你妻子的凤发郡主吧！她会帮你把拓跋部壮大起来的，我只是个不祥的亡国之人。"说到这里，可心刚刚缓和起来的神态又变得重新阴郁了起来。

拓跋逸豆趁势拉住可心的肩膀，用自己的眼睛死死地盯住她的眼睛郑重地问道："跟我说实话，你难道真的不喜欢我吗？"可心无法在他的注视下回避这个问题，默默地看着拓跋逸豆，犹豫了好久才终于默默地摇了摇头，目光也变得柔和了起来，一双黑亮的眸子里闪动着很久没有出现过的柔情。

拓跋逸豆像豹子一样伸出了有力的臂膀，不顾一切地搂住可心忘情地亲吻了起来，可心挣扎了几下便开始迎合起他来。热烈的亲吻对两个人来说，就算远处的贺兰山突然崩塌也难以阻止了。也不知道过了多久，两人才依依不舍地停了下来。

他们并排躺在草地上双双地仰望着纯净的蓝天和没有半点瑕疵的白云。过了好半晌，完颜可心突然开口说道："我觉得上天能让我跟你在一起就是对我最大的恩赐，我就不该再有更多的奢望了。说真的，我不再让你去诛杀那个带着黑鹰作战的蒙古人了，我害怕会因此而失去你！这辈子作为你的侍女永远跟着你，我也就心满意足了……"

拓跋逸豆猛地坐了起来，看着可心真诚的目光，坚定地说道："我拓跋逸豆什么都可以听你的，唯独发过的誓是不能改变的。那个带着黑鹰的蒙古人，从我发誓那天起其实就已经注定了死亡的命运了！"

说完这句话，拓跋逸豆那坚毅的目光开始逐渐地变化，一种叫柔情的东西开始完全占据了他的眼睛，他揽住可心的腰说道："不过我答应你今后一定尽力保全自己的性命，以便能有更多的时间来跟你共度余生。"

可心听到这句话很认真地点了点头，说道："谢谢你，逸豆！但你要记住，我只是你的侍女。"说这句话的时候，她的眼睛里已经没了刚才的柔情，显得有些冷漠了起来。

散发着清香的草地和送来阵阵和风的贺兰山失去了浪漫的色彩，拓跋逸豆默默地起身朝着正在跟小母马耳鬓厮磨的闪电走去。拓跋逸豆不无醋意地拍了闪电一巴掌，骂道："你个畜生，调情的本事居然超过了你的主人，真是该打！"这句没头没脑的话引得可心不禁莞尔一笑，对着那个贺兰山般伟岸的背影无声地叹了口气。

两个人怀着复杂的心情回到营地后，刚刚给拓跋逸豆换下牛皮铠甲的可心看见阿木一路小跑着朝这边来了。跑得气喘吁吁的阿木进到大帐后顾不上等气喘匀，就开口说道："我刚才听几个到西域贩卖皮货的商人说中兴府里出了乱子，好像是太后派兵把皇帝给围起来了……"

拓跋逸豆听了大吃一惊，不由得想起了离开中兴府时赫连飞凤告诉他的那些话。大惊之下，他赶忙对阿木吩咐道："赶紧派几个精明的人去打探一下，这么大的事情必须尽快搞清楚才好！"阿木听了立即转身去安排了。

工夫不大阿木又一溜烟儿的跑了回来，他对拓跋逸豆说道："咱们不用派人去中兴府了！"

拓跋逸豆不解地问道："为什么？"

阿木回答说："艾哈迈德和古兰带着商队来了，他们就是刚从中兴府回来的……"

拓跋逸豆听了立即大声对阿木嚷道："你这个呆瓜还在那站着干什么，赶紧请他们来呀！"

面纱底下你鲜艳的脸庞
黄沙之中你耀眼的衣裳
美丽的姑娘盛开的花朵
听见音乐就起舞……

第四章　　盛开的古兰

艾哈迈德在古兰的搀扶下很快就来到了拓跋逸豆的大帐里。趁着拓跋逸豆跟老父亲寒暄的时候，古兰却盯住侍立在拓跋逸豆身后的完颜可心，那双骨碌乱转的眼睛把她从头到脚地打量个不停。可心被她看得不知道自己哪里有什么不妥，只好垂下头避开了她那充满了好奇的目光。

可心给艾哈迈德端来了一杯醇香的马奶酒又默默地退了下去，艾哈迈德却笑眯眯地看着她问道："姑娘，我老汉自认为熟悉拓跋部里每一个超过十岁的男人和女人，你这个天仙一样的姑娘是从天上的云彩里掉下来的不成，怎么这么面生呀？"

拓跋逸豆正要把可心介绍给艾哈迈德父女，可心却抢先回答道："我是大首领这次远征的战利品，一个来自金国的女奴。"说完这句话她下意识地朝拓跋逸豆瞥了一眼，不想拓跋逸豆刚好投过来一个满是责备的眼神，两人目光刚一接触可心便又一次低下头，躲避开拓跋逸豆的目光。

原本一直在担心拓跋逸豆有了心上人的古兰一听可心只不过是个金

国的女奴，一颗悬着的心顿时放回了肚里。她走到可心面前仔细地打量着她，对拓跋逸豆说道："逸豆哥哥，我刚巧缺一个做伴的女仆，你把这位姐姐送给我好吗？我一定会像对亲姐妹一样好好地待她……"

古兰的话一出口，艾哈迈德赶紧向女儿投去了一个严厉的眼神，想要截住女儿的话头儿。这个老练的商人刚才已经把拓跋逸豆跟可心之间微妙的表情全都看在了眼里，当下便分析出这个美若天仙的女子一定不只是个女奴那样简单，唯恐心地单纯的古兰口无遮拦会引起大家的不快。

为了打破突然出现的尴尬，艾哈迈德给可心深施了一礼，指着古兰笑道："姑娘不要见怪，我这个女儿自幼便跟着我游荡在西域各国之间，她不懂礼数，请你千万不要见怪呀！"

可心忙不迭地还着礼，还没有开口，拓跋逸豆却用责备中带着浓浓爱意的眼神看了可心一眼说道："老叔叔你真是见多识广，竟然一眼就看出可心不是什么女奴，你的眼睛可真厉害呀！"

说完他又伸出手捏了捏古兰的脸蛋儿笑道："我的古兰妹妹，你还要好好跟艾哈迈德叔叔练练眼力呀，你这位姐姐不是什么女奴，而是大金国镇北侯的女儿，她的父亲可是一位顶天立地的大英雄呐！"

古兰一看自己竟然闹出了这么大的笑话，羞得小脸通红，连连跺着脚跑到可心身边，抓住她的手满怀歉意地说道："真对不起呀姐姐，我……"

让拓跋逸豆把老底儿一揭，可心也感到很不好意思，两朵红云顿时飞上了两颊。她笑着握紧了古兰的手解释道："小妹妹你不必介意，虽然我的确曾经有过大首领刚才提到的家世，但现在国破家亡已经没什么好炫耀的了。大首领倒是没把我当奴仆看，可我的确是他从蒙古人的比武场上赢回来的，从那时起我就发誓做他的女奴了……"

说着说着，可心想起了自己国破家亡的惨剧不由得悲从中来，两行清泪像断线的珠子一般纷纷洒落在袍子的前襟上。

　　两个姑娘紧紧地握着对方的双手，在那一瞬间彼此心里都认可了对面这个新交的朋友。古兰被可心提到的那场比武给迷住了，便死乞白赖地缠着可心要听拓跋逸豆是如何把她从凶恶的蒙古人手里解救出来的。拓跋逸豆急于打听都城中兴府里发生的变故，便顺水推舟地对可心说："你这个姐姐可得有个姐姐样呀！去给我的古兰妹妹讲讲咱们经历过的故事吧！"

　　这一回可心倒是没有争辩，顺从地点了点头，跟古兰手拉手地走了出去。艾哈迈德笑眯眯地问道："大首领是不是准备娶这位姑娘当拓跋部的女主人呢？要真是这样我老汉可是真的要准备一份厚礼了！"

　　拓跋逸豆被艾哈迈德说中了心事，叹了口气回答说："不瞒艾哈迈德叔叔你说，我跟这个叫可心的女子说来还真是有着掰扯不开的缘分……"说着也顾不上去打听中兴府里那个生死未卜的皇帝了，原原本本地从自己在卫城下见到完颜鸿鹄的事情说到了那个古怪的梦境，接着把跟巴特尔比武以及梁太后强行赐婚的始末详细地说了一遍。

　　艾哈迈德听着他的讲述，轻轻地将着修剪得十分讲究的花白胡子也陷入了沉思。这个老人在心底一边暗暗替自己痴情的女儿感到惋惜，另一边却也为拓跋逸豆陷入了赐婚的赫连飞凤和心仪的可心两人的矛盾中间而头疼。本来想给自己女儿提亲的愿望，顿时烟消云散了。他不知道这个他眼看着长起来的青年头领，怎么会陷入这么多美女的围攻？想到这里，他又重新打量起这位原本认为很熟悉的人来。

　　这一老一少相互注视着沉默了许久，还是拓跋逸豆率先打破了沉闷的气氛，笑道："艾哈迈德叔叔，我不知道自己是该为眼下的处境高兴呢，还是该发愁？"说到这里拓跋逸豆终于把话题引入了正题，他望着仍旧在替自己琢磨两全之计的艾哈迈德笑道："咱们男儿大丈夫的不谈这些跟喝多了马奶酒一样让人头疼的事情了！您不是刚从中兴府回来吗？不知道那里究竟发生了些什么？"

　　艾哈迈德看了看拓跋逸豆说道："你这位大夏的部族首领难道没有接

到圣旨吗？那里已经变得比被火点着的蜂巢还要混乱了……"

这场天翻地覆的动乱之源起初只是发生在梁太后寝宫内殿的大床上。那一天皇帝李德旺连着驳回了梁太后要给几个死党升官的要求，使得梁太后一整天都阴沉着脸十分的不悦。这个狠毒的妇人感到皇帝在有意打击自己的权威，便动了一直隐藏在心里的杀机。

宫门落锁后，多仁望宝来到寝宫里尽自己情人的义务了。云雨过后，梁太后伸出白嫩得如同少女般的长腿轻轻地踢了踢累得跟死狗一样的卫戍军统领多仁望宝，不满地说道："不知道我看不见的时候你是不是整天地买笑追欢，以至于身子骨竟然这么虚弱。我看卫戍军那鎏金铜铠你都快穿不起来了吧。"

多仁望宝一看主子不满意了，连忙强撑着直起身子把太后搂在了怀里，忐忑地说道："太后您实在是龙马精神了得，别说是臣，就是铁打的金刚也要被您炼成铁水了。臣实在是佩服之至……"

梁太后听他居然这样说自己，忍不住"扑哧"笑出了声儿来。她用细长的手指点着多仁望宝的脑门儿漫不经心地说道："哪儿有你这么说话的？照你说的我岂不成了一个贪得无厌的淫妇了吗？"

多仁望宝听了浑身一颤，生怕身边这位美艳但狠毒的太后一怒之下把自己就这么赤条条的拉出去喂狗，赶紧光着身子跪在床上，连连地磕着头说道："臣死罪！臣死罪！下次再也不敢胡说八道了……"

多仁望宝的举动惹得梁太后放声大笑了起来，多仁望宝不知道太后为什么大笑，吓得浑身乱颤就等着被处置了。看见自己的情人被吓成了这副样子，梁太后感到更加好笑，连肚子都笑疼了。她用脚使劲踢了踢多仁望宝，用很亲热的语气骂道："赶紧钻到被子里吧，怎么你的胆子比野兔还小。"

虚惊一场的多仁望宝一听如逢大赦，赶紧手忙脚乱地爬进了被窝里。梁太后终于笑够了，看着已经恢复了常态的多仁望宝问道："我让你办的事情进展怎样了？"

听见太后问，多仁望宝赶忙再次翻身坐起来回答说："太后放心，我昨天已经跟掌控中兴府城防的铁鹞军统领连山祈福说好了，咱们这边儿一动手他马上带兵封锁中兴府的各处交通要道，并把文武百官都押到大殿上听凭您发落。只是……"

"只是什么？"梁太后眼睛里闪动着异样的光彩，好像只要解决了这个问题皇帝的宝座就成了她的囊中之物似的。多仁望宝说："他要您把嵬名朗月和赫连斡罗这两个碍事的家伙远远地支开……"

梁太后当即点头答应道："你等明早宫门一开就去见他，就说我明天就打发那两个家伙离开中兴府！"说到这里，她感到大局已定，连原本想要问问多仁望宝这个连山祈福是不是可靠的念头也随即打消了。想到一场殊死的搏杀即将开始，梁太后从一处暗格里拿出了一件东西，递给了仁多望宝说道："这个你先拿着，等动手时那个自以为是的皇帝要是侥幸逃脱，就用这个下令杀他！"

连山祈福在铁鹞军的衙门前恭恭敬敬地送走了卫戍军的统领、太后面前的大红人多仁望宝。刚才多仁望宝已经告诉他，太后不但会把太师赫连斡罗和大夏诸军的都统领嵬名朗月调离京城，还许诺在政变成功后立即升任他为大夏诸军都统领并封万户侯。这份权势可是大夏开国后很少有的恩典，也是很多人一生难以企及的巅峰。

连山祈福是个面沉似水其实却心细如丝的人。他的原名叫李玉，是个被大夏军劫掠大宋边关时掠来的汉人，出身于大夏诸军里地位最低的撞令郎。这个军种说穿了就是敢死队，他们唯一的任务就是为身后的其他军种用性命铺就胜利的道路。尽管身处绝境，但他却没有死，反而迎来了一次改变命运的机会。

十几年前在和抗击兵锋直抵贺兰山下的蒙古军队的战斗中，他不计生死地救下了已被蒙古人俘获的前军主将连山贵岩。后来他被知恩图报的连山贵岩收为了义子，并得到了在党项人里很受尊重的姓氏和副将的职务。从此，他改变了自己原本只能替人送死的命运，一路青云地熬到了现在的位置。

照常点阅过当值的兵马，连山祈福换下了身上仿照当年大唐朝禁卫军的明光铠*而仿造的将军铠，换上了一件华丽的皮袍，便独自一个人打马离开衙门朝着城西去了。一向多疑的多仁望宝其实对连山祈福并不放心，所以他专门在铁鹞军的衙门口留下了几个眼线盯梢。这些人一看连山将军果然单人独骑的出门了，便若即若离地跟在他的马后，希望发现一些可以领到赏钱的蛛丝马迹。

最后的结果却让一路跟踪而来的眼线们大失所望，原来这位在中兴府里跺跺脚都能让地皮颤三颤的将军竟然大摇大摆地走进了西域胡人开的妓院里。他们兴致索然地留下一个继续盯梢，剩下的一溜烟儿地回去向多仁望宝报告这个最新发现的秘闻去了。多仁望宝听了，带着很理解的表情笑着骂道："想不到这个小子还好这么一口儿……"

在胡人妓院的后院里，连山祈福大步走到了后院花园中一座四周垂着纱幕的亭子里，朝着早就等在这里的一个人拱了拱手，分宾主落座后，就神情诡秘地嘀咕了起来……

同一时刻在与暗流涌动的中兴府相距甚远的拓跋部营地附近，大首领拓跋逸豆正在跟艾哈迈德的商队依依惜别。看着商队已经装好了货物准备动身了，可古兰却依然不见踪影。就在大家都四处张望着寻找着古兰的时候，突然有个商队的伙计骑着马来到了拓跋逸豆的身边，他指着远处的高地小声地说道："尊贵的大首领，古兰小姐在那边等着你呢。"

拓跋逸豆知道古兰这样做一定是故意要制造一个单独见面的机会，虽然不知道这个古灵精怪的姑娘到底要干什么，但他还是催动大青马闪

---

* 明光铠是中国古代的一种铠甲，在胸背甲上有一椭圆形、称作护心镜的金属板，提高了胸部与背部的防御力。

电一阵风似的跑了过去。在他的潜意识里，任何人都不能让他的妹妹古兰伤心，这简直成了他的一种直觉和习惯。

当拓跋逸豆打马来到了高地的另一边时，古兰和她那带着软鞍的小白骆驼出现在了他的眼前。古兰手里拿着几株刚拔的嫩草正心不在焉地喂着她的骆驼。听到了闪电的马蹄声，她抬起头用幽怨的眼神给了拓跋逸豆深深的一瞥。从她发红的眼圈不难推断出：这个姑娘刚刚哭过。拓跋逸豆走过去伸手想像往常一样捏一捏古兰可爱的脸蛋儿，不料一向温顺得像小猫咪一样的古兰却猛地扭过脸，躲开了拓跋逸豆的手。

拓跋逸豆不明就里地问道："你这样伤心，是有人欺负你了吗？告诉我是谁，我这就去拧下他的狗头给你出气！"

古兰一改多年来温柔活泼的样子，转过身扯下了脸上的面纱，用一张充满了委屈的俏脸对着拓跋逸豆，有些歇斯底里地低声嚷道："看看我吧！看着我这张从多年前就在为你梳妆的脸吧！你到底是块干枯的胡杨木呢还是根本就看不起我这个卑贱的商人之女？拓跋逸豆，我恨死你了！"

拓跋逸豆看着越说越激动的古兰想要开口安慰她几句，不料古兰的舌头却跟她的舞姿一样快，紧接着便又哭着对拓跋逸豆喊道："我们从小一起长大，一起看过大漠的日出日落，看过满山遍野的狼毒花开了又败，你怎么居然不知道我一直爱着你呀！你不仅爱上金国的美女还准备迎娶皇帝给你的什么郡主，你真是没心肝呀！"

拓跋逸豆终于明白了古兰伤心的原因，一股暖流迅速地蔓延到了全身每一个地方。的确，这些年他一直把古兰当成一个小妹妹，还真没朝着这方面动过念头。

拓跋逸豆属于从小便保持着党项先民们那种坚韧不拔的性格、血管里流淌着从先皇李元昊那时起就注入的奔流不息的铁血精神。面对强敌只会选择进攻的他被古兰这么一闹，忽然眼睛发酸。他竟然萌发了少有的小儿女之态，一种晶莹的液体立即模糊了他的视线。

他把自己的腰刀解下来，双手举过头顶表情严肃地说道："让党项先皇亲自督造的镇国宝刀为证，我拓跋逸豆真的一直把你当成自己的妹妹，绝没有轻视你的父亲是商人的意思，我……"情急之下，他拿出了这把出自大夏的开国皇帝李元昊的镇国宝刀。宝刀是一件很神圣的器物，拓跋逸豆拿它来作为誓言的佐证，足以表达这位大首领的郑重之意，古兰也顿觉心里踏实了。

古兰扑过来用手捂住了拓跋逸豆就要发下毒誓的嘴，在他的脸颊上轻轻地吻了吻，转身踩着脚镫子上了自己的小骆驼。当拓跋逸豆再次去看她的脸时，却看见古兰已经换上了灿烂的笑容，正在仔细地戴上刚才扯掉的面纱。古兰用银铃般的声音对拓跋逸豆说道："好吧，我的逸豆哥哥！你虽然只是把我当作妹妹，但我却一直把你当成自己的情郎，这一辈子我可是非你不嫁的，这一点我早就在真主面前发过誓了！就让你的古兰妹妹偷偷地爱你吧！"

说着话，她的眼睛里又闪现出了泪光和刚才那种幽怨的神色。忽然，她挥动手里的骆驼鞭子照着拓跋逸豆坚实的后背狠狠地抽了一下，然后便催动着小白骆驼去追赶自己的商队了。

就在拓跋逸豆带着一脸哭笑不得的表情望着渐渐远去的古兰发呆时，阿木骑着马出现在他的身后，他用调笑的口吻对拓跋逸豆说道："感谢苍天给了我阿木一副吓人的长相，省得被那些美丽的女人缠在身边要死要活的，真难受啊！"

拓跋逸豆怒极反笑，挥动马鞭给了阿木一下："你个呆瓜来干什么？是想挨鞭子了还是怎的？"

阿木跳下马回答说："没什么，是可心小姐让我来找你回去的。她说她已经为你准备了新酿的马奶酒，还有大块大块鲜美的羊肉！"

多仁望宝感到自己已经到了人生的巅峰状态，因为他马上就要亲自带人去抓捕大夏国的皇帝并逼迫他退位了。他望着平日无论何等身份都必须下马的门阙稍一犹豫，便抖动缰绳骑着马缓缓地越过了勒令官员下马步行的镔铁牌。

他身后那群被重金收买的卫戍军也跟在他身后一个个趾高气扬地骑马从通往皇帝寝宫的门阙间放肆地打马而过。吓得不知道他们的统领到底要干什么的卫兵赶紧抚胸施礼，眼睁睁地看着他们公然地践踏着森严的宫规。

来到了皇帝李德旺居住的宫殿前，多仁望宝还是没有下马，而是用手里的马鞭朝寝殿一指，让他身后的亲信分成左右两路把寝殿团团围住，并纷纷拔出了寒光逼人的腰刀。

多仁望宝忽然间感到一阵莫名的心慌，作为一个逼宫者的他一想到马上要跟九五之尊的皇帝直接谈话，顿时感到了前所未有的压力。就在他清了清嗓子准备把梁太后教给他的那番话大声喊出来的时候，皇帝寝殿那一直紧闭的大门忽然大开了。在火把的照耀下，皇帝李德旺在一群人的护卫下出现在他的面前。皇帝望着马上的多仁望宝喝道："你深夜骑马进宫，想造反还是怎的？"

多仁望宝极力克制了自己想立即下马磕头的念头，虎着脸大声嚷道："李德旺！你说对了，我正是要造反！你德薄能鲜，还是赶紧退位让贤吧！"

皇帝李德旺气得胡须直抖，指着多仁望宝骂道："你个不知死活的小人，你让我让贤？让给谁？那个跟你一起淫乱的母狗吗？"

他的话音刚落，一个柔媚的声音突然传了过来："你说的母狗是我吗？"大家循声看去，只见梁太后在一大群反叛的卫戍军的簇拥下正缓缓地从人群里打马走出，笑吟吟地逼视着有些不知所措的李德旺。

李德旺看着梁太后突然间没了刚才的气势，他有些气馁地问道："太后，朕一直对你礼敬有加，你今天这是？"

梁太后满面带笑地柔声回答说："皇帝你刚才不是还骂我是母狗吗？你堂堂的大夏皇帝难道这么多年一直在礼敬一条母狗吗？那岂不是说你

连狗也不如了？"李德旺一时语塞，张了张嘴却什么也没说出来。

梁太后忽然间变了腔调儿，把脸一翻指着不知所措的李德旺骂道："你这个不知死活的东西，你以为坐在宝座上的人就真是皇帝吗？"说到这里，她又换作了一种慈母教导淘气的儿子时才有的语气继续说道："告诉你吧，真正的强者是曾经把你扶上这个宝座的人，更何况这个人还具有随时把你拉下来的力量！"

想着梁太后当年发动第一场政变后残酷地对待皇族的手段，李德旺感到身上那件南朝丝绸的白色皇袍已经被汗水浸透，在夜风里凉冰冰地贴在身上，他忍不住哆嗦了起来。绝望之中，他再也顾不上皇帝的身份，突然声嘶力竭地大声叫道："快来救驾呀！快来救驾呀！有人弑君犯上了！"

看着已经失魂落魄的皇帝，多仁望宝嬉皮笑脸地应和道："皇帝陛下啊，臣卫戍军统领多仁望宝马上安排您去见您的列祖列宗。反正您的陵寝早就竣工了，总是空着也怪可惜的！"

李德旺被多仁望宝张狂的丑态激起了内心深处来自列祖列宗的那一点仅存的血性，他悲愤地指着多仁望宝嚷道："你不要在朕面前狗一般地狂吠了，大夏国的忠臣义士早晚会要你的命的！"

多仁望宝显然不想就这个话题再说下去了，便抽出腰刀指着李德旺对身边的军士们嚷道："愣着干什么？快去请皇帝陛下移驾天牢吧！咱们还要去迎请新皇继承大统呢！"

就这样，皇帝李德旺被押解到了离皇宫不远的天牢里，皇帝死去的哥哥家四岁的遗腹子李静安被从被窝里抻了出来，让多仁望宝抱着哭哭啼啼地朝着皇宫走去，准备当任人摆布的儿皇帝。

驻守京城的铁鹞军统领连山祈福果然按照事先的约定调集大军，封锁了所有的街道。一路上多仁望宝还得意地看着文武百官也被铁鹞军的士卒押解着朝皇宫方向走去，心里美得比捡到了金元宝的穷汉还要高兴。

等梁太后梳洗打扮停当时，文武百官已经在大殿里分班站好，等着皇帝临朝了。因为不知道发生了什么变故，群臣交头接耳的议论声像是大殿里飞进了上千只蚊子一样，搅得人更加心烦意乱。当梁太后从多仁望宝手里接过仍在哭闹的李静安肆无忌惮地坐在皇帝的宝座上时，一个大臣突然走出来指着梁太后大声喝道："下来！那地方岂是你能坐的？"

这一嗓子把梁太后吓了一大跳，她定睛一看，原来是几天前就该奉旨去西部边陲监督筑城的太师赫连斡罗。梁太后气得瞪着他冷冷地问道："赫连斡罗，你难道不怕死吗？"

赫连斡罗神色庄严地回答说："怕，我还真怕死在你们这些乱臣贼子的前面，那样我就不知道该如何去见先皇和大夏的列祖列宗了！但天佑大夏，你们恐怕倒是要死在老夫的前面了！"一看赫连斡罗居然敢公然诅咒太后，多仁望宝手按腰刀朝殿外大声喊道："来人！快把这个老东西拖出去乱刀分尸！"

随着他的喊声，殿外传来了雷鸣般的应和。连山祈福带着一大群身穿镔铁胸甲的铁鹞军兵士涌进了大殿。多仁望宝一看这小子把百官押来后居然还在殿外候着给自己捧场，忍不住向他投去了赞赏的一瞥。谁料连山祈福把手一挥，手拿长柄大刀、身穿雁翎金甲的嵬名朗月却突然出现在他的面前。

就在大殿里鸦雀无声、充满了压抑到极点的紧张气氛时，太师赫连斡罗大步走到殿前大声宣布道："嵬名朗月，赶紧拿下叛臣贼子迎请陛下回朝！"

嵬名朗月把手一挥，他身后的铁鹞军发出了一声雷鸣般的吼声，纷纷朝着宝座前的梁太后和呆若木鸡的多仁望宝冲去。梁太后想要把差点登上皇帝宝座的李静安当作挡箭牌，才发现一直替她抱着孩子的那名侍女早就没了踪影。她刚想喝住已经扑到近前的铁鹞军兵士，不料一个绕到她身后的士卒已经把一根绳子套在她的脖子上把她紧紧地捆绑了起来。

与此同时，在大殿外传来的一阵激烈的喊杀之声、金属撞击的声音和不时发出的惨嚎里，一个激越的女音不时传进大殿，刺激着大夏满朝文武的耳鼓。赫连斡罗镇定自若地捻着胡须微笑，野利延祚则大声对惊魂未定的百官说道："各位别慌，这是咱们党项的女中豪杰——凤发郡主赫连飞凤。她正带着嵬名朗月都统领的亲兵剿杀残余的叛党呢，相信很快就没事了！"听他这么一说，大家不由得长长地舒了一口气。一双双带着仇恨和杀机的眼睛不由自主地朝着被捆得如同待宰的羔羊的太后望去。

离着殿门比较近的那些官员有幸目睹了传奇般的凤发郡主挺身靖难的马上英姿。只见她骑在一匹桃花马上，一身红装外套着一件金色的锁子甲*。手里挥动着一把精光四射的腰刀，正在与仍在负隅顽抗的百十个头戴白色翎毛铁盔的卫戍军进行着殊死的搏斗。

梁太后在被拖下宝座前的台子时失望地看见她的情人多仁望宝正跪在金甲天神般的嵬名朗月面前哀求着饶恕。她本想骂上几句，让多仁望宝别再丢人了，不想刚抬起头就被身后的士卒粗暴地按了一下，便又只得重新低了下去。

赫连飞凤每次扬臂挥刀都会把面前的叛军逼退，他们不觉就钻进了嵬名朗月手下那些训练有素的亲兵们用锋利的刀剑组成的包围圈里。被铁鹞军从殿外驱逐到这里的叛军很快便丧失了斗志，随着赫连飞凤一声"先皇开国宝刀在此，弃剑免死"的大喝，纷纷扔下武器跪下来投降了。

在走出殿门的时候，梁太后正赶上刚刚从大牢里被搭救出来的皇帝李德旺在一群武士的护送下来到了殿门口。她忍不住朝着蓬头垢面的皇帝嚷道："李德旺，你难道忘了是谁把你扶上皇帝宝座的了吗？"

李德旺闻听，停下了脚步用讥讽的眼神看着她回答道："没忘，可我更清楚地记得是差一点被谁又从这个宝座上拉下来！"

说完这句话，李德旺忽然神秘地凑到梁太后的耳边小声说道："省省

---

* 锁子甲是古代战争中使用的一种金属铠甲，由于其材质构造与外观的奇异，可称是真正意义上的"铁布衫"。公元前5世纪或更早，锁子甲这一外来的铠甲形制，从早期进入中国西域地区至最终传入中原，历时三个多世纪。

力气吧，天牢里的味道很特殊，简直比西域进贡来的安息香还让人难忘，等一下你就会欣赏到了！"

重新登上了宝座的李德旺看着面前的群臣，自我解嘲地说道："朕刚从天牢里被搭救了出来，这副模样真是让各位爱卿见笑了！"

皇帝的话让大臣们哑口无言，不知道该怎样回答才好，几个老臣看着皇帝的狼狈样忍不住小声地抽泣了起来。

为了打破面前的尴尬局面，李德旺微笑着问赫连斡罗："太师，你们是怎么识破这场阴谋的？赶快给朕讲讲吧！"

赫连斡罗行了个礼，指着身边的连山祈福说道："要说这一次识破奸谋还要感谢连山祈福将军。多仁望宝在图谋政变之初便去收买这位手握重兵的将军，甚至还许以都统领的高位和万户侯的诱惑。但连山将军避开了多仁望宝的眼线把这件事告诉了老臣和嵬名都统领。我们本想立即向陛下奏明，但顾虑到这样一件天大的事情一时间也未必能让您和天下信服，便暗中联络卫戍军里那些忠心不二的将领，让他们随时关注着事态的发展。一旦皇帝蒙尘，就挺身靖难，匡扶社稷！"

说到这里他用眼睛瞟了一下正在侧耳倾听的皇帝，又接着说道："但狡猾的多仁望宝并没有告诉连山将军具体行动的时间，昨夜他们直到突然发难以后才派人让铁鹞军开始行动。虽然我们马上开始了行动，但还是晚了一步，让陛下您……受惊了，老臣实在是罪该万死……"赫连斡罗没好意思说让皇帝白受了一回牢狱之苦，便沉吟着收住了话头。

李德旺明白他的苦心，只好跟着干笑了两声，把目光投向了肃立在那儿的连山祈福，微笑着称赞道："将军真不愧是大功臣呀！要不是你，先王创立的基业几乎就要毁在我的手里了……"

听皇帝这么一说，连山祈福赶忙躬身答道："臣只是按照太师的吩咐去做，哪里有什么功劳可言？倒是有些东西要面呈陛下，留着它们我晚上睡觉都不安生！"说到这里，他从怀里掏出了一支在党项人里具有至高无上权威的镔铁大令，双手捧着举到了头顶。一看见镔铁大令，满朝文武全都呼啦啦地跪倒在地，恭恭敬敬地叩起头来。

原来，这镔铁大令只有两支，一支由皇帝亲自掌握，调动军马或发布重大命令时才请出来使用。另一支则由皇帝的母亲或是正妻保管，非万急时不得擅自取用。无论在大夏辖下的州府，还是十二军司的将领，见令如同皇帝亲临，不能有丝毫的违拗。一看见原本在梁太后手里的大令居然出现在连山祈福手中，连皇帝李德旺也感到十分震惊，他强忍着心里的疑问开口问道："将军，这支大令怎么会到了你的手里？"

连山祈福正容回答道："回皇帝陛下的话，这是他们动手前仁多望宝那奸贼交给我的，让我用它来阻挡赶来勤王的军队。如果陛下侥幸逃脱，就让臣用它害死陛下……"

李德旺一听脸都气白了，他望着那支铸造精巧的令箭情不自禁地打了个冷战想："真是太险了，梁太后这个老淫妇，信任的要不是这个连镔铁大令都敢随便托付人的蠢货仁多望宝，或是这个连山祈福真的有二心，别说大夏的江山难以保全，就是自己的性命也……"想到这里，他不禁笑容可掬地走下了宝座，小心翼翼地接过令箭，紧紧地攥在了手里。李德旺亲热地拍了拍连山祈福的肩膀之后，又恶狠狠地瞪了匍匐在地上哆嗦成一团的仁多望宝一眼。

恐怕连李德旺也不清楚，仁多望宝为什么会将至高无上的镔铁大令交给连山祈福呢？其实，这完全是仁多望宝的私心在作怪，他绝对有胆量在宫里趁乱杀死皇帝。但他却不愿、也不敢在李德旺逃脱后在大庭广众之下动手，这才鬼使神差地把它交到了连山祈福的手上，让他替自己去冒这个天下之大不韪。

为了转移话题，李德旺突然间想起了什么似的说道："我前两天正在纳闷为什么后宫里的那个老贱妇非要把你们派出中兴府去，现在我总算明白了。可你们不是已经奉旨出京了吗？到底是如何瞒过了他们的耳目及时来救驾的呢？"

赫连斡罗淡淡一笑，看了嵬名朗月一眼道："我们能做到这一点还多亏了嵬名都统，是他出了一个绝妙的主意，让我们跟送行的官员辞别后又坐着连山将军的运粮车回到了城里，一直藏在一间胡人开的妓院里，才躲避开多仁望宝无孔不入的眼线。"

嵬名朗月听见赫连斡罗在皇帝面前称赞自己，赶忙行了个礼躬身答道："其实最早还是太师让连山将军去向多仁望宝要求，要他们在叛逆之前将我和太师调离中兴府，现在看来这一招果然很高明。他们的疑心果然被打消了，这样一来不仅让我们暗中在赫连飞凤郡主的掩护下赢得了四处活动的时间，还麻痹了那伙叛党狗一样的嗅觉。所以多仁望宝只动用了卫戍军中的几百名党羽便骤然发难，大大地减少了我们平叛的难度。"

李德旺听了连连点头表示赞许，当即传旨给赫连斡罗和嵬名朗月追加封地和俸禄，祈福连山也被封为万户侯。赫连飞凤被追记在已故拓跋太后的名下封为大夏国的长公主。封赏完有功之臣后，他忽然感到头昏脑涨很不舒服，便暂时压下了准备跟群臣商量着处理那帮乱臣贼子的念头，宣布散朝了。

李德旺回到寝宫沐浴更衣之后不舒服的感觉不但没消失反而更加厉害，他认为这是因为昨晚太过紧张引起来的，睡一觉就会好的，因此也没传太医便躺下睡了。很快这位刚刚经历了生死变故的皇帝便进入了梦乡……

在梦里，他看见自己走到了一片似曾相识的宫殿前，但却怎么也想不起这里是哪儿了。正在踌躇间忽然看见一个威严的王者出现在他的面前，严厉地盯着自己呵斥道："李德旺！这个皇帝算是当到头了，想不到我的万世基业竟然差点毁在你的手里了！"说这话时还伸手来掐他，李德旺猛地一惊醒了过来，他睁开眼睛才知道原来是南柯一梦。

惊魂未定的李德旺坐在床上仔细地回忆着刚才那个寓意不祥的梦境，猛然记起那个看着有些熟悉的地方赫然便是大夏国历代先君的陵寝，那个王者正是他的老祖宗——从画像里多次见过的开国皇帝李元昊。

　　回味着李元昊梦里的指责，李德旺变得神情恍惚，身上如同打摆子般地忽冷忽热，一会儿如同被抛进冰水里浸泡，一会儿好像被人羔羊似的架在火上烧烤，难受得无以复加。到最后他嗓子一甜，一口鲜血喷出，便昏了过去。

　　没过几天，宫里便传出了噩耗。皇帝李德旺在病榻上折腾了三天后，大叫着开国先君的名号溘然长逝了……

先王被安葬在帝王的陵寝

李睍继位成了大夏新的主人

年轻的皇帝亲理朝政

大夏中兴再见光明……

第五章　新君即位

　　李德旺被安葬到了历代先王陵寝中一座早就竣工的皇陵里，这座他一登基就开始修建的陵墓终于等来了自己的主人。在赫连斡罗等人的张罗下，已经成了先皇的李德旺的十九岁的侄子李睍于三天后登上了皇帝宝座。

　　别看李睍的年纪小，却自小就梦想着中兴大夏、重振党项曾经的雄风。现在终于如愿以偿有了用武之地，他便下令给大夏境内所有的隐户*，让他们都去跟赫连斡罗和嵬名朗月戍边，许诺凡是戍边满一年即可成为大夏的子民，和党项人一样对待。

　　隐户问题一直是困扰大夏多年的痼疾，因为这一时期各个政权之间不断的战争，许多汉人和金国人纷纷逃到了大夏的境内，开垦荒芜的土地种植粮食或是经商贩卖大夏急需的铁和盐。党项贵族长久以来拒绝给予这些人户籍，一旦发现立即没收财物并立即驱逐。

---

* 也叫逃户、客户。封建社会里，人民为逃免租赋，躲避徭役，往往逃出本籍。逃出本籍以后，可以不服徭役，姓名不列入户口册。

到后来，有些地方官干脆先是任其发展，一旦到了收获季节或是财货丰富时便纵兵抢掠，中饱私囊。久而久之这反倒成了贪官污吏的一项重要收入。

这几年由于战事频仍，凶猛的蒙古人在十几年里已经五次入寇，弄得大夏的许多地方十室九空、民贫如洗。众多的党项男儿死在了战场上，以至于大夏按照地域划分的十二个军司的国家常备军几乎全都严重缺编。有的村镇甚至人口凋敝到只有名册却没有活人的地步，被称为鬼村或鬼镇。

赫连斡罗很支持新皇李睍的这一主张，他和嵬名朗月主动上书，要求各自带领三万人马和十万户以上的隐户到黑水城和西部边陲去垦荒。对蒙古人历次攻打大夏的必经之路六盘山一带，还特别请旨筑城，让大将野利延祚去监督建筑这几座新城，率先实施这项新政。

由于蒙古人一直在忙着进行覆灭大金国的战争，无暇顾及在他们看来已经是穷途末路的大夏。李睍的新政逐渐显露出了一些起色。可皇帝李睍这一段时间却总是心事重重，一副郁郁寡欢的样子。原来，他自打那次平叛起便爱上了英武美丽的长公主赫连飞凤，相思之苦把这个穿着白色皇袍的年轻人折磨得寝食难安。再三思索之后，他决定亲自去向赫连飞凤表明心曲，让她成为自己的皇后。

这一天，赫连飞凤正坐在后花园里看着天上的鸟儿发呆，她想念拓跋逸豆这个男人气十足却又不失天真的家伙。让她烦恼的是，拓跋逸豆虽然没有公然抗旨，但却一心想着那个叫完颜可心的金国女人，一副想把事情拖黄了而后快的架势。还有就是自打梁太后被囚禁以后礼部换了新的尚书，早就把李德旺在位时赐婚的事情给忘到了阴山背后。这一切急坏了恨不得立即远嫁到拓跋部去的长公主。刚才她在后花园里练了一会儿箭便感到心烦意乱，把弓一扔就抚摸着硬从拓跋逸豆那里换来的镇国宝刀，脑子里一片空白。

正在这时，一声轻轻的咳嗽声传来，把正在愣神儿的赫连飞凤吓了一大跳。她回过头一看站在背后的那个人，顿时惊呆了。原来那人正是大夏的新皇帝李睨，他穿着绣着云霞日月的白色皇袍正笑眯眯地注视着自己。

赫连飞凤赶紧给李睨行了礼正要开口，李睨却笑容可掬地抢先开口说道："姐姐不必吃惊，是我不让你的仆役通报，故意悄悄来看你的，请你不要介意。"

赫连飞凤看着新皇帝那张白净的跟南朝书生一样的面孔，奇怪地问道："听说皇帝最近为了新政日理万机，忙得连吃饭都顾不上，今天怎么有空跑到我这里来了？"

李睨笑着把手一摆说："振兴大夏、恢复我党项昔日的雄风的确是件费心费力的事情。可有一件事情更令朕这一段时间寝食难安，所以就跑来找姐姐商议了。"

赫连飞凤不明就里地看着李睨一脸诚恳的样子问道："我实在不明白皇帝有什么事情非要找我这个女人商议？还是请你干脆说出来吧！"

李睨微微一笑，用与年龄很不相符的老成四处看了看，然后在赫连飞凤对面的石凳上坐了下来，又指着对面的石凳说："姐姐何必跟我见外？请坐吧！"

李睨比自己小四五岁，可这几声姐姐叫得赫连飞凤很不自在，她只得一本正经地说道："皇帝错了，按照辈分我可是皇帝的姑姑，你怎么叫起我姐姐来了？"可小皇帝丝毫不以为忤，避开这个话题，固执地请赫连飞凤坐下说话。

赫连飞凤很想知道皇帝的来意，只是稍微逊谢了一下便坐在了李睨的对面。李睨的眼睛紧紧地盯着赫连飞凤美丽的面庞，半响没有说话。赫连飞凤被他看得有些难为情，脸一红嗔怪道："皇帝你今天来就是为了给我相面的吗？"

李睨听了自觉失态，赶紧收摄心神自我解嘲地说："都怨姐姐长得太美，让我这个皇帝都看呆了……"

　　赫连飞凤是个心地单纯的人，没有听出李觊话里那些悄悄超越了君臣界限的成分，略显娇羞地笑了笑，顺口说道："虽然皇帝的话言过其实，但我听了还是很高兴。想不到你年纪不大但是很会哄人开心。"说到这里她又想起了拓跋逸豆，心里暗暗地琢磨："不知道那个呆瓜是不是跟皇帝一样也觉得我长得很美呢？"想着想着，长公主居然想得痴了。

　　李觊被一向冰美人似的赫连飞凤难得一见的女儿态弄得魂不守舍，几乎有了扑过去把她揽入怀中的冲动。但他毕竟对赫连飞凤出于真心的爱慕并无一丝邪念，赶紧改换了面容看着赫连飞凤开口说道："姐姐被先皇赐婚给拓跋部的大首领拓跋逸豆有一段时间了吧？"

　　赫连飞凤一看皇帝提起这件事情，以为小皇帝是专门来玉成她的婚事的，便带着感激之情看了他一眼回答说："现在的礼部越来越不像话了，从赐婚到现在已经好久了，再拖下去别人还以为我没人要了呢！"

　　李觊站起身背着双手来回走了两趟，忽然猛地停住了脚步扭过头盯着赫连飞凤的眼睛说道："这一次姐姐可怪错了人，礼部呈报了两次都被我给扣下了。"

　　赫连飞凤像不相信自己的耳朵似的轻声问道："你说是你？"

　　李觊下定了决心似的点了点头，答道："没错，正是朕在阻挠你的婚事。"

　　赫连飞凤这回听清楚了，她诧异地看着年轻的皇帝不解地问道："你为什么这样做？"

　　"因为朕要你做大夏的皇后！要你和朕一起携手中兴我大夏！"赫连飞凤终于弄明白了皇帝坏她好事的缘由，便苦笑着摇了摇头说："快别孩子气了，我比你大好几岁不说，又是先皇亲口在金殿上当着满朝文武的面赐的婚，你赶紧打消这个念头吧！"

　　李觊目光炯炯地看着赫连飞凤，用皇帝的自信挥了挥手说："我知道你的那次金殿赐婚其实是地牢里的那个梁太后的主意，拓跋逸豆当初是奏请要娶大金国的完颜可心为正妻的。你只要说一句不愿意，朕马上就去跟群臣解释，然后再派出一大队红翎使者带着丰厚的礼物和圣旨去宣布完颜可心成为拓跋逸豆的正妻，这样总可以了吧？"

赫连飞凤笑了，她看着小皇帝指手画脚的样子大笑了起来。李睨被她笑得摸不着头脑了，讪讪地赔着笑脸问道："姐姐你这是什么意思？难道是在讥笑朕吗？"

赫连飞凤一直盯着李睨纵声大笑着，笑够了才正色对李睨说道："虽然你是皇上，但我在心里一直把你当作弟弟。说句不顾辈分的话，你就听姐姐一句话吧，大夏的万里江山就掌握在你的手里，什么样儿的女人还不都巴巴地争着嫁给你？"

李睨固执地说道："我就要你，别的人我谁也不要！"

赫连飞凤有些生气了，她看了李睨一眼，指着石桌上的那把带翼苍狼宝刀说："凭着先帝督造的这把镇国宝刀起誓，我这辈子是跟拓跋逸豆捆在一起了，无论发生什么我都会待在他的身旁！别说你是皇帝，就是九天上的大神也是枉然！"说到这里，赫连飞凤看着眼前被自己训得跟做错了事的孩子似的李睨轻轻地叹了口气，换上了和悦的颜色柔声对他说："我求你一件事行吗？"

李睨虽然已经失望之极，但听到赫连飞凤这样说还是孩子气地回答："说吧，你说什么朕都答应！"

"我要你明天就让礼部拟旨，让我跟拓跋逸豆在这个月月圆的时候成亲！"赫连飞凤不容置疑地说。

李睨看着她愣了半晌，才把脚一跺痛苦地嚷道："不行！我办不到！"

赫连飞凤看着他平静地回答："你是皇帝，行不行在你。我明天就上路，别让我在拓跋部等得太久就行了。"

李睨没有答话，气哼哼地转身走了……

就在李睨深深地陷入对赫连飞凤的单相思中难以自拔的时候，赫连飞凤却单枪匹马连个侍女都没带就上路了。她的族叔知道谁也劝不了他，只好派亲随骑快马赶往拓跋部，让拓跋逸豆见到她以后尽早把她护送回京城来。毕竟现在大夏的土地已经不是昔日安宁的乐土，而是成了狼群和马贼出没的荒原了。赫连飞凤的武艺再高也是危机重重，让人难以放心。派人去保护她又不知道她走的是哪条路，赫连斡罗急得连胡子都白了不少。

　　赫连飞凤的到来让拓跋逸豆一时间不知道该怎么处理这件事情才好，他既不愿意为此伤害了可心那已经是千疮百孔的心，也不忍让对自己一片痴情的赫连飞凤难堪，想着想着他的脑袋里便跟灌满了牛油一样糊涂了起来。赫连飞凤毕竟是先皇赐婚给自己将要成为正妻的女人，更何况她一直就是大夏男儿心目中最美丽最勇敢的女子，可有幸受到她的垂青的自己却怎么会那么的头疼呢？

　　在可以远远地望见贺兰山的营地后的山坡上，拓跋逸豆命人铺了一块很大的毡子。摆上了艾哈迈德商队送来的西域葡萄酒以及波斯湾附近的那些阿拉伯王公们最喜欢的蜜饯和甜食，招待远道而来的赫连飞凤。

　　赫连飞凤斜坐在毡子上，她捏起一枚琥珀色的蜜枣放进了轮廓诱人的嘴里，带着十分欣赏的表情慢慢地咀嚼着。拓跋逸豆笑着从水晶琉璃瓶里倒了一些酒在她的杯子里说："你再好好地品尝品尝这琼浆似的美酒吧，它会使你忘记一切烦恼和忧愁的！"

　　赫连飞凤看见拓跋逸豆脸上有些牵强的笑容，把嘴一撇带着俏皮的表情说道："好啊，那你可是真得多喝上几杯了！"

　　拓跋逸豆不明就里地问道："这是为什么？"

　　赫连飞凤直截了当地反问道："难道你以为我已经傻到看不出我的从天而降让你感到十分为难吗？"

　　拓跋逸豆轻轻地摇着头，笑着回答说："我是一个自小在贺兰山下长大的党项牧人，天生就不会撒谎。现在必须得承认我所有的心事全被你看穿了。我真的是没办法让这件事变得让大家都可以像打猎时遇到了最肥的母鹿一样高兴啊！"

赫连飞凤笑了，阳光照耀下她的发梢儿被镀上了一层淡淡的金色光晕，整个人愈发显得妩媚高贵。拓跋逸豆叹了口气，端起波斯工匠精心打制的白铜酒杯喝了一大口，好像这样真的能使他忘掉一切烦恼似的。

两人四目相对互相凝视了很久，最后还是赫连飞凤率先开口说道："你也别为难了，在咱们党项人里凡是有点财产的男人哪个不是别妻一娶就一大堆的？何况我又不像野利延祚家的奎达一样，不会因为娶个别妻就剥你的皮！你是堂堂的拓跋部首领，怎么反倒给这件事情难住了呢？"赫连飞凤说到这里看见拓跋逸豆没有一点儿要搭茬儿的意思，她突然感到有些难堪，干脆把脸凑到离拓跋逸豆的脸很近的地方挑衅地说道："拓跋逸豆拓跋大首领，今天我实话告诉你吧，本公主就是看上你了！反正我这里有先皇的赐婚诏书，你就是想赖也赖不掉的！"

她那刁蛮的样子让原本真有些发愁的拓跋逸豆忍不住笑出了声来，这位年轻的大首领一脸苦笑地望着她说："我的长公主殿下，你是咱党项女人中响当当的美女和英雄，几乎每个党项男儿都会因为被你看上一眼而欣喜若狂。你奉旨下嫁我本应该高兴地跳起来才对，但……"

"但什么但？你要抗旨的话可休怪我的镇国宝刀容不得你！"一向自诩为英雄盖世的拓跋逸豆在这位很善于胡搅蛮缠的长公主面前却表现出急不得恼不得的样子，他带着一副无奈的表情连一点办法也没有。他虽然深爱着可心，但面对赫连飞凤却一味地退让，难道仅仅是因为先皇李德旺的赐婚圣旨吗？对这个牵强的答案他自己也不满意。

活这么大始终是率性而为的拓跋逸豆这次只好赔着小心把一杯葡萄酒递到赫连飞凤的手里，用自己从来没有用过的语调儿尽量温和地说道："你应该听我说完嘛，我先前其实是想让先皇同意我娶可心当正妻的，谁知道被那个该死的梁太后一搅和愣是把咱俩推到了一块儿了，心里一乱连新酿的马奶酒都喝不出滋味来了。你知道咱们党项人从小就从爹娘那儿知道应该信守自己的誓言，更何况是对一个我真心喜欢的女人呢？我曾经在她面前发下了重誓……"

赫连飞凤惊道："你该不会发誓一生只要她一个女人吧？"

拓跋逸豆摇着头用略带遗憾的语气回答："那倒没有。只是我发誓一定要替她报仇，不杀死那个穿着黑衣黑甲还总是带着一只鹰的蒙古将军，就终身不娶！皇帝的圣旨恐怕也约束不了庄严的誓约吧？"

赫连飞凤明白了，默默地点了点头没有反驳。因为在她看来，誓言的确是神圣不可反悔的。她转悠着眼珠儿想了好半天才开口说道："这样吧，那我们就先不急着成婚，等你替她报了仇再娶我，这总行了吧？至于那个可心嘛，到时候你也名正言顺地娶为别妻就是了。"

拓跋逸豆听了小声嘀咕道："虽然这真的是一个好办法，但只是眼下蒙古人已经跟我们缔结了盟约，要是十年八年也报不了仇的话，岂不是白白地浪费了你的青春好时光吗？我看你不如回去再跟皇帝说说，让他给你找个比我强上十倍百倍的情郎算了。"

赫连飞凤听了这番话不但没恼，反而笑颜如花地凑到拓跋逸豆面前柔声说："放心吧，就是一百年我也等着你，因为你是唯一让我心动的男人！"

拓跋逸豆的心里涌起了一阵暖流，他想："自己连名震天下的成吉思汗都没怕过，难道会被一个如此优秀的女人的爱慕吓倒吗？"他亲切地拍了拍赫连飞凤的肩膀说："那好，我答应给可心报完仇就奉旨迎娶你！但过几天我必须亲自送你回中兴府，要不你的太师叔叔可真要被你急坏了。"

赫连飞凤听了居然没有反对，脸上带着温柔的神色，用她那双明澈的大眼睛望着拓跋逸豆，叽里咕噜地乱转了几下才又笑着说道："这样吧，我也不想让你为难。只要你肯答应我一件事，我就让你送我回中兴府去。"

拓跋逸豆一看赫连飞凤肯听自己的话回中兴府，连想都没想便爽快地答应道："好，别说是一件事，就是千件万件我也答应！"

赫连飞凤一看自己的诡计得逞了，心中暗暗笑道："你拓跋逸豆不是很信守誓言吗？待会儿看你怎么办！"想到这里，她又恢复了刁钻古怪的样子，仰着脸把她那张动人心魄的小嘴儿一噘说道："这样光听你说不行，我要你发誓！"

拓跋逸豆虽然不知道赫连飞凤到底想玩什么玄虚，但一想她刚才答应自己报了仇再成婚，其实已经是很给面子了，只好举起了右手严肃地说："我向贺兰山的山神起誓！对你提出的要求全部答应！"赫连飞凤满意地点着头称赞道："好，我信你！"

拓跋逸豆望着转身就走的赫连飞凤连忙追上去问道："你还没告诉我到底是什么事呢？"

赫连飞凤头也不回地回答说："没什么，我只是让你在拓跋部的部众前告诉他们：我就是奉旨下嫁的赫连飞凤，他们未来的女主人。"

拓跋逸豆感到自己真的被她打败了，但面对贺兰山神发过的誓言又岂能反悔？他只好苦笑着答应道："好吧，谁让我发过誓了呢……"

拓跋部的大首领拓跋逸豆在第三天骑着大青马陪赫连飞凤转遍了营地里的每一个角落，晚上还特意把千夫长以上的将佐聚到了金顶大帐前饮酒欢宴，并把赫连飞凤作为部族的女主人介绍给了大家。赫连飞凤显赫的长公主身份和未来女主人的名头儿，害得大家全都离席给她行了跪拜礼。拓跋部的男女老少这一下子全都认定了一件事，那就是赫连飞凤是他们的女主人，只要一声召唤，就要前赴后继地为她效命疆场，就像他们的祖辈对拓跋部的历代大头领和女主人一样。

而赫连飞凤也做得十分得体，全然没有什么长公主的架子，对所有的族人全都嘘寒问暖，十分的和蔼可亲。她还替一个叫金头牤的小伙子讲了情，让他免掉了因为酒醉几乎纵马闯进金顶大帐前禁地的那五十鞭子。感动得这条汉子指着远处的贺兰山发下了重誓，要在今后的战斗中为他的女主人献上五十颗敌人的首级。

把拓跋逸豆折腾够了之后，赫连飞凤终于答应了拓跋逸豆送她回到京城的请求，心满意足地在拓跋部部众的欢送下踏上了回中兴府去的路。

拓跋逸豆吃惊地发现，部族里那些粗豪的族人眼里居然流露着依依不舍的神态，有不少女人还流下了眼泪。

临行前，拓跋逸豆特意跑去向完颜可心告辞，他原以为可心定会对自己宣布赫连飞凤的事情恼怒异常，并且因此而伤心欲绝。谁料可心竟然笑容满面地向他表示了祝贺，还主动以侍女的身份去拜见了赫连飞凤。长公主殿下断然拒绝接受她的大礼参拜，一口一个妹妹地叫着，还特意把她拉到了金顶大帐的后边，亲热地说起了话来。两个女人似乎很投缘，躲在帐篷里嘀嘀咕咕地说了很久的话。以至于当赫连飞凤飞身跃上了她的战马时，可心还如同家人一般，挥动手里的马鞭，替这位长公主催动了战马。这一习俗是亲人之间送别时的一种特殊礼仪，用来表示送行者为了控制自己内心依依不舍的心情，但又怕耽误了对方上路的举动，看来这时候两人已经成了难舍难分的好朋友了。

离开了拓跋部营地，拓跋逸豆和赫连飞凤一路上并辔而行，说说笑笑的十分高兴。拓跋逸豆因为已经在神前发了誓，心里完全把赫连飞凤当成了正妻，便也不再顾忌她那特殊的公主身份，晚上宿营时不仅干脆跟她并肩痛饮马奶酒，有两次还大大咧咧地让有着长公主殿下身份的赫连飞凤给他把盏，把随行的阿木等人吓得脸都白了。

每逢有这种情形出现时，赫连飞凤都会愉快地答应，并马上就忙活了起来。因为在她心里，拓跋逸豆已经是她的夫君，阿木他们全都是她的族人了。

经过几天的跋涉，拓跋逸豆终于把赫连飞凤送到了太师赫连斡罗的面前，老太师用讶异的目光看着在拓跋逸豆面前像换了个人似的赫连飞凤，用夸张的语调大声称赞道："拓跋大首领，你莫不是在贺兰山下得到了神奇的魔力？连皇帝都敬畏三分的凤发郡主也被你降服得如此乖巧，真叫老夫开了眼界啊！"

拓跋逸豆有些尴尬地笑着，赫连飞凤却羞红了脸，跺着脚叫道："叔叔，你看你几天不见怎么变得跟喝多了马奶酒的妇人一样饶舌？"

赫连斡罗听了哈哈大笑，捋着大胡子说道："好！为了管住叔叔这张饶舌的嘴，我们今天就不喝马奶酒了，来尝尝南朝的美酒和大宋南人的菜肴吧！"

享用了一顿南朝厨子精心制作的美餐后，拓跋逸豆便要告辞回去。赫连斡罗听了笑着连连摇头，指着拓跋逸豆说道："大首领看来你是在你的部族里待惯了，以你的身份，到了中兴府哪儿有不去拜见皇帝的道理？"

拓跋逸豆听了这才猛然间醒悟，赶紧忙不迭地答应着向赫连斡罗连连称谢。一边的赫连飞凤看在眼里，却愈发地感到她的这位不谙世事的夫君的确很是可爱。

换上了临行前可心特意给他准备的天蓝色袍服，拓跋逸豆便带着阿木来到了皇宫前。把守皇宫的卫戍军士兵虽然不认得他，但却认识他身上的服饰，连忙跑过来赔着笑问道："这位大人，小人怎么不认得你呀？能把您雄鹰一样到处传扬的威名告诉我吗？"

拓跋逸豆被奉承得很舒服，一抬手就赏给了那兵士一把西域的金币，朗声说道："我是大夏拓跋部的世袭大首领拓跋逸豆！"

这个名字一报，拓跋逸豆立即赢得了一大堆倾慕或嫉妒的眼神。连一向眼皮朝天看的呈宣官也换了一副嘴脸，立即跑去给他通报了。没多大功夫，呈宣官便跑回来了，告诉他说："皇帝知道大首领来了十分高兴，正在寝殿里等着召见您呢！"拓跋逸豆见事情办得如此痛快，一时兴起，转身对阿木说道："给这个报信儿的五十块来自西域的金币！"

拓跋逸豆进宫拜见新皇李睍，本来只是想按照礼仪打个招呼走个过场马上就走。却没想到皇帝不知他已经来到了京城，前几天还专门派出了红翎信使召集一大批统兵在外的臣子前来觐见呢。一看见他不请自来特别的高兴，立即亲热地拉着他的手面对面地聊了起来。攀谈之中，皇帝还上下左右地把个拓跋逸豆看了个仔细，弄得这位大首领浑身挺不自在，还以为自己身上有什么不对劲的地方呢。岂不知，皇帝已经从那张英气勃勃的脸上找到了自己需要的答案，知道了那位令自己心仪不已的长公主，为什么会喜欢这位大头领了。他浑身上下散发着一股现在的党项人中已不多见的铁血之气，骨子里充斥着牧人特有的狂野和骄傲。

君臣二人越谈越投机，拓跋逸豆是个爽直的人，说话毫无顾忌，很快就被皇帝视作了可以信赖的股肱之臣。已经是掌灯时分了，李睍站起身来对拓跋逸豆说道："你既然来了就留下帮我做事吧，让咱们君臣一起兴复咱们的大夏，重振党项人的雄风！"

拓跋逸豆也很喜欢这位皇帝，一听让他留下，便口无遮拦地说道："我倒是很愿意跟陛下在一起，只是部族里还有很多事情等着我回去呢……"

李睍听了这句毫不掺假的话，高兴地对拓跋逸豆说道："不管你的部族里有多少事情要办，你也必须留在中兴府陪我一段时间。大夏左右厢军的都统治十二军司*的统治官全都已经奉旨来中兴府向我禀报他们整顿军马的情况了。你领兵出征过多次，是最适合给我参赞谋划的人了。"看着拓跋逸豆的脸上露出了为难的颜色，李睍随即补充道："这就算我给你的旨意吧，你看还用我让枢密院写好之后再盖上玉玺颁给你吗？"

拓跋逸豆没话了，怀着对这位小皇帝的好感和复兴大夏的雄心，他朗声答道："臣领旨！"

拓跋逸豆在皇帝的挽留下暂时在京城住了下来，每天都陪着皇帝和眼下朝廷里最受倚重的赫连斡罗以及刚从黑水城被召回来的嵬名朗月一起商量着整顿兵马的事情，准备抵御蒙古人随时都可能发动的进攻。害得赫连飞凤虽近在咫尺却总是见不到他，最后只得仗着自己长公主的身

---

* 当时的西夏军队以黄河为标界，在西夏国内把军队划为左、右两部厢军（相当于大军区），又在国内各地分设十二军司，分别命以军名，规定驻扎地（如同今天的"军分区"）。

份硬闯，才能得偿所愿。

李睨不仅是一个胸怀大志的皇帝，还是一个心地善良的年轻人。他登基以后不但没有下令杀死谋朝篡位的梁太后，还宽宏大量地让她仍旧回到过去的寝宫紫鸢坊居住。他甚至连仁多望宝都没杀，只是把他扔在暗无天日的牢房里，去慢慢地咀嚼跟梁太后在一起时的旖旎风光。

梁太后是个不甘寂寞的女人，刚从老鼠横行的地牢里出来时还念叨过几句李睨的好话，可日子一久便又琢磨起重新掌握朝政大权的事情来。在自己野心的驱使下，她派遣心腹四处活动，希望再一次通过兵变重掌权柄。由于赫连斡罗和嵬名朗月等一干忠臣良将的存在，朝廷里一些宵小之辈也都不得不噤若寒蝉，没有谁敢拿自己的脑袋去跟这个现在已经不值一提的老淫妇献媚、给自己找不自在了。

梁太后并没有因此而气馁，她一厢情愿地认为，只要能在朝中找到一个手握兵权的内应，或是干脆干掉这个新上台不久的小皇帝，她的春秋大梦就能再继续做下去。然而她错误地估计了小皇帝李睨，当她串通一个侍者给皇帝的茶里下毒未遂的事情败露后，李睨一改温文尔雅的面孔，立即传令卫戍军把太后抓了起来，并召集百官，要亲自审判梁太后这条养不熟的疯狗了。

为了利用这次机会显示一下自己九五至尊的威势，好好震慑一下朝中那些心存不轨的奸佞，李睨特意把审判梁太后的时间放在了第二天早朝的时候，还专门下旨让所有在中兴府里的官员必须参加。

第二天一早，当天空中刚显露出第一缕霞光时，皇宫前那几面牛皮大鼓就被"咚咚"地敲了起来，把原本应该仍在沉睡的中兴府从梦中惊醒了。皇宫里到处布满了弓上弦、刀出鞘的卫戍军士兵。按照李睨的吩咐，所有在中兴府的大臣，全都穿戴整齐地来到了门阙前，依照品级排列整齐，鱼贯走入大殿里。

梁太后被押上金殿时依旧十分嚣张，她一路歇斯底里地叫喊，专挑皇室里见不得人的事情嚷嚷。皇帝李睨并没有下令制止，脸上始终像挂着一层严霜似的一言不发，冷冷地看着这位曾经让整个儿大夏胆战心惊的女人进行着最后的表演。被从天牢里提出来的多仁望宝却吓得浑身打颤，一句话也说不出来了。他在知道了事情的原委后，把个梁太后恨得牙根子痒痒，也为自己好不容易捡来的性命而忧心忡忡。

梁太后来到了宝座前，闹得更凶了，甚至连先皇李德旺床帏中的秘事也喊了出来。"李德旺！你如果真的有灵魂，就该想想自己是怎么登上皇帝的宝座的？你这个靠南朝春药支撑的皇帝，凭什么指挥大夏的铁骑？李德旺，看看你的侄子吧！也是个弱不禁风的病秧子，根本不配做皇帝……"

李睍没有理会泼妇似的梁太后，却鄙夷地看着跪在那里哆嗦成一团儿的多仁望宝大声喝道："别打颤！要死也得像个真正的党项男儿一样，别还不如和你苟合的女人！"说完又把犀利的目光射在了因为挣扎着要冲向皇帝宝座而被踢得跪下的太后身上，冷冷地逼视着她说："我给你两个选择，要么跟你的奸夫一起去死，要么就领着他出门去找你们百般讨好的蒙古人！你想选择哪一条儿呢？我的婶婶！"

太后听了不禁一愣，但随即就用力挣脱了拉扯着她的士兵，从容地整理着衣衫冷笑着回答："好皇帝，给我一杯毒酒吧，我要作为大夏的太后去死！"不想多仁望宝却突然声嘶力竭地喊道："我们选去找蒙古人，成吉思汗不会杀我们的！他们至少还能让我们当一世富翁……"

太后的脸上闪过一丝不屑的神色，她挣扎着站起来，大步走到多仁望宝面前抬手给了他一记响亮的耳光，大声骂道："你以为你是谁？你凭什么妄想着跟我双宿双飞？你在我眼里其实只是一条狗！一条会上床的狗而已！"说完，她大步走到大殿正中用冰冷的目光扫视群臣一圈儿，朗声对目瞪口呆的皇帝李睍说道："快！你这个大夏的皇帝，让宫女来给我沐浴更衣，大夏的太后要去见你的先皇了！"她的气势不仅镇住了大殿上的群臣，还镇住了宝座上的皇帝李睍。整个大殿上变得鸦雀无声，就算掉一根针都会吓人一哆嗦。

　　过了良久，才有一个身材魁梧的大汉迈步走到殿中大声地打破了令人压抑的沉默："臣，赫连斡罗启奏陛下，请恩准太后的请求，让她就此去陪伴先皇吧！"说完一撩袍子跪在了地上。

　　群臣被他的请求打动了，呼啦啦跪倒一片，齐声恳求。皇帝李觊也为之动容，大声命令道："众卿请起，赫连斡罗，就由你负责太后升天的事情吧，到时候朕也去送婶婶一程！"说完用余光瞟了瘫倒在地的仁多望宝一眼补充道："这条狗既然太后已经不想要了，就把他拉到朕的狗棚前剁碎了喂给他的同类吧！"

　　在撕心裂肺的惨嚎中，多仁望宝被两名身强力壮的卫戍军拖了出去。他绝望而徒劳的哀求声让那些平日里跟着梁太后为虎作伥的大臣们也跟着心虚了起来。

　　沉默了一阵之后，换好了全套盛装的梁太后被带到了皇帝面前。李觊望着这个昔日让自己不敢仰视的妇人说道："好好想想该如何去跟先皇解释你秽乱宫闱、干涉朝政的事情吧！那边的事情朕可就管不了了！"

　　梁太后把头一扬，神情倨傲地回答道："这个不用你操心，我会把这里的一切全都告诉他的！"生怕垂死挣扎的梁太后再胡言乱语，李觊把目光从她的脸上移开，对赫连斡罗吩咐道："执行你的使命吧，我的太师！"

　　出了大殿之后，赫连斡罗躬身给太后施了个礼，似笑非笑地问道："太后准备让臣怎样伺候您升天呢？"

　　梁太后凄然一笑，指着赫连斡罗骂道："你这个老东西最可恨了，你刚才生怕你的小主子一时心软再饶了我，猫哭耗子假慈悲地置我于死地！你放心，我变成厉鬼也不会饶恕你的！"

　　赫连斡罗毫不理会梁太后的咒骂，淡淡地一笑说："太后您既然已经想变成厉鬼害人了，臣只好想一个驱邪避凶的法子来送您上路！"

　　梁太后不知道赫连斡罗到底给她安排了一个什么样的死法，惊恐地问道："你到底要怎样？"

赫连斡罗实在懒得跟梁太后再费吐沫星子，把手一挥让卫戍军的士卒把她押送到城西的皇家铸造司去。自己上了马先行一步，去准备这个昔日不可一世的女人最终的归宿了。

一到了地方梁太后就凶不起来了，她看见一大群工匠正在给一个佛像下的莲花宝座的模子进行最后的打磨，另一群壮汉则用兽皮制造的皮囊给坩埚加温。她自知再难有机会摆脱被铸进莲花座里永世被佛像镇压的命运了，原本凶横的脸上不禁勃然变色，浑身上下也不由自主地哆嗦了起来。赫连斡罗走到了魂不附体的梁太后面前，拱了拱手说道："这就是准备敬献给先帝的佛像，由佛祖来镇压你这个可能会变成厉鬼祸乱大夏的祸根，真是再合适不过了！"想到自己即将葬身于灼热的铜水，梁太后眼前一黑便晕了过去。

等她再次睁开眼睛时，已经被装进了模子，眼看着坩埚里灼热的铜水向自己倾倒而下……

事态平息后，拓跋逸豆告别了皇帝李睍，回到了阔别已久的拓跋部。久别重逢尽管令完颜可心心里十分高兴，但她却仍旧以侍女自居，不肯接受拓跋逸豆的任何安慰。不仅如此，她还对拓跋逸豆说："如果你不好好地把赫连飞凤娶回来，我就要到西域去找古兰，再也不跟你见面了！"

一想到遥远的西域还有个痴心不改的古兰，拓跋逸豆只得摇头苦笑，这位年轻的大头领用少有的、略带狡猾的语气对可心说道："还是不要去找古兰吧，你发过誓的，永远也不离开我！"这句话倒真把可心给说住了，一双大眼睛扑闪了一阵儿，最终还是低下了头去。

看着可心娇憨的样子，拓跋逸豆猛地冲过去拦腰把她抱了起来，大步向大帐后面的寝帐走去。可心一边用自己那双柔弱的拳头捶打着拓跋逸豆结实的身躯，一边焦急地轻声喝道："放开我！你到底想要干什么？"

"让你成为我的妻子——拓跋部的女主人！"拓跋逸豆一边狂乱地回答着，一边把不停挣扎着的可心抱到了寝帐里，往铺满兽皮的床上一放，就紧紧地搂着她亲吻了起来。

"来吧，我是你的女奴，不能违拗主人的意愿……"突然间放弃了一切抵抗的可心眼泪夺眶而出，拓跋逸豆一下子从燃烧的激情中清醒了过来。他颓然地放开可心，默默地站了起来，一脸懊悔的表情让人看了很是难过。"原谅我吧，我冒犯了你……"拓跋逸豆终于艰难地说出了这句话。

看着转身要离开的拓跋逸豆，可心再也控制不住自己压抑了太久的感情，她快步走到了拓跋逸豆的身后，猛地搂住了他的腰，把流泪的脸颊贴在了他那坚实的后背上。

当神不再眷顾的时候，
幸福的生活又将被无情扼杀。
苏鲁锭大旗带蒙古人来到大夏，
从天而降的黄羊把凶险传达……

第六章　重兵来犯

拓跋逸豆牧马放羊的惬意生活很快就被打破了，刚刚恢复了些许生机的大夏又面临着新的灾难。起因当然是他们的蒙古盟友。因为生性剽悍的蒙古人要把太阳照耀之处都变成他们的牧场，这个伟大构想的实现是绝对不允许有人阻挡的。

就在这年草黄马肥的时候，成吉思汗亲自统兵，带着他最喜欢的四太子拖雷领大军来攻打他们昔日的盟友了。三十万匹战马随着他的命令发出地动山摇的蹄声朝着党项的边境漫卷而来。觅名朗月理所当然地成了党项军的大统领，带领着军队对抗着根本无法抵抗、但又必须要抵抗的蒙古大军。

就在天边的地平线上即将出现第一缕曙光的时候，蒙古大军的前锋已经到达了野利延祚和他在六盘山附近新筑的城池外。在仍未完全散尽的薄雾中，远距离的包围圈已经形成了，蒙古的骑兵队伍里闪出了曾经被拓跋逸豆战败过的蒙古大将巴特尔，他像一个盗马贼那样小心翼翼地催马来到了队伍的最前边儿，面对着不远处仍在沉睡的党项军营，他那双鹞鹰般的眼睛里闪过了一丝残忍的光芒。那样子简直跟即将对沉睡中的羊群发起攻击的头狼一样，杀戮的快感让他感到兴奋莫名。

面对那座未完工的新城下的党项营盘，巴特尔的右手猛地举了起来。骑兵们知道这只手一旦往下一挥，就是他们享受屠杀所产生的那种美妙快感的时候了。于是在一阵"刷刷"的声音里，所有的弯刀都出了鞘，连他们的坐骑也都兴奋了起来，焦躁地摇头摆尾、轻轻地喷起了响鼻。

就在冲杀的命令即将下达的时候，一个意想不到的状况发生了。离他们身前不远的地方有一丛茂盛的骆驼刺，骆驼刺后一只沉睡的黄羊被周围冲天的杀气给惊醒了，它惊慌失措地观望了一下，竟然慌不择路地朝着巴特尔的坐骑直撞过来。巴特尔坐下那匹身经百战的大黑马也被这突如其来的家伙给吓了一大跳，猛地一抬前蹄，一声长嘶打破了寂静的黎明，传出了很远很远。

在离巴特尔不远的营地里，大夏的将军野利延祚正在蒙头大睡，扇动的鼻翼上还带着细密的汗珠儿。在梦里，他又回到了那次迎接大夏远征军归来的时候，他身边的赫连老太师正在用担忧的语气讲述着帮助蒙古人去攻打近邻金国的弊端。就在他望着老太师那双深邃的眼睛、倾听着他的教诲时，一声战马的长嘶忽然传进了他的耳朵里，打破了他那真真切切的梦。

作为一个久经战阵的将领，野利延祚一下子从梦中被惊醒，他伸手从身边抓过自己的腰刀，光着上身就窜出了毡房。

被毡房外冰冷的晨风一激，野利延祚的头脑立即清醒了起来。他透过蒙眬的睡眼朝着传来马嘶的方向望去，只见对面的高坡上数千蒙古骑兵已经带着死亡的威胁默默地冲了过来。那些蒙古骑兵并没有直接冲向营地，而是迅速地向营地的两翼运动，想把已经在劫难逃的党项人包围起来。

情急之下，野利延祚一刀砍断了拴在马桩上的缰绳，窜上了光背的战马。对同样睁着一双惺忪睡眼的妻子奎达嚷道："蒙古人来了！"平时在营地里说一不二的主将之妻，地位简直相当于各部族中的女主人，大事小情上很具有点权威性。但骤变面前，她还是像一只惊慌的母鹿，没了主张。

奎达愣了好半天，才终于明白发生了什么。那双颇有些凶悍的眼睛一下子瞪得老大，怔怔地问道："那……那怎么办？"总是因为惧内被军士们讥笑的野利延祚恼了，朝奎达投去了一个不耐烦的眼神，开口骂道："你这个蠢婆娘，赶紧把大家叫起来！"

也不管脾气比牛还倔、嘴比刀子还厉害的奎达怎样大声地慌慌张张地叫喊了起来，野利延祚骑着光背马一边在营地里狂奔，一边大声地发出了警报："蒙古人来了！快！快起来迎战呀！"

这对夫妇的呼喊声把大家惊醒了，许多赤膊的军士提着弯刀朝自己的马匹冲去。在那些随军前来筑城的隐户营里孩子们的哭声里，刚成为党项人的隐户和他们的女人也都抓起弓箭朝这边聚集。很显然，袭击者已经失去了偷袭的机会。在第一匹蒙古马跑进营地附近时，从睡梦中惊醒的守卫者正在向营地四周跑去，摆出了拼杀的架势。

望着纷乱的营地，巴特尔不无遗憾地命令道："既然咱们已经被发现了，干脆就转为强攻吧！"说完这句话，这位曾经败在拓跋逸豆手下的蒙古汉子猛地抽出了弯刀，大声嚎叫着冲了上去。

在野利延祚的指挥下，惊慌失措的党项人很快就恢复了镇定，迅速地行动了起来。各家各户的勒勒车从毡房前被拖出来，很快就在营地四周围成了一个圈子，男人们骑在马上弯弓搭箭做好了准备。营地里的妇女和能独自骑马的孩子们也把草叉和长柄镰刀紧紧地握在手中，这个架势和蒙古人在处于被动时所摆的古列严阵势一样，不但能够阻挡对方的骑兵，还能凭借车身有效地抵御呼啸而来的箭雨。

就在他们刚刚做完这些的时候，第一波次的蒙古骑兵就嚎叫着冲了上来。虽然他们中有不少在党项人发出的箭雨中翻身落马，但更多的人还是冲到近前把手里的火把扔进了勒勒车组成的防线中。一阵"噼噼啪啪"的响声中，许多勒勒车被烧着了。漫卷的浓烟里渐渐腾起了烈焰，火借风势越烧越猛，飞舞的火星还引燃了近处的帐篷，整个营地刹那之间就变成了一片火海，越来越多的毡房被点燃，冒着浓浓的黑烟凶猛地燃烧了起来。赤裸着上身的野利延祚，朝着一个扔完火把转身逃窜的骑兵射了一箭，也顾不上去观察那支箭是否命中，就急切地大声喊道："男人留下射箭，女人们赶紧去救火！"

　　就在这时，随着"嘎巴"一声巨响，一辆勒勒车被烧塌了。那些原本正像狼群一样在弓箭的射程之外游弋着的蒙古人，立即呐喊着朝着这个刚刚出现的缺口儿冲了过来，就如同嗜血的牛虻发现了沉睡的牛群。

　　这时的党项营地里一片忙乱景象，士兵和隐户中的男人们正在全神贯注地射杀着仍在不断冲上来投掷火把的骑兵，已经无暇去顾及身后那熊熊的烈火了。女人们全都乱哄哄地赶去救火，没有注意有两名骑兵已经越过缺口冲到了营地里，眼看防线就要彻底崩溃了。多亏野利延祚的妻子奎达眼尖，只见她平端着一支一人多长的草叉发出一阵野兽般的嚎叫勇敢地冲了上去，锋利的草叉深深地刺进了一名骑兵的马脖子，吃疼的战马一蹦老高，把背上的骑手扑通一声掀翻在地上。奎达勇敢的行动带动了周围的一大群妇女，她们很快就把冲进营地的几名骑兵拉下马来，撕成了碎片。

　　奎达在放翻了第一名骑兵后就冲到了那个缺口，用手里的草叉拼命地乱捅乱扎，使几名准备乘虚而入的骑兵停住了脚步，生怕被这个疯子似的党项女人弄伤了马匹，连忙拨转马头跑开了。就在奎达看着几个壮汉又推来一辆勒勒车堵住了缺口时，一支利箭带着刺耳的呼啸射中了她的额头，她感到眼前的景象模糊了起来，生命正在从体内一点点地流走。也不知道是从哪来的勇气，她猛地一使劲，奋力扑到了一个正要纵马闯进来的蒙古兵身上。然而生命之神已经收回了曾经慷慨的赐予，奎达还没来得及跟对手一较高下，就一声不响地俯身倒在了地上。

　　当激战进行到下午的时候，蒙古骑兵疯狂的进攻终于被打退了。那些穷凶极恶的蒙古骑兵就在不远的高坡上暂时休整，几股淡蓝色的炊烟清晰可见。那是蒙古人在烧烤他们随身携带的牛肉条了，吃饱之后他们肯定会立即发起新的进攻。

党项人都困倦到了极点，横七竖八地躺在地上喘息着。此时的饥饿和疲劳已经战胜了死亡的恐惧。营地里唯一的水源被蒙古人从上游给掐断了，干渴和伤痛折磨着军士越来越少的党项军。现在许多重要的位置都只能用毫无作战经验的隐户来充数了。很难想象当这些原本只是来筑城的人面对已经踏遍了欧亚大陆的蒙古大军时会是什么场面了。

一阵呜咽的牛角号响起，蒙古大军改变了战术。黑压压的骑兵冲上来了，足有一两万人。党项人的营地崩溃了，到处是被蒙古骑兵疯狂砍杀和追逐着的隐户与妇孺。眼看大势已去，野利延祚只得率领着为数不多的党项精骑，趁着蒙古人还没有形成包围圈时主动脱离了战场，朝着远处已经基本筑好的新城奔去。而把数万名隐户和他们的家眷扔给了嗜血成性的蒙古人。

幸好巴特尔率领的蒙古骑兵是作为先头部队，给后边成吉思汗亲自率领的大军开道的。而蒙古大军这一次也没准备恋战，在离新城还有不足三里的地方就旋风似的飞掠而过。成吉思汗这一次的目的不是攻城略地，而是要打破中兴府、彻底消灭大夏王朝。

蒙古人进犯的消息过了很久才传到了闭塞的拓跋部，这些惯于盘马弯弓的牧人只是默默地准备起自己的武器，等待着他们的大首领下达出征的命令。拓跋部的女人们虽然舍不得自己的亲人出兵放马，但千百年来的传统还是让她们忍住了自己的眼泪，除了默默地继续着日复一日的生计，闲暇时还不约而同地修补起丈夫或是兄弟的牛皮铠甲来。

拓跋逸豆一直在等着朝廷的诏书，心里十分着急。他每天都会让巡哨的部众朝着山口的方向久久张望，看看有没有插着红鸰的信使出现。自己则整天焦躁地用羊皮擦拭着那口镇国宝刀，渴望即将来临的厮杀。这位年轻的大首领远没有意识到问题的严重性，在他看来，他很快就能兑现自己的诺言，在万马军中替可心报仇了。手刃那个架着黑鹰的蒙古人的想法让他感到兴奋莫名，整天都处在亢奋的状态中。

　　日子就这样轻飘飘的在等待中度过，除了大首领拓跋逸豆被复仇的火焰折磨着之外，别的人全都按照自己的方式生活着，享受着大战来临前短暂的幸福时光。在他们看来，大夏的左右厢军和十二军司已经足以应付外敌了，征召拓跋部出征的希望应该不是很大。婚丧嫁娶，添丁进口的喜讯倒是时时传来，给了男人们许多酩酊大醉的机会。

　　可心的心里十分矛盾，战事再度爆发的消息传来的时候，她那颗平复了没多久的心一下子乱了起来。复仇的渴望虽然依旧在心底里熊熊地燃烧着，但她却忽然感到原本这炽烈无比的渴望却在渐渐地冷却，她发现自己已经不想让拓跋逸豆为她去殊死拼杀了，也不想再让那些更热衷于牧马放羊的拓跋部的族人再重披战甲了。

　　为了掩饰内心的纷乱的思绪，可心便心不在焉地在营地里四处游荡。和那些淳朴的牧人的妻女一起劳作，甚至参与到了他们的婚丧嫁娶之中。

·

蒙古的铁蹄踏碎了草原，
昔日的盟友杀到门前，
轻信了胡狼的甜言蜜语，
中兴府引来阵阵狼烟……

第七章　中兴府陷落

成吉思汗加紧了称霸的脚步，在撕毁了和大夏签订的那份消耗对方国力的盟约，不再让他们跟着蒙古大军远征西域或是进攻大金国后，他便亲自带领蒙古铁骑闪电般地突入了大夏境内，把大营扎在了六盘山下，兵锋直指都城中兴府。

雄心勃勃立誓要复兴大夏往昔雄风的皇帝李睍不敢怠慢，立即动员了全国十二监军司的所有兵力，派遣党项军统帅著名的少令公嵬名朗月前去抗击漫卷而来的蒙古大军。连已经退隐多时、近些年只是作为大夏军队的象征存在的嵬名令公也被再次征召入朝，掌管了中兴府的防务。

随后的战斗中虽然是大夏负多赢少，但还是倾举国之力把蒙古大军挡在了中兴府外。就在双方打得难解难分的时候，中兴府一连发生了两次地震，蒙古人趁机派遣一些投降的党项人混进了城里大肆造谣，说党项人已经失去了上天的眷顾，灭族之祸就在眼前了。

房倒屋塌的惨状和到处蔓延的谣言不仅加剧了防守的难度，还让很多人没了斗志，认为上天已经抛弃了大夏。随着大夏的左右厢军彻底的失败，恐怕没有哪个党项人不相信亡国之痛就在眼前了。就在这人心涣散、弹尽粮绝的节骨眼儿上，突然从六盘山的蒙古大营传来了一个令人震惊的消息——成吉思汗在六盘山的大营里病死了。这才使大夏的众人又恢复了一些信心，感到老天也还是有开眼的时候的。

趁着蒙古军全军举哀的时候，嵬名令公指挥着以铁鹞军和卫戍军为主的兵力，组织十二监军司前来勤王的军队孤注一掷的冒死反攻，才得以暂时地把蒙古军队进攻的势头压了下去。但为了达到这个目的，却几乎耗尽了大夏国内的有生力量。

一代天骄成吉思汗的溘然逝去不但没有影响蒙古人的斗志，不知怎的反倒使他们更加凶狠、更加不计后果，好像成吉思汗的死要由所有的党项人来承担一样。

蒙古的四太子拖雷和在斡难河便一直跟着成吉思汗横扫天下的大将军哲别立下了毒誓，要覆灭大夏告慰成吉思汗的在天之灵。蒙古军队近乎疯狂的进攻由此展开了，元气大伤的大夏军在凌厉的攻势前节节败退，很快就被再一次逼退到都城中兴府城下。

负责守卫中兴府外围的大夏将领卫慕尊山却在这个节骨眼儿上投降了蒙古人，中兴府里的党项君臣断绝了与外界联系的唯一途径，城里顿时人心惶惶、谣言四起。皇帝李睍虽然没有什么经天纬地的雄才大略，但身体里流淌着的血液里却不缺乏来自祖上的铁血精神，他决心与蒙古人周旋到底，不顾危险亲自上城，和全体军民一起顽强地守卫着中兴府。

蒙古军队改变了以往重点突破的作战方式。拖雷让手下的八员猛将各领两万军马从四面八方同时开始了不间断的进攻，其余的数十万蒙古兵在城外不停地放箭，掩护着挖掘地道、撞击城门，或是干脆不停凿城的同伴。在蒙古军队密集的箭雨和不计生死的进攻下，中兴府马上就要沦陷了。虽然每一个党项人都知道这一点，但他们深知破城后所面临的命运，于是一刻不停地战斗着。

一个阴云密布的上午，赫连飞凤仍在生死搏杀的城头，李睍派人把她叫了过来，拉住了她那双沾满了血污的手说道："姐姐，我们都很快就要追随着先皇去了，但愿大夏不要在朕的手里灭亡吧……"

赫连飞凤无声地望着她的皇帝，惨然一笑，却什么也没有说。眼下的局势无论是谁都可以清楚地预见到：战斗结束之日，也就是大夏国祚终结之时。

"我想请姐姐你出城去搬兵！不知你肯不肯？"李睍忽然间目光如炬地看着赫连飞凤，带着满脸希冀的神情说道。

赫连飞凤无声地叹了口气，望着城外密密麻麻的蒙古铁骑说道："唉！十二监军司的精锐已经尽丧在中兴府城下，其余的几路军马在围城前就已经被蒙古大军截断了来路，上哪儿去找援军呢？"

李睍却不像眼前这位长公主般灰心丧气，他指着天边若隐若现的远山，眼睛里闪动着充满希望的神情说道："拓跋部，眼下只有拓跋部可以救大夏了！他们如果能及时地赶来，我们就能突围，到黑水城去跟嵬名朗月的人马会合，那时大夏还是有希望的！"

赫连飞凤显然是被李睍的话给说动了，这些天她一直希望拓跋逸豆和他的族人能出现在城下，但随着一个个一去不归的信使被派出，她的心才逐渐变凉了。她丝毫也不怀疑拓跋逸豆的忠诚和勇敢，她的心上人之所以迟迟没有出现，只有一种解释：那就是他和他部族的铁骑肯定是被拦在某个地方了。

但无论如何，李睍的话还是重新点起了她心中的希望之火。她平静地朝着城外那些随便一阵箭雨就能击退一支军队的蒙古人看了一眼，躬身给李睍施了个礼说道："皇帝放心，我尽快准备，天再黑些就突围去向拓跋部求救！"

李睍听了不由得大喜过望，竟然不再顾忌自己九五至尊的身份，他单膝跪地望着眼前的赫连飞凤高声说道："我也知道姐姐此去是九死一生，但无论如何给城内的军民一个鼓舞也是好的！只是朕太对不住姐姐了……"

赫连飞凤赶忙扶起了皇帝李睍，眼睛里流着泪水，颤声说道："陛下千万不要这样，我一定突出城去！如果有幸不辱使命，那就说明上天还不愿意抛弃我大夏！如果……"说到这里，赫连飞凤的神情突然间变得坚毅了起来，她用自己那双动人的大眼睛望着李睍头上的莽莽苍天继续说道："如果我死在了蒙古人的铁蹄之下，就算是我用性命报答了皇帝陛下吧！"

当夜，蒙古大军的围攻刚一停下，中兴府突然间四门大开，一直被动挨打的大夏军队竟然主动冲出了城外，敲着战鼓摆开了阵势。对面的蒙古铁骑一时间摸不着头脑，还以为这些党项人全都得了失心疯。就在一向以足智多谋著称的拖雷也搔起了脑袋时，赫连飞凤单人独骑地跟在大军身后出了城，悄悄地消失在了茫茫的夜色里。就在蒙古大军匆忙中摆开了阵势没多久，刚才还敲鼓挑战的大夏军队却转身退进了城里，没了声息。

摸着黑一路上打马狂奔，赫连飞凤终于在拂晓时冲出了海浪般连绵数十里的蒙古连营，遁入了茫茫的草原里。她怎么也不会想到，就在她离开不久，蒙古大军就开始了新一轮的疯狂进攻。第二天中午，蒙古人终于进入了城里，大夏的都城中兴府陷落了。垂死挣扎的巷战开始了，包括李睍在内的党项人进行着最后的拼杀，希望能够在海潮般涌来的蒙古人面前等来上天恩赐的奇迹。

九死一生的赫连飞凤一路上催马狂奔，当她胯下的那匹战马口吐着白沫颓然倒地时，昏迷前的赫连飞凤终于看到了正在跟一支蒙古骑兵搏杀的人马。从他们那穿着牛皮铠甲的身形上，赫连飞凤判断出这就是她此行要找的拓跋部。

原来，拓跋逸豆终于在半个月前等来了一名九死一生来到营地的信使，接到了告急文书。早就按捺不住的拓跋逸豆当时就奉召起兵，赶来勤王了。让他始料不及的是，一路上到处都是赶去中兴府参加会战的蒙古军队，几乎每天都在厮杀。这半个月里一连十几场的血战，让拓跋逸豆的队伍举步维艰，只走了二百余里。

这天中午，又一支蒙古大军出现在了他们的面前，拓跋逸豆知道一场恶战在所难免，只得传令聚拢人马，迅速地拉开了架势。前面那支征服了西域诸国、正在高歌猛进的蒙古人一看后边出现了大夏骑兵，也立即转身迎战。在震天动地的喊杀声里，两支剽悍的骑兵很快就战作了一团。一阵凶猛的砍杀过后，打心里看不起党项人的蒙古军队便落了下风，一些来自西域各国的附庸军队开始溃败，打乱了他们的阵脚。

蒙古军阵已呈败象，拓跋逸豆正在山坡上指挥着骑兵猛冲时，无意中被出现在附近山坡上的一幕给惊呆了。他看见一个金甲红衫的人骑着一匹摇摇欲坠的战马出现在那里，满头随风飘摆的长发翅膀一样张开，不是多时不见的赫连飞凤又是哪个？

党项人身经百战建立了大夏，乱世当中的党项男儿向来把保护自己的女人当成了必须遵循的准则。望着赫连飞凤的身影，拓跋逸豆顿时血脉偾张。他把手中的狼牙棒一挥，对身边的阿木叫道："快去救回你的女主人！看我杀退这帮蒙古蛮牛！"

阿木这时也看见了山坡上的赫连飞凤，郑重地点头答应着，挥手带领身边的亲兵朝那边狂奔而去。拓跋逸豆面对队形已经散乱了的蒙古军阵，发出了一声连野兽听了也会瑟瑟发抖的嚎叫，催动坐下的闪电风一般杀出。他身后一直端坐马上的中军标营*一看大头领上去了，也全都打马疾驰，旋风般地扑向了对面的蒙古人。原本已经跟拓跋部打得精疲力竭的蒙古万人队哪受得了这支生力军的突袭，在眼睁睁地看着自己的万夫长被那个披着天蓝色披风、扎着金腰带的党项头领一棒打下了战马后，终于开始拨转马头逃跑，从而引发了山崩海啸般的大溃逃。

---

* 中军指由主将或指挥部直接指挥的部队，标营是指中军中的警卫部队。其长官性质相当于总督、巡抚的卫队长，士兵多由身经百战的优秀士兵组成。

终于睁开眼睛的赫连飞凤再次见到了拓跋逸豆，一种恍若隔世的感觉让她再也控制不住自己那被压抑到了极点的感情。她伸手搂住了拓跋逸豆的脖子，失声痛哭了起来。拓跋逸豆像个安慰被狼群吓着了的妻子的牧人那样，把赫连飞凤紧紧地搂在怀里，一边轻声地安抚，一边把装着马奶酒的皮囊凑到了她那干涩的嘴唇前。

赫连飞凤依偎在拓跋逸豆坚实的胸膛里连喝了几口甘美醇香的马奶酒，终于恢复了镇定。她带着一脸令人心碎的神情向他传达了李睍最后的命令。拓跋逸豆听了，也感到事情已经到了十万火急的关头，便默默地扶着赫连飞凤站起身来。望着远处的地平线上依旧在静静地飘浮着的白云，他沉声说道："即刻点起人马，连夜向中兴府进发，途中不得与任何蒙古人再交战！"

拓跋逸豆的命令马上得到了最坚决的执行，不到一顿饭的工夫，刚刚进行完一场血战的拓跋部骑兵便又继续开始赶路了，这支由三万骑兵组成的队伍用疯狂的速度打马疾行，企图拯救危在旦夕的皇帝李睍和他们的大夏。

因为嫌大队人马行进的速度过慢，拓跋逸豆和赫连飞凤干脆带领中军标营狂奔在前边。虽然不断有战马吐着白沫儿倒在地上，但拓跋逸豆却浑然未觉，继续带着剩下的骑兵狂奔，想早一点赶到中兴府，救出命悬一线的皇帝李睍。

当他们终于赶到了数百里外的中兴府城下时，蒙古人已经攻进了城里，战场已经在大夏国的皇宫里展开了。巍峨的殿宇正在熊熊燃烧，到处是正在疯狂进攻的蒙古兵将和困兽犹斗的党项武士。

皇帝李睍只得下令突围了，正当他在卫戍军的护卫下来到皇宫的正门前时，蒙古人已经杀了过来。随着一声吼叫，一个蒙古兵已经冲到了近前，手握弯刀朝着皇帝李睍恶狠狠地砍去。眼看着已经避无可避，李睍只得把眼一闭，等待着对方的刀锋。就在这最后的关头，随着一声断喝，率先进城的赫连飞凤纵马扑了过来，一刀砍掉了那个蒙古骑兵的脑袋，化解了李睍的灭顶之灾。

　　还没等她转回身去，一个狡猾的蒙古百夫长已经出现在赫连飞凤的身后，他抡起手里的弯刀就向赫连飞凤砍去。等赫连飞凤察觉到近在眼前的危险下意识地回过头时，刀锋已经迫近了她的眼前，她甚至感到了那柄弯刀上浓浓的血腥味儿。就在赫连飞凤引颈待戮的那一瞬间，那名蒙古百夫长忽然浑身一震不动了。赫连飞凤吃惊地看见，他的脑门上突然出现了一支箭身兀自颤动的雕翎箭。那支箭的箭身已经有大半插进了他的脑袋里，结束了他的性命。

　　没等赫连飞凤回过神来，一个熟悉的声音清晰地传进了她的耳鼓，那是有人在大声地喊着她的名字。当她闻声望去时，只见浑身是血的连山祈福已经催马来到了近前，俯下身用他那有力的大手把李睍提到了自己的马背上。

　　搂着他坚实的后背，李睍感到无比的踏实，这时他看清了出现在面前的赫连飞凤，他飞快地扫视着周围，除了连山祈福带来的兵士，并没有看见拓跋逸豆以及拓跋部里实力尚存的数万精骑，强烈的失望让他知道自己已经再无幸免之理。在用饱含着爱意的眼神看了一眼这个令他魂牵梦萦的女子之后，他使尽了全身的力气对赫连飞凤吼道："这里有连山将军在，你赶紧逃命去吧！"

　　赫连飞凤心里一热，想不到小皇帝在这个时候居然还顾及着自己的生死，忍不住深深地望了他一眼，正要开口劝慰，却被涌上来保驾的禁军士兵隔开了。等她努力地勒住缰绳再去寻找李睍时，小皇帝那略显孤单的身影已经在乱军中远去了。

　　赫连飞凤忍不住泪流满面，对着熊熊燃烧的宫殿长叹了一声。她心里掠过了一个不祥的念头：大夏完了，小皇帝也完了。因为蒙古人显然不会等到任何人来勤王就会杀光中兴府里所有高过车轴的男子，小皇帝根本没有逃脱的可能了。再说，耗尽了国力的大夏也没有人能有勤王的力量了！赫连飞凤留恋地望着昔日的宫阙迟迟不肯离开，直到放眼望去蒙古人已经攻进了正殿，她才照着她的战马狠狠地给了一刀柄并大叫道："快走！"

赫连飞凤的战马开始奔跑了，她紧闭着双眼感受着周围的一切。她不愿也不敢睁开眼睛，一任眼泪开闸的河水般流淌，她感到那个叫李睍的小皇帝在这个关头还在用自己的方式向她表达着自己的爱恋，那是党项人那伴着血性的浓浓爱意。她感到心里针扎一样难受，连握刀的手也不禁颤抖了起来。

拓跋逸豆这时还没有进到皇城，而是正在挺身把不计其数的蒙古兵挡在了城门外。他身后那杀红了眼的中军和他一起咬牙支撑着，兀自在死战不退。眼看着蒙古兵的数量在急剧地增加，而自己身边的骑兵却越来越少。拓跋逸豆把手里的镔铁狼牙棒一举，就要冲上去拼命。紧随身旁的阿木赶紧跳下马死死地拉住了他的缰绳。这个不善言语的党项汉子大声地吼道："大首领，快带兵冲出去，找到主力后再回来决战吧！拓跋部的妇孺还在等着你回去呢！"说着话，也不等拓跋逸豆回答，就猛地把闪电的缰绳抓过来，强行掉转了马头，并猛地拍了闪电一把。在这电光石火的瞬间，阿木自己则挺身朝蒙古兵扑去。那闪电吃了疼，"希律律"一声长嘶，带着背上的主人返身而走。等拓跋逸豆再想勒马再战时，已经被拥挤的人马裹挟在一起，缓缓地朝城外退去了。拓跋逸豆只得望着到处都在流血的中兴府长叹一声，跟着人流朝着城外杀去。

刚一出城，拓跋逸豆就从一个禁军嘴里听到了皇帝李睍被俘的消息。望着城头上已经在狂热欢呼的蒙古兵，拓跋逸豆这位铁打般的汉子心里一凉，知道他的大夏已经完了。

眼含热泪的拓跋逸豆深情地回头看了看浓烟四起、大火熊熊的中兴府，神情黯淡地把手里的狼牙棒一挥，对身边逐渐聚拢起来的中军骑兵命令道："先撤出去，跟后边的大队会合了再作计较吧！"

传达完这个心有不甘的命令，他猛然间想起了身边还少了一个人，连忙焦急地大声叫道："飞凤，飞凤！"一名千夫长闻声答道："大头领不必担心，阿木已经带人去接应了！女主人吉人天相，一定不会有事的……"

大夏的都城中兴府陷落后，蒙古人开始了灭绝性的屠杀，所有放下武器的党项士兵全都身首异处，倒在了血泊里。在干完这件事之后，拖雷便传令蒙古诸将，让他们强迫城里的百姓交出了他们所有的财物，并把面目姣好的女子强行赏赐给了有功的将士。在巡视这座昔日的王都时，拖雷从党项人的眼睛里看到了一种异样的眼神，那里边隐含着不灭的仇恨。拖雷心里感到很不舒服，决定从精神上摧毁他们心里仅存的意志，使他们真正地臣服在蒙古人的铁蹄下。具体的方法就是当着他们的面处死他们的皇帝——那个已经被俘获的李睍。

行刑的时间选在了入城后第三天的一早，中兴府这座昔日大夏国的都城刚经历了天翻地覆的巨变，就显得已是物是人非，满街都是弓上弦刀出鞘的蒙古骑兵。在蒙古人的驱赶下，大群的党项人从家里被赶了出来，朝着城中央的惜福寺走去。这是成吉思汗的四太子拖雷的主意，他要让满城百姓看着他们的皇帝被处死，彻底消灭他们心中关于大夏国的记忆，摧毁党项民族的自尊心，让他们因为恐惧而服从蒙古人的一切意志。

惜福寺是大夏王朝倾近了三朝国力修建的皇家佛教寺院，上百间殿宇楼堂里收藏着历代大夏皇帝供奉的奇珍异宝。大雄宝殿中那尊只能跪下仰视才能看见面目的大银佛更是用了一百四十多万两白银铸造而成的，这在当时那个以白银作为主要流通货币的年代里无疑是一种巨大的奢侈。

惜福寺门前的广场是用中原产的水磨方砖铺成的，大广场可以容纳数万人。这个原本用来进行盛大佛事的地方，今天却被用来充当了杀人的法场，而且今天要杀的还是这里的主人，大夏帝国的皇帝。

蒙古大将赤老温和成吉思汗的四太子拖雷并肩坐在惜福寺高大的山门前，看着围观的人已经到齐，拖雷朝赤老温笑了笑："开始吧，我的赤老温叔叔！"

赤老温站起身恭敬地朝拖雷施了礼，转过身对着早就恭候在台阶下的一名蒙古万夫长点了点头。那名万夫长把手中的令旗一挥，在地动山摇的鼓号声中，数十名蒙古骑兵催动战马用绳子拉动一块巨大的毡子缓缓地跑来，两名身材高大的蒙古士兵用套马索拉着跌跌撞撞的大夏末代皇帝李睍来到了毡子的中央。

李睍即位于大夏的末世，登基后立志要做大夏的中兴之主，一边秣马厉兵的整顿大夏军马，一边轻徭薄赋的希图减轻国内痛苦不堪的民生，决心与蒙古人决一死战，恢复大夏昔日的辉煌。虽然也曾经取得了一些军事上的胜利，但当时的大夏已经像一艘烂穿了底儿的大船，不可能战胜打遍天下的成吉思汗和他的蒙古骑兵了。在都城被围期间他身着皮甲亲自参加了守城的战斗，最后还是负伤被擒。对于一个顽固对抗的亡国之君，当然要结果他的性命来威慑新征服的土地上那些尚未完全臣服的子民了。此刻，他正被牛皮套索拉扯着来到了这里，虽然他明知性命不保但还是挺直了腰杆儿，用那双带着党项人特有的血性的眼睛朝着山门下的拖雷和赤老温投去了愤怒怨毒的一瞥。

当李睍的目光扫向了周围被迫来观刑的党项百姓时，眼前的情景忽然模糊了起来，一行泪水顺着他消瘦的脸颊悄然流下。那些党项人纷纷跪倒在地，有的人还脱口呼唤着："皇上！皇……上……"

拖雷站起身通过身边一个精通党项话的将领发问："李睍，你这个大夏皇帝就要死了，你知道吗？"

李睍看着拖雷轻轻地回答说："死就死吧，你战败了我，失败者就应该接受胜利者的处置！"

拖雷满意地点了点头，高傲地说："你说得没错，好在你的国家和党项这个名字也将不复存在了，你就放心地去吧！"

李睍听了这句话后浑身一震，他突然昂起头冷笑着提高了音量抗声反驳道："我李睍就要被你杀了，大夏国也被你灭了，这是不争的事实。但我要告诉你的是，党项这个名字绝不是你们蒙古的弯刀和铁蹄所能够抹去的！"

　　说到这里，他的眼里忽然闪过一阵王者特有的威严，他指着头顶上如洗的碧空用教训的口吻朗声说道："告诉你，党项人就像这原野上生生不屈的狼毒花一样，不管是狂风蹂躏还是野火焚烧，只要留下一粒种子就能生根开花！只要有一棵活着，来年随着轻风就能开遍整个大夏的原野！"

　　拖雷原本想让这位末代皇帝在他昔日的臣民面前上演一出摇尾乞怜、哀求活命的丑剧，不想这家伙身上还真有草原男儿的铁骨和热血，再让他蛊惑下去反倒会适得其反了，便对赤老温使了个眼色督促他赶快行刑，然后掩饰住脸上略带失望的神态，面无表情地坐回了椅子上。稍微平静了一下，他又忍不住给站在那里仍旧壮怀激烈的李睍扔下了一句："我父汗去往长生天转生前曾经说过，念在你父辈曾经给我们出过力，你又是登了基的皇帝，特地赐给你我们蒙古最高贵的死法！"

　　两名蒙古兵闻听，连忙解下李睍脖子上的套马索转身跑开了。李睍一个人孤零零地站在毡子的中央，最后看了一眼他挚爱的大夏国的土地和天空，慢慢地闭上了眼睛，脸上还带着无限留恋的表情。十几名一字排开的骑兵拉着另一块毡子放马冲了过来，这位末代皇帝瘦弱的身躯被兜倒在地、夹在了两块厚重的毡子之中。随着一阵惊天动地的马蹄声，大队蒙古骑兵蜂拥而上，如同一阵旋风般地跑过这块毡子，让坐骑那暴怒的马蹄踩过了毡子里皇帝的血肉之躯……

　　就在这时，一个满脸都是刀削斧刻般皱纹的老太婆分开人群来到了最前面，她手里挂着一根吊着弯角羊头的拐杖，腰间挂着一个装饰着大夏皇家特有的蓝色流苏的玉饰，那玉饰正在微风中轻轻地晃动。她仰起满是白发的头颅，高高地把双手举过头顶，用苍凉的嗓音唱起了赞颂党项先王的史诗，为刚刚死去的皇帝李睍送行。

　　看到这一幕，一名蒙古兵勃然大怒，挥起手里的弯刀就朝着老太婆砍去。奇迹发生了，那老太婆全然不理会弯刀的威胁，仍旧在继续着她的歌声。那名蒙古兵一连砍了好几刀，却都没有砍倒那个看起来并没有如何躲闪的老妇人，一时之间吓得目瞪口呆，不知道该怎么办了。老妇人旁若无人地唱完之后，便带着一身血，平静地迎着蒙古人纷纷劈刺来的刀枪，径直走到了拖雷的面前。

望着目瞪口呆的拖雷，老妇人诡异地笑了笑，伸出枯枝般的手轻轻地像要去抓他似的比画了一下，带着诡异的笑容开口说道："蒙古的弯刀抹不去党项人的血性，你逃不过党项人的诅咒……"说完这句话，老妇人便如同一滴汇入了大海的水滴，转身走进了围观的党项人中间，再次唱起了刚才那首党项先王的颂歌。

等被惊呆了的拖雷终于明白过来，咬牙切齿地让手下去找那个敢于冒犯他的老妇人时，哪里还找得到？只有一双双流着眼泪的眼睛在注视着他，那是已经国破家亡的党项人的眼睛，充满了他最不愿意看到的仇恨和不屈。

站在拖雷身边的赤老温大叫一声，如梦初醒地拔出刀冲进了人群里。在确信老妇人已经无影无踪后，他猛地抓住了一个党项的降官，气急败坏地问道："那个老太婆是什么人？"

那名降官带着明显的谄媚的表情，战战兢兢地回答："那是先皇的太妃，自打先皇驾崩在这里苦修，已经好几十年了，大家都当她是神……"

党项人就像倔强的狼毒花，

不怕焚身的野火和暴烈的风沙，

一粒种子就能生根，

只要有风就能开遍天涯……

第八章　狼毒花

　　蒙古军在攻进了中兴府后不仅屠杀了数万名党项降兵，处死了被俘的大夏末帝李睍，还放火焚烧了大夏帝国历代先君的陵寝，曾经称雄一时的大夏帝国从此覆灭了。

　　那天出城之后，拓跋逸豆打马跑出了将近一百里，才又终于见到了拓跋部精骑。原来，他们在拓跋逸豆带中军标营赶去中兴府的时候，又和蒙古骑兵遭遇，进行了一场殊死的搏杀。

　　就在拓跋逸豆重整旗鼓，正准备翻身去中兴府营救皇帝时，一个穿着卫戍军盔甲的将领被带到了他的马前。拓跋逸豆勒住了缰绳，急切地问道："你是谁？是从中兴府突围出来的吗？皇帝怎样了？"

　　那个伤痕累累的将领望了他一眼，哭泣着说道："大首领，小人叫李玉，是从中兴府逃出来的。那里已经陷落，皇帝陛下已经被蒙古人捉住了……"

　　当拓跋逸豆从他的嘴里得知了李睍被俘、蒙古军大军已经开始屠城的消息后，巨大的悲痛使这个镔铁般的汉子心如刀绞，他在马上晃了几晃，终于大叫一声从马上摔了下来。慌得周围的骑士赶紧跳下战马，把他扶了起来。拓跋逸豆站起身后并没有重新上马，而是猛地扬起了头，用他那双像要滴出鲜血的眼睛呆呆地望着天空，他知道自己就是三头六臂也无法再把皇帝救出来了。沉默了良久，拓跋逸豆终于爆发出一阵撕心裂肺的哭声，攥着拳头用力捶打着自己的胸膛。

随军照料他生活起居的完颜可心一看，连忙跳下马扶着摇摇欲倒的拓跋逸豆坐在了一块大石头上，像个知冷知热的妻子那样，轻轻地梳理着他的头发。拓跋逸豆看着面前这张熟悉的面孔，两行英雄泪潸然而下，泣不成声。周围的党项骑士也全都滚鞍下马，陪着他们的大首领悄悄地落泪。伤心欲绝的拓跋逸豆忽然挣扎着站了起来，面向中兴府的方向跪倒在地，使劲地磕起头来。可心也急忙跪在他的身边，小心地护持着他。拓跋逸豆身后那些穿着牛皮铠甲的党项骑士也纷纷跟着跪倒，面向中兴府叩头。三四万人黑压压地跪在地上，就跟一片森林突然间矮了一截似的。

拓跋逸豆用模糊的泪眼看着蓝蓝的天上自由飘浮着的白云，默默地抽出了随身佩带的匕首割破了食指，让自己的鲜血在带着寒意的风中流着。他面向中兴府的方向悲痛地说道："我，拓跋部的首领拓跋逸豆用自己的鲜血向苍天上无所不能的天神起誓，只要活一天就要跟蒙古人拼杀一天！不报了这血海般的灭国之仇就枉为党项的子孙！"说完把手指上的鲜血轻轻地抹在了自己的额头上。

在场的每一个党项人都知道，这是党项男人在遇到杀父夺妻的大仇时才会许下的最毒的誓愿。眼下他们面前摆着的只有战死或是接受国破家亡的悲惨命运这两条路了，激愤的情绪像传说中的地狱之火般在他们中间默默地运行着。一个党项武士也用刀割破了自己的食指，默默地把鲜血抹在了自己的额头上。

这个行动像草原上的瘟疫一样以可怕的速度传遍了全军。一根根割破的手指在风中任滚烫的鲜血变冷，一抹额头上的血迹代表着党项人必死的决心。看着拓跋逸豆默默地上了马，所有的武士也跟着跃上马背。这支把头盔挂在马鞍上、人人满头鲜血的队伍开始再次朝着中兴府的方向进发了。原本赶去勤王的队伍已经变成了一支满怀着灭国之痛的复仇之师。一路上，这支队伍在不断地壮大着。各军司的溃兵，还有皇帝跟前的御帐兵和穿着镀金铜铠的皇城守卫者——禁卫军，也默默地割破了手指以血涂额加入了这支队伍。到最后，一些撞令郎和卫戍军甚至还有中兴府里的百姓也加入了进来，掉头朝着中兴府的方向进发。

他们前行了大约五六十里的时候，一马当先的拓跋逸豆突然看见脚下的洼地里有数万蒙古骑兵正蝗虫般漫卷而来。在大队蒙古骑兵面前，有一支大约百十来人的队伍摆开了一字长蛇阵，准备拼死一战。强敌面前的这支队伍就像是汹涌海涛前的一叶孤寂的小舟。这个小小的军阵前，战马上那个红衣女将飘逸的长发像旗帜一样随风飘扬。这正是党项的女英雄、无数党项男儿心中最热爱的凤发郡主赫连飞凤。她身后站着黑煞神似的阿木，手握大刀护卫着他的女主人。队伍显得有些杂乱，既有穿着明光铠的卫戍军将领，也有临时拿起武器的泼喜军士卒，显然是赫连飞凤和阿木出城时仓促间收拢的溃兵。

拓跋逸豆根本就不会想到，命运把另外两个人推到了他的面前：一个是刚到达中兴府不久就匆匆领兵前来的蒙古大将巴特尔，他之所以主动请命前来追击，是要重新夺回那个被拓跋逸豆在比武中赢走的金国美女，挽回自己难以洗刷的耻辱。他还有着一个恶毒的想法，那就是要顺便抢回那个年轻的党项人的妻子，好好地出出心中一直积压着的恶气。

命运送来的另一个人这时也到了拓跋逸豆的附近，比那个急于报仇的巴特尔还早了整整一天的路程。他就在对面军阵里，正骑在一匹黑马上，紧紧地跟在主将失吉忽秃忽身后。那人脸上带着冷酷的表情，穿着一副做工精良的黑色的甲胄，一只雄鹰神气活现地落在他的肩头，正用凶狠的目光注视着对面那些即将被铁蹄踏碎的党项人。他就是拓跋逸豆做梦都要取其首级的黑鹰战将兀立不花——完颜可心的仇人。

这支大约五万人的骑兵，是由成吉思汗的心腹爱将、也是蒙古人中有口皆碑的英雄失吉忽秃忽率领的。面对对面那支党项人为数不多的劲旅，失吉忽秃忽并没有马上下令冲锋，而只是让手下的骑兵像平地上的潮水般带着杀气缓缓地逼近，完全是山猫看着爪前那垂死挣扎的老鼠时的心态。他知道，无论什么对手，在缓缓地接近着的蒙古铁骑前都会崩溃，不是投降就是溃逃。那样的话，他就可以让手下的儿郎们尽情杀戮，享受充满血腥的空气了。

那天，赫连飞凤逃出皇宫不久就跟前来寻找她的阿木会合了。心知大势已去的赫连飞凤再也无心恋战，一心想着早点回到拓跋逸豆的身边。两人率领着阿木带来的数百骑兵趁着蒙古兵正在各自为战的当口，终于杀出了中兴府。

来到了城外的旷野中，检点了一下人马才发现，他们身边只剩下三百来人了。赫连飞凤一面传令休息，一面派出了好几拨探马去寻找拓跋逸豆。经过多方打探，总算在日落时获悉，一心杀回中兴府复仇的拓跋逸豆这时已经去寻找拓跋部的主力了。

望着被浓烟烈火笼罩着的中兴府，赫连飞凤的心里充满了莫名的失落。她那双美丽的凤目中充盈着随时都会夺眶而出的泪水，紧紧盯着在夜色里地狱般的场景，小皇帝在生死之际那个满含着关切的热辣眼神让她心如刀绞，让她恨不得再次跃马舞刀杀回只有十余里远的故国。正当她准备下令去追赶拓跋逸豆和他的数万铁骑时，阿木突然用手里的刀指着远处的地平线喊道："女主人，我们身后有蒙古人！"赫连飞凤循声看去，只见一大片火把摇曳在背后，蒙古人的呐喊声已经远远地传进了耳朵里。眼看着一场厮杀已经迫在眉睫，赫连飞凤把心一横，大声命令道："点上火把！列队迎战！"

对面正是从六盘山下星夜赶来的巴特尔，这个剽悍的蒙古汉子生怕中兴府在他到来之前陷落，便抛下了本部军马，带着手下的亲兵，每人带着两匹战马星夜赶来。当他看到面前影影绰绰地出现了一支几百人的大夏军队，那些党项人不但没有像他一路上遇到的大夏溃军一样迅速逃跑，反而煞有介事地摆好了阵势，火把也一支接一支地被点燃了。巴特尔用毫不掩饰赞许之情的语调说道："好！总算是遇到了有点血性的党项人了！就凭这个我也去会会他们的头领！"

就这样，两小股军队迅速地打马奔向对方，在离对手只有一箭之遥的地方才勒住了马缰。身材高大的巴特尔纵马来到了阵前，用手里的厚背弯刀朝对方一指，大声喝问："对面的头领出来答话！"

他的话音刚落，赫连飞凤已经催动战马来到了他的面前，用带着恨意的眼睛望着他说道："你就是这些蒙古狼的头狼吗？死到临头还有什么话说？"

巴特尔一看对面的党项将领居然是一个女子，一件红色的战袍外套着金光闪闪的黄金锁子甲，满头乌云般的长发随风飘摆，那双明亮的大眼睛在两军的火把照耀下闪着宝石一样的光泽，宛若从天而降的女神。他正要张嘴说几句轻薄的话，却突然望见一个熟悉的身影出现在那女子的身后，瞪着一双杀机四射的眼睛朝自己看来，不是那个让自己蒙羞的拓跋逸豆的随从阿木又是哪个？大惊之下，巴特尔本来已经到了嘴边的疯话顿时咽回了肚里，急匆匆地问道："阿木你还认识我吗？"

借着在风中闪闪烁烁的火光，阿木一下子认出了对面的人，他轻蔑地一笑说道："原来是你呀！那个曾经被我主人打败的蒙古人！"这句话一下子戳中了巴特尔的伤疤，他暴怒地把弯刀一挥叫道："我不和你这个奴仆交手！滚回去，把你的主人叫来！"

阿木听了十分生气，说了句："算你走运，我的主人没在这里！"就想冲上去，却被赫连飞凤一把拉住。

还没等阿木明白过来，赫连飞凤已经用刀指着巴特尔冷笑着说道："既然他不配，那你看我如何？"说着话，手起一刀就劈向了满脸不屑的巴特尔。

举刀挡开了赫连飞凤的攻击，巴特尔嬉皮笑脸地问道："姑娘，你又是哪个？”赫连飞凤怒目圆睁的又劈出一刀答道："大夏长公主，拓跋部大首领拓跋逸豆的正妻赫连飞凤！"

巴特尔在闪身躲过了这凌厉的一击的同时，完全听清了这句话。他狞笑着说道："长生天啊，你一定是听到了我的祈祷！就让我把你擒过来当我的女奴吧！"说着话，巴特尔抖擞精神挥刀猛砍，想找机会走马活擒对面的这个仇人的妻子。阿木知道巴特尔的厉害，生怕赫连飞凤有失，便把手一招带着所有的人马杀了过来。对面的蒙古人也怕他们的将军吃亏，全都哇哇地怪叫着杀了过来。两人的对决刹那间变成了一场混战。

赫连飞凤的武艺虽精，但仍远远不是巴特尔的对手。在凭着血勇之气打了两个回合之后便落在了下风。巴特尔那把呼啸的弯刀暴雨般砍来，弄得她左支右绌，没了还手之力。巴特尔瞅准一个空当，低头躲开了赫连飞凤横劈过来的一刀，突然间大喝一声探身朝赫连飞凤抓来。赫连飞凤一刀走空还没来得及抬手，巴特尔的那只巨手就已经伸到了身边，眼看着她就要被扯下马去了。就在这紧急关头，一个年轻的党项人忽然间从马上扑了出来，抓住了巴特尔的手想把他顺势拉到马下。赫连飞凤定睛一看，正是那个曾经发誓要献给自己五十颗首级的拓跋部骑兵金头虻。

虽然受到了意外的攻击，巴特尔却并不惊慌，猛地一使劲儿，竟把凌空扑来的金头虻拉到了面前，高高的一举，然后用力摔到了马下。附近的拓跋部骑兵蜂拥而上，围住了巴特尔就是一通乱砍，弄得巴特尔也是一阵手忙脚乱，拼命地招架。阿木瞅准了这个机会，来到了赫连飞凤的面前急切地说道："女主人，赶紧突围吧，大首领还在等着你呢！"眼见取胜无望，赫连飞凤只得紧咬牙关，点了点头。

随着阿木的一声呼哨，拓跋部的骑兵纷纷扔掉了火把开始突围。巴特尔哪肯放过这个大好时机，正要带头去追，冷不防那个被摔晕的金头虻突然间爬了起来，挥刀砍倒了一个离他最近的蒙古兵，又猛一挥手把手里的刀向巴特尔扔去。猝不及防之下，那把刀贴着巴特尔的脸颊飞过，在他那张煞神般的脸上划了一个大口子，顿时血流如注。巴特尔回过头来正要把这个党项人一劈两段，却看见金头虻已经被自己的亲兵围住，砍成了肉泥。等他想要再去追击那个拓跋逸豆的正妻时，茫茫的荒野里已经看不到半个人影儿，那些党项人早就跑得无影无踪了。巴特尔捂着受伤的脸颊恶狠狠地嘟囔道："拓跋逸豆你等着吧，咱们俩的事儿不死不休！"

落后的赫连飞凤他们只剩下不到一百人了，哪里还敢走大路，因为这里随时会遇上蒙古人，他们便专挑豺狼出没的荒地来走，速度也因而大打了折扣。众人白天藏在草丛里小心翼翼地前进，等天完全黑下来就寻找食物，待填饱了肚子后再匆匆地赶路。所以平时一天一夜便可以纵马跑到的路程，竟然用了整整三天。

为了早日到达拓跋部，赫连飞凤和阿木把心一横又上了大路，沿途还收集了百十名溃兵，连同她带出来的拓跋部标营的骑兵，俨然又成了一支队伍。这天早上，正当他们要继续赶路时，却看见蒙古一支大军已经出现在他们身后的坡地上了。从对方那满天飞舞的旌旗上来判断，至少有好几万人。对手显然也发现了他们，随着一阵鼓声，那支原本在行进中的大军顿时停了下来。赫连飞凤知道，虽然他们这支人数少得可怜的队伍入不了那支大军的法眼。但过不了多久，就会有一支精兵前来攻击，而这时候只要一跑就会像猎手面前的獐狍野兔一样，被蒙古人的铁蹄碾个稀碎。

由打猎的事情，赫连飞凤突然想起了被围捕的狼群。那种情况下，狼群中有经验的老狼在包围圈里是不跑的。它们会死死地盯着逼近的猎手以便在生命的最后一刻奋力一扑，纵然改变不了命运也会咬死最前边的猎手。于是她便下令让这些溃兵列队迎敌，虽然知道终究难免一死，但所有的党项人还是默默地执行了她的命令。与其说这是武士无畏的气概，还不如说是在必死的前提下选择的最体面的死法。

每个人都很紧张，所有的目光都全神贯注地盯着越来越近的蒙古大军，等待着所有生物都惧怕的死亡慢慢地向自己走来。赫连飞凤忽然发现前边的蒙古人停止了前进，甚至还吹起牛角号，朝另外一个方向摆出了迎战的姿态。她下意识地回头一看，那里奇迹般地出现了漫卷而来的党项铁骑，那些骑士一个个光着头没戴头盔。所有的人全都毫不例外地在额头上抹着殷红的鲜血，从他们身上棕色的牛皮铠甲上和迎风招展的带有长翅膀的苍狼旗上，她惊喜地认出，这正是拓跋部的铁骑。

在军阵中间，赫连飞凤看见了自己的心上人拓跋逸豆，这位大首领此时正平端着镔铁狼牙棒，义无反顾地向面前的蒙古人逼近。

随着距离的推进，拓跋逸豆认出了那个带着雄鹰的蒙古人，精神不由得为之一振，一双手把狼牙棒攥得咯咯直响，就等着好好利用这个千载难逢的机会了。面对发誓必杀的仇人，拓跋逸豆在心里默默地感激着把这家伙送到自己面前的神祇。他转身看了可心一眼，发现被仇恨煎熬着的可心也在紧紧地盯着仇人，竟然没发现拓跋逸豆投来的目光。她那咬破了的嘴唇上，流着鲜红的血迹。

摆开了阵势准备迎击党项人的蒙古大军吃惊地看见，他们面前那支百十号人的孤军迅速地跟对面那支额头上带血的队伍会合到了一起，领头的红衣女将很快就来到了军阵的中央。大将军失吉忽秃忽兴奋了起来，他眉飞色舞地对身边黑衣黑甲的兀立不花说道："去吧，带着你的雄鹰去给我踏破他们的阵势吧。我等他们一乱就全线攻击！"

兀立不花自负地一笑答道："好的，在我调整好队伍之前，请你先赏他们一阵箭雨！"说完便拨转马头径自去了。失吉忽秃忽把手一举，脸上带着毫不掩饰的狂妄，志得意满地吩咐道："放箭！"

蒙古人的阵容因为他的命令产生了变化，随着牛角号变调的吹响，蒙古人全都弯弓搭箭做好了发射的准备。一个蒙古将领把一支带着尖利呼啸声的鸣镝*一射出，蒙古军中立即万箭齐发，一阵飓风似的箭雨遮天

＊　鸣镝由镞锋和镞铤组成，镞锋一面中起脊，以免弧内凹，镞铤横截面呈圆形。具有攻击和报警的用途。鸣镝的材质多为铜质及骨质。

蔽日地飞向了天空。完成了抛物线运动后，在党项精骑上空带着死亡的破空声呼啸而下。党项兵这时已经开始冲锋了，密集的箭雨虽然造成了一定的伤亡，但更多的人却因为自己的勇敢而逃脱了死亡的命运，得以扑向了对面的敌人。

兀立不花这时也催动了不畏生死的巴鲁营，迎面冲了上来。巴鲁营是蒙古军中的敢死队，就和党项人的撞令郎一样，完全由犯了军纪或是原本该杀的俘虏组成，一战立功就可以赦免先前的罪过受到大家的尊重。

巴鲁营是嚎叫着冲上来的，而拓跋部的骑兵却是一声不响地迎了过去。因为他们心里燃烧着强烈的复仇之火，在誓言的驱动下，根本就没想再活着看到贺兰山。

两军迅速地接触到一起，开始了舍生忘死的砍杀。拓跋逸豆却不跟任何人恋战，拍马直取在队后观战的兀立不花。阿木明白主人的心思，在后边负责把那些对拓跋逸豆一击不中仍想着纠缠的蒙古人用自己的厚背大刀砍翻在马下，掩护着他一路猛冲。

没过多久，兀立不花就看出党项军的主将是专门来找自己拼命的了。看着越来越近的对手，他赶忙弯弓搭箭往拓跋逸豆的脑袋射去。

听见弓弦一响，拓跋逸豆猛地把脸一侧。当他再次直起身来时，嘴里竟然紧紧地咬着兀立不花刚才射出的那一支箭。虽然嘴唇被利箭刮破，满嘴都是鲜血，但这一举动立即赢得了周围包括蒙古人在内的所有人一阵的惊叹。

在拓跋部的旗帜下，完颜可心虽然没看到这惊心动魄的一幕，但远远地看见拓跋逸豆已经高举着镔铁狼牙棒冲到了那个杀了她全家的黑衣人面前。在这一瞬间，她感到心里十分难受，对拓跋逸豆的关心甚至已经超越了仇恨。

在生死立判的军阵里，可心忽然冒出来一个想法，她虽然知道自己爱拓跋逸豆甚至超过了自己的生命，但对一个为了自己如此作为的男人，她仍感到无法报答。别说是她真的一辈子为奴，就是替他去死又有什么不可以的呢？尤其是眼下，赫连飞凤在党项人里的作用绝对是自己无法取代的。她不但可以陪着拓跋逸豆浴血冲杀，还可以在必要的时候振臂一呼，使更多的党项人投到拓跋部的旗下，去拯救他们的大夏，拯救他们的党项。仰望苍天，她暗暗地下了决心，一回到营地就劝说拓跋逸豆赶紧迎娶赫连飞凤，因为她跟自己一样也遭受了国破家亡的命运，却对拓跋逸豆毫无所求。

兀立不花只道拓跋逸豆直扑自己是本着擒敌先擒王的战术，却不知道两人之间除了国恨之外还有难以泯灭的私仇，和一个党项人必须恪守的誓言。拓跋逸豆心里十分清楚，不杀死这个带黑鹰的蒙古人，就是对自己的誓言最大的亵渎。他要用自己的血去兑现这个用铁血铸就的誓言，不管面对的是天堂还是地狱。

自恃勇力过人的兀立不花被拓跋逸豆撩拨得杀心大盛，劈手从身边的亲兵手里抓过自己的弯刀，朝着那个只顾朝自己扑来的党项人纵马迎了上去。拓跋逸豆一看自己的对手来拼命了，心中不觉大喜，用手里的狼牙棒划了个美丽的弧形便夹着风声横扫了过去。兀立不花万万没有想到的是，勇冠三军的自己竟被年轻的党项人这一棒把弯刀砸出了手，"嗖"的一声弯刀飞出了老远。惊恐之中，他赶紧纵马向身后的几个亲兵跑去。那只从冲锋一开始就盘旋在拓跋逸豆头顶的雄鹰一见主人有难，突然尖叫着俯冲过来，一双利爪直奔拓跋逸豆的双眼而来。百忙之中拓跋逸豆把头一低，勉强避过了这只畜生的袭击。雄鹰一击不中立即振翅高飞，再次盘旋在拓跋逸豆的头上，等待着机会好再次进攻。

趁着这个空隙，兀立不花已经从亲兵手里要过来两把弯刀，又呼呼地舞动着杀向了拓跋逸豆。一直紧紧跟着主人的阿木瞅准机会一刀砍出，向再次俯冲准备配合主人的雄鹰砍去，正好此时这只鹰正在阿木面前拉起高度，离阿木最近的翅膀顿时被刀锋扫得翎毛乱飞，慌乱之中竟然扎进了拓跋逸豆的怀里。

拓跋逸豆一看这只妨碍自己报仇的扁毛畜生又来捣乱，干脆腾出一只手来抓住仍在扑腾的鹰，一口咬住了它的脖子。咸腥的鲜血迸射了出来，血的味道更加刺激了拓跋逸豆的复仇欲望，他顺手把死鹰往已经回到了他身边的阿木怀里一扔，意气风发地叫道："给我收起来！"阿木知道拓跋逸豆这是要把它带给阵后的可心，赶忙接住揣在了怀里。

说时迟那时快，眨眼的工夫兀立不花的双刀已经劈到了面门，拓跋逸豆发出一声怒吼举棒挡开双刀，把镔铁铸就的狼牙棒像长矛一样朝兀立不花当胸扎去。没有料到这一招的兀立不花大叫一声，顿时栽到了马下。

拓跋逸豆眼看着大仇得报自己的誓言就要变为现实，大喜之下抢棒就打。一个年轻的蒙古人却大叫着扑到了两人中间。兀立不花就地一滚逃脱了这致命的一棒，但那个年轻的蒙古人却被一棒打在天灵盖上，脑浆迸裂死于非命。兀立不花抓过一把长枪哭嚎着就要过来拼命，却被一大群亲兵死死地抱住了。好几十个蒙古兵刀枪并举围住了拓跋逸豆，随即跟后边冲上来的党项武士打作了一团。

拓跋逸豆眼睁睁地看着兀立不花被亲兵们架着回到了大队蒙古军中。看到瞬间局势逆转、报仇无望，他忍不住仰天长啸把狼牙棒一举就要冲进蒙古人的大军之中。阿木横马挡在了拓跋逸豆马前，大声叫道："不要去呀，蒙古人已经开始撤了。你这时候冲过去只能被押后的弓箭手射成刺猬！再说你杀了他的鹰还有他的儿子，誓言应该算实现了吧？"

拓跋逸豆哪里肯听他的，飞起一脚把阿木踢了个趔趄，自己则纵马冲去追杀被中军护卫着且战且走的兀立不花。果然跟阿木说的一样，一阵箭雨射向了拓跋逸豆。虽然他挥舞狼牙棒打落了其中绝大部分的箭，但身上还是一连被射中好几支。连大青马闪电也中了几箭，它"稀溜溜"的长嘶一声才勉强站稳。

蒙古大将军失吉忽秃忽在战斗中被流矢射中摔下马不省人事，副将兀立不花因为儿子被杀神情恍惚难以再继续指挥战斗。而对面那些不戴头盔却抹了满头鲜血的部族骑兵连呐喊都没有，个个眼里冒着仇恨的目光一声不响地大肆砍杀，这也让看惯了敌人在一击之后便开始溃逃的蒙古人感到十分意外，产生了很少有的恐慌。几名将佐一商量，干脆吹起牛角号，有秩序地缓缓撤离了战场。

拓跋逸豆报仇心切，他单骑追击被弓箭手射伤了。多亏了来自西域的大青马闪电在关键的时刻没有倒在蒙古人的利箭之下。如果这个时候他连人带马一倒，蒙古兵肯定会翻身攻击。那样的话战场的形势就会马上改变。人数众多的蒙古骑兵若是一拥而上各自为战，人数少于他们的拓跋部党项兵只怕要凶多吉少了。

随着大夏的灭亡，许多大夏官员和统兵的将领纷纷向蒙古人投降或是率军逃亡，在四皇子拖雷临时处理军务的大夏金殿里人满为患，异常的忙碌。原本正在跟满屋子各路蒙古将帅纵论天下的拖雷接到了一个消息：去攻打黑水城的失吉忽秃忽被一个部族首领拓跋逸豆击败。他先是无比的震惊，继而便勃然大怒。他用充当指挥棒的餐刀敲打着桌子上铺着的羊皮地图骂道："看来我必须亲自去替换这些兔子一样逃窜的饭桶了！"

虽然只是这么一句话，但周围的蒙古诸将全都噤若寒蝉闭上了嘴。大家都知道外表彬彬有礼的拖雷是个在心里做事儿的人，你别看他整天对谁都和颜悦色的，可一旦动了怒杀伐决断一点也不比他的父汗成吉思汗差劲儿。

兀立不花看见拖雷的样子心里十分害怕，他怕拖雷追究他战败的责任，再加上急于找那个叫拓跋逸豆的党项人去报杀子之仇，便把心一横突然跪倒在拖雷的面前。兀立不花扯开了自己的蒙古袍，指着胸前那一处处伤疤流着泪大声说道："四皇子请看，这些伤都是我跟着大汗东征西讨时留下的，足以证明我兀立不花绝不是个懦夫。请您可怜可怜我这头刚刚失去了羊羔的老羊，让我带兵去攻打那个该死的党项部落吧！"

拖雷看着这个从斡难河畔就跟着父汗的老将也有些动容，他连忙把兀立不花拉起来，温言抚慰道："看起来你还是当年的老样子，我真担心党项人让你变得跟在狼口下侥幸逃生的羊一样再也不敢拿自己的犄角去拼命了呢。"说到这里，他看了看满脸羞愧和愤怒的兀立不花说道："你休整几日就领着原来的人马去，消灭掉那个夺去你的儿子和雄鹰的党项人吧！"

兀立不花把胸脯一拍叫道："谢四皇子的美意，我现在就去为你横断黑水、踏碎白石！"

不料拖雷却摇着头说道："你还是先休息几日吧，我打算派使者先去拓跋部招降。如果劝降不成你再动手不迟。"

兀立不花不解地睁大了眼睛问道："我们为什么要给他投降的机会？"

拖雷笑道："这你就不懂了，因为我估计拓跋逸豆肯定不会投降。要是他真的投降了我倒还真是要砍他的头祭旗，因为我最看不起骨头软的人。"

看着拖雷一脸高深莫测的样子，兀立不花感到自己的脑袋不够使了。他实在想不透既然拖雷认定了拓跋逸豆不会投降却要派人去劝说，但一旦劝降成功了却又要他人头落地到底是什么意思。拖雷看出了他心里的疑惑，便笑着解释道："这事情其实很简单，我要拿几颗不值钱的人头去稳住拓跋逸豆……"说到这里他便附在兀立不花的耳边小声地嘀咕了几句，兀立不花听完带着一脸恍然大悟的表情钦佩地说道："难怪羊群里要有头羊，狼群里会推举出狼王。四太子你凭着过人的智慧，一定会成为我们蒙古人的头羊的！"

拓跋逸豆的营地前来了几个身着华丽蒙古袍的人物，他们手里拿着蒙古四皇子拖雷的劝降信，要求大首领拓跋逸豆接见。正在跟赫连飞凤和一干将佐商量着下一步行动的拓跋逸豆赤裸着上身端坐在中间，完颜可心正端着药碗给他身上的伤口抹药。一听蒙古信使来了，拓跋逸豆眉头一皱说："阿木你去问问，要是战书就给我留下。如果是来劝降就给我割下耳朵赶回去！"

阿木转身正要去执行这个命令，却被一旁的赫连飞凤给叫住了。赫连飞凤看着拓跋逸豆说道："乌鸦虽然不能报喜但也可以传达远方的消息，你还是见见这些来意不明的蒙古人吧，看他们的主子到底有什么话要说！"

赫连飞凤的话提醒了天生对蒙古人没有半点好感的拓跋逸豆，他转身对身后仍在上药的可心说："去把我家传的那套铠甲拿来！"然后又对等着他命令的阿木吩咐道："叫他们先在营门口等着！"

等在营门口的几个人终于被叫了进来，原来他们根本不是什么蒙古人，而是不折不扣的党项人。连他们带来的护卫也都是党项的降兵。他们原以为新主子会给他们跟过去一样的荣华富贵，不成想却被拖雷派到拓跋部来劝降拓跋逸豆了。

抱着侥幸心理，他们硬着头皮等在营地外已经好长时间了。正当他们搞不懂拓跋逸豆把他们晾在这里是想干什么的时候，营地里突然跑出了一队衣甲鲜明的兵卒。他们全都戴着铸有云纹的镔铁盔，身上穿着用整片精铜制造的胸甲。一个个手里拿着寒光闪闪的弯刀，虎视眈眈地盯着他们。拓跋逸豆的亲随阿木也顶盔掼甲地骑着马缓缓地来到他们的面前，说道："大夏世袭拓跋部首领拓跋逸豆有请！"

几个人胆怯地相互看了看，小心翼翼地跟在阿木身后朝着营地中央的金顶大帐走去。他们在大帐里刚一露头就被眼尖的赫连飞凤认出了最前面的人。她对端坐在虎皮椅上身穿着开国皇帝李元昊赏赐给第一代拓跋部首领的明光将军铠的拓跋逸豆嚷道："快看哪！这不是枢密院的左丞李集安吗？"

拓跋逸豆还没有开腔，赫连飞凤却大步走上前去。李集安身后的那群穿着蒙古袍子的人进帐后就一直低垂着的脑袋，赫连飞凤一个个地扳起他们的脸，挨个地叫着他们昔日在大夏时的姓名和官衔。大帐里的党项人看见这群出卖了祖宗的家伙居然敢来这里劝降，纷纷怒骂着想冲上去把他们撕成碎片。

拓跋逸豆却表现出了异乎寻常的冷静，他挥手喝退了众人，使大帐里重新安静了下来。拓跋逸豆带着讥讽的眼神看着眼前几个战战兢兢的人说道："我知道是你们的蒙古主子逼着你们到我这来送死的。只是我很奇怪，你们既然知道来了必死为什么还敢来？为什么不在大夏受难、皇帝殉国的时候表现出一点儿党项人的血性来呢？你们哪怕是对着那些蒙古人吐一口吐沫也好啊！为什么非要像狗一样苟活这几日呢？"

在拓跋逸豆面前，那几个降官无言以对，默默地低下头不敢出声了，只有带着他们前来的枢密院左丞李集安仰起头不服气地争辩道："大首领此言差矣！现今蒙古铁骑横扫了天下每一块被太阳照射过的土地。哪一国不是望风归降，以求黎民百姓免遭涂炭呢？我这次来大首领也许会杀了我，但我其实却是为了拓跋部十余万丁壮妇孺的活命而来的。希望大首领不要为了已经灰飞烟灭的大夏再让他们流血了！"

拓跋逸豆听了这番话气极反笑，指着李集安说道："照你的说法儿羊群面对袭来的饿狼，只要俯首帖耳就会免于被吃掉的下场吗？"

李集安有些理屈词穷，但为了活命仍旧抗声说道："难道大首领的几万精骑可以恢复大夏河山、击败蒙古的上百万铁骑吗？与其以卵击石还不如苟且偷生……"

他的话还没讲完大帐里的党项将佐便全都听不下去了，一个个拔刀在手就要扑上去。赫连飞凤更是怒不可遏，挥手就给了还准备大放厥词的李集安一记响亮的耳光。她手里的镇国宝刀抡起来就朝着他的脖子上砍去，幸亏拓跋逸豆站起来伸手阻拦才避免了李集安身首异处的下场。

赫连飞凤怒道："拓跋逸豆你……"拓跋逸豆淡然一笑说："何必为了这个连祖宗都敢出卖的人脏了先皇的宝刀呢？"说着话对身边的两个护卫说道："把你们的刀给他们！"然后轻蔑地看着那群瑟瑟发抖的人说道："我想在你们当中选一个人当信使回去给拖雷报信，告诉他我拓跋逸豆纵使是万劫不复也绝不会屈膝投降，让他等着跟我在战场上用刀来说话吧！"

两把钢刀扔在了那群降官面前，拓跋逸豆正要鼓动这帮胆小鬼相互厮杀。忽然一个兵士气喘吁吁地跑进来报告说："大首领，十余里外发现了数万蒙古铁骑！"

赫连飞凤听了立即大叫道："好哇！你们几个狗贼竟敢来拖住我们让蒙古人偷袭！"

拓跋逸豆这时也没了再戏弄这几个家伙的兴趣，吩咐阿木说："把这几个狗贼拖出去宰了！"说着便跟赫连飞凤并肩出了大帐，上马去召集人马了。

出现在党项营地前的正是兀立不花率领的蒙古骑兵，他们跟在那几个送死的降官身后悄悄地接近了拓跋部的营地。等拓跋逸豆他们反应过来时，兀立不花的人马已经到了该放马冲锋的距离了。情况万分危急，拓跋逸豆知道再排兵布阵是绝对来不及了，就大声地命令道："赶紧上马冲过去，自己寻找对手！"

拓跋部的骑士们听了不再等着将令，纷纷挥刀跃马直扑越来越近的蒙古大军。这一招倒还真的奏效，骑兵们起初是乱纷纷地冲着，但在接近蒙古人的过程中却逐渐地向拓跋逸豆身边聚拢过来。等到了和敌人一箭之遥的地方，拓跋逸豆身边已经聚集了上万名部众，身后还陆陆续续的有士卒在不断地赶来，兀立不花偷袭的计划便全盘落空了。

没有太多的悬念，双方就这样厮杀在了一起。有备而来的蒙古人这次使用了精良的火器，许多拿着点燃的陶罐的蒙古兵冲到党项人附近把这些装满火药的东西扔下就跑，他们身后的一声声爆炸声和浓烟烈火立即让拓跋部的骑兵产生了极大的恐慌。没经历过这种场面的战马也纷纷嘶叫着乱蹦乱跳，趁势杀上来的蒙古人顿时占了上风。

原来蒙古人在征服西方各国时就开始使用火器了，从南朝俘虏来的工匠给他们制造了许多种威力强大的火器，这些东西在征服西方大国花剌子模国的战斗中显示出了强大的威力。

拓跋逸豆和将佐们好不容易稳住了已经开始溃退的部众，重新发起了冲锋。短兵相接的战斗暂时地抵消了火器的作用。拓跋逸豆打马来到了赫连飞凤的身边对她说道："今天胜负犹未可知，你赶紧回去让所有的人带着牛羊赶紧往山里转移！"

赫连飞凤倔强地回答道："你让阿木去吧，我要陪着你！"拓跋逸豆两眼一瞪说："不要说了，赶紧去办！"

赫连飞凤从拓跋逸豆的眼神里看出了一丝不祥的预感，连忙拨转马头朝营地去了。拓跋逸豆看着越来越多的蒙古兵和他们手里震天响的突火枪以及装满火药的陶罐，把心一横纵马冲了过去。他手里的狼牙棒上下翻飞，把敢于挡路的蒙古兵一个个的击落马下。

当他挥动狼牙棒气势如虹地冲杀时，越来越多的蒙古兵蜂拥而至，把他困在了当中。左冲右突之间，拓跋逸豆一眼看见了刚刚收到了帐下的李玉已是险象环生，生死悬于一线了。这位年轻的党项人在马上抓住了迎面刺来的一支长矛，正在跟对面马上的蒙古人较劲，却不想一个舞动着巨斧的蒙古大汉已经来到了身后，那柄足以开山裂石的大斧已经高高举起。百忙之中，拓跋逸豆把手里的狼牙棒往马上一担，抽出雕弓，搭箭就射。

正在酣战的李玉猛听得弓弦一响，下意识地回头看去。只见那个巨灵神般的蒙古人额头中箭，正栽下马去，他手里的那柄巨斧已经脱手落在了自己的身后。趁着李玉一愣神的工夫，他手里的长矛已经被落马的对手抢去，重新带着风声朝他的心口刺来。多亏拓跋逸豆又是一箭射来，把那个蒙古兵射死在马上，他才真正地脱离了危险。

捡回了一条命的李玉感激地望着战神般威风凛凛的拓跋逸豆嚷道："谢大首领救命之恩！"

拓跋逸豆闻听，只是淡淡的一笑，说了句："快去杀敌吧！"就纵马舞棒直冲敌阵，不再理他了。

望着拓跋逸豆远去的背影，李玉顿时热血沸腾，猛地抽出腰间的佩刀，大声叫喊着冲了上去。那一天他杀了好几个蒙古人，其中还有一名剽悍的掌旗官。连他自己都不知道自己怎么竟然会有如此的勇气。

　　这场战斗从太阳升起不久一直打到了残阳如血的黄昏，虽然蒙古人没有冲进拓跋部的营地一步，但拓跋部的精骑却有好几千人长眠在草地上再也无法回到亲人的身边了。双方在日落之前又进行了最后一次拼杀，耐力极强的蒙古马显现出它们的长处，冲击的速度明显的快出了党项的战马许多。由于掌握了战场上的机动性，胜利的天平开始向他们这一边倾斜了。不停地游走在战阵中的蒙古人利用马匹速度的优势不再跟党项人殊死缠斗，而是使用小巧的骑弩频频射击，不断地消耗着党项人的有生力量。

　　拓跋逸豆在朦胧的晚霞里突然看见了兀立不花的身影，精神顿时一振。他立即拍马直取正在指挥着蒙古兵形成包围圈的兀立不花。兀立不花看见了舞动着狼牙棒狂飙似的卷来的拓跋逸豆，赶紧大声喝令身边的亲兵冲上去拦截，自己却朝着不远处的大军跑去。自打上回被拓跋逸豆打败之后，他怎么也鼓不起勇气再去面对这个凶神般的党项人了。拓跋逸豆轻松地收拾了那几个前来送死的亲兵仍旧狂追着兀立不花不放。眼看就能用手里的狼牙棒击碎他的天灵盖的时候，一个拿着突火枪的士兵出现在了拓跋逸豆的马前，随着"通"的一声闷响，拓跋逸豆只觉得眼前火光一闪，就失去了知觉。

　　拓跋部的营地终于被攻破了。赫连飞凤正在指挥着败退回来的骑兵归队，阿木背着浑身是血的拓跋逸豆回到了她的身边。赫连飞凤见状赶忙下令把拓跋逸豆放在一辆牛车上，他们跟身边陆续聚集起来的骑兵一起，缓缓地朝着部落里妇孺撤退的方向走去……

　　此时的拓跋部早已成为党项人各个部族的大集体，战乱中逃亡的党项人都自然地聚在了一起。他们虽然来自大夏的各个部族，有着各自不同的姓氏，但一个共同的名字——党项。在荒芜的高原上，这场被动的大迁徙就这样拉开了序幕，来自各族的党项人蹒跚上路了。

祖先流落的最后一块土地，
将成为我们子孙的故乡。
养育了先祖的贺兰山啊！
何时能再见你的模样……

第九章　　大迁徙

　　拓跋逸豆醒过来时已经是第二天的上午了，一场忽然而至的大雾像是一张难以扯开的纱幕，暂时地掩盖了党项人的行踪。赫连飞凤以她在党项人里极大的威望和拓跋逸豆曾经当众宣布的女主人身份，率领着队伍在大雾里漫无目的地穿行着。拓跋逸豆躺在牛车上，身边坐着焦急地注视着他的完颜可心。阿木则面无表情地骑马跟在牛车后面，手里提着拓跋逸豆的镔铁狼牙棒。

　　躲在云层后的太阳逐渐恢复了在天空的统治位置，蒙古人的马蹄声也隐隐地传来了。赫连飞凤回头一看，影影绰绰的雾气中已经能看见蒙古人的轮廓和兵器的寒光了。她立即策马来到拓跋逸豆的身边，拓跋逸豆艰难地睁开了眼睛望了她一眼便又昏了过去。赫连飞凤急促地对可心和阿木说："你们带着大头领赶紧走，咱们到黑水城去会合！"可心正要张嘴回答赫连飞凤，对方却已经打马朝着走在最后的骑兵们身边去了。

　　赫连飞凤对逐渐聚拢到身边的拓跋部诸将果断地命令道："让妇孺老幼先走，咱们呐喊着朝敌军迎上去！"简短的命令里的深意被众人刹那间读懂了，拓跋部的骑兵以及那些新近加入的党项人发出一阵呐喊声，纵马冲向了大雾里的蒙古兵。

在阿木的护卫下，载着拓跋逸豆的牛车很快就走进了雾里，把厮杀声远远地抛在了身后。拓跋逸豆又一次悠悠地醒转，看着可心充满关切的脸问道："我怎么了？附近好像有人在厮杀？"

可心明澈的眼睛里闪动着激动的泪花，嘴角抽动了几下强忍住想哭的念头，勉强挤出一丝笑意柔声说道："你受了伤，蒙古人一直在追杀咱们。赫连飞凤郡主正在领兵断后，她让咱们到黑水城去找嵬名将军，她很快就会赶过来的！"

拓跋逸豆的意识恢复了，从可心的话里他明白自己的人马最终还是战败了，眼下他们已经是在向黑水城撤走的途中。他对可心笑了笑，挣扎着想要坐起来，但巨大的伤痛终于使他打消了这个念头。看着可心焦急的神情，拓跋逸豆笑着对她说："哭什么，我既没替你杀了那个黑衣黑甲的蒙古人，也没有把我的族人带到一个可以牧马放羊的安全地方，是绝对不会死的……"

可心用饱含深情的目光望着他说道："不许胡说，什么死不死的？拓跋部的部众还指着你这位大首领呢，就是天上的诸神也不会让你扔下大伙儿不管的。"说完这句话，她侧过脸去悄悄地擦了擦眼泪，又柔声补充道："我也不会让你去死的，你不是还要跟我一起到贺兰山下去打猎的吗？你可不许骗我！"为了不阻碍拓跋逸豆和赫连飞凤的婚事，完颜可心一直在回避着拓跋逸豆的爱意，总是以女奴自居，可眼下情势紧迫她不仅真情流露，关爱之情也溢于言表。

拓跋逸豆不禁又笑了笑，忍着剧痛回答说："放心吧，我以后一定能跟你找个安静的地方牧马放羊，你再不要伤心了。"说着话大雾已经完全消退，一座城池远远地出现在前方。阿木望着可心说道："你先在这里等等，我去看看城里有没有蒙古人。"说完径自打马去了。可心想要取出水囊给拓跋逸豆喂点儿水喝，却发现拓跋逸豆已经昏昏沉沉的又睡着了。

一直等到天黑，阿木也没有回来。可心只好让赶车的部众拿出干粮来简单地充了饥，便赶着车往城池走去。她希望能够找个医生，尽快使拓跋逸豆康复起来。

就在可心为拓跋逸豆的伤势忧心忡忡的时候，艾哈迈德的商队正准备从黑水城离开。为了躲避战火，他们要离开这个蒙古铁骑日渐逼近的地方。看着伙计们已经把货物装好拴在了骆驼上了，艾哈迈德便起身向着嵬名朗月设在城里的将军行辕走去。一来他想要对这位将军多日来的照顾表示一下感谢，二来也想顺便打听一下拓跋逸豆和拓跋部的消息。

因为他是这里的常客，把守的卫兵也没盘问就放他进去了。在行辕的大厅里，艾哈迈德没有看见嵬名朗月，便熟门熟路地直奔后堂而来。因为嵬名朗月曾经多次在这里跟他促膝长谈，听他讲述西域各国的奇闻逸事。

刚走到门口，一阵争吵声让他止住了脚步。为了不使自己冒昧的闯入给嵬名朗月带来不便，他干脆坐在了后堂前的一簇不知名的花草旁的石头上，想等嵬名朗月的公务结束后再进去。

不料，艾哈迈德刚坐好就看见几十名武士手提着钢刀蹑手蹑脚地朝后堂摸去，他的心一下子提到了嗓子眼，赶紧蹲在了枝叶繁茂的花草背后。

在后堂里，跟嵬名朗月发生争吵的人正是在蒙古兵攻打中兴府时投降了的叛将卫慕尊山。他利用投降的消息还没有传开的时机自告奋勇地在拖雷面前表示，要带领数百残兵去骗取黑水城守将黑水侯嵬名朗月的信任，以伺机帮助蒙古大军夺城。拖雷当即便答应了，还许诺事成之后就派他驻守黑水城。

入城之后，卫慕尊山很快便用编造的谎言骗取了嵬名朗月的信任，并被任命为黑水城西门的佐领。昨天他接到了前来攻打黑水城的失吉忽秃忽的密信，要他在今夜杀死嵬名朗月，迎接蒙古大军。卫慕尊山思虑了再三便来到将军行辕，并把嵬名朗月骗到没有卫兵把守的后堂，以摔杯为号让手下谋害他的性命。

果然，当他提出应该主动退出黑水城避开蒙古大军的锋芒时，嵬名朗月火了，两人很快争吵了起来。听到两人吵了起来，卫慕尊山手下的亲兵便按照计划悄悄地围住了后堂。

嵬名朗月不知道卫慕尊山为什么会产生弃城出走的想法，本想斥责他几句算了。谁知道卫慕尊山却口轻牙白地指责他不会用兵，嵬名朗月见状也不再给他留面子，指着他的鼻子喝道："大敌当前你就想弃城而逃，这不是贪生怕死又是什么！"

卫慕尊山一看时机已到便把脸一翻，举起茶杯朝地下一摔，嚷道："我让你看看谁先死！"外边的亲兵一看卫慕尊山摔了杯便一拥而入，对着嵬名朗月抡刀就砍。

一代名将党项军的都统领嵬名朗月直到这时才明白过来，他大喝一声刚要拔刀惩罚这群藏在羊群里的狼，却被一把突然刺向他的钢刀刺穿了胸膛。嵬名朗月拿刀的手停下了，他指着得意扬扬的卫慕尊山想要说些什么，却又被连砍了几刀倒在了地上。

卫慕尊山一看嵬名朗月已经死了，便用脚踢了踢他的尸体骂道："你不是不怕死吗？我看你就是个不识时务的呆瓜！"发泄完胸中的怨气之后，卫慕尊山吩咐一个亲兵头目道："时候差不多了，你带领藏在街对面的人马血洗行辕，一个活口都别放过！完事之后你赶紧把这里收拾干净，若有人来问，就说嵬名朗月大人带着所有的亲随出去公干了！"说到这里，卫慕尊山又对其他人补充道："我们赶紧回去把住西门。天一黑失吉忽秃忽大人的兵马就到了！"

那个被留下的亲兵头目看着地上的嵬名朗月问道："这里怎么办？"卫慕尊山略一思索回答说："把他弄到后花园扔进枯井里，就算他的那些死党个个是火眼金睛，也不会想到大夏最高的统帅会躺在那里永远地睡去。再说他们弄清楚也没用了，过不了多久这里就是蒙古人的天下了！"

目睹了惨剧发生的艾哈迈德吓得连大气都不敢出，看着卫慕尊山等人走后，赶紧沿着墙根溜出了即将变成血海的行辕。好在卫慕尊山的亲兵还没有动手，行辕前还站着原来的卫兵。

出了行辕，艾哈迈德不敢耽搁，立即撒脚如飞直奔商队暂住的客栈。一看见爹爹回来了，古兰赶紧迎上来问道："有逸豆哥哥的消息吗？"艾哈迈德惊魂未定地摇了摇头，朝伙计们吆喝道："马上出城，等关了城门就全完了！"

古兰一心记挂着她的逸豆哥哥，便拉着艾哈迈德的胳膊摇晃着叫道："咱们明天再走不行吗？万一逸豆哥哥今晚就来了呢……"艾哈迈德这时候哪还有心思跟她解释，把眼睛一瞪，大声说道："快到你的小骆驼上去，不许再任性了！"

望着对自己一向是千依百顺的爹爹忽然发了怒，古兰也不敢再争辩。商队原本就已经收拾停当了，一行人很快就离开客栈，从东门出了黑水城。

令卫慕尊山意外的是，在跟拓跋部的战斗中负了重伤的失吉忽秃忽带领的蒙古大军还没到，凤发郡主赫连飞凤却领着拓跋部的两万多精骑和数万妇孺老幼出现在了黑水城*下。

看着城下前来喊话的部族骑兵，卫慕尊山的脑袋里突然闪现出一个恶毒的想法，那就是用赫连飞凤那颗美丽的头颅给自己再争取一个更大一些的功劳。想到这里他无声地笑了，对着身边的胞弟卫慕景德说："告诉他，为了提防蒙古人使诈，鬼名朗月将军请长公主亲自进城叙话，大队人马暂时不能进城。"

---

* 黑水城，西夏城名，今内蒙古阿拉善盟额济纳旗达来呼布镇以南32公里处。在西夏和元代时最为鼎盛，是古代丝绸之路上的重要城市。西夏十二监军司之一黑山威福司治所。城为长方形，全城面积超过18万平方米。

　　赫连飞凤得到了回报后也没多想。在她看来，眼下这个形势下多长几个心眼儿也不是什么坏事儿。她简单地梳洗了一下，便带着五十名新近挑选出来充任卫士的骑兵上马朝着城门走去。

　　进了城首先跃入赫连飞凤眼帘的是数百名弓上弦刀出鞘的披甲骑兵。队伍中央一前一后两匹战马上的人让她大吃了一惊。原来那两个人竟是把京城中兴府后面唯一的退路出卖给蒙古人的叛将卫慕尊山和他的弟弟卫慕景德。

　　一阵吱吱嘎嘎的声音从背后传来，赫连飞凤一看卫慕尊山手下的兵卒正在关着城门。虽然心里暗暗叫苦，但她还是带着镇定自若的表情朝卫慕尊山笑着说道："卫慕尊山，你跟冕名朗月就是这么接待朝廷的长公主的吗？"

　　赫连飞凤的话让卫慕尊山一愣，他万万没料到赫连飞凤竟然不知道自己已经反叛的事情，便放弃了原本打算只要她首级的想法，想活捉这位长公主在蒙古人面前邀功。卫慕尊山赶紧笑着朝赫连飞凤拱了拱手笑道："公主莫怪，眼下这个局势……"赫连飞凤神色轻松地下了马，笑吟吟地朝两支人马前的空场里走了几步，然后看着卫慕尊山说："你也是的，哪有自己人在自己的地头上骑着马说话的，难道身为将军的你连一杯马奶酒也会吝惜吗？"

　　卫慕尊山麻痹了，他跳下马朝赫连飞凤走来。一边走还一边解释道："是我鲁莽了，长公主千万不要见怪！请到我们的住节地*去享用一杯奶茶吧！"

　　说话间两个人已经面对面了，卫慕尊山想把赫连飞凤请到离这里不远的巢穴里再动手，也省得她那几十个满脸戒备的拓跋部骑兵瞎掺和了。不料此时眼前红光一闪，一身红装的赫连飞凤已经把一把锋利的匕首横在了他的咽喉上。

---

* 住，谓军队统帅于行军中暂驻。节，皇帝所授节杖。所谓住节地悉指军队将领的办公地点。

141

贪生怕死的卫慕尊山可不愿意就这样死去，他吓得筛糠似的发起了抖来。为了不在自己的部下面前出丑给即将到来的失吉忽秃忽留下话柄，他便小声地哀求道："长公主饶命，我情愿资助你们军械粮草赶紧走路。过不了一时三刻，我就是再想放你们也没这个胆子了！"

赫连飞凤奇怪地问道："你这话是什么意思？"卫慕尊山正要回答却听见城外响起了一阵呜呜的牛角号声，他顿足道："郡主赶紧领着你的人走吧，蒙古的大将失吉忽秃忽来了。他要一来，不光是我的人头不保，你和你的人马也绝对抵挡不住他的十万铁骑！"

赫连飞凤冷笑道："放了你我就安全了？"

卫慕尊山回答："您走之后我立即出去出城迎他，您赶快趁机带着人撤走，咱们不就两全其美了吗？"他怕赫连飞凤不相信，赶紧进一步解释道："您放心，这里全是我的手下，没人敢向蒙古人说起这件事。为了不受责罚，我更是不会提这件事情！"

赫连飞凤略一思索，觉得也不无道理，便大声命令道："好，我就信你一次！赶紧开城！"

在匕首的威胁下，卫慕尊山下令打开了城门。赫连飞凤依旧用匕首抵着他的咽喉，就在她看着手下都已经平安地退出了城门后才照着卫慕尊山的后背猛踹了一脚，说："滚吧！你这个该死的叛贼！"

等卫慕景德领着亲兵冲上来扶住了魂不附体的卫慕尊山，又准备领兵去追时，却被卫慕尊山死死地拉住，严厉地说道："别追，让他们走吧！如果蒙古人知道了刚才发生的事，我们可是吃罪不起呀！"

城里的党项军到处找不到统帅嵬名朗月，又看见大批的蒙古军队已经兵临城下，不由得全都慌乱了起来。再加上卫慕尊山让卫慕景德带着一部分亲兵到处放着火，还故意到处大喊："蒙古人进城了！快跑呀！"这一系列的行为更加瓦解了他们的斗志，群龙无首的党项军干脆打开城门各自逃生去了。原本还有能力跟蒙古人殊死一战的黑水城，就这样轻而易举地落入了蒙古人手中。有几个将领原本还想死守黑水城，但也被自己的部下裹挟着混入人流，无可奈何地逃走了。

就在黑水城里乱成了一锅粥的时候，在通向党项内地的大路上，爱女心切的艾哈迈德正带领着商队赶路，他要给向黑水城进发的拓跋部报信。他计算着时间，觉得拓跋逸豆他们用不了多久就应该会和自己迎面遇上，没有想到的是，还没遇到拓跋逸豆的拓跋部，却看见了正在像蝗虫一样漫卷而来的蒙古大军。这就是急着要去跟党项叛将卫慕尊山会合的失吉忽秃忽的军马。

商队连忙离开大路，快速地行进在乱石密布的戈壁上。可正是由于这个原因，他们终于见到了落荒而走的赫连飞凤和她带领的拓跋部部众。当知道拓跋逸豆不在军中后，古兰便带着她的侍女悄悄地溜走了，她们沿着拓跋部走过的路去寻找拓跋逸豆。虽然茫茫的黄沙戈壁中到处都是杀红了眼的蒙古人，但倔强的古兰却认定，真主一定会指引她找到她的逸豆哥哥。

就在赫连飞凤彷徨无计的时候，事情却有了转机。领兵筑城的太师赫连斡罗击败了汹涌而来的蒙古骑兵后率军突围，正巧经过这里。尾随而至的兀立不花因为畏惧赫连斡罗的大军，暂时停止了对拓跋部的追击。他一面派人向远在大夏腹地的拖雷和哲别请求增援，一边远远地跟在会师的党项大军身后，寻找着有利的战机。想着自己眼下的处境，兀立不花开始后悔起不该主动请缨追击拓跋部，而是应该跟着失吉忽秃忽去接收黑水城了。他还不知道，失吉忽秃忽那里也不顺利，他们还没到黑水城就遇上了赫连斡罗的大军，一番交锋后，竟然狂退了近百里才稳住了阵脚。

艾哈迈德发现女儿不见了，因为记挂着下落不明的古兰，便辞别了党项人，带着商队回头去寻找他的女儿。望着正要离去的商队，赫连斡罗忽然心生一计，他捋着胡须对赫连飞凤说道："飞凤，我看咱们不如化装成商队混进黑水城。正在等着新主子来奖赏的卫慕尊山怎么也不会想到，已经灰飞烟灭的大夏竟然还有这样一支大军正在向他扑来，肯定没有丝毫戒备之心！"赫连飞凤也想趁机寻找拓跋逸豆，当下便点头表示同意。

看见城外吹号擂鼓的只是一支蒙古偏师，卫慕尊山感到有些失望，但还是感激他们帮自己吓走了赫连飞凤，保全了性命。在送去了慰劳的牛羊和美酒之后，蒙古人高兴地走了。

卫慕尊山回到城里立即把卫慕景德叫到了面前，低声地吩咐道："让你的手下赶紧搜敛财物，要不失吉忽秃忽大人来了咱们拿什么孝敬？"卫慕景德有些为难地看着他说道："城里可全是咱们党项人啊，这样会不会……"卫慕尊山没好气地训斥道："党项人怎么了？难道他们想留着那些财物等蒙古人来屠城吗？"

就在城里的抢劫进行到高潮时，一个将佐匆匆地跑来报告说："大人，城外来了一支西域的商队，吵闹着非要进城，您看？"卫慕尊山听了一笑，用教诲的语气对那个将佐说道："你的脑袋怎么不转圈儿呀？送上门的肥羊岂能放过？赶紧让他们进来，然后再……"说到这里，他用手比画了一个砍头的动作，无声地笑了。那个将佐顿时心领神会，兴高采烈地转身走了。

那个将佐把商队放进了城里，但还没等他动手，商队就给了他应得的报酬——一把尖刀突然间刺进了他的胸膛，让他到地府去忏悔自己叛卖的恶行了。杀散了守城的士兵，在赫连飞凤的指挥下，化装成商队的拓跋部标营很快就抢占了城门。

望着洞开的城门外空无一人的旷野，赫连飞凤失望了。赫连斡罗的大军没有像预期的那样出现在地平线上，只有一团骆驼刺在风中翻滚着飘向了远方。

城门失守的消息让卫慕尊山大吃了一惊，就在他正要下令弃城逃走时，却忽然又站住了。原来，他没有听见喊杀声，这表示进城敌人的大队人马还没有到。从极度的震惊中反应过来的卫慕尊山顿时怒不可遏，立即调集重兵向那些还没站稳脚跟的敌人进行反扑。

面对蜂拥而来的大队敌兵，赫连飞凤情急之下只得下令迎敌，准备背水一战。她让自己的几十名手下列成阵势，自己却神色自若地抖动缰绳，单枪匹马地闯到了卫慕尊山的阵前。面对女神般的凤发郡主，卫慕尊山手下的那些士兵一下子停住了脚步，手里高举着的兵器也不由自主地放低了。在突如其来的沉默当中，赫连飞凤看了一眼对面那些投降不久的党项军士，用银铃般的嗓音大声喊道："不要拿刀枪对着和你们一样的党项人，他们和你们一样都是大夏的好男儿！阵前倒戈吧，赫连太师和拓跋大首领的数万人马就要到来了！"

看着对面的兵士没有动静，赫连飞凤把双眼一瞪，单手擎刀指着兵士背后的卫慕尊山叫道："不要再替卫慕尊山这个奸贼卖命了，当心死后灵魂被压在贺兰山下永远没有出头之日！"

恼羞成怒的卫慕尊山连声叫手下放箭，但他身后的士兵们却无论如何也不肯执行他的命令。就在卫慕尊山让自己的亲信去弹压抗命的士兵时，一个意想不到的情况发生了。卫慕尊山手下的大将阿咄突然挥刀砍死了卫慕尊山，指挥着一众兵士反正了。

占据了黑水城的赫连飞凤立即派人去联络赫连斡罗的大军，并同时派出心腹去寻找仍旧生死不明的拓跋逸豆，心里感到万分的焦虑。结果三天后却只等来了派去的信使和一些掉队的妇孺。询问之下才知道：在她和假扮的商队出发不久，蒙古的援军就来了。援军突然向赫连斡罗部发起了猛烈的攻击。赫连斡罗自知不敌却下令全军迎战，掩护了拓跋部的残部和妇孺向黑水城转移。让赫连飞凤感到伤心失望的是，由于大战已经断绝了消息，她的心上人拓跋逸豆如泥牛入海般杳无音讯了。

正当赫连飞凤计划着去增援赫连斡罗的时候，突然又传来了噩耗：卫慕尊山的亲信设计杀死了阿咄，正准备围攻他们，再次投降蒙古人。赫连飞凤只得临时改变策略，带着拓跋部的部众再次踏上了逃亡之旅。出发的那天，身穿红装的赫连飞凤催马来到了一处高坡上，向着身后深深地凝望。望着面前无垠的荒原，这位党项的女英雄终于轻轻地叹了口气，自言自语地说道："我的逸豆，你究竟在哪里呀？"

其实，拓跋逸豆这时已经战胜了死神，重新踏上了寻找他们的路。

那天，和赫连飞凤他们失散后，因为长时间没有等来探听虚实的阿木，拓跋逸豆便在可心的带领下来悄悄地跟着流民混进了蒙古人占领的云州城里。这时的拓跋逸豆伤势越来越重，昏迷不醒，已经处在了生死的边缘。身无分文的他们求告无门，陷入了绝境之中。

在当卖了头上唯一一件值钱的金钗后，可心总算是勉强找来了一个郎中。不料那个郎中在检查了一番之后却不肯医治，而是愁眉苦脸地对可心说道："姑娘，这个人的伤势很重，不住下来慢慢调治，就是神仙也难救得了他了。"

完颜可心还没来得及多说什么，那个郎中却已经转身走了。临走之前，还做贼似的留下了一句话："这人一看就是党项的贵人，赶紧换换装束吧，让蒙古人看见了可不得了……"

愣了一会儿之后，可心终于明白了眼前的处境。她找到了一家老实本分的党项人，谎称是拓跋逸豆的妹妹，让他们把仍处在深度昏迷中的拓跋逸豆收留了下来。那家的女主人看着可心叹了口气说道："姑娘，留你们养几日伤不要紧，但我们哪儿有钱替他去寻医买药啊？"

可心听了略一迟疑，便把身上剩下的钱全都留了下来，微笑着对她说道："放心吧，我们的一个伙计失散了，他身上还有些钱，我这就去找他！"

离开了那户人家，可心牢牢地记住了地址，便满世界地寻找起阿木来。但直到太阳偏西，蒙古的马队开始在城里四处巡弋时，阿木仍然是踪影不见。

伤心失望到了极点的可心彻底绝望了，只得漫无目的地走在大街上。正在这时，一个头缠白巾、凸鼻凹目的色目人突然间吸引了她的视线。原来，那个商人打扮的家伙正在跟身边领着年轻女孩儿的难民搭讪，听那意思是想买个女孩儿当侍女。为了筹钱给拓跋逸豆治伤，完颜可心把牙一咬、脚一跺，大步地走到了那个色目*商人面前，把头一扬，大声问道："你看看我值多少钱？"

那个色目商人抬头一看，顿时被可心的美貌惊呆了。他手舞足蹈地比画了半天才高声叫道："赞美真主！高贵的公主，你不是在拿我这个老商人开玩笑吧？你的美貌胜过我见过的王妃和公主，你真的是想给我当侍女吗？"

心急如火的可心哪里有心思跟这个喋喋不休的色目人多说，当下便郑重地点着头回答道："你没听错，为了救治我重病的哥哥，我愿意卖身为奴！可以吗？"

"可以，可以！当然可以了！你这样的美女每天多看上几眼也是造化，赞美真主，让我有福气遇上了你！"色目商人赶忙一迭声地答应道。

就这样，可心为了救治拓跋逸豆，卖身到一个色目商人家为奴。含泪离开了人事不省的拓跋逸豆，可心只能在商人买下的寓所里含泪思念着他的安危。一想到从今往后再也难以跟那个重情重义的党项汉子厮守在一起，可心的心仿佛一下子碎了，碎得再也无法粘补。不过唯一让她感到安慰的是，在跟着商人去往那户党项人家的时候，可心意外地遇到了一个流落到这里的部众——拓跋逸豆的侍从狼头，可心就把照顾拓跋逸豆的担子交给了他。

可心走后没多久，不知道是好心的真主还是哪位神祇，就把一个人悄然送到了拓跋逸豆的身边，这正是痴心不悔的古兰。有了古兰的精心照顾，拓跋逸豆终于跟已经在向自己招手的死神告了别，重新回到了人间，并迅速地康复了起来。当他睁开眼睛看到了古兰那如花的笑脸时，

---

*　元朝对除蒙古以外的西北各族、西域以至欧洲各族人的概称。"色目"一词源于前代，意为"各色名目"。元人使用"色目人"之名，就是指其种类繁多。这里指的是来自西亚的阿拉伯人。

忍不住开口问道："我的古兰妹妹，你是怎么出现在这里的呢？难道是上天的诸神在指引着你吗？"

古兰听了甜甜地一笑，幽幽地说道："感谢真主和你的诸神，我看倒是我的心指引着我找到了你。"说着话，古兰便用她那动听的声音讲起了自己传奇的经历来：

原来，古兰在逃离商队寻找拓跋逸豆的途中遇到了土匪，侍女为了掩护她逃命被匪徒抢去了。举目无亲的她漫步在无尽的荒原里，缺粮断水，简直到了生命中的最后一刻。幸亏在这时她遇到了一支正往云州运送粮草的蒙古军队。领头的将领优素福也是色目人。攀谈之下，他竟然还是古兰的家乡人。就这样，古兰跟着蒙古军队来到了云州。

举目无亲的古兰只好暂时留在云州了，为了生计更主要的是为了便于寻找拓跋逸豆，她干脆在城里的一个波斯人开的酒肆里当了舞女，在逢迎着蒙古新贵的时候打探着有用的消息。因为天生丽质的古兰自小便能歌善舞，很快就在云州城里声名鹊起，成了云州最红的舞女。

这一天，闲来无事的古兰正在街上四处闲逛，忽然听见有人喊她的名字。她转身一看，喊她的竟然是拓跋逸豆身边的侍从狼头，不由得大喜过望。当她得知了拓跋逸豆流落云州后发生的一切，马上就把拓跋逸豆接到了自己住的地方，还请来了最好的医生给拓跋逸豆疗伤。

话题说到了可心时，终于恢复了意识的拓跋逸豆惊呆了，当他得知可心为了救自己竟然卖身为奴时顿时感到天塌地陷，伤心不已。他请求古兰赶紧想办法营救可心，古兰不能再隐瞒真相，便把买可心的商人一家被杀、可心生死不明的消息说了出来。原来可心到了商人家里没过多久，那个色目商人的寓所突然遭到了洗劫。拓跋逸豆闻讯后如遭雷击，整个人也消沉了起来。

时间一天天过去了，拓跋逸豆寻找可心一直未果，就逐渐放弃了寻找她的想法。随着身体的日渐好转，他开始整天盘算起找机会手刃蒙古将军兀立不花，来兑现自己对可心的承诺的事情来。

　　除此之外，拓跋逸豆想尽快找到部众，回到队伍中去。虽然每天都让狼头外出打探，但一直没有部众的下落，为此他心里懊恼不已。好在还有古兰经常劝解，他才渐渐地平静了下来，自己刚刚伤愈就亲自去打听起赫连飞凤和拓跋部的消息来。

　　古兰继续在酒肆中表演歌舞，维持着生计。这天，她刚刚换上轻薄的纱衣走到酒肆中地毯上，整个人却一下子惊呆了。因为她在众多的看客里发现了一张熟悉的面孔，正是她的父亲艾哈迈德。奇怪的是，他身后站着的竟然是拓跋逸豆的贴身侍从阿木，还换上了商队的服饰。

　　由于艾哈迈德宴请的人是两名蒙古将军，不明就里的古兰只得随着看客的催促声开始了舞蹈，想找机会再跟父亲相认。哪知道她的歌声刚一响起，原本谈笑风生的艾哈迈德一下子就认出了她，猛地站起身来声声叫道："古兰，我的女儿！"

　　这一声喊敲碎了古兰的心，她停住了歌舞，猛地撕下了面纱，飞快地扑进了艾哈迈德的怀里，亲吻着老人那雪白的长须叫道："父亲，我是你的古兰啊……"

　　父女俩相认了，模糊的泪眼相互注视着，虽然分开的时间并不是很长，但他们都觉得跟过了很久一样。此时的古兰已经找到了拓跋逸豆。艾哈迈德看着他在茫茫人海里寻回的古兰，半晌才开口说道："我的珍珠我的心肝，今后无论有什么事我都会跟你一起去干，求你看在真主的份上不要再离开我了！"古兰哭着扑进了父亲的怀抱，连连地点头却一句话也说不出来了。

　　过了很久他们的情绪才稳定了下来，古兰看着原本头发花白的父亲在短短的这些日子里竟然已经是须发皆白，心疼地用手抚摸着他的脸庞深情地问道："我可怜的爹爹，你怎么竟然这样衰老了呢？"

　　艾哈迈德回答说："看不见你，我就像一匹失去了驼羔的母骆驼一样，连最鲜嫩的草也吃不下了。自打你离开我之后我便认定你一定是去寻找拓跋逸豆了，所以我也只好派出一部分人回去进货，而我则在蒙古人最密集的地方寻找你的踪迹。为了便于找到你，我一路上跟所有的蒙古将军交朋友，循着拓跋逸豆可能出现的地方一路东来。"

艾哈迈德叹了口气，他爱抚地摩挲着古兰的秀发说："在真主的指引下我在云州城外遇到了刚从蒙古人的营垒里放出来的阿木，他告诉我说他就是在这里离开拓跋逸豆的。那天他为了要打探这城里是不是有蒙古人便来到城门附近打听，不料却被蒙古人当成了溃兵押去给西征的大军制造攻城的器具，直到今天才获得了自由。我便让他扮作我的随从一同来找城里的蒙古将领套交情，不想真主却成全了我，让我找到了你们，想必他一定是听见了我虔诚的祈祷了。"

然而，这感人的一幕并没有打动周围的看客，在一片指责声中，许多酒具飞向了酒肆的老板，现场一片大乱。多亏了跟艾哈迈德同来的那两个蒙古将军拔出弯刀来大声地威吓，这才算避免了酒肆被砸的命运。艾哈迈德一见，赶忙掏出一大把金币塞给了那两个蒙古人，拉着久别重逢的女儿趁乱挤出了人群。

古兰拉着艾哈迈德的衣袖，领着他和阿木离开了酒肆回到了自己临时租住的宅子。当他们推开门走进了正房时，看见拓跋逸豆已经在屋里走来走去地活动了。阿木这条九尺高的汉子再也抑制不住自己的感情，他跪倒在地匍匐着来到拓跋逸豆身边，抱着他的腿哽咽着说道："主人，想不到我阿木还能活着见到你，看来老首领的在天之灵一直在护佑着我们呢！"

拓跋逸豆强忍了半天终于还是让泪水流了出来，他抱着阿木宽阔的肩膀激动地说道："阿木我的呆瓜，我真是想死你了！"

艾哈迈德看着眼前的这一幕抹着眼泪没有出声。拓跋逸豆赶紧来到他的面前说道："艾哈迈德叔叔，你是来找古兰的吧？我知道你一定是急坏了。可要没有可心和古兰妹妹，就算是你的真主也没法让我们再次相见了！"

艾哈迈德笑道："看到大首领你好好的我就放心了，我现在比在大漠深处看见清澈的泉水还要激动。看起来你们党项人的气数还没有尽呀！"

拓跋逸豆急不可耐地问道："艾哈迈德叔叔，你不远千里而来，一定听到了拓跋部和赫连飞凤的消息了吧？"

艾哈迈德双手交叉在胸前，带着欣慰的神态说道："听蒙古的守将说，有一支党项军马在一个女将的率领下出没在西边的达喇城一带，蒙古的征剿军队两天后就要到达那里了，他们将去补充一个叫兀立不花的将军手下损失的士卒。我想那员女将就是那位英勇而美丽的郡主赫连飞凤吧！"

拓跋逸豆听了精神为之一振，立即兴奋地搓着手说道："太好了，看来过不了多久我又可以再上战马跟蒙古人较量了。我决定明天就去找她！"

古兰看着自己的心上人跟自己相处了几天之后便又要离开了，心里不禁黯然。但她知道拓跋逸豆是一只受伤的鹰，一旦羽翼丰满，必须要重新回到天空里去搏击云雨，不可能在她精心设置的鸟巢里消磨了万丈雄心的，顿觉彷徨无计、怅然若失。这一切被艾哈迈德全都看在了眼里，他悄悄地拉了拉古兰的衣袖，父女俩悄悄地退出了正房，把拓跋逸豆和阿木留在了屋子里。

在院子里的一棵石榴树下，艾哈迈德表情复杂地对古兰说："我的女儿，现在是你该想一想下一步的时候了。"古兰惨然一笑说："还能有什么下一步？这头伤愈的猛虎又要去咆哮山林了……"

艾哈迈德说："我看下一步这只猛虎面前最大的困难就是如何混出云州城，并在蒙古大军的势力范围里走出去找到拓跋部和郡主赫连飞凤了。"

"我们的商队可以掩护他……"古兰天真地回答说。

艾哈迈德犹豫地拦住了古兰的话说道："我天真可爱的女儿，你要知道商队里夹带着他这样一位党项的大人物，一旦被蒙古人知道我们都会人头落地的，不如留给他们一些钱财马匹让他们自己去好了。拓跋逸豆已经可以在战马上展现他的武艺了，再说还有阿木当帮手……"

古兰决绝地回答："那可不行，我绝不能把他们留在饿狼一样的蒙古人手里。爹爹你的见识跟天上的繁星一样多，你要想出一个好办法才是！"艾哈迈德没话了，他低着头想了半天才抬起头回答说："办法倒不是没有，风险也不是不能去冒。但有一件事你必须答应我！"古兰一听爹爹愿意帮助拓跋逸豆脱险，立即郑重地保证道："您放心，我愿意答应您要我做的事情，向万能的真主起誓！"

艾哈迈德一脸严肃地说出了他要古兰承诺的事情："我们一旦把拓跋逸豆送到了他要去的地方之后，你必须跟我回到家乡去，答应我再也不踏进这块魔鬼横行的土地了，可以吗？"古兰咬了咬牙回答："好，我听你的！"

拓跋逸豆跟阿木整整聊了一夜，完全沉浸在别后重逢的喜悦里。天快亮时，拓跋逸豆说："我已经完全好了，咱们明天一早就动身去寻找赫连飞凤他们吧！"

阿木迟疑地回答："好是好，但这一路上到处都是蒙古人占据的城池，他们行踪飘忽的游骑无处不在，只怕要快速地到达郡主他们现在所在的地方，没有想象的那么容易。"

俩人正商量着，古兰推门走了进来，对他们说道："逸豆哥哥，我想你一定想要回到你的拓跋部去对吧？我爹爹愿意帮助你们遮掩你们的身份，骗过蒙古人的眼睛。"

拓跋逸豆一听大喜过望："我的古兰妹妹，但愿我今生今世还有报答你的机会！"

古兰从来没有被拓跋逸豆用这样的眼神看过，高兴地跳着脚说："太好了，等我想好了让你怎样报答，一定告诉你！"但转瞬之间，她又想起了自己跟父亲许下的诺言，想到可能再也见不到拓跋逸豆了，眼圈一红，推开房门转身跑了出去……

重新骑上了战马的拓跋逸豆心里十分激动，虽然胯下的这匹不是他的大青马闪电，但毕竟也不是普通的马。在城外的一片胡杨林里，阿木挖出了进城前埋在这里的镔铁狼牙棒和拓跋逸豆祖传的明光将军铠，当然这些东西眼下还只能藏在艾哈迈德商队的货物里。

拓跋逸豆和阿木全都换上了阿拉伯式的白袍，头上也戴上了白头巾，完全是一副阿拉伯人打扮了。古兰见到她的好伙伴小白骆驼后，搂着这个忠实的伙伴着实地亲热了一会儿。然后便扔下了它，骑上了一匹驯顺的马跟拓跋逸豆并驾齐驱而行。她伤心欲绝地想：这应该是跟拓跋逸豆在一起的最后时光了吧，因而心里倍感珍惜。

在商队行进的途中，一个蒙古万夫长无意中向商队的一个人透露了一个惊人的信息：大夏的太师赫连克石已经在西域建立了党项政权的新营地。听到这个消息后，拓跋逸豆待不住了。这对包括他在内的所有党项人来说，简直是在绝望的大海中看到一艘正在驶来的救援船只，唤起了他们心底很多原本已经成了奢望的东西。

赫连飞凤知道这个消息后，马上召集了拓跋部的几名万夫长仔细地研究了下一步的行动方案。拓跋部的左翼万夫长铁达喇当即表示愿意领着自己左翼的三千精骑，去抵抗一直在身后穷追不舍的兀立不花带领的三万铁骑。赫连飞凤沉吟道："我觉得咱们还有更好的办法……"

大家的眼睛都紧紧地盯着她，谁都没有吭声。在过去的这段时间里，要不是有赫连飞凤以女主人的身份统率着大家，恐怕拓跋部早就像风里的火星一样，闪动着耀眼的光芒四下散去，然后就变成一粒不再具有光热的炭粒消失在茫茫的戈壁黄沙之中了。

后队的万夫长巴燕行突然若有所思地插嘴道："夫人，你是不是想设计全歼我们身后的这股蒙古追兵？"

赫连飞凤很喜欢拓跋部众人给予她的这个新称呼，尽管先是因为宫廷政变，再就是因为拓跋逸豆的誓言，她跟拓跋逸豆的婚礼因为各种原因一直在拖着，但在部众眼里她却早就是皇帝降旨赐婚给拓跋逸豆的正妻，拓跋部的女主人了。

赫连飞凤看了看周围那些将领脸上期待的神色，忽然感到这些穿着牛皮铠甲的汉子很让人感动。与其说他们身上党项将军的样子多些，其实还不如说是更偏重牧人的样子更为贴切。那完全没有阴险狡诈的眼睛里流露的只有信任与期待，激励着她奋勇直前。

赫连飞凤点了点头看着巴燕行笑了笑说："没错！我正是这样琢磨的。虽然现在我们趁兀立不花的队伍还没有追上来可以继续西撤，但那样我们就没法去跟赫连斡罗大人会合了。我们虽然一直在疲于奔命，但拓跋部的实力却依然还在。现在咱们可以战斗的人不下四万，身后的蒙古人其实充其量也就三万来人。如果鼓起勇气的话，把他们消灭或是彻底打垮应该还是有把握的！"

众将佐听了她的话都感到十分振奋，多日来的奔逃已经严重损害了他们胸膛里那颗骄傲的心。赫连飞凤的话音刚落，铁达喇等人就大声嚷道："一切都凭女主人的意志行事吧！""对！听女主人的！"

赫连飞凤一看大家都这样地支持自己，心里充满了勇气和力量。她用那双明澈的大眼睛扫视了面前的众人后决绝地说道："那好！我现在就下令！"说着话她把目光定位在后队万夫长巴燕行的脸上命令道："巴统领，你的后队这一段一直掩护大队，损失最大，这一次就由你来负责掩护着妇孺先行吧！"

赫连飞凤正要说下去，不料巴燕行却大声争辩道："我的女主人，我是不是也要有一次正面跟蒙古人交手的机会呀？那些妇孺请你另外派人吧！"赫连飞凤心里虽然很感动，但她知道后队的战斗力其实已经很弱了，这次行动里他们简直难以担当什么冲锋陷阵的角色。便故意把脸一沉，对他说道："怎么？巴统领是不是觉得我这个女人的话不管用呀？"巴燕行这才不敢争辩了，小声嘀咕着不再吭声。

赫连飞凤目光炯炯地看着其他将佐吩咐道："左翼铁统领听令！我命你带领本部骑兵，和右翼的连山统领一起在前面四十里的黑石谷设伏……"

　　由于党项人的军队这时已经被彻底击溃，连嵬名朗月的老父亲嵬名令公和大夏名将阿绰的军队也被彻底地消灭了，各处的战事已经基本上结束。蒙古兵也对往来于荒原戈壁的商队放松了警惕，任由他们一路西去。

党项的雄鹰摔伤了翅膀，
却无法忘记自由的飞翔。
机智勇敢地面对杀戮，
商队掩护英雄重回沙场……

第十章　许诺来生

这一天，商队行进了大约不足百里便迎头遇上了一支数千人的蒙古军队，为首的蒙古将军下令把商队的首领艾哈迈德带到自己的马前。他神情倨傲地打量着这个色目商人说道："你的商队这是要去哪儿呀？"

艾哈迈德镇定自若地回答说："见到横行天下的蒙古勇士真是让我高兴。我托你们的福在四处游荡，凡是有喜欢我货物的人居住的地方我都要去。"

蒙古将军突然把眼睛一瞪说："你该不会是党项人的探子吧？"

艾哈迈德用夸张的表情说道："我是一只会嗅着味道给自己找食儿的沙鼠，懂得哪里有危险的味道。那些党项人在你们蒙古人面前就像猎犬追逐下的兔子一样，我怎么会跟他们来往呢？"

一看艾哈迈德这么讨厌党项人，蒙古将军很高兴，便随口问道："那你在这里转来转去的，到底跟什么人来往呢？"

艾哈迈德带着卖弄的表情回答："不瞒您说，我的朋友里还真有很多像您一样的蒙古将军呢！"说着便如数家珍地把他那些熟识的蒙古名字挨个说了出来。

那蒙古将军很买账，在马上欠了欠身说：“今后你也可以说我是你的朋友了，也许有人会因此关照你的。我是身上流淌着高贵的黄金家族*血液的乃颜人洪古尔帖木儿！”

艾哈迈德赶忙装出又惊又喜的样子叫道：“我真是太幸运了！我这就让伙计给您送一坛西域的美酒来！”

敷衍了一番，商队终于上路了。天黑时他们在一片兀立在戈壁上的岩石里扎下了营。当营地里略带忧伤的歌声响起来时，古兰突然来到拓跋逸豆身边说道：“逸豆哥哥，你现在还愿意带着你的古兰妹妹在四处走走吗？”拓跋逸豆笑道：“从小到大，我什么时候拒绝过你吗？”

俩人来到了一块高耸的岩石上，眺望着远处谜一样的地平线上最后一抹残霞，谁都没有开口。古兰终于打破了沉默，开口说道：“逸豆哥哥，我们俩认识这么久了，为什么你竟然没想过要娶我为妻呢？难道这么些年里我就没吸引过你，你总是望不到我的心我的眼神吗？”

拓跋逸豆听了，叹了口气说道：“我其实不像你说的那样，像块干透了的胡杨木一样没有半点水汽儿。只是你出现得太早了，我一直把你当成我的亲妹妹一样，根本没往那里想过！”

古兰幽幽地说道：“我还是觉得你这个回答不能让我信服。你可能不知道，我在很小的时候就喜欢上你了。要不是这个原因我也许会一直留在我那舒适的家里，其实这么多年我漂泊在黄沙和草原上，就是为了多见你一次！”

---

* “黄金家族”指的是纯洁出身的蒙古人。蒙古族有一个始祖母阿兰，据记载阿兰与她丈夫一起生了两个儿子，在她丈夫死后又生了三个儿子。她的两个大儿子包括她的亲属对这件事有疑问，阿兰说这后边的三个儿子是她与一个黄白色的神人的后代，是上天的儿子，从此之后，这三个儿子的后人就被称为纯洁出身的蒙古人。成吉思汗就属于其中的一支孛儿只斤氏，除此之外，还有主儿乞氏、泰赤乌氏等。蒙古的可汗都出于这个家族，所以就被称为“黄金家族”。

拓跋逸豆转过身，用有力的手扳住古兰柔弱的肩膀问道："告诉我，我的古兰妹妹。我到底有什么地方值得你这样把我挂记在心头？"

古兰泪光闪动的眼睛里闪过一丝激动的光彩，她深深地看着他问道："你还记得第一次带我去骑马的事情吗？"

拓跋逸豆也陷入了对往事的回忆中，点着头回答："怎么会不记得呢？那时候我还小，为了向你炫耀骑术便偷偷地牵出了我父亲心爱的战马白云，还是我亲手把你抱上马背的呢。那天咱们骑着白云一直跑，最后连回来的路都找不到了。"

"那时候天黑了，还刮着嗖嗖的冷风，我冷得浑身发颤……"古兰接口说道。

"我就把你搂在怀里任那匹白云带着我们任意地走着，好在它认识回家的路，最后终于迎来了打着火把前来找咱们的族人。"拓跋逸豆说着，仿佛也回到了那个少不更事时闯祸的夜晚。

古兰把自己的脸扬起来，对着拓跋逸豆说："回去后我们的父亲都喝醉了，第二天才知道我们遇险的经过，你还记得当时你父亲是怎么对我爹爹说的吗？"

拓跋逸豆笑着回答："我那时很害怕父亲责罚，根本就没在意他说了什么……"

古兰略带失望地说："他当时对我爹爹说，这对孩子简直是天底下最般配的一对儿了，还说长大了要你娶我为妻呢。"

拓跋逸豆想象着当时的场面忍不住笑了起来。古兰可没有笑，她瞪着拓跋逸豆，神情激越地说道："你知道吗？从那时起，我就一直盼着自己赶紧长大，为的是长大了好让你娶我！谁知道……"古兰说着话突然生气了，挥动双臂拼命地捶打起拓跋逸豆结实的身躯来。

拓跋逸豆在瞬间理解了古兰对自己的感情，忍不住把仍在胡乱捶打的古兰搂在了怀里。古兰在已经全黑了的戈壁滩上仿佛又回到了那个多年前的夜晚，她紧紧地抱住拓跋逸豆再也不肯放手。

　　拓跋逸豆意识到自己不能再继续伤害这个痴心的女子，狠狠心轻轻地推开了古兰抱歉地说："亲爱的古兰，你这辈子恐怕只能当我的妹妹了。我眼下的处境不说你也知道了，况且你跟可心和赫连飞凤不一样。赶紧跟着你的父亲离开这场原本就不属于你们的战争吧！"

　　古兰也恢复了理智，她用与她年龄和性格都不相符的眼神看着拓跋逸豆说："你是党项的部族首领，是你的族人心里活下去的希望。我一定会尽力地帮着你回到他们身边的！"

　　拓跋逸豆望着古兰动情地说道："亲爱的古兰，如果有来生的话，我一定要娶你为妻。我那时也不想当什么大首领了，干脆就领着你当个牧马放羊的牧人吧！"

　　古兰听了，眼睛里燃烧着希望的光彩问道："你说的当真吗？"拓跋逸豆神色郑重地回答说："当然！"

　　古兰听了兴奋地说："那好，你起誓吧！"她的情绪在此感染了拓跋逸豆，他单膝跪倒，高高地举起自己的右手，大声说道："我，党项拓跋部的拓跋逸豆在苍天下起誓，若有来生一定娶古兰为妻，绝不相负！"

　　古兰神情凝重地望着苍穹上繁星闪闪的夜空叫道："我的真主，我像相信你的存在一样相信一定会有来生的。请你帮我记住他的誓言吧！"

　　从那天开始，拓跋逸豆便发现古兰变了。每次见到他时古兰都会给他一个阳光下最明媚的笑脸，两人之间的交谈也换回最轻松愉快的话题。但拓跋逸豆有些担忧，因为他在古兰的话里发现，这个痴情的姑娘好像不再在乎今生今世的事情，而是开始憧憬起还十分遥远的来生……

　　在又调到了几波蒙古兵之后，终于有了赫连飞凤他们确切的消息。一个带着箭伤的蒙古人告诉拓跋逸豆他们，三天前他在兀立不花将军的率领下跟一个长着一缕红头发的女人大战了一场。虽然那些党项人打败了，但他们的余部却突然间消失了，兀立不花正带着大军追击。他是奉命回去向大营里的拖雷禀报战况的。

　　一听兀立不花这个名字，拓跋逸豆不禁想起了生死不明的完颜可心。他的心沉重了起来，对兀立不花的仇恨和对可心许下的誓言像两块烧红的烙铁一样，不停地烧灼着他的心脏。

　　根据拓跋逸豆的判断，自己和阿木只要快马加鞭，不出三天就会赶上赫连飞凤和她率领的拓跋部。他待不下去了，他感到战场的气息在召唤着他。他仿佛看到他的族人在地平线那头，正用刺透他灵魂的眼光在期盼着他的归来。

　　宿营的时候，另一支商队也过来凑热闹了。在那个商队的头领嘴里，拓跋逸豆又重新确定了那个天大的喜讯，那就是他亲自到过太师赫连斡罗和将军野利延祚在西部建立的党项人统治的地盘，知道到达那里的路线。拓跋逸豆感到心里和眼前都亮了起来，他知道拓跋部该到哪里去寻找他们的归宿了。艾哈迈德也为他感到高兴，因为他终于看见了长久围绕在拓跋逸豆周围的阴霾里出现了一丝曙光……

　　第二天的一早，拓跋逸豆要离开商队了。他默默地换上了那套部族世代相传的明光将军铠，拿起了久违的镔铁狼牙棒。跟艾哈迈德和古兰洒泪而别后便打马上路了。走了没多久，突然听见身后的阿木叫道："主人，艾哈迈德和古兰他们一定遇到了什么麻烦！"拓跋逸豆带住马缰朝后边一看，果然看见身后黄沙腾起，还隐约地传来了一阵阵喊杀声。

　　就像一只养好伤的狮子再一次嗅到血腥味儿，拓跋逸豆立即高举着狼牙棒大声喊道："还等什么，你难道愿意让马贼把老艾哈迈德的白胡子全薅光吗！"说着话他已经骑着马窜出了一箭之地。阿木在他身后喝了一句："好！就让我陪你去会会那些要拔艾哈迈德胡子的人吧！"

　　拓跋逸豆刚走，一群穿着杂色服装的土匪就出现在商队的面前，他们的马蹄上都包着碎皮子，所以事先连马蹄声都没有传过来。当他们已经到了拍马冲锋的距离后，艾哈迈德再想让伙计们摆出惯用的圆圈来防御已经是不可能了。商队里的护卫领着身强力壮的伙计赶紧拔刀迎了上去，这伙悍匪立即砍翻了好几个冲在前面的护卫，狂飙似的朝着商队卷来。

在接近已经收缩成一团的商队时，悍匪一阵纷飞的箭雨又射伤了不少人。为了怕女儿受到伤害，艾哈迈德只得紧紧地把她搂在怀里。一支带着怪响的箭射中了艾哈迈德的胸膛，但他仍旧护着古兰不肯去管流血的伤口。眼瞅着匪徒们已经冲到了这对父女的面前，忽然一声断喝传来，身着明光将军铠的拓跋逸豆天神般地出现在匪徒身后的坡上，挥舞的狼牙棒转瞬间就撂倒了好几个妄图跟他较量的家伙。

现场的形势立即有了改观，拓跋逸豆的出现使匪徒们不得不丢下眼看到手的商队，全都朝他围拢了过去。阿木在拓跋逸豆大开杀戒的同时加入了战斗，他挥舞着钢刀劈死了面前的对手。一匹拖着死尸的惊马跟阿木擦身而过，阿木一把抓过了对手仍紧紧握着的马刀，发出一阵狼嚎般的怪叫，舞动着双刀朝匪徒密集的地方砍杀过去。

这一主一仆凶猛的攻击瓦解了土匪的斗志，土匪头子连忙打了个呼哨带头向来时的方向跑去。拓跋逸豆岂肯放他逃走？他就像用长柄镰刀在牧场上打草的牧人似的，挥动狼牙棒不停地把已经开始逃窜的匪徒一个个击落马下。他的速度没有因此而慢下来，眨眼的工夫就超过了带头奔逃的土匪头子。

土匪头子纵然凶狠狡诈，但在顶盔掼甲的党项将军面前却已经吓得魂不附体。自知在劫难逃却也只好挥刀朝拓跋逸豆砍了过去。拓跋逸豆的狼牙棒用力一兜，这柄刀就呼啸着飞上了天空。目瞪口呆的匪首彻底崩溃了，他傻呆呆地坐在马上，看着拓跋逸豆单手一提，把自己轻松地活擒过去夹在了腋下。

当拓跋逸豆回到艾哈迈德的身边时，这位在大漠黄沙里闯荡了大半生的老人已经不行了，他几乎能清楚地看见死神正穿着黑色的斗篷朝着他缓缓地走来。拓跋逸豆把那名匪首往地下一扔，对阿木叫了声："绑了！"自己则赶紧滚鞍下马，朝古兰怀里的艾哈迈德快步走来。阿木走过去一看，那名匪首早已浑身僵硬，失神的双眼跟死鱼一样没有了任何生命的迹象，便吐了口吐沫骂道："该死的，这下可便宜你了！"

跟泪眼婆娑的古兰对视了一眼后，拓跋逸豆蹲下来轻轻地晃着已经陷入昏迷的艾哈迈德。老人艰难地睁开了眼睛，勉强地挤出一丝笑意，说道："真主的使者已经在等我了，我唯一担心的就是……"说到这里，他朝心爱的女儿投去了深深的一瞥，便闭上眼睛，跟着已经等得不耐烦的死神一起去了。

"爹爹！"古兰撕心裂肺的哭喊声让拓跋逸豆也是泪流满面，泣不成声。这位像父亲一样给了自己很多帮助的老人就这样去了，突然诀别的遗憾让拓跋逸豆见惯了生死的心也开始微微地颤抖了起来。

古兰抱着艾哈迈德的尸体一直哭到了太阳就要落山，失去了从降生起就精心呵护自己的父亲，古兰感到整个世界都坍塌了。她不敢想象今后自己该如何生活，爱她的人走了，而她爱的人也要和自己很快地分别，世界几乎在一瞬间崩塌。她感到一种来自冥冥中强烈的预感，拓跋逸豆跟她恐怕今生今世也难再次相见了。想到这里，可怜的姑娘哭得昏了过去……

在拓跋逸豆抱着古兰焦急地呼唤着她的时候，阿木和商队里的伙计用香料浸泡了整整一匹白布，把艾哈迈德紧紧地包裹了起来。他们又找来了一条价值不菲的波斯毛毯裹在了最外边，准备把他带回故土去安葬。

古兰醒来时天已经快黑了，她望着驮载着父亲的骆驼，擦了擦眼泪，望着拓跋逸豆说："逸豆哥哥你走吧，你的族人还在等着你呢。我这里的事情自会料理的，也许我不久也会在天堂里等待你许诺的来生来世了。无怨无悔地度过你的今生吧，下一辈子我可不能再放你去耽搁我们相爱的时间了。那时候，我们要和父亲天天守在一起……"说到这里，古兰终于忍不住又一次流下了眼泪。但拓跋逸豆从她脸上那从未有过的坚毅里看出：古兰在这短短的时间里奇迹般地成熟了。

拓跋逸豆伸手把阿木拽到了古兰面前，轻声地说道："阿木我的好兄弟，我要你对天起誓，从现在起就变成古兰的影子，直到你或是她离开这个世界为止！"阿木顺从地跪下起了誓，然后站起身默默地站到了古兰的身后。古兰连忙对拓跋逸豆说道："逸豆哥哥，我只要你记住自己的誓言就好，阿木像你的兄弟一样，你一会儿也离不开他的，我的商队里都是多年的伙伴，他们一定会照顾我的……"

拓跋逸豆不容置疑地说道："无论用什么手段都弥补不了我对你的歉疚，就让阿木代替我守卫在你身边吧！"看着古兰还要争辩，拓跋逸豆决绝地补充道："不要说了，没有什么力量可以撵走一个发了誓的党项人！"

说完这句话，拓跋逸豆翻身跃上了战马，他回身对古兰和阿木深情地凝望着说："再会了我的兄弟，再会了我来生来世的妻子！"说完狠狠心把鞭子一扬，重重的一鞭下去，那匹战马长嘶一声朝着太阳落下去的地方狂奔而去。

直到拓跋逸豆一人一马完全消失了，古兰才慢慢地转回身朝着自己的小白骆驼走去。她跨上了软鞍后，大声地对周围的伙计们宣布道："各位叔叔和哥哥！我古兰，艾哈迈德之女在此向万能的真主立誓，在回到故乡安葬了我的父亲之后，我将带着你们再次外出行商。艾哈迈德的商队不会就此散去，它还是西域瀚海里最好的商队。凡是这次受伤的伙计都将受到奖赏，凡是跟我的父亲一同去了的伙计我要给他们的家人最优厚的抚恤！"

商队里的伙计们都是跟阿哈迈德闯荡惯了的，他们正在为今后的生计担忧，一看古兰愿意担任新的商队首领，全都带着欣然的心情，朝她跪了下去。

这一天有着绝顶的好天气，晴朗的天空明净如许，一块块不安分的白云缓缓地从蓝天的这头掠过耀眼的太阳，向蓝天的那头飞去，大地上留下了一片片巨大的阴影。极目远望，那黄的是漫漫黄沙戈壁，白的是远处黛青色山峦上白色的雪帽。身穿牛皮铠甲的拓跋部铁骑聚集在一起，构成了坚强的中军，他们头上红色的盔缨和带翼苍狼旗一起迎风飘扬，喧嚣的战马伴着勇士的呐喊，显示着他们决死的勇气。

在他们对面的阵营里，一支从西域归来的蒙古军队出现在了赫连飞凤的面前，并迅速地摆开了阵势。身材矮小的蒙古马上驮载着那些必将用铁蹄踏遍半个世界的蒙古骑士，他们手中的弯刀已经抢得呼呼作响，利箭早就搭上了弓弦，只等着那震撼人心的牛角号吹响，就抖动马缰奔赴沙场去进行殊死的搏杀了！

这场逃亡以来规模最大的战争就要开始了，一方是由党项拓跋部和来自各路军马的党项士兵组成的党项军队，一边是崛起在斡难河畔、横扫山河，在西域所向披靡后凯旋的蒙古大军。

赫连飞凤纵马来到了阵前，在阳光之下冷眼观察着对面的敌人。她虽然只是一个女子，完全不像是个王者，然而她却不折不扣地继承了党项人无所畏惧的品质，正是这品质使得她能把拓跋部的精骑兵和妇孺带着一路西行，并收拢了上万的溃兵和百姓。

赫连飞凤想：带翼苍狼是高傲地飞翔在天空中的主宰，不应该惧怕那些斡难河畔的草原苍狼。想到这里，赫连飞凤决定进攻。心念至此，她猛地举起了自己的右手，所有党项人的心都跟着这只举起的手狂跳了起来，他们明白，赴死沙场的时刻即将来临了。

赫连飞凤一边传令布阵，一边骑着战马快速地飞驰，往返在党项军阵前。赫连飞凤挥舞着手中的镇国宝刀大声嚷道："拿好你们的武器，瞪大你们的眼睛！除了带你们去杀死对面的蒙古人之外，我已经没有别的办法了。让他们见识一下咱党项人的勇气吧！为了党项人的尊严，也为了活下去！"她的话极大地鼓舞了在场的每一个党项人，他们紧握着自己手中的武器，发出了一阵海涛般的怒吼……

对面的蒙古人哪肯示弱？他们那二十辆用四头壮牛拉着的鼓车上，

巨大的战鼓正在敲响，鼓声像天边滚滚而来的雷暴一样，发出了急促而低沉的声音。鼓车上那些肌肉隆起、上身赤裸的蒙古鼓手抡开双臂奋力地击鼓，在摧肝裂胆的鼓声中，数万蒙古铁骑催动战马开始了冲锋。蒙古大军如同涨潮的海水，迅速地向对面的党项人蔓延过去。

那些纵马狂奔的蒙古骑士用一双双似乎带着些怜悯的眼睛冷冷地望着敌人。"呜—呜！"当第一阵牛角号吹起的时候，他们闪电般地射出了手里的箭，然后便勒转马头把射击的位置让给了身后的同伴。第二拨蒙古射手一接替上来，也马上射出了他们手里的箭，一拨拨交替更迭，一丝不乱。

一时间，霹雳般的弓弦声和雕翎箭呼啸的破空之声犹如一阵阵冲击着礁石的海涛，此起彼伏响成了一片。那些离弦的利箭直上云天，渐渐地变成了像蝗虫一样的小黑点。片刻之后，它们带着死神的问候扑向正在冲锋的党项大军。许多党项人翻身落马，失神的眼睛或是俯视着大地，或是仰观着苍天，再也没法站起来了。

然而，不断中箭落马的族人并没有影响党项人决死的冲锋，他们默默地咬着牙策马疾驰，对雨点般的利箭全然视而不见。双方军阵之间的距离在这无畏的冲击下越缩越短，离着短兵相接的肉搏越来越近了。

蒙古人在用箭雨杀伤了上千名党项士兵后，再也耐不住性子。随着第二阵牛角号的响起，他们嘴里发出一阵野性十足的呐喊，挥舞弯刀加速冲了上来。这段不长的距离给了党项武士一个契机：作为马上起家的民族，骑射也是他们擅长的本事，冒死冲锋的党项人纷纷拔箭弯弓向已经能看清眉眼的蒙古人射去，砰砰作响的弓弦声中，一大片壮志难酬的蒙古勇士坠落马下，只能在长生天上遥望蒙古草原了！

无论是党项人高大威猛的西域良马，还是能奔擅走但却身型矮小的蒙古马，都在全速地奔跑。弓箭很快就失去了作用，眼看着两军就要凭借兵刃一决高下了。

赫连飞凤的右手再次高高地举起，在空中划了个圆圈后才猛地挥下。党项号手看到这一手势，原本高亢有力的牛角号声马上变成了疾风骤雨似的另一种旋律。那些眼看就要与蒙古人交手的党项骑兵立即朝左右两边散去，避开了锋芒正盛的蒙古铁骑。

随着党项骑兵的散开，他们身后的玄机显露了出来：一排排早已等待着厮杀的拓跋部精骑出现在军阵中央。马上的骑手除了眼睛外，浑身都披挂着钉着铜钉的牛皮甲，手里拿着雪亮的党项弯刀。由于每匹战马的尾巴上都点燃了被油浸过的皮条，这些吃了疼的马疯了似的只顾朝前猛冲。蒙古人的冲锋被彻底打乱了，他们的前阵被冲了个人仰马翻，落马者还没来得及爬起来就被拓跋部骑兵挥刀猛砍，横死在当场。

蒙古人被横冲直撞的拓跋部骑兵冲乱了阵容之后，并没有像其他的军队一样四散逃命，而是很快在拓跋部骑兵身后又结成了一个圆阵，稳住了阵脚，在如此危急的情况下，几万人快速脱险布阵，真让党项兵倒吸了一口凉气。

继续的冲击使马的弊端显露了出来，在猛冲了一阵后，党项的战马速度慢了下来。因为蒙古人快速地在他们身后布阵，把策应他们的骑兵完全隔到了后面。局势开始逆转，蜂拥而至的蒙古士兵一阵疯狂的刀砍斧剁，不少人翻身落马，很快就被斩成了肉泥。

一阵凉风吹来，大团大团的乌云布满了天空，天空中传来了隐隐的雷声，老天正孕育着一场暴雨。风里带着刺鼻的血腥味，扑面而来。双方已经整整激战了将近两个时辰了，人困马乏之下，两边重整了队形，像两只撕咬后的公狼一样，虎视眈眈地相视而卧，等待着最佳的时机来临，好一跃而起给对方致命的一击。

又一阵凉风带着雨丝吹来，对面的蒙古将领突然动摇了。在刚刚结束的第十六次凶猛的砍杀中，过于轻敌的蒙古兵最少已经有一两千人血沃沙场，永远地闭上了眼睛。根据刚才召集将领议事的结果，带伤挂彩的士兵恐怕不在一万以下。冷风冷雨中，这位西域来的征服者不自禁地打了个冷战，望着苍天长叹了一声，做出了一个错误的决定："撤出战斗，重新集结！"

他的副将巴图五十岁左右的年纪，长得膀大腰圆，声如洪钟，是蒙古人中著名的勇士。他望着自己的将军有些不解地说："将军！我们再拼死冲一次吧，未准没有奇迹出现呢！"

蒙古将军唉声叹气道："我的兄弟！认命吧，为了能使征战多年的勇士再见到大草原，赶紧后撤，这是上天给予我们的最后机会了！"

巴图这条力分双牛、气吞山河的壮汉带着无比愤恨的表情坚定地说道："将军，这时候撤退会引起溃散的，我不突围！我要带领本部人马为将军断后！"

望着对面疯子似的党项人，那位蒙古将军不耐烦地盯着他看了一会儿，脸色变得决绝起来："我以大将军的名义命令你，不得违抗！"巴图闻听再也忍不住心头的悲愤，可到底是将命难违，只得传达了后撤的命令。

像巴图的预言一样，后撤的命令立即带来了战局的彻底变化。不明就里的蒙古兵刚掉转马头就被党项人从背后紧追上来，一场势均力敌、甚至是占有优势的战斗马上演变成了屠杀。

随着身后越来越猛烈的攻击，蒙古大军终于全军动摇，四下里溃逃了起来。直到最后，蒙古人扔下了上万具死尸狼狈地逃走了，负责断后的巴图也被乱箭射成了刺猬。死里求生的党项人居然获得了胜利，正面击溃了这支原本是胜券在握的蒙古大军。

查看了眼前的形势，赫连飞凤果断地鸣金收兵，带领人马朝着黑石谷方向急进，争取着去往新营地的希望。

女英雄带咱暂脱虎口，
一把火烧死敌军无数，
拓跋部狂奔到新的草场，
这里是真主祝福的土地……

第十一章　暂脱虎口

已经成为蒙古监国的拖雷把西征的事务交给了大将赤老温，自己就赶回斡难河畔去参加即将召开的库里台大会*了。赤老温在积极地筹划着远征西域各国的同时，丝毫也没放松对党项残余势力的追剿。各路蒙古大军都接到了他的命令，全力围追堵截着赫连飞凤和辗转迁徙的拓跋部。为了防止他们突围去跟赫连斡罗会和，还专门在通往西方的要道上设置了重兵。

在曾经是大夏金銮殿的前面，接替拖雷统治党项全境的大将赤老温，正穿着自己在远征花剌子模国时从扎兰丁王子的尸身上得到的黄金锁子甲，端坐在李睍不久前还坐过的宝座上，看着面前聚集起来的众将。他

---

* 蒙古的可汗一直是通过"库里台大会"来选举的，相当于是议会制，从成吉思汗一直到他的孙子忽必烈三代人的努力，终于把议会制转变成世袭制。在蒙古制度中有规定：如果一个部落是某个人打出来的，他就可以决定把可汗位置传给他的儿子。

不喜欢大殿里阴郁的气氛，每当议事时他都会让人把这个沉重的宝座搬到可以享受阳光的殿前来。

赤老温威严地扫视了全场之后，开口说道："拖雷王子已经赶回斡难河畔的大草原，去参加即将召开的库里台大会了。我预计在大会后大军又会发兵远征西域各国。我们眼下要做的事情除了让这里成为我们的牧场之外，还要对党项残余势力进行最后的追剿。我已经给各路大军下达了命令，为防止赫连飞凤和拓跋部突围到党项新营地去跟赫连斡罗会合，全力围追堵截，彻底地灭绝这个敢于顽抗的敌人！"

说到这里，他看着从黑水城赶回来的失吉忽秃忽说道："我想你身上的伤已经全好了吧？"失吉忽秃忽听见问他赶紧回答道："放心吧，我的伤已经全好了，随时可以听你的号令去横断黑水踏碎白石了！"赤老温带着有些促狭的神情摇着头回答说："不，我的失吉忽秃忽。你的伤还没有完全好！"

失吉忽秃忽诧异地看着他正要开口，赤老温却盯着他继续说道："我说的伤不是你结实的身体，而是被党项残部打败的心！"失吉忽秃忽听了惭愧地低下了头，他知道自己是在这次攻灭大夏的战役中唯一一次败仗的组织者。羞愧折磨着这个一向争强好胜的蒙古汉子，他的脸变得比喝多了青稞酒还要红。

赤老温离开座位走到失吉忽秃忽的身边，拍着他的肩膀说道："能吠叫的狗只会看家，会抓兔子的老鹰总是无声无息。我不需要你说什么，但却愿意给你一次洗刷耻辱的机会。"失吉忽秃忽最要脸面，他赶紧躬身回答道："为了这个机会，我宁愿失去长生天慷慨赐予的生命！"

赤老温满意了，他看到自己的激将法发挥了作用，便转身回到宝座前坐下命令道："失吉忽秃忽，我不想让你失去长生天赐予你的生命，可你却必须用自己的胜利去酬谢长生天才是。我命你立即带领本部两万铁骑阻断那些党项人通往他们同伙营地的通道，他们中如果有一个人到达了那里的话，我就只好替长生天收回他的赐予了！"

由于跟那支西域归来的蒙古军队血战了一场，元气大伤。当赫连飞凤得知失吉忽秃忽的大军出现在通往党项新营地的道路上时，她的心情已经不像原本想象的那样从容了。但赫连飞凤心里十分清楚，只有设伏成功才有死里求生的可能，当下便让李玉带领沿途收拢的党项各路军马保护妇孺，自己则仍旧亲率大队前往黑石谷，去做伏击的准备。

其实赫连飞凤的心里根本没底，她不知道这次伏击是否能够成功。若是失败了，去党项新营地的希望将会被彻底打破，甚至再想逃出虎口也是万难，后果不堪设想，但为了生存也只能放手一搏了。就在她彷徨无计的时候，巴燕行走过来神秘兮兮地对她说道："我的女主人，咱们看来真的有救了！"

赫连飞凤不解地看着他问道："但愿你这不是酒后的梦话吧？"

巴燕行笑道："在女主人你面前我是不会胡说八道的，刚才咱们的探子回来说，离这里不远的沙棘城……"

赫连飞凤临时改变了策略，大量的党项军马当夜突然出现在了兀立不花住节的沙棘城下。一块块斗大的石头"嗖嗖"地飞进了城里，砸得房倒屋塌、一片狼藉。千夫长呼和在睡梦中醒来，光着膀子就跑到了城墙上。他往下一看，只见到处是挥舞着火把的党项拓跋部骑兵，居然还带着好几架抛石机，头顶上石块不停怪叫着越过城墙飞进身后的城里。

呼和判断出这不是平时偶尔遇到的那些小股的党项溃兵，溃兵不可能有专门负责发射石块的泼喜军。他借着城下朦胧的火光看到党项军阵里为首的是一员女将，她浑身红装，正在指挥着士卒搬运云梯准备攻城。他明白了，这就是大将军兀立不花一直在追逐的那股党项人。便赶紧对身边一个十夫长说道："大将军他们这会儿最多走了不到一百里，你赶紧带几个人趁着其他城门还没有党项人突围出去。你告诉大将军，我这里拼死守城等他，只要他赶紧回师就还来得及把这伙党项人消灭在沙棘城下。"十夫长听了，赶紧领命下去了。

赫连飞凤在城下正指挥着抛石机猛烈地发射，巴燕行骑着马飞快地跑到她身边笑道："西门里跑出了十几个蒙古骑兵，看来咱们的计策真的成功了！"赫连飞凤笑道："那好，这里就留给你，我就赶紧走了！"

补充完兵员的兀立不花正准备趁夜色的掩护急速行进，以便第二天一早赶到党项人的营地前。不想走了才不到二百里就被呼和派来的十夫长给追上了。当他听到赫连飞凤正巧出现在沙棘城下时，高兴地说道："感谢长生天，这些家伙终于自己撞到网里了！赶紧回师沙棘城，杀他们个片甲不留！"副将帖木儿有些狐疑地劝道："大将军是不是再考虑一下，那会不会是党项人的诡计呢？"

兀立不花看了帖木儿一眼，没好气地说："党项人已经是穷途末路了，还有什么诡计？那沙棘城原本就不是党项的土地了，他们肯定是没了食物才贸然去攻城的，赶紧回师！"

就在兀立不花带领着铁骑惊天动地地往回赶时，失吉忽秃忽的营地却遭到了党项人的主动攻击。党项人的马蹄子上包了软皮子悄悄地摸了过来，等蒙古哨兵发现时他们已经来到了离营地不足一箭之地的地方。蒙古兵赶紧大声地呼叫同伴，党项人却不慌不忙地点燃了他们早就准备好的火箭，像一阵流星雨一样射向了军营里。

只想着追杀党项人的蒙古将军失吉忽秃忽万万没有料到：党项人居然还敢主动找上门来。大惊之下正要传令出击，大营里却火光冲天，干燥的牛皮帐篷一座接一座地被党项军射来的火箭点着了。到处都是急着救火的蒙古兵，乱哄哄的谁也顾不上谁了。

失吉忽秃忽清楚自己的处境：这次要是再让党项人占了便宜的话，自己就真的没脸回去见那个牙尖嘴利的赤老温了。他挥舞着弯刀命令留下五千人救火，剩下的人马全部去卜阵迎敌。等他们的队形刚刚摆好，党项人却一股脑儿地向着黑暗的远处跑了，他们手里的火把在暗夜的夜风里明灭着。失吉忽秃忽几乎被气疯了，带头纵马狂追了过去。

在山谷里，赫连飞凤焦急地注视着前面漆黑一片的夜空，她一直在这里静静地等待着铁达喇率领的人马把失吉忽秃忽引进包围圈里来，以消除横亘在她和党项新营地之间的障碍。夜风呼呼地吹着，空气里除了几丝荒滩之夜特有的凉气外什么也没有。"会不会铁达喇的三千精骑身陷重围，已经被失吉忽秃忽的大军包围了呢？"赫连飞凤有些气馁地想，毕竟她最近遇到的挫折太多了……

又过了一炷香的功夫，远处的草原上终于隐隐约约地看见些星星点点的火光。赫连飞凤的心不禁狂跳了起来，多日的准备能否奏效就看这次伏击的成败了。与此同时，一直打着火把拼命奔逃的铁达喇一边狂奔一边听着身后震天动地的马蹄声，他知道蒙古人追得很急，便故意让部众放慢了速度，向着前方黑黝黝的山谷跑去。

他这么一慢，后边的蒙古追兵也跟着减慢了速度。把战马跑死是骑兵最不愿意的事情了。这么稍一耽搁，原本拖拖拉拉的蒙古兵很快就聚齐了。看着前边山谷那野兽大嘴似的轮廓，失吉忽秃忽并没有意识到自己已经犯了兵家大忌，他指挥着黑压压的大军再次发动了冲击，妄图把那些毁坏了他荣誉的党项人全都砍翻在地。

蒙古铁骑以冲锋的速度掠进了山谷，三万多骑兵顿时被拥挤在好几里长的山谷里，不由得降下了速度。时间一长，队伍渐渐地停了下来。失吉忽秃忽不禁骂道："前锋那些该死的家伙怎么不动了？跟怀了驹子的母马一样没用。"一员副将向他报告说："刚才前边来送信说，党项人在谷里堆满了乱树枝子，他们的路已经被堵住了，眼下正在清理。"

就在失吉忽秃忽不明白党项人为什么要拿这么多树枝来挡路的时候，一股烟味随着他心头越来越重的不祥之感传了过来。这时，他意识到党项人把他当成了美味的羔羊，就要开始烧烤他了。刚要下令退出谷去，头顶上雨点般的石块就砸了下来。队伍一下子无比混乱。失吉忽秃忽大吼着想让乱成了一团的士兵镇定下来，不料一块磨盘大的石头从天而降，把他砸了个粉身碎骨。

由于党项的弓箭手不停地射箭封锁了山谷的两头，所有妄图脱离火海的蒙古兵全都被射成了刺猬，山顶上的党项兵士不断地把事先准备好的枯枝干叶扔进熊熊燃烧的山谷，冲天的火舌不断地吞噬着山谷里徒呼奈何的蒙古人。赫连飞凤兴奋地看见山谷里的火越来越旺了，蒙古兵的惨嚎声和人马自相践踏的喝骂声清晰地传到了她的耳朵，伏击成功了！

　　第二天上午的时候，山谷里的战斗终于结束了。三万多精装的蒙古铁骑除了有一万多人拼死突出了重围外，其余的全都葬身火海。难闻的焦臭味随着风四处传播，好多党项人都被熏得大口大口地呕吐起来。赫连飞凤终于等来了在沙棘城下闹腾了一夜的巴燕行，知道他们已经安全地绕道回来了。她正要下令全军向党项新营地方向挺进，忽然间天色暗了下来，远处的天变成了昏昏黄黄的颜色，并快速地朝这里推进着。

　　这是大沙暴来临的预兆，赫连飞凤知道最多再有一顿饭的工夫，这里将笼罩在肆虐的黄沙里。她忍不住长叹了一声道："看来刚才我们过于残忍触怒了上天，赶紧防风吧！"

　　党项人仅仅来得及聚拢成堆，沙暴就来临了。呼啸的黄风带着毁天灭地的气势统治了一切，许多没来得及扎堆的人和牲畜被风刮着一路翻滚，渐渐地消失在漫天的风沙里。这场突如其来的沙暴彻底地破坏了党项人去跟党项新营地同胞会合的计划。等足足刮了一天的黄风在傍晚停歇下来时，发觉了上当的兀立不花和他的大军已经掉头猛赶过来，离这里只有几十里远了。最可气的是，那些火海余生的蒙古兵也重整旗鼓来给他们的同伴报仇了。赫连飞凤知道以自己的实力虽然可以击败失吉忽秃忽残余的兵马，但一旦开战就会被拖住，如果兀立不花赶上来合围，那自己的军队就会被彻底消灭了。咬了咬牙，赫连飞凤果断地命令道："继续西撤，顶着风走！"

　　望着渐渐消失在狂风里的党项人马，兀立不花迟疑了。前面不再是蒙古的国土，那里是许多伊斯兰部落组成的国家，他未取得命令之前显然不适合再继续追下去了。

　　兀立不花看着副将帖木儿说："我看你赶紧到中兴府亲自跑一趟吧，我领大军在此等候。要是赤老温将军下令继续进击的话，我再领兵追击不迟！"帖木儿行了礼刚要走却又被兀立不花给叫住了，他皱着眉指了指远处人肉烤炉似的黑石谷，说："走之前你最好先到那个地狱般的地方去看看，省得赤老温将军问你失吉忽秃忽是怎么打败了，你回答不上来……"

一路向西的赫连飞凤和拓跋部经过几昼夜的狂奔，终于看不见身后的蒙古兵了。他们渐渐地走出了沙漠和戈壁，来到了一块水草丰美的草地上。一条清清的河水静静地穿过草地流向了未知的远方。在牧人眼里，这简直就跟祖祖辈辈讲述的故事里描述的天堂一样。经历了生生死死之后，拓跋部的族人们情不自禁地欢呼着朝河边聚拢过去。赫连飞凤也来到了河边，在几个侍女用几件大袍子围成的空间里痛痛快快地洗了个澡。当她换好了衣服贪婪地呼吸着温暖而清新的空气时，忽然想道："我的逸豆你现在在哪里呀？是不是也跟我一样，为了跟那些如蛆附骨的蒙古人周旋，也很久没有想念我了呢？"

在各部统领的指挥下，党项的营地很快就扎起来了。帐房周围一缕缕袅袅升起的炊烟带来了久违的人间烟火气。赫连飞凤下令宰杀了一些牲畜，让包括妇孺在内的族人美美地吃了一顿。

下午，几乎所有的党项人都卸下了马鞍，让那些劳累过度的马匹轻松地吃着周围茂盛的青草和用骆驼奶油拌的熟黄豆。温暖的风撩拨起了困意，有几个族人躺在他们战马旁昏昏沉沉地睡去了。这一现象立即引起了多米诺骨牌现象，更多的人被连日来的奔波和战斗折磨得筋疲力尽。没过多久，连负责放哨的一百名士卒也先后睡着了……

赫连飞凤睡得很香，在梦里她看见拓跋逸豆向自己走来，二话不说便把她搂在怀里狂热地亲吻了起来。她热烈地迎合着他，两人渐渐地到了某种忘我的境界。拓跋逸豆在梦里远没有平时看上去那么的老成，他有些粗暴地扯开她的衣服，像个发情的儿马子那样粗暴地进入了她的身体。就在这时赫连飞凤却看见许多不相识的人围拢过来，嬉皮笑脸的在一边观看。

这一惊非同小可，赫连飞凤一下子醒了过来。她有些失落地抚摸着自己还在发烫的脸庞，回味着刚才那噬魂销骨的感觉。忽然她感到有些不对劲儿，在寂静的跟凝固了似的空气中隐隐传来一股杀气。

她站起身朝远处一看，原来他们已经在睡梦中被一支军队包围了。唯一值得庆幸的是这支军队显然不是穷凶极恶的蒙古人，这个几千人的队伍全都一个装束：头缠白巾一身白袍，外边罩着清一色的铁质锁子甲坎肩。手里拿的兵器也是装饰着花花绿绿飘带的长矛和弧度比蒙古弯刀还要夸张的半月形马刀。一个人骑马来到了包围圈里，身后一名带着金黄色长喇叭的人使劲地吹起了古怪的调子。所有的党项人都被惊醒了，虽然他们有的跟刚才的赫连飞凤一样正做着难以忘怀的绮梦。战斗的天性使他们迅速地拔出刀来跃上了身边的光背马，慢慢地把他们的女主人赫连飞凤和妇孺围在了当中。

对方虽然没有进攻，但却仍旧紧紧地围困着他们。对方那个拿着长喇叭的人大声地对他们喊了起来。因为语言不通，所有的党项人都紧紧地握着手里的刀，随时准备着厮杀。

一个曾经跟艾哈迈德到过西域的士卒跑过来对赫连飞凤说道："我的女主人，那家伙说他是大苏丹的卫士长。让我们赶紧离开这片属于大苏丹的土地！"

一看有人能听懂对方的语言，赫连飞凤顿时感到心里有了谱儿。她观察到对方几千的骑兵并没有多少战斗力，要真翻了脸自己的两万多党项精骑定能打垮他们。她对身边士卒说："告诉他们，我是大夏国的长公主、拓跋部的女主人赫连飞凤！我们因为被蒙古人追杀才逃到这里，并无意久留，请他们让我们在这里稍事歇息几天就会上路的。"那名士卒正要催马去传话却又被赫连飞凤给叫住了，她杏眼圆睁地补充道："你告诉他们，如果允许我们的要求，我们在临走时就会送上厚礼。否则我们的数万铁骑会跟他们拼死一战！"

没多久那名士卒就回来了，他望着赫连飞凤说道："女主人，那边带队的是他们的卫士长，说他们并没有恶意，他们只是奉了苏丹的旨意来看看，弄清楚是什么人突然出现在他们的土地上。您的请求他们实在做不了主，请您跟他们进宫去面见他们的苏丹陛下，一旦获得了许可，咱们就可以居住在这里了。"

赫连飞凤知道自己的队伍虽然能取胜一战，但要战胜一个国家却也是痴心妄想。看着周围的族人们期待的眼神，她慨然答应了对方的要求，在那名做翻译的士卒和巴燕行的陪同下换了男装，只带了两名护卫便跟着骑兵去觐见他们的苏丹了。

在风景如画的村庄和集镇里穿行了大约百十来里，都城到了。熙熙攘攘的人流和起劲叫卖的商贩使这里到处充满着和平繁荣的气息。苏丹的宫殿就坐落在城市的中心，宫殿高高的尖顶直插入云，尖尖的城垛后站立着手持长矛的卫兵。

通过足有几丈高的拱门，赫连飞凤终于走进了苏丹的宫廷。一个留着两撇两头高高翘起的小胡子的年轻人坐在大殿中央。他身上穿着华丽的织锦长袍，头上缠的丝绸头巾上别着一根华丽的孔雀毛，头巾正中一块大大的红宝石随着主人头颅的转动发出一阵阵迷人的光彩。

赫连飞凤被告知这就是大苏丹扎伊古，她赶忙不卑不亢地行了个礼，说道："尊贵的苏丹陛下，大夏国长公主、拓跋部世袭大首领拓跋逸豆之妻赫连飞凤前来打扰，望你宽恕！"

这位苏丹早就听说蒙古人入侵党项的事情了，他打量着赫连飞凤说道："你和你的几万名骑兵这样贸然地进入我的国家是一件很失礼的事情，我原本该发动大军消灭你们才是。"说到这里他叹了口气说："不过看在真主的面上，我就不追究了。我们都有着共同的痛苦经历，这更让我狠不下心来了。"

在接下来的谈话中，赫连飞凤通过翻译了解到，这位苏丹原来就是被蒙古人灭了国的花剌子模国苏丹摩诃末最小的儿子。攀谈中，两人因为共同的仇人蒙古人很快便达成了共识，扎伊古当即表示愿意让党项人在那块水草丰美的土地暂住一个月，粮食和一些急需的物品也可以由他来提供。

赫连飞凤知道这样慷慨的许诺背后一定隐藏着难以达到的要求，便躬身施礼说："没有青稞山雀不会在地里鸣叫，没有马奶酒客人不会自己醉倒。大苏丹对我们党项人这样慷慨，不知有什么要让我们效劳的呢？"

扎伊古苏丹掠着小胡子笑道："长公主真是一位直爽的人啊。我早就听说党项的铁骑在蒙古人崛起前是最最骁勇善战的，我的条件其实只是要你们党项人改变信仰，和我们一样信仰真主，然后和我去攻打我的宿敌安曼苏丹。联合我们两家的力量去打败那个老东西应该是件很容易的事情，到时候再给你们一块占领来的土地居住，不也是一件好事吗？"

赫连飞凤知道如果不答应这个会让族人流血的条件，他们便会失去这个难得的休养生息的机会。但如果答应又会迎来一场恶战，这个问题实在不好回答。

经过考虑，赫连飞凤答道："我们初来贵地就给大苏丹添了麻烦，为此我万分歉意。你的要求我回去跟部族里的各位佐领商议之后就答复您，咱们以三天为期行吗？"

扎伊古捻着胡子笑着说道："好的，如果三天后你们答应了我的条件，我一定会给你的族人送去最肥的牛羊和粮食。但如果结果不能让我在百姓面前交代的话，我就只好请你们上路了……"

赫连飞凤微微一笑，答道："好，就让我们以三天为限吧！"

扎伊古道："好，我就在这里等着你们的好消息！"

离巢的孤雁泪落两行，

为的是寻找那神圣的太阳。

命运的穹顶啊指向何方？

何处是我梦中的牧场……

第十二章　投奔异域

　　老妇人的歌声突然戛然而止，人们的思绪又从那铁血的年代回到了现实当中，回到了这座位于阿姆河下游、咸海南岸，今乌兹别克斯坦及土库曼斯坦两国之间的荒原上的营地里。流浪的党项牧人被她那苍凉的吟唱强烈地震撼了，小丘附近变得鸦雀无声。他们只觉得血管里的热血在奔涌，一种平时没有过的感觉在冲撞着他们身上的每一根神经。

　　天渐渐地黑了，不知谁率先点起了篝火，熊熊的火光把衣衫褴褛的老妇人映照得如同天神一般。跳跃的火苗发出了金红色的光线，明灭不定地照耀着，老牧人手里的羊皮地图也被镀上了一层光晕，散发着神圣的光芒。

　　两个党项女人默默地走到了老妇人身边，把一张摆满了酒食的条案放在了她的面前。营地里的人全都聚集在小丘旁不肯离去，祖先的传奇紧紧地牵动着他们的心，使他们感到刚才那场天崩地裂也不如歌中的故事那样令他们震撼，令他们心跳加速、呼吸急促。

　　老妇人接过一碗马奶酒，向遥远的远方举了举，便仰头喝了下去。

洁白的酒浆眼泪般地流淌，打湿了她身上破旧的袍子，也打湿了她腰间那块玉饰上的蓝色流苏。就在这时，一只迟归的雄鹰从人们的头顶飞过，一阵悲鸣打破了周围的宁静。在雄鹰那让人心碎的鸣叫声中，老妇人的歌声再次响起，显得更加苍凉。

> 陌生人许诺新的家园，
> 要用鲜血和信仰来交换。
> 绝望中聆听真主的召唤，
> 哪首歌能让我传唱千年……

安曼苏丹得知了老对手扎伊古要会合党项人来进攻的消息，一直忧心忡忡。他已经年过七旬了，膝下却连一个王子也没有，只有一个年轻的女儿。他担心战争会让那些一直觊觎王位的贵族有了可乘之机，郁郁寡欢和烦躁使得他寝食难安。

这一天老苏丹正在宫廷的花园里散步，一个士兵气喘吁吁地跑过来报告说："苏丹陛下，城门口拿住了一个党项奸细！"

老苏丹听了心里十分恼怒，用手杖指点着这个冒失鬼喝道："难道我在你的眼里就是管这样小事情的人吗？我的监狱或者是断头台都不足以对付一个奸细了吗？"

那名士兵赶忙解释道："尊贵的苏丹陛下，不是我要拿这样的小事情烦你。而是那个奸细确实非同一般呢！"

苏丹有点感兴趣了，他笑着问道："他难道像异教徒信奉的神一样，长了三个脑袋六只胳膊不成？"

那个士兵用有些委屈的腔调回答说："不，他只是在打伤了七八个士兵之后又打伤了大将军卡拉姆而已，没有三个脑袋……"

这番话果然引起了苏丹更大的兴趣，他不明白勇冠三军的大将军卡拉姆为什么会成了一个党项人的手下败将，于是歪着脑袋想了想后，便吩咐把这名奸细带上来亲自审问。

就在这个时候，一阵扑鼻的香风传来，老苏丹回头看见自己心爱的女儿阿布拉罕公主来了。公主娇滴滴地问道："父王，我刚才听说您要亲自审问一名连大将军都不是对手的党项奸细，我觉得这是这些日子以来唯一一件使我感到很有趣的事情，请您务必准许我观看这次奇特的审问。否则的话，我就三天不跟你说话！"

老苏丹听了苦笑着回答说："真主作证，全都是我宠坏了你。亲爱的女儿，你要真想听、真想看的话，便戴上那个面纱悄悄地躲在王座后偷看吧！"

工夫不大，那名党项奸细被好几名卫兵连推带搡地带到了苏丹面前。老苏丹端详了他一会儿突然问道："能告诉我你的名字吗？年轻人，你看来不像是个奸细。"

那名党项年轻人镇定自若地回答说："你的眼力真的很不错，苏丹陛下，我是一名追赶自己队伍的统帅，来到您的土地上没有任何的恶意。我叫拓跋逸豆，是大夏国世袭的拓跋部统领。"

老苏丹冲那几名士兵挥了挥手说："既然这位拓跋逸豆阁下说他没有恶意，那你们就赶紧解开他的绳子请他坐下吧。"士兵们七手八脚地解开了拓跋逸豆身上的绳索，并给他搬来了一把椅子。

拓跋逸豆感激地笑了笑说："苏丹陛下，请让您的士兵把我祖传的明光将军铠一并归还了我吧！"

苏丹不知道为什么对拓跋逸豆有一种特殊的好感，他笑着问道："你的铠甲这么有来历？可否给我讲一讲呢？你知道老人都有喜欢打听稀奇事件的毛病。"

拓跋逸豆点了点头，站起身来对老苏丹说："禀告尊敬的苏丹，说起这副铠甲还真是大有来历。想当初中原还是大唐时，我的远祖便跟随皇帝去远征，在一次战斗里为了解救御驾亲征的皇帝，他曾九次反复地在敌阵里冲杀。事后皇帝因为他的勇猛，便奖了一套明光将军铠作为传家之宝。这副盔甲制造得十分精美，以至于我的曾祖父在一次战斗中穿着这套盔甲突然出现在敌人面前，那些敌人还以为是天神临凡，一时间吓得四下溃逃，那场战斗也不战而胜。"

望着拓跋逸豆英俊刚毅的面容，听他讲述着铠甲的故事，阿布拉罕公主忍不住从王座后走出来问道："你能不能穿上这套铠甲给我们看看呢？我真的很想知道你穿着它的时候是什么样子呢。"

看见拓跋逸豆把疑惑的目光投向了阿布拉罕，老苏丹赶紧解释道："请你不要见怪，这是小女阿布拉罕。"

拓跋逸豆听了连忙正容答道："既然公主有命，那我就恭敬不如从命了！"说着示意那几个原本是押着他来到这里的士兵跟他去穿铠甲。

过了一会儿，拓跋逸豆便顶盔掼甲地走上殿堂，换装后的他果然是雄姿英发、跟天神下凡了一般。阿布拉罕公主啧啧地称赞了一番之后，悄悄地附在老苏丹的耳朵边说道："我要让他成为我的驸马，否则我就永远也不理你了！"

老苏丹听了眉头一皱说："阿布拉罕我的女儿，你怎么可以这样没规矩呢？"说完不再去看她，而是朝拓跋逸豆笑了笑说："如果我们能够友好地相处，我们定会成为朋友的。可惜你的人就要来攻打我们的国家了……"

拓跋逸豆不解地问："我们党项人一向跟贵国没有往来，没有往来又何谈仇恨呢？再者说我们眼下是败国亡家，哪里会主动生事、攻打他国呢？"

老苏丹叹了口气，把打探来的消息一五一十地告诉了拓跋逸豆。听完他的话，拓跋逸豆不禁悲从中来，眼圈发红地对老苏丹说："哎！要不是该死的蒙古人杀死了我的皇帝、强占了我的家园，我们岂能混到为了借地容身要替人厮杀疆场的地步呀！"

老苏丹听了也不胜唏嘘，他望着拓跋逸豆说："大首领，你看这样可好？我放你回到你的部族里去。你告诉他们，我愿意借你们一块丰饶的

181

土地存身。让他们不要替那个小人扎伊古卖命了。一旦开始战争，流血的将是我们，而窃笑的只能是扎伊古啊！"说到这里，他又看着拓跋逸豆补充道："只要你们肯改变信仰回到真主的光辉照耀下，我还可以让你在这片土地上成为你的部族首领，这总比你们现在到处漂泊的强呀！"

拓跋逸豆听了老苏丹诚恳的话十分感动，这个热血汉子马上躬身施礼说："请苏丹陛下受我一拜，并宽恕我甲胄在身不能全礼的罪过！"

老苏丹看拓跋逸豆答应了，眉开眼笑地点着头说道："拓跋大首领不必客气，只是……"拓跋逸豆看着苏丹吞吞吐吐的样子问道："陛下是不是还有什么话要对我说？"

老苏丹笑道："没什么，只是你的部下最近在一个红衣女将的带领下即将来袭，我想请你马上动身去阻止这场无谓的杀戮……"

拓跋逸豆立刻拱手道："既然如此，我就马上去找他们，希望我率部归来时苏丹陛下不要食言才好！"

苏丹正容道："我愿对着万能的真主起誓，如果我要是违背了誓言，死后便被伊布里斯（魔鬼）带到地狱里，永远受地火的煎熬！"

拓跋逸豆见苏丹发了重誓便放下心来，正要跟苏丹告别，却看见阿布拉罕公主婷婷袅袅地来到他的面前问道："尊贵的拓跋大首领，您愿意回答我两个问题吗？"拓跋逸豆当即点头回答说："公主请讲！"

阿布拉罕问道："你为什么会懂得我们的语言呢？"拓跋逸豆笑道："我一个儿时的好友就是西域人，小时候她教我西域话，我教她党项语，日久年深也就熟悉了。"

阿布拉罕用灼热的目光盯着拓跋逸豆再次发问道："你可曾婚娶？"拓跋逸豆正色回答道："回公主的话，我朝皇帝蒙难前曾将郡主赫连飞凤赐婚给我，她就是苏丹陛下刚才提到的那个女将！"

阿布拉罕仍旧不依不饶地问道："她可是你心目中最喜爱的女子？她有我漂亮吗？"

苏丹一看女儿问得越来越不像话了正要出声制止，那边拓跋逸豆却已经回答说："她对我有恩又有皇帝圣旨，注定成为我的正妻。她在我大夏也是出名的美女，姿色应与公主殿下不相上下！"说完不再等阿布拉罕再次发问便大踏步地走了。

望着拓跋逸豆消失在甬道里的背影，阿布拉罕撒娇地对苏丹说："我不管，我一定要他娶我为妻！"苏丹不知道该怎么样对付任性的女儿，只好推托道："人家有皇帝赐婚的妻子了，再说你也不能嫁给一个异教徒啊！"

阿布拉罕当即反驳道："你没听出来吗？他只是因为皇帝的圣旨才愿意的，可他的皇帝现在已经死了。再说他不是已经答应你改变信仰了吗？还说什么异教徒？"

苏丹听了一时间也无话可说，便自言自语地说道："这其实也不失为一个好主意，难道我的王位他也不动心吗？"

在扎伊古苏丹的王城外，党项大军已经整装待发了。经过几天的休整，疲惫不堪的拓跋部精骑又恢复了往日的雄风，一个个精神抖擞地端坐在马上，身后背着弓箭腰里挎着腰刀。连原本已经在战斗中有些污损的战旗也被洗涤干净，在风中猎猎地飘扬着，旗上的带翼苍狼显得格外的精神。扎伊古苏丹站在城墙上得意扬扬地看着党项大军，以为自己以毒攻毒的计策就要得逞了，便吩咐道："赏他们几头牛吧，这些就要去送死的党项人也该有顿饱饭吃才是！"

正在这个时候，拓跋部的一些士卒忽然间大声地欢呼了起来。赫连飞凤循声看去时不禁惊呆了，原来远处的大路上一个穿着明光将军铠的人手拿狼牙棒正飞奔而来。那个人正是她朝思暮想的大首领拓跋逸豆。

拓跋逸豆威严地朝那些族人频频地挥着手，赫连飞凤已经顾不得许多，拍马迎了上去，嘴里大声地叫着："逸豆！逸豆！"两人在万众注目下终于跑到了一起，彼此深情地凝视着对方，很久没有说出话来。

城墙上的扎伊古苏丹不明白下边到底发生了什么，便让手下的传令官大声问道："苏丹陛下问你们，为什么还迟迟不肯出兵？"

拓跋逸豆朝城上看了看，用熟练的西域话回答道："我是拓跋部的世袭大首领拓跋逸豆，待会儿要亲自去拜见大苏丹。出兵的事情请暂时押后吧！"

扎伊古一看来人坏了他的好事正想发怒，但一看到城下兵势浩大的党项人连忙咽回了已经到了嘴边的话。他讪讪地笑着嚷道："好，既然是盟军的大首领归来，我就在宫廷里恭候你的到来吧！"

拓跋逸豆跟着已经整装待发的拓跋部骑兵回到了营地。赫连飞凤一阵风儿似的扑进了他的怀里，抽抽搭搭地哭了起来。拓跋逸豆捧起她的脸安慰道："你现在可是咱们拓跋部的女主人，哭哭啼啼的多让人笑话！"

赫连飞凤被他说得不好意思起来，连忙擦干了眼泪破涕为笑说："你到底从哪里回来？身上的伤全都好了吗？"

拓跋逸豆一边跟铁达喇、巴燕行他们一一拥抱，一边讲述了自己这一段的传奇经历。当他说到完颜可心为了给自己医治创伤竟然自卖自身没了踪迹时，不仅仅是赫连飞凤，连巴燕行他们这些汉子也不禁泪眼双流。

听完拓跋逸豆讲述的在安曼苏丹那里的遭遇后，大家顿时打消了替扎伊古当炮灰的念头。拓跋逸豆吩咐赫连飞凤道："从咱们随身携带的财物里取出一些作为礼物吧，等一下我要亲自去拜望那位苏丹陛下！"

拓跋逸豆领着几员党项将佐出现在扎伊古苏丹的面前时，苏丹完全被拓跋逸豆所赠予的礼物给迷住了。一套大宋的青龙红花茶具和几根上好的野山参，一张老虎皮和几块龙眼大的南海明珠，把扎伊古看得眼花缭乱。他看着拓跋逸豆言不由衷地笑道："谢谢大首领的厚赐了。虽然这一回我没有在你的帮助下攻破安曼的王都，但却意外地跟他们罢兵讲和了。这对于那些惧怕战争的百姓和士兵可是个天大的喜讯呀！"

拓跋逸豆看见与扎伊古的谈判如此顺利也很高兴，再三地拜谢了他对族人的照顾后才告辞出来。回到营地没多久，扎伊古苏丹又派人送来了五十头牛和一百只羊作为回礼，拓跋逸豆厚赐了来使，把这些美味分给了族人。

族人已经跟过年似的开始杀牛宰羊了，妇女们生起了篝火准备着丰盛的晚餐。但拓跋逸豆心里总觉得哪儿有不对劲儿的地方，便对赫连飞凤小声说道："我看这个扎伊古苏丹先硬后软，恐怕会有什么不轨之心，咱们还是妥加防范为好！"

赫连飞凤听了深以为然地点了点头说："还是你想得远，要是我自己主事儿的话哪儿会想这么多！"拓跋逸豆苦笑道："我这也是吃亏吃多了才……"

当天晚上，狂欢了一天的党项营地终于安静了。除了几个哨兵在来回巡视着之外，偌大的营地里简直看不出有什么别的动静了。寂静的夜色中不时传来牲口的响鼻声和牧人的鼾声。仰望着月明星稀的苍穹，拓跋逸豆不禁想：慷慨的扎伊古不但通情达理地允许自己带队离开，还送来了牛羊，他开始怀疑自己最近是不是把人和事都想得太坏，他为自己之前的想法感到脸红，觉得自己将来一定要找机会厚报扎伊古苏丹。正想着，一阵喊杀之声突然传了过来。心怀怨恨的扎伊古果然悄悄地派兵包围了党项人的营地，想把他们斩尽杀绝。

党项人立刻反应过来，表现出了他们的英勇。按照拓跋逸豆事先的编排，一个圆阵很快就摆了起来。纷飞的弓箭不仅守住了阵脚，还杀伤了不少冲上来的阿拉伯骑兵。由于扎伊古苏丹亲自督战，阿拉伯骑兵还是一波又一波地发动猛攻。双方霎时间混战在一起，成了胶着状。

拓跋逸豆早就脱下了那套华丽的明光将军铠换上了拓跋部的牛皮甲。他骑着久别重逢的大青马闪电，平端着镔铁狼牙棒，威严地在圆阵里来回督战。他看着眼前的形势，决定先拿下志在必得的扎伊古。正当他的眼睛在对方的阵势里来回寻找着扎伊古的时候，那个倒霉蛋儿却自己来到了阵前，用马鞭指手画脚地指挥着手下冲锋。

看准了时机，拓跋逸豆猛地窜出了防御圈纵马直取扎伊古。拓跋逸豆的行动惊呆了所有的阿拉伯人，他们万万没有想到党项人的首领居然会单枪匹马前来进攻，一时间目瞪口呆地看着，错过了最佳的阻击时间。拓跋逸豆胯下的大青马绝非凡品，眨眼的工夫就窜到了敌阵前边。

扎伊古虽然被突如其来的拓跋逸豆吓慌了手脚，但碍于自己苏丹的身份却不肯贸然逃走，赶紧用马鞭驱赶着周围的卫士们前去迎战拓跋逸豆。哪儿知道那些不中用的家伙在拓跋逸豆面前全都失去了作用，很快就被打死了三四个，其余的也赶紧骑马躲开，不敢靠近这个凶神一样的党项人了。

扎伊古意识到自己的尊严远不如性命重要，但此时的他再想跑已经来不及了。拓跋逸豆旋风似的来到了他的面前，伸出有力的胳膊一下子就把他带离了马鞍。等苏丹扎伊古明白过来，拓跋逸豆已经把他牢牢地按在马鞍上，轻松地回到了自己的防御圈内。

扎伊古想：眼下除了哀求这位党项大首领高抬贵手饶自己不死外，真的没有好办法了。他拉下脸来对拓跋逸豆说道："大首领请听我说几句话怎么样？"

拓跋逸豆这时已经跳下了战马，一听他说话便站住了脚步，望着他冷冷地说道："你说话可以，但千万别欺骗我说你是来给我们送行的！"为了保命，扎伊古巧言令色道："大首领若肯饶了我的性命，无论什么条件我都可以答应！"

拓跋逸豆瞪着他看了几眼后说道："好吧，我等落难之人也不讲那些俗套子了，你只要保证从今以后再不跟我们为难就是了！"

扎伊古一看自己这么轻松地就被饶恕了，赶忙答应道："拓跋首领放心，我绝对不再跟你们为敌了。待会儿我除了羔羊美酒外，再送你们一些粮食，礼送你们出境……"

拓跋逸豆信不过他的为人，便沉声命令道："好，那你就向你所诚心信仰的真主起誓吧！"虽然不甘心，但扎伊古还是顺从地按照拓跋逸豆的要求郑重地起了誓。拓跋逸豆果然信守诺言，顺手牵过一匹马放他回去了。

　　回到自己的军队里之后，扎伊古心里恨得咬牙切齿，但他不愿意在部下面前公开违背誓言，只好派人给拓跋逸豆他们送去了羔羊美酒和一批粮食。拓跋逸豆倒是很给他面子，在阵前领着部众高呼："谢苏丹陛下的赏赐！"然后便不再停留，列队缓缓地撤走了。

　　安曼苏丹看到拓跋逸豆果然制止了一触即发的战争，心里十分高兴，但拓跋逸豆身后那数万骑兵和妇孺却让他隐隐感到有些不安。苏丹当即传旨，让拓跋逸豆带领族人在离城二十多里的一条小河旁边扎营，并派遣官员送去了很多的酒肉以示犒赏。阿布拉罕在城头看着拓跋逸豆被无边无际的穿着牛皮铠甲的骑兵簇拥着从城下经过，不禁春情荡漾，不能自已。但当她看到他身边的一匹桃花马上那个身材婀娜的赫连飞凤正穿着红衣、挎着腰刀、紧紧地陪伴着拓跋逸豆时，忍不住妒火中烧，莫名其妙地抬腿给了身边一个侍女一脚，骂道："看什么看！再看你会很短命的！"

　　在阿布拉罕公主的不断撺掇和要挟下，老苏丹也动了想招拓跋逸豆为驸马的想法。第二天，拓跋逸豆和赫连飞凤带着拓跋部的将佐们前来觐见苏丹时，老苏丹一边命令他的国相阿里和掌玺大臣设宴款待大家，一边亲热地拉着拓跋逸豆的手说："拓跋大首领，请跟我到后面来！在没人打扰的环境下我们才好敞开心扉好好地交心啊！"

　　他们出了正在欢宴的大厅，穿过花园来到了一个四面用白纱和镶着珠宝的垂挂遮掩起的小亭子里。侍女给他们献上了美酒后退出去了，老苏丹望着拓跋逸豆说："我很欣赏你信守诺言的大丈夫气概，也对你们大夏的遭遇深表同情。可你们这么多人全都涌到了我们安曼来，有些问题还是要提早解决才好，你说是吗？"

　　拓跋逸豆看着慈祥的老苏丹没有什么恶意，便拱手说道："我们的不期而至给您添了不少麻烦，一切就听凭陛下您做主吧！"听拓跋逸豆这样表态，藏在亭子外玫瑰丛里小石头凳子上的阿布拉罕十分高兴，她知道父亲很快就要把话题引到招驸马的事情上了。

果然，老苏丹笑着连连点头道："好，那我就直说了。在这里，所有的国家全都是万能的真主忠实的奴仆，你们应该尽早地匍匐在他的脚下才能取得这里的人们认可，否则他们会拿你们当作异教徒来对待的。"

拓跋逸豆想了想回答说："请苏丹陛下放心，我们既然已经投身到万能的真主光芒的照耀下的土地了，这应该不是问题，我待会儿就去跟我的族人们说吧！"

阿布拉罕在外边听见拓跋逸豆爽快地答应了这个条件，喜不自胜地用双手捂住了狂跳的心，生怕它因为激动跳了出来。在她看来这是她跟拓跋逸豆之间最大的障碍，至于那个穿着红衣的美女郡主赫连飞凤她倒没怎么放在心上。因为她觉得这世界上没有哪个男人能抵挡得了王位这样的巨大诱惑。

老苏丹笑盈盈地再次开口说："我已经老了，说不定哪一天就要被真主召回到身边去了。可我膝下无子，只有一个女儿。拓跋大首领你是一个不可多得的人才，我想让你成为我的驸马，以便日后继承这个国家的王位。你看如何？"

拓跋逸豆当然无法接受苏丹的美意，赶紧欠了欠身回答："苏丹陛下，我实在没法接受您的信赖，我已经有一个皇帝赐婚给我的正妻了。她在患难中一直率领着我的族人躲避着蒙古人的屠刀，我绝不可能抛弃她这样做的。"

苏丹傻了，外边偷听的阿布拉罕公主也傻了，小亭内的气氛一下子凝固了起来。阿布拉罕感到自己受到了有生以来最大的耻辱，她气恼地把脖子上的一串珍珠项链扯得四处飞溅，珠子滚得到处都是。苏丹叹了口气，仍不甘心地问："怎么？难道我至高无上的王位和美丽的公主都不能打动你这颗漂泊异域的心吗？"

拓跋逸豆知道这个时候绝不能含糊其词，便朗声回答道："我这次真的要让您失望了，我的苏丹陛下！等外边的欢宴一结束我就率领本部人马离开贵国，不再给您添麻烦了……"

就在阿布拉罕又气又急的当口儿，一个身材高大的人出现在她身边，默默地弯腰替她捡拾着地下散落的珍珠，他就是大将军卡拉姆。原来在小亭外偷听的人还有他，他庆幸地听到拓跋逸豆拒绝了苏丹传位的许诺，否则他真要调集人马在宫廷外伏击这个敢于抢夺他觊觎了很久的王位的人了。但他不相信拓跋逸豆的心会永远不为王位所动，万一他哪天想通了，自己多年来处心积虑的筹划岂不就付诸东流了吗？因此，他万分恼恨老苏丹，这老家伙宁肯把王位送给一个素昧平生的异教徒都不肯垂顾他这个王国的保护者，这个安曼王国的大将军。大将军卡拉姆感到自己浑身上下都被愤怒和仇恨剧烈地烧灼着，心里仿佛有一个声音在告诉他："毁掉一切阻碍你得到王位的障碍吧，管他是党项大首领还是老迈昏庸的苏丹！"

阿布拉罕瞥了一眼这个总是在自己身边献殷勤的家伙，卡拉姆立刻凑到她的耳边说："我有办法让公主殿下得到这个党项人的爱情，您要听听吗？"

阿布拉罕这时已经被爱情迷住了双眼，她顾不上害羞当即点头说道："如果是那样的话，我一定会报答你的！"

卡拉姆指了指仍在继续谈话的苏丹和拓跋逸豆，示意公主跟他一起到一边去。

在花园一角的喷泉下，卡拉姆笑着问阿布拉罕："你知道那个党项人为什么置你的美貌于不顾吗？"

阿布拉罕不屑地回答说："那还用问？当然是因为他已经有一个皇帝赏赐给他的妻子了！"

卡拉姆狡猾地一笑，又继续问道："你知道现在该怎么做才能使他回心转意吗？"

阿布拉罕很感兴趣地追问道："赶紧说吧，我都要急死了！"

189

卡拉姆看着一脸急不可耐的阿布拉罕公主说："你不了解遥远的大夏帝国，那里的人们把皇帝的命令叫作圣旨，所谓的赐婚也就是用这种叫作圣旨的东西把他认为合适的女人赏赐给有功的人。那个党项首领就是这样，不过好在赐婚给他的皇帝已经被蒙古人杀死了，要是……"说到这里他突然住了口，眼光闪烁地看着阿布拉罕，却不肯再说了。

阿布拉罕被他吊起了胃口，急得直跺脚，连声催促他赶紧往下说。卡拉姆这才神秘兮兮地继续说道："除非你设计弄死那个叫赫连飞凤的女人！"

阿布拉罕大吃一惊道："我的真主，随随便便地害死一个人，死后不会下地狱吗？再说一旦我们害死了他赐婚的妻子，那岂不是成了他的仇人了吗？"

卡拉姆奸笑着说："你想的太多了，我们只要把那个女人除掉，在王位和仇恨之间你说他会选择什么呢？"年轻的阿布拉罕相信了，她点着头看着卡拉姆说："你教我吧，我愿意这么做！反正除掉一个异教徒，真主是不会怪罪的！"

卡拉姆看着魂不守舍的阿布拉罕得意地想："你这头发情的母狗，我正愁找不到夺取王位的借口呢。你一旦毒死了那个党项人的女人我就趁机杀了所有的党项士兵，再把你和你那昏庸的父亲一起料理了。那时我再对外宣布你们死于党项人谋夺王位的混战，我这个平定混乱的英雄就理所当然的是新苏丹了！"

年轻无知的阿布拉罕公主轻信了卡拉姆的谎言，便按照这位居心叵测的大将军的授意去假意挽留党项人，恳请她的父亲允许他们暂时驻扎在城外休整。苏丹本来就打心里喜欢连王位都动摇不了誓言的拓跋逸豆，当即便答应了下来。他对拓跋逸豆说："年轻人，你们回去准备改变信仰吧！我的大教长朝圣回来就会去帮你们办妥这件事情的。至于河边那块土地你们就暂时住着吧，反正有你们在，我的王都也就更安全了！"

拓跋逸豆其实也正为如何去投奔建立了党项新营地的赫连斡罗而犯愁，一听苏丹愿意让他们暂时留下来，便高兴地给苏丹深施了一礼说："我的苏丹，我会永远铭记住您的恩德的，当您和您的国家需要我们党项人的时候，我和我的精骑将万死不辞！"

回到了营地里，赫连飞凤一边帮着拓跋逸豆卸下身上的牛皮铠甲，一边装出很随意的样子问："你这个呆瓜，听说苏丹要招你为驸马，并许给你王国，你怎么居然会拒绝呢？"

拓跋逸豆像不认识似的看着她正色答道："我不是已经有你这个正妻了吗？与此相比那个王位我不稀罕！"

拓跋逸豆的话令赫连飞凤十分感动，她扔掉了手里的铠甲，拦腰抱住了拓跋逸豆幽幽地说："能有你这句话我也就知足了，也不枉拓跋部的父老这些日子一口一个女主人的叫我！"说着眼泪就夺眶而出，打湿了拓跋逸豆的后背。

在这一段噩梦般的时间里，拓跋逸豆对赫连飞凤也渐渐地产生了浓厚的真情。他转身紧紧地搂住赫连飞凤的蛮腰，亲吻着她的额头说："我们一到达党项新营地我便正式迎娶你，到那时我们就把兵马交给赫连斡罗太师，咱们去找个水草丰美的地方牧马放羊。"

赫连飞凤被拓跋逸豆的话溶化了，她把自己发烫的红唇凑到拓跋逸豆的嘴边，撒娇地说："我要你吻我！"

狂乱的销魂之后，赫连飞凤用光洁的身子依偎着拓跋逸豆伤痕累累的胸膛，满脸陶醉的表情。拓跋逸豆望着帐篷顶喃喃地说道："我们找到了遮风避雨的地方，可心却也不见了。我估计她一个单身弱女子肯定是没命了，我要赶紧替她完成复仇的心愿，告慰她的在天之灵，这样我的心里才会安宁呀！"赫连飞凤点着头表示了赞同。

拓跋逸豆忽然翻过身把赫连飞凤压在身下又疯狂地亲吻了起来，赫连飞凤一边迎合着他一边不解地问："你这是怎么了？刚才我们不是还……"

拓跋逸豆牛喘着回答说："我才不管什么刚才不刚才，我只知道你是我的女人！"一时间赫连飞凤感到天旋地转，幸福的感觉让她甚至怀疑起这是不是又是一个美丽的绮梦呢？

当天夜里拓跋逸豆单枪匹马地走了。原来，他想利用部族在安曼的庇护下休整的机会，独自潜回故土去寻找兀立不花，为完颜可心复仇。赫连飞凤心里十分明白，他拓跋逸豆不这样做就会被誓言折磨得寝食难安，便在心里默默地叨念着，希望所有的神灵都保佑她的丈夫早日归来。直到现在，她才感觉到自己竟然是这样地依恋着他，哪怕离开一支箭飞出的时间也会感到备受煎熬。赫连飞凤望着营地四周陌生的城镇和远处遥遥在望的王都，心里怀念起雄伟的贺兰山和青青的牧场，心里渴望早日能跟拓跋逸豆去过那种牧马放羊的日子。

致命的毒酒闪着诱人的光芒，
蛇蝎般的笑容挂在脸上。
神祇你收回那个美丽的生命，
难道只是不忍再看她漂流异乡……

第十三章　宫廷政变

　　赫连飞凤知道拓跋逸豆的秉性，她没有去追赶他，心里也没有责怪他，而是陷入了拓跋逸豆对她那浓浓的爱意的回忆之中，她忍不住想道："自己现在终于获得了梦寐以求的爱情，就是死也值得了！"脑子刚转到这里，她又觉得太不吉利了，连忙用手捂住了自己的嘴，幸福地想："我才不死呢，我的逸豆还等着我去跟他牧马放羊，最好再养上一大群的娃娃，那才够味！"

　　在等待拓跋逸豆归来的日子里，赫连飞凤始终跟族人们混在一起，不是在练习着骑射拼杀的士卒面前演示一下纯熟的武艺，就是干脆跟那些平时一见到她就躬身行礼的妇女们坐在帐篷前谈天说地，当然也包括谈论自己的男人。

　　这一天，赫连飞凤正兴致勃勃地看着几个孩子在玩耍打闹，巴燕行和铁达喇急匆匆地朝着她走了过来。两人恭恭敬敬地给她行了礼，巴燕行面带疑虑地说道："尊贵的女主人，我和老铁刚才在草原上射猎时看见足有一万多骑兵在我们附近的山坡后扎下了营盘，不知道他们会不会做出什么对我们不利的事情来！"铁达喇也跟着补充道："我看起码是来监视我们的！"

赫连飞凤听了心里也隐隐感到一丝不安，但脸上依旧波澜不惊地回答说："我们好几万人借宿在人家的王都城外，人家有点戒心也是情理当中的。我看这样吧，从今天开始你们俩每天轮班，让一万精骑枕戈待旦，小心戒备，万一真有什么事儿也不至于措手不及就是了。"

三个人正说着话，一个士卒来报告说苏丹的女儿阿布拉罕公主来看赫连飞凤，已经到了营门前了。赫连飞凤听了赶紧说了句："我马上就去迎接公主殿下！"说完转身就走，在走出了几步之后突然又折回来对巴燕行和铁达喇说："刚才商议好的事情今天就开始办吧！防人之心不可无呀！"

阿布拉罕公主坐在由几个强壮的黑奴抬着的金碧辉煌的软榻上，赫连飞凤见后赶紧躬身施礼道："不知公主大驾光临，有失远迎，还望公主多多恕罪！"

阿布拉罕听了满面春风地笑着示意黑奴放下了软榻，在一个女奴的搀扶下千娇百媚地站了起来。阿布拉罕打量着赫连飞凤亲热地走上前去拉住她的手说道："赫连姐姐，你真是越来越漂亮了！"

赫连飞凤听了不好意思地逊谢道："公主哪里的话，您才是我见过的女人里最美的！"

公主听了这话，脸上的笑容更加甜蜜了，心里暗暗地想："不识好歹的党项野女人，早知道本公主比你漂亮还不把丈夫让给我，害得我还得动你的脑筋！"嘴里却按照大将军卡拉姆教的话说道："今天宫廷里要举行欢宴，我父亲想请你们一起参加。正好我闲来无事，便亲自来到你的营地来发出邀请了。"赫连飞凤尽管不喜欢什么欢宴，但实在不好推辞，稍一犹豫便一口答应了下来。

欢宴在掌灯的时分开始了，头戴金盔的二十名甲士拿起长长的喇叭吹奏出一阵响亮的旋律，打扮得花团锦簇的客人们陆陆续续地走进了大厅。在司仪官大声地唱出他们的头衔和名字时，那些喇叭便会立即吹响，气氛十分热烈。

焦急的等待中，阿布拉罕终于听见门口传来了大声的通禀："大夏长公主、拓跋部女主人赫连飞凤及拓跋部三位头领觐见！"

阿布拉罕顺着声音一看，果然是穿着一身红色衣裙的赫连飞凤在身着党项皮袍的三位头领陪同下来到了面前。苏丹等他们见了礼，便笑眯眯地指着一张离王座很近的长几说："请吧，美丽而尊贵的客人！但愿我们的美酒佳肴能使你们身心愉悦！"趁着赫连飞凤朝座位走去的时候，阿布拉罕偷眼朝大将军卡拉姆的座位看去，只见卡扎姆微笑着点了点头，起身走了出去。

在客人们的惊叹声中，几个健壮的黑人赤裸着上身抬着一个巨大的铜盘走到了众人面前。典膳大臣给苏丹和周围的人们行了个礼，大声叫道："五位厨师精心制作的烤全驼！用了一百多种作料和十几种油精心烤制而成，愿苏丹陛下赏光！"随着他的喊声，两名身着纱裙的侍女走上前来，用餐刀割下几块最好的肉放在了苏丹的面前。老苏丹抓起一块往嘴里一放，尝了尝大声赞叹道："好！味道很不错！"

随着他这句话，宴会的序幕就此拉开了。一大群侍女开始涌上来给各自服侍的客人割肉。骆驼肉的香气顿时弥漫了整个大厅。随着典膳大臣一声声的叫喊，各种美味佳肴纷纷上了桌，菜式的繁多让客人们感到目不暇接。

当典膳大臣替苏丹连着敬了三杯酒之后，所有的宴会程序算是走完了。大家都轻松地举杯轻酌慢饮，尽情地享用起苏丹陛下赐予的美食来。这时，一个士兵突然走到了公主的面前对她点了点头。这是阿布拉罕和卡拉姆约定的暗号，表示他那里已经完成了对党项人的包围，就等着阿布拉罕这里动手了。

阿布拉罕用有些颤抖的手从怀里摸出了一个镶金嵌玉的小银瓶，把几滴致命的孔雀胆混进了自己面前的金酒壶。她笑着站起身来到了正在享用美食的赫连飞凤面前，亲热地说道："赫连飞凤姐姐，请您和您手下的这几位党项勇士品尝一下来自大海彼岸的罗马的葡萄酒。要知道这样的机会可是不多呀！"说着话，她亲自给赫连飞凤和几位党项统领倒起酒来。由于紧张，她的手不停地颤抖着，被她的盛情感动的赫连飞凤等人却没有注意到这一点。

望着杯子里红玛瑙般的酒浆，赫连飞凤站起身笑着说道："尊贵的阿布拉罕公主殿下，我和我族人深感您的盛情，就让我借用您这杯珍贵的葡萄酒来表示对您的感谢吧！"

阿布拉罕看着赫连飞凤仰脖儿喝下了杯里的毒酒，赶紧强压着就要跳出胸膛的心脏，把一个尽量做出来的甜美的笑容堆在脸上，对赫连飞凤旁边那三名统领说道："你们也请吧，没看见你们的女主人是多么的豪爽吗？"三个党项人见她这样说，便都逊谢着喝干了杯里的酒，还按照党项人的习惯朝她亮了亮杯底儿。

看见阴谋已经得逞，那名前来示意公主阿布拉罕动手的士兵立即转身走了。

与此同时，大将军卡拉姆在夜色的掩护下，率领着三万精兵悄悄地包围了已经灯火稀疏的营地。卡拉姆坐在马上焦急地向着王都的方向张望着，他在等待着亲兵来向他报告阿布拉罕投毒成功的消息。终于，一阵细碎的马蹄声隐隐约约地从夜幕深处的王都方向传了过来，一个模糊的影子随着距离的缩小也渐渐地清晰了起来。

当那个骑马的人终于来到了他的面前时，卡拉姆迫不及待地抓住了那人的衣领问道："怎么样？公主那里得手了吗？"在得到了肯定的答复后，卡拉姆"刷"的一声拔出了新月形的弯刀朝着党项大营的方向一挥，并大声地喊道："冲进去杀死党项人！愿真主保佑你们！"那些已经等得有些不耐烦的骑兵们立即刀枪并举，催马朝着毫无觉察的营地冲去。

在党项的大营里，巴燕行和铁达喇这时都还忙着落实赫连飞凤临行前嘱咐的事情，一万名党项精骑全都披着甲在帐篷里假寐。他们头下枕着自己最趁手的兵器，随时准备迎战可能出现的敌人。巴燕行忙活了半天有些累了，他伸着懒腰对铁达喇说："老铁，咱们今晚是不是该弄点酒来提提神呀？"

铁达喇正要搭腔，忽然一丝细微的声音随着轻柔的夜风传进了他那猎人独有的敏感耳鼓。他立即把食指放到了嘴前做了个噤声的动作，然后麻利地趴在地下把耳朵贴在地上仔细地听了起来。过了一会儿，铁达喇触电似的爬起来对巴燕行嚷道："不好，最少有一两万骑兵朝我们来了！"

巴燕行正要让他再仔细听听，阿拉伯人的喊杀声已经可以隐约听见了。两人互相望了一眼，便都朝着自己拴在不远处的战马跑去。巴燕行从腰间拿出牛角号"呜呜"地吹了起来，铁达喇铜钟般的声音也开始大声地向族人发出了危险迫近的警告。

当那一万名骑兵拿着兵器纷纷跑向自己的战马时，身穿阿拉伯白袍的骑兵已经拉倒了营地四周的木栅，潮水般地涌进营地。尽管党项人不算是毫无防备，但这次攻击毕竟来得过于突然了一些。还没有组织起有效的抵抗，许多党项人就被砍死在乱刀之下。

那些没有被选中参与今晚高度戒备的族人更惨，很多人还没钻出毡房就稀里糊涂地被忽然而至的弯刀砍下了头颅。还有的被困在那些阿拉伯骑兵拉倒的帐篷下，在惊愕中被飞驰而过的战马踩成了肉泥。

双方混战了大约一顿饭的工夫，党项人才逐渐从惊愕中清醒过来。他们开始一边凶猛地砍杀着面前的敌人，一边慢慢地聚拢在巴燕行和铁达喇的身边。他们已经被死死地围困在一块方圆不足一里的空地上，四周全是身穿白衣的阿拉伯人。

卡拉姆事先布置在离党项营地不远处的那一万人也出动了，他们没有参与这边的战斗，而是迅速地合围了党项人的妇孺。用渐渐缩小的包围圈把他们压缩在了一起，这边不断传出的叫骂声、哭泣声和那边激烈的喊杀声彼此呼应着。巴燕行看着眼前不利的局面皱着眉对铁达喇说：

"今天我们这亏是吃定了，你在这里拖住那些该死的。我带一些人冲出去救援女主人！"

就在卡拉姆率领着大军偷袭党项大营的战斗进行到最关键的时候，宫廷里的赫连飞凤喝下的那杯毒酒药性发作了。一阵眩晕伴着越来越强烈的腹痛让赫连飞凤感到头越来越沉，周围人说话的声音像是从很远的地方传过来的，他们的面貌也逐渐地模糊了起来。她强撑着朝身边的那几个同伴看去，发现他们也面色惨白满脸痛苦的样子。赫连飞凤意识到自己被暗算了，阿布拉罕公主敬给他们的酒一定有问题。

当投毒这个字眼出现在她脑海里时，她感到自己已经被剧烈的疼痛包围了，生命也像马头铜壶里倒出的马奶酒一样，正渐渐地离开她的躯体。她挣扎着想拔出刀来去找那个口蜜腹剑的阿布拉罕，问问她为什么要破坏她那几经波折才终于获得的爱情以及泯灭了自己憧憬了很久的牧马放羊的浪漫生活。但剧烈的毒药已经完全吞噬了她的力量，随着手里的钢刀"当啷"一声落在了地上，她也带着极大的遗憾倒了下去。在离开这个世界的最后时刻，赫连飞凤仿佛看见了拓跋逸豆正在从远方匆匆地赶来，拓跋逸豆的身后是雪白的毡房和无数的牛羊……

发生在众人面前的惨剧让人声鼎沸的欢宴一下子静了下来，所有的人都吃惊地看着双目圆睁的赫连飞凤和他身边垂死挣扎的党项人。老苏丹感到万分震惊，他拍着桌子问道："这一切都是谁干的！难道他就不怕真主的惩罚吗！"阿布拉罕公主在众目睽睽之下感到自己像是被众人看穿了似的，瑟瑟发抖说不出话来。

就在大厅里充满了难堪的寂静时，一个声音突然传进了大家的耳朵里："各位，下毒的不是别人，正是我们的公主阿布拉罕殿下！"大家朝着声音传出的方向看去，只见大将军卡拉姆穿着全副的甲胄出现在众人的面前。他的身后是一大群拿刀的士兵，呼呼啦啦的竟有百人之多。老苏丹气愤地指着他喝道："卡拉姆，你凭什么说公主就是投毒的人！"卡拉姆笑道："因为这毒是我让她下的！"

在卡拉姆的逼视下，老苏丹感到自己的权威在他身后的那些士兵的刀剑下悄悄地溜走了，原本准备怒斥卡拉姆的话也一下子忘得干干净净。好半晌，他才用一个垂暮老人那样发颤的声音问道："你为什么要这样做？"

"因为我已经把渗透到我们国家来的党项人斩杀殆尽了！因为苏丹陛下你就要宣布我是你的驸马了！因为我从现在起就是管理国家的摄政王了！只有我才能保证你和公主的安全……"卡拉姆眼里冒着嗜血的凶光大声说道。

阿布拉罕感到自己受骗了，她嘤嘤地哭泣着想要争辩。卡拉姆却走到她身边柔声说道："从现在开始你要记着顺从我，否则你挨了我的鞭子之后还要去干女奴的活儿！如果听我的话忘掉那个已经是单枪匹马的党项人，我还可以接受你当一只跟我上床的狗！"

阿布拉罕屈服了，因为她实在不愿意去干那些女奴们所从事的活计。无奈之中，苏丹也只好同意把公主嫁给他，并由他担任国家的摄政王。

拓跋逸豆自动离开了营地后，化装成一个阿拉伯人一路东来。在悄悄地俘获了几个落单的蒙古人之后，他遗憾地得知：自己的仇人兀立不花已经被新继任的大汗窝阔台召回了斡难河畔的老营。自己孤身一人去蒙古人的老巢里寻仇显然不是一个好办法，拓跋逸豆怀着失落的情绪踏上了归途。当他骑着大青马闪电经过一个个已被蒙古人控制的城市和村庄时，灰暗的情绪始终萦绕着他，就像塞进一团挥之不去的阴云一样，心里很不舒服。

在经过昔日由好友嵬名朗月驻守的黑水城时，他决定去拜望一下老友的坟墓。当他在难民成堆的黑水城门口盘算着该怎样混进城里去时，忽然听见一个熟悉的声音叫着他的名字。这是完颜可心的声音，虽然他已经很久没有听到这个声音了，但这个声音却早就融入了他的血液里。拓跋逸豆勒住马朝前边一看，只见一个蓬头垢面的乞丐正在静静地注视着自己。在根本看不出本来面目的脸上，有一抹令他刻骨铭心的微笑，拓跋逸豆立即认出这个人就是他一刻也不敢忘怀的完颜可心。

他大叫一声跳下了马，一双有力的臂膀把这个肮脏不堪的人紧紧地搂在了怀里。可心用同样污秽不堪的手拦住了拓跋逸豆，笑道："不要这样，一个阿拉伯商人在城门口搂抱一个男女都难以分辨的乞丐，会引起那些好奇心很重的蒙古人的兴趣的！"拓跋逸豆却不管这些，紧紧地抱了抱她之后，两膀一用力便把可心放在了闪电的背上，自己也随即翻身上了马，挥动马鞭让闪电风一样地朝着跟城门相反的方向狂奔而去。

出了原来属于党项的土地之后，拓跋逸豆在一座集镇里给可心买来了新衣服，还让她在客栈里梳洗沐浴了，之后他们又上路了。在路上可心告诉拓跋逸豆，自己原本一直是打听着他的踪迹乞讨而来，但后来听说蒙古人停在过去的党项边境不走了，便留在这里进一步地打探着拓跋逸豆的消息。一来是身无分文，二来是自己的相貌过于引人注目，可心便当起了蒙古人看都不愿意看的乞丐。今天正好赶上蒙古人大肆驱赶城里的乞丐才被撵出了城来，不想却意外地跟拓跋逸豆重逢了。

拓跋逸豆听了十分感动，忍了半天才没让越来越多的泪水流出来。为了不让可心看到自己眼睛里充盈着的眼泪，拓跋逸豆马上改变了话题问道："你是怎么离开那个买你的商人的？难道是他发了善心把你放了？"

可心妩媚地一笑，答道："他可没有你说的那种善心，还多次扬言要娶我做他的小妾呢……"

拓跋逸豆回头望了可心一眼，奇怪地追问道："那你一定是逃出来的喽？"

可心摇了摇头回答说："也不全是。我到了商人家没过多久，那个色目商人的寓所突然遭到了洗劫。那天夜里，上百名蒙古兵打破了大门，拿着弯刀闯了进来。原来，这个色目商人的财富终于引起了蒙古守将的垂涎，随便安了个罪名之后便带兵找上了门来。抢劫中，那个商人当场死于非命，我趁乱逃了出来，然后就急匆匆地去当初落脚的地方找你。结果那里已经是人去楼空，所以就只好一边打听着消息一边向西寻找了。"

拓跋逸豆问清了可心离开云州的时间后，不禁喟然长叹道："其实那时我仍旧在云州城里，还多次去找你……"

唏嘘了一阵之后，可心不解地问："听说你们已经到了遥远的西域，你为什么会出现在蒙古大军驻守的黑水城外？"

拓跋逸豆回答说："部众由赫连飞凤统领着在安曼苏丹的庇护下休整，我是来找那个叫兀立不花的蒙古人的。我原本以为你早就死在乱军之中了，想要替你报仇告慰你在天之灵，就来到了这里。谁知道那小子已经离开这里，到斡难河畔去祝贺他的主子窝阔台荣登大汗的宝座去了！"

可心看见拓跋逸豆居然不远千里万里的来给自己报仇，心里顿时涌上了一股暖流。她一下子从后边抱住了拓跋逸豆宽阔结实的后背，流着眼泪说道："我再也不让你替我报仇了！"

拓跋逸豆听了不解地问："为什么？"可心答道："没什么，我已经失去了这世界上所有的亲人，再不想失去你了！"

拓跋逸豆笑道："放心吧，我命大！"说到这里他又郑重地补充道："不管怎样，我要杀死兀立不花的誓言是不能改变的！"

可心叹了口气，不再沿着这个话题跟拓跋逸豆争论了，她对拓跋逸豆说："咱们必须尽早赶回去，因为这几天黑水城里一直盛传着一个消息，说蒙古大军正准备横扫西域，前锋很快就要出动了。咱们得早一点为此做准备才是，别总是想着报仇的事情了！"

拓跋逸豆听了淡淡一笑，算是接受了可心的劝告。在接下来的路途上他们一直催马疾行，准备尽快赶回安曼的营地去。趁着蒙古人合围之前，把人带到党项新营地去投奔赫连斡罗。

又走了三天，一支骑兵突然出现在远处的地平线上。拓跋逸豆赶紧远远地离开大路准备躲避他们，眼尖的可心却指着队伍里的一面旗帜喊道：“苍狼旗！那是党项人的队伍！”拓跋逸豆定睛一看，只见队伍里的兵士们大多穿着拓跋部特有的牛皮甲，还以为是赫连飞凤派来迎接自己的队伍，便纵马迎了过去。

那的确是拓跋部的兵马，是在卡拉姆的包围圈里突出来的幸存者。他们在拓跋部硕果仅存的两位统领巴燕行和铁达喇的率领下，一路逃出了安曼的国土，准备寻路前往党项新营地。拓跋逸豆和可心的出现让他们发出了几天来的第一次欢呼，他们每一个人都坚定地认为：大首领回来了，他们的心里有主心骨了。

巴燕行和铁达喇双双滚鞍下马，跪倒在拓跋逸豆的马前。拓跋逸豆刚一下马两人就上前搂住了他的双腿，放声大哭了起来。拓跋逸豆感到一定发生了什么大事，赶紧弯腰扶起这两个人，焦急地问道：“怎么没看见赫连飞凤？你们的女主人她在哪里？”

巴燕行跪在地上哭道：“女主人她被安曼的公主阿布拉罕下毒害死了！大将军卡拉姆带领数万大军偷袭了营地害死了我们很多人，当时草地上的鲜血连马蹄都染红了……”

拓跋逸豆终于明白了他走后发生的事情，他再也控制不住自己的情绪，面朝着蔚蓝的天空叫了声：“飞凤！”便口吐鲜血倒在了地上。等众人七手八脚地把他扶着坐了起来的时候，拓跋逸豆泪眼模糊地推开了众人，窜上马就要去找卡拉姆报仇。完颜可心挺身站在他的马前，大声断喝道：“拓跋逸豆！你不是一个可以随便把自己生死置之度外的匹夫，你是拓跋部的首领！你现在必须冷静下来，要知道还有那么多的族人等你去营救呢！”

拓跋逸豆被可心的话击中了要害，默默地下了马独自一人坐在一块大石头上，望着天空发起了呆来。巴燕行和铁达喇正要上前去解劝，却被可心用坚决的目光给制止了。可心指着自己的脑袋又指了指拓跋逸豆，巴燕行顿时明白了她的意思。

铁达喇趁着可心拿着水囊朝拓跋逸豆走去的功夫，小声问道："刚才可心姑娘是什么意思？"巴燕行看了同伴一眼回答说："他是说大首领正在动脑子，让我们不要去打搅他。"

拓跋逸豆一直像石雕似的坐在那里纹丝不动，可心指挥着骑兵们下了马，一边放马去吃草一边让他们四处去收集干柴，点火做起了饭来。铁达喇摸不着头脑地看着可心说道："这会儿做什么饭，谁也没心思吃的，还不如……"可心肯定地回答说："你放心吧，吃完这顿饭，他的主意也就想出来了……"

快到下午的时候，拓跋逸豆终于有动静了。他站起身来到可心面前，面无表情地说道："我饿了！"可心赶忙把一块烘热的干牛肉塞到了他的手里，用鼓励的语调望着他说："吃吧，吃饱了才好去给郡主报仇！"

拓跋逸豆用毫无感情色彩的声音对傻呆呆地看着自己的巴燕行和铁达喇吩咐道："让大家都吃点东西吧！"便躺在地上慢慢地撕咬起手里的干牛肉来。

吃过了牛肉的拓跋逸豆翻了个身呼呼地大睡了起来，可心知道拓跋逸豆这是在养精蓄锐，便压低了声音对两位统领说："去吩咐大家都赶紧休息，待会儿大首领一醒就没机会了！"

天刚一擦黑，拓跋逸豆果然醒了过来。他翻身跃上了马背，默默地从巴燕行手里接过了镔铁狼牙棒，大声对周围渐渐聚拢过来的部众们说道："儿郎们！拿起你们的刀跟我走，咱们趁着黑夜的庇护悄悄地摸回安曼的王都去，杀死那里所有喘气的家伙，救回我们的人！"说完这番话，拓跋逸豆拨转马头朝着王都的方向缓缓地走去。被强烈的复仇欲望所支配的不到五千党项人，默默地跟在他们的大首领身后，坚定地朝着来时的路走去。

誓言是天神的承诺，

邪念是魔鬼的报偿。

复仇的火焰把仇人烧死，

新苏丹带来生的旨意……

第十四章　苏丹登基

　　这时安曼的王都内发生了重大的变故，野心勃勃的大将军卡扎姆才当了没几天的摄政王，就干脆杀死了老苏丹篡夺了大位。王族的几个近支的贵族立即逃亡各地，很快就拼凑了一支队伍来攻打王都，要给老苏丹复仇。经过一场激烈的战斗，卡拉姆终于打败了前来勤王的军队。他下令四处捉拿那些敢于反抗的贵族，之后便怒气冲冲回到了王宫。

　　刚当了苏丹王后的阿布拉罕正在为失去了父亲而悲痛欲绝，没防备新苏丹卡拉姆闯进屋来一把抓住了她的头发拖着便走。在阿布拉罕的惨嚎声中，卡拉姆终于把他的王后拖到了大厅里的宝座前。他用力提起了满脸泪流的阿布拉罕，可怜的新王后跟跟跄跄地站在卡拉姆的面前。卡拉姆腾出手抓住她的衣服猛地一撕，撕下了长袍的整片前襟。阿布拉罕惊恐地用双手护住了裸露在众人面前的双乳，刚要开口询问，卡拉姆却已经把马鞭子拿在了手里。

　　在卡拉姆的狞笑声中，皮鞭呼啸着打在了阿布拉罕白皙的皮肉上。阿布拉罕自出娘胎还没有挨过打，身上的鞭痕顿时就v渗出了血来。她疼

204

得又哭又蹦，连暴露在大庭广众之下的乳房也顾不上了。卡拉姆眼睛充血地看着眼前的场面再次挥动了皮鞭，随着"啪"的一声脆响，又一鞭子狠狠地抽在了哭喊着妄图躲避的阿布拉罕身上。

卡拉姆恶狠狠地叫道："刚才第一鞭子是报答你的叔叔领兵来对付我！第二鞭子则是用来酬谢你推波助澜的舅父。"说完他又挥起了鞭子，阿布拉罕像疯了一般扑过去抓住了卡拉姆的双腿，吻着他的鞋哭喊道："不要打了，我实在是受不了了！"

"啪"的一声，卡拉姆的鞭子打在了阿布拉罕面前的地板上，他懒洋洋地回答说："我原本是想用这一鞭子告诫你不许再想那个党项小子，既然你已经知道了我马鞭的厉害，就饶你一回吧！"卡拉姆说完却没有得到匍匐在脚下的阿布拉罕的任何回应，当他低头去看时才发现，阿布拉罕已经吓晕了，身上唯一剩下的纱裙也被尿湿了一大片。他悻悻地抡了一下鞭子，对周围战战兢兢的侍女们说道："赶紧把这个肮脏的女人带下去治伤！"

从此，卡拉姆执意不肯再到后宫去跟阿布拉罕共寝了，在他看来，女人只不过是用来发泄愤怒或是享受愉悦的奴隶，只有面前的王座才能实实在在地满足他心里无穷无尽的欲望。他让随从拿来一块毛毯，斜靠在宽大的宝座上闭上眼睛开始休息了，卡拉姆觉得没有比睡在王座上更让他踏实的了。

天就快亮了，守卫城门的士兵和前来换班的同伴一起费力地推开了沉重的城门。早就守候在外面的商贩和四周等着进城的百姓开始慢慢地朝着城门走来。一个壮汉大摇大摆地来到了一个士兵面前，突然拔出一把寒光四射的刀喊道："见你的真主去吧！"就挥刀砍掉了这个睡意蒙胧的士兵的脑袋。那个士兵身后的另一个士兵一边大叫着："党项人来了！"一边飞快地跑了。其他的士兵虽然还没弄明白发生了什么，但在求生本能的驱使下全都朝着城里跑去。

那个大汉不是别人，正是拓跋部的统领铁达喇。他看着狂呼而逃的阿拉伯人就这样把城门扔给了自己，赶紧对着城外黑乎乎的空地嚷道：

"城门已经到手了，快进城呀！"随着他的喊声，黑暗中窜出了一支人马，队伍催马来到了城门下。在牛角号的呜呜声里，拓跋逸豆带着奔袭了一夜的拓跋部人马，无声无息地冲进了城里。

由于在这里待过一段时间，熟门熟路的党项人很快就来到了苏丹的王宫外。数百名精心挑选出的弓箭手充分地发挥了党项人善于骑射的优势，用密集的箭雨把妄图施放滚木礌石的王宫守卫压制得不敢抬头。

一群赤裸着上身的壮汉在盾牌手亦步亦趋的保护下把一座用大树临时制造的攻城车推到二楼近前，一下一下地撞击起宫门来。每当沉重的树干撞在厚重门扇上时，都会发出一阵闷雷般的响声。十几下之后，木门跟他们归天不久的老苏丹一样呻吟着轰然倒地。复仇心切的党项兵全都跳下马，快步冲进了宫廷。

在王座上做着美梦的卡拉姆被党项人撞击大门的声音惊醒了，他下意识地看了看自己的双手，仿佛那上面还沾有党项人滚烫的鲜血。他声嘶力竭地叫卫士长带领着人去增援，自己却登上了王宫最高处的塔楼，四下里寻找着闻讯前来救驾的队伍。很快他就失望了，因为火光冲天的王都里到处都是横冲直撞的党项人，他们手里的刀在火光下不时发出耀眼的反光，可他的队伍却没有一点儿影子。卡拉姆猛然间想起，自己下午就把自己的队伍全都派到附近的乡镇搜捕造反的贵族去了，就算这时听到消息往回赶只怕也是来不及了。

拓跋逸豆一看王宫的大门已然洞开，便打马直闯进去，手里的狼牙棒不再分辨遇到的是不是拿着武器的士兵，全都无一例外地敲碎了他们的天灵盖。党项人的眼杀红了，他们全然无视王宫里俯拾即是的金银财宝，一味疯狂地追杀着他们所遇到的每一个活人。

卡拉姆在这种情况下放弃了逃走的念头，他迅速地来到寝宫，二话不说拉起正躺在床上养伤的阿布拉罕，重新回到了塔楼上。党项人很快就占据了大厅，他们拿着刀四处搜寻起可以供他们砍杀的对象来。拓跋逸豆拎着狼牙棒来了，正巧一个惊慌失措的侍女一头撞在了他胸前的牛皮甲上。拓跋逸豆抓过这名吓得浑身抖作了一团的侍女，瞪着眼问道：
"卡拉姆和阿布拉罕在哪里？"

那名侍女丧魂落魄地指了指通往塔楼的石头台阶，惊恐的眼睛始终
紧紧盯着拓跋逸豆那沾满了毛发和鲜血的狼牙棒。拓跋逸豆轻轻地松开
了手，任那名侍女发出一阵刺耳的尖叫声逃走了。

卡拉姆在凶神恶煞般的拓跋逸豆面前丧失了最后一点勇气，哆里哆
嗦地把已经吓得神智都有些失常的阿布拉罕推到前边充当自己的挡箭牌。
拓跋逸豆轻轻地把狼牙棒靠在了墙边，抽出腰刀对藏在阿布拉罕身后的
卡拉姆喝道："来呀！你手里的东西难道不是刀吗？如果你还是个男人的
话，为什么不跟我一对一地对决呢？"

巴燕行这时也上了塔楼，看见眼前的情景轻蔑地笑道："卡拉姆阁
下，你现在知道害怕了？你对我的族人挥舞着弯刀时怎么连眼睛都不眨
一下？"

阿布拉罕已经完全疯了，她一边撕扯着自己的衣服一边语无伦次地唱
着一支谁也听不懂的歌。巴燕行朝卡拉姆大肆嘲笑的时候，她突然回过头
去，伸手往卡拉姆惨白的脸上抓去。趁着这个功夫，拓跋逸豆一刀砍向没
了遮蔽的卡拉姆，惨叫声中，卡拉姆的头"骨碌碌"地滚落在地上。

手刃了这个饿狼一样的家伙，拓跋逸豆把脸转向了被巴燕行按着跪
倒在地的阿布拉罕。昔日美艳高贵的公主这会儿正傻呆呆地伸长了脖子
傻笑着到处乱看，巴燕行举起刀来大叫了一声："女主人，我给你报仇
了！"手里的刀划了个弧线就砍了下去。飞溅的血花里，那颗头"吧嗒"
一声掉在拓跋逸豆的脚下。

党项人在一处饲养牛马的草料场里发现了被集体关押在这里的女人
和孩子。仔细一问，原来所有的老人都被卡拉姆下令处死了。众人怒不
可遏地叫嚣着让拓跋逸豆下令屠城，拓跋逸豆却摇着脑袋大声回答道：
"先不忙着屠城，赶紧去搜罗财物，逮捕这王都里所有的达官贵人和他们
的妻儿老小！"

铁达喇抓着光秃秃的脑袋问道："抓这些王八蛋干什么？"拓跋逸豆回答说："那还用问？把他们集中到这里来，让他们也尝尝亲眼看着自己的亲人被杀死却无能为力的感觉吧！"巴燕行懂了，当即带着一队人马去执行这个痛快淋漓的复仇方案了。

第二天上午，在一阵阵牛角号的催促下，全城的百姓都被押解着来到了王宫门前的大空场上。他们被告知党项人打算跟他们彻底清算旧账了，许多胆小的人都吓得小声哭泣了起来。拓跋逸豆看了一眼老百姓前面跪倒的黑压压的一大片贵族、官员和他们的家人，大步走上了城墙，对着那些即将被处死的家伙们把嘴一努说："让他们当中年龄最大、威望最高的起来回话！我倒想听听他认为谁先死比较合适！"

他的话音刚落，就看见那些贵族和官员你推我搡地往后缩，谁都不敢出来送死。拓跋逸豆正要嘲笑这些懦夫没用的时候，巴燕行却走到他的身边禀报道："大首领，一个白胡子老头自称是朝圣归来的大教长，要您现在就接见他。"拓跋逸豆这会儿正沉浸在将要开始屠杀的兴奋当中，才懒得去管他什么大教长呢，头也不回地答道："不见，直接杀了！"

巴燕行领命刚要走，一直侍立在拓跋逸豆身后的完颜可心却柔声叫住了他。"巴统领请你等一等！"完颜可心一看巴燕行果然停住了脚步，便转向手按刀柄怒视着那些惊恐万状的安曼贵族和官员的拓跋逸豆，仍旧用平静得跟平时说闲话时的语气劝道："咱们眼下的处境你应该是了解的，蒙古人即将大军压境。我们的前面和两翼全都是信奉伊斯兰教的国家，大教长有着神一般的身份，你要真杀了他恐怕就会无端地给自己树立起一大堆敌人，使咱们的面前那原本艰辛异常的路变得更加荆棘密布，甚至是寸步难行。"

拓跋逸豆听了心里一动，看着可心问道："那你说我该怎么办？"可心回答说："礼貌地接待他，并且认真地考虑他说的话，控制住你的愤怒！"

拓跋逸豆有些不服气地叫道："他又不是什么英雄好汉，我为什么要对他那么客气？"可心提高了声调正色道："他是英雄好汉，因为他作为一个没有守卫城市责任的德高望重的伊斯兰大教长，却不避刀锋地前来求见你，难道这份勇气不值得钦佩吗？"拓跋逸豆听了不再说什么，朝巴燕行投去了一丝笑意说："去吧，就说我，拓跋部世袭的大首领拓跋逸豆有请！"

大教长默罕默德穿着长袍默默地出现在那群正在引颈就戮的达官贵人面前。他的出现给这些人带来了一丝生的希望，不知是谁突然喊了一句："大教长，让真主拯救我们的生命吧！"默罕默德脸上带着从容的微笑回答说："不要慌张，相信万能的真主吧，他正在苍穹的最高处俯视着你们呢！"说完大步跟在前面带路的巴燕行身后，朝着拓跋逸豆走去。

拓跋逸豆其实骨子里很愿意接受完颜可心的每一个提议，因为他这位心上人总是能在他遇到无法解决的难题时带着迷人的笑容抛出一个最佳答案。他主动朝走过来的大教长行了个抚胸礼，大教长从容不迫地还了礼，拉家常般地对拓跋逸豆说："我刚刚从圣地麦加和耶路撒冷回来，听说了这里发生的事情，所以特地赶来祝贺大首领。"他的话让拓跋逸豆当时就愣了，他眨巴着眼睛像没听懂似的问："祝贺我？祝贺我杀死了你们的苏丹，还是占领了你们的王都？"

默罕默德笑了，愉快地回答说："说对了！你杀死了那个自称是苏丹的篡位者，的确是应该祝贺！你们大夏被蒙古人灭掉了，你的族人终于又一次获得了可以安定生活的机会，这也是很值得祝贺的，不是吗？感谢真主吧，你们现在难道不也是托庇在他万能的羽翼之下吗？"

拓跋逸豆被这个根本就不惧生死的老头给感染了，但嘴上却不服气地问道："要是我马上就要下令屠城呢？难道这你也要祝贺吗？"

默罕默德笑了："当然，值得祝贺！"这句话一出口，不光是拓跋逸豆愣了，连可心和巴燕行等人也目瞪口呆，不知道这位大教长葫芦里到底卖的是什么药了。默罕默德从容地说道："虽然杀害你妻子的篡位者和被他蒙蔽的人都已经死了，但你仍旧下令屠城，这说明你深爱着自己的妻子，我没什么好指责的。但据说蒙古人每打下一座城市就要屠城立威，看来你已经跟你的对手学会了新的手段，虽然有失仁慈但却快意恩仇，倒也痛快！只是……"说到这里他忽然打住了话头，不再说下去了。

拓跋逸豆平生最怕的就是这个，连声催促道："请您不要吞吞吐吐的，赶紧说完下边的话吧！我是喝烈酒长大的党项人，最怕打猎时遇到藏头露尾的老狐狸了！"

默罕默德对拓跋逸豆的这番话报以了一阵大笑，笑够之后他才再次开口问道："请问大首领，你们大夏灭亡后你率领着部众不顾关山万里九死一生地来到我们这里，为的是什么？"

拓跋逸豆听了不假思索地回答说："为的是让我们党项人不要在蒙古人的屠刀下断了可以放牧打猎的男丁，为了还有子孙后代能记起这段惨痛的灭国之恨！"

"不完全是这样的！"默罕默德大声地打断了拓跋逸豆铿锵的话语，他指着拓跋逸豆身后的几个党项兵说道："看那，我的大首领。这些人之所以一路跟着你西来，除了你说的那些他们也许根本不懂的理由之外，其实还不如说是为了生存下去。现在你面前就有一条真主亲手指给你的道路，那就是率部改变信仰，投身到真主无所不包的怀抱里来，成为这个国家的苏丹，让你的子民从此融入这个原本美丽富饶的国度里不再继续漂泊！"

拓跋逸豆被默罕默德的话深深地触动了，他用征询的目光看着巴燕行和铁达喇等人，这几位拓跋部的将佐虽然没做出明确的表示，但眼睛里的亮光却泄露出他们已经同意了大教长那番话的意思。当拓跋逸豆的眼睛扫过众人停留在可心的脸上时，可心正用鼓励的目光看着自己。拓跋逸豆朝着大教长深深地鞠了一躬，心悦诚服地说："感谢您仁慈宽厚的长者，我愿意按照您的意愿去办！"

默罕默德高兴地拉着拓跋逸豆的手来到了那些仍在等死的男女面前，

用手指着拓跋逸豆大声宣布道："你们感谢真主吧，你们现在跪的已经不是刚才的那个前来复仇的征服者了，你们是在给你们的新苏丹行礼。因为拓跋逸豆大首领已经表示愿意和他的族人一起投入到真主的怀抱，他将慷慨地赐予你们和平幸福的生活！"地上那群跪着的人们听了这话，立即爆发出一阵由衷的欢呼。他们知道大教长不仅仅为他们保住了性命，还在这短短时间里让凶恶的异教徒变成了和他们具有一样信仰的新苏丹。

几天以后，已经完成了戒斋等仪式的拓跋逸豆和那些眷发的党项人全都改变了自己的信仰，成了虔诚的伊斯兰教徒。身穿华丽的长袍、头戴镶嵌着鸽子蛋大小的红宝石头巾的拓跋逸豆拉着他的王后完颜可心，在漫天飞舞的花瓣里踩着铺满了香料和粮食的红地毯走进了王宫的大厅里。在宝座前，默罕默德手捧着古兰经大声宣布道："秉承着万能的真主那不可违背的意志，恭请安曼苏丹拓跋逸豆和王后完颜可心升座王位！"

震天动地的欢呼声响过之后，拓跋逸豆拉着浑身珠光宝气、蒙着面纱的可心登上了苏丹的宝座。拓跋逸豆挥了挥手，震耳欲聋的欢呼声渐渐地平息了下来。他环顾着四周的人群大声说道："我现在就颁布我登上王位后的第一道诏书，在安曼所有的人都是万能的真主最恭顺的仆人，决不允许有任何违背教义的事情发生。除了军队由我带来的几位将佐一起管理之外，其他的贵族封号不变。各级官员还按照原来的职务继续为我效劳……"

两年快乐而稳定的生活眨眼就过去了，蒙古大军在征服了许多小国之后终于打到了安曼，再次来到拓跋逸豆的面前。为了保卫自己的国家，拓跋逸豆便联络邻国的苏丹扎伊占，准备组成联军共同对抗蒙古的铁蹄。

扎伊古的国相阿里当年是老苏丹摩诃末苏丹的宠臣，他曾经目睹了成吉思汗麾下那战无不胜的骑兵是如何狂风般扫荡敌人的。他更知道要是公开对蒙古人开战，除了被屠城灭族外不会有任何选择了。国相阿里便察言观色地劝说扎伊古说："伟大的扎伊古苏丹，我作为你宠信的大臣

211

有义务告诉你一个事实。那就是无论谁都没有可能击败蒙古窝阔台大汗的军队。随着大量南朝巧匠的加入，他们已经不仅仅靠旋风似的铁骑所向披靡了，越来越多的火器被大量地使用，其威力绝对不是人力可以做到的。再说我们明知道战败还要硬打的话，那简直就是招惹蒙古人来屠城呀！"

扎伊古虽然不愿意就此向蒙古人俯首称臣，但他早些年也听在摩诃末苏丹手下当过掌玺大臣的阿卜杜拉描述过当年成吉思汗攻略花剌子模国时的情景。

那是很久以前一个骄阳似火的中午，当他提出要想听听成吉思汗和他的蒙古兵是如何战胜了号称西方世界的保护者——众王之王的摩诃末苏丹的，原本在燥热的天气下不停冒汗的阿卜杜拉听到这个话题居然浑身哆嗦了起来，就跟原本炎热的天气已经变得寒风刺骨了一样。阿卜杜拉满脸刀削斧刻般的皱纹里带着深深的惧意，双眼像要看透时空似的开始了他的讲述：

"那一年成吉思汗的商队被苏丹手下的海尔汗给洗劫了。那些来自东方的奇珍异宝和丝绸皮张迷住了众人的眼睛。谁也没有声讨贪婪的海尔汗，谁也没有注意那个只身逃走的蒙古千户朵歹。就在大家以叛教者的名义处死了与成吉思汗商队通商的穆斯林之后不久，就传来了成吉思汗的大军铺天盖地杀来的消息。

"直到这个时候还是没人意识到那位叫铁木真的蒙古人到底会有多么的凶猛。惹了祸事的海尔汗为了证明自己不是贪得无厌而是为了阻止异教徒的侵入才屠杀了蒙古商队的，他便领着兵死死坚守着蒙古人进入花剌子模后的第一座城池。蒙古人来了，他们带着攻城槌和云梯，在黑压压的骑兵们准确的弓箭帮助下很快就打进了城里。所有高过蒙古人车轴的男人全都被杀死了。海尔汗也被成吉思汗称为眼睛里只有银子的人，让蒙古兵把烧红的银水倒进了他的眼睛里。

"作为西方保护者——号称万王之王的摩诃末苏丹得知了蒙古人屠城

并残酷地折磨死了海尔汗时，理所当然地愤怒了。他立即召集齐全国每一座城市里的勇士，带着五十万精兵在索玛河谷跟成吉思汗摆开了决战的架势。他围住了那些骑着兔子般矮小的蒙古马的蒙古人，还命人在正对着成吉思汗大军的中军摆下了甜食和奶茶。准备喝着茶、品尝着甜食结束这场看起来必胜的战斗。

"摩诃末苏丹轻狂的举动激怒了成吉思汗，他转身对身后簇拥着的蒙古诸将喊道：'谁愿意去给我端一杯苏丹的热茶来喝！'他手下爱将木华黎和者勒蔑闻听也不等命令就嗥叫着带兵冲了上去。

"双方刚一接战，优劣之势立即便清楚了起来。那些骑在蒙古矮脚马上的蒙古兵挥舞着弯刀根本不计生死，他们甚至在冲锋的过程中还可以使用一种小巧的骑弩发射弩箭。苏丹的大军崩溃了，不顾苏丹手下的将领如何恐吓，全都惊呼着往战场之外四散奔逃。

"苏丹还没来得及享用他面前倒好的奶茶，木华黎就出现在离他很近的地方了。苏丹在精锐卫队的保护下匆匆上马才逃出生天，木华黎却连马都没下，他俯下身子端起苏丹的茶杯往成吉思汗的苏鲁锭长枪下跑去。当成吉思汗接过那杯茶时果然还是热的。

"接下来的日子里摩诃末苏丹一直在拼命地逃跑，每到一处都是还没来得及洗浴更衣蒙古人就追到了。后来才知道那些蒙古兵每人都有两匹马，困了就在马上打盹，饿了就吃随身携带的干牛肉喝皮囊里的马奶酒。马累了他们就在丝毫不减速的情况下跳上备用的战马。马饿了，他们便用骆驼奶油搅拌的豆子喂马。

"就这样，摩诃末苏丹在奔逃中丢失了花刺子模国的大量城池。到最后有些城池干脆拒绝他进入，因为蒙古人已经派飞骑传话给他们：一旦放苏丹进城，蒙古大军就会随后赶来屠城，连鸡狗都不留活命！

"到最后，摩诃末苏丹跑到了一座海岛上。茫茫的大海挡住了他身后狂追的蒙古兵。但连日来的劳累却使摩诃末苏丹油尽灯枯，在疲惫中结束了自己的生命。最可怕的是那座葬有苏丹遗骨的海岛后来也发生了陆沉，消失在了茫茫的大海中。"

扎伊古从回忆中回到现实里，他发现自己身上的锦袍早已被冷汗打湿了。他毫不犹豫地接受了国相阿里的建议，并用恳求的语气说："我亲爱的老国相阿里，你一直像父亲对待儿子那样辅佐着我，你的话我当然要听了。你这就去暗中联络蒙古人，说我们早就仰慕窝阔台大汗的威名了。当他的大军到来之后，我们就配合他们攻占由异教徒拓跋逸豆统治的安曼。"说到这里，他不无得意地畅想着蒙古人到来后的美好情景，眯着眼睛陶醉地说道："到那时我们便乘机吞并安曼的土地和党项人带来的大量金银。"

国相阿里满意地看着他说："历史会记住你的，以后我一定让史官写上这么一句话！"说完他看着苏丹扎伊古慢条斯理地说道："由于苏丹伟大的扎伊古陛下聪明睿智的选择，我们的国家在蒙古人屠戮抢掠的时代依旧繁荣昌盛……"

第二天一早，扎伊古的国相阿里带着一大批珍贵的礼物走了，拓跋逸豆苏丹派来的使者却拿着结盟的文书来到了他的面前。扎伊古正想把这个不合时宜的使者赶出他的宫廷，但转念一想万一蒙古人不答应把自己当成盟友的话，到时候自己可就被动了。他坐在宝座上踌躇再三，终于想出了一条两全其美的计策，那就是先跟拓跋逸豆结盟再说。反正他违背誓言已经不是一次两次了，到现在真主不是还没有降罪给他吗？

想到这里，扎伊古挺直了腰杆儿大声对掌玺大臣吩咐道："在这神圣的盟书上用印吧，我的名字将跟盟友拓跋逸豆苏丹一起成为这块土地上抗击蒙古人的传奇，将被人们到处传扬！"

扎伊古的国相阿里出了王都之后一刻也不敢耽搁，晓行夜宿了五天，终于在一个小山包上看见了正像蝗虫般铺天盖地而来的蒙古大军。他正暗暗地庆幸自己终于在战争开始前来到了这里时，蒙古人也发现了他们。一个骑着矮脚蒙古马的骑兵迅速地脱离了本队朝着他们扑来。

国相阿里马上让手下一名通晓蒙古语的随从用蒙古语大喊着："我们是使者！"一边纵马迎上去，跟那些蒙古兵交涉。带队的只是一名十夫长，他实在不知道应该怎么处理这件事情。跟身边的几个骑兵嘀咕了几句之后，他便让手下看守着这几个来路不明的人，自己则陪着那名随从往中军去了。

带领这支大军的蒙古将领不是别人，正是拓跋逸豆发誓要砍下人头的兀立不花。当他听到那个党项人不但没死反而成了一个西域小国的苏丹时，整个人都惊呆了。他下意识地看了看身后木架子上那只费很大力气才又训练出来的雄鹰，一股难以抑制的仇恨顿时涌上了心头。他太恨这个可恶的党项人了，他不仅仅使自己由一个常胜将军变成了大家眼里的败军之将，还杀死了他的儿子和心爱的雄鹰。按照蒙古人恩仇必报的传统，他只有亲手杀死他才能重新获得大家的尊重。

一反蒙古将军们特有的傲慢，兀立不花亲自骑马把正在山坡上忐忑不安的国相阿里接进了中军，并传令大军停止前进就地扎营。很快，他们就坐在了大帐里。当国相阿里带着谄媚的表情把琳琅满目的礼物摆在了他的面前卖弄时，兀立不花却仅仅拿眼睛的余光扫了一眼，就吩咐一个副将说："翁吉刺，你不必再跟着大军一起走了，带着这位国相阿里示好的文书和这些礼物回去面见大汗吧！告诉他我已经跟着这位国相阿里大人去攻城略地了！"

副将领命带着礼物走了，国相阿里赶紧从怀里掏出了一个锦绣的口袋说："都怪我来之前考虑不周，幸好还有这些小东西可以用来取悦将军的夫人。"说着他解开了口袋的封口绳子，"哗啦"一声把里边的东西倒在了兀立不花的面前。兀立不花觉得眼前突然一亮，原来小口袋里装的竟然是一堆流光溢彩的宝石。他在这些难得一见的珍宝面前再也顾不得矜持了，连忙小心地把这些珍宝收回袋里，揣进了怀中。

兀立不花用力地拍着国相阿里的肩膀笑道："谢谢你的礼物，我准备用它们镶嵌一套象征我荣誉的盔甲。"说到这里，他顿了顿又接着说道：

"不过这要等我杀死了那个居然当上了苏丹的拓跋逸豆之后！"

国相阿里在察言观色之后，立即判断出这位权势极大的蒙古将军跟那个妄图把他们拖入战火的拓跋逸豆一定有着难以释怀的冤仇。想到这里，他小心翼翼地问："还请兀立不花将军明确地告诉我，在杀死了拓跋逸豆之后我们会得到什么好处呢？"

兀立不花忽然觉得这个阿拉伯人不像是个器宇轩昂的国相阿里，倒像是一个狡猾的商人，便眯缝着眼睛盯着他问道："你既然远道而来又送上了如此珍贵的礼物，想必心里已经有了跟我们讨价还价的条件了，不妨说出来听听吧！"

国相阿里听见兀立不花发问，赶紧赔着笑脸说道："我们只想在事成之后，替蒙古大汗管理拓跋逸豆他们那些党项人占据的土地。"

兀立不花一听条件这么简单，便大言不惭地拍着胸脯说："好，我现在就替我们的大汗答应你！不过到时候你们可要按照蒙古的军令缴纳赋税呀！"

国相阿里一看自己的心愿已经达成，马上眉开眼笑地发誓说一定按照蒙古的军令行事。

兀立不花才不管他是否能按时缴纳赋税呢，拓跋逸豆才是他真正关心的对象。他顺手抄起马鞭轻轻地敲打着面前小几，一脸正容地说："我有个可以轻易要了拓跋逸豆他们性命的计策，希望你们的苏丹务必照办才好！"

国相阿里看着兀立不花一本正经的样子不敢再东拉西扯，赶紧诚惶诚恐问道："大将军的妙计我们当然照办，您就赶紧说吧。"

兀立不花咬牙切齿地看着国相阿里说出了自己的计划，国相阿里愣了愣但还是连连点头表示了赞同。兀立不花忽然间感到自己的心情前所未有的舒畅，便用马鞭使劲儿地敲着面前的小几叫道："来人，赶紧给我拿马奶酒来！"

扎伊古的国相阿里跟兀立不花勾搭在一起后没多久，蒙古大军就出现在了扎伊古和拓跋逸豆两国之间的结合部。按照盟约的规定，由两国大军组成的联军全都紧急地开赴了这里，在边界的旷野上摆开了阵势，准备给远道而来的蒙古人当头一棒。

蒙古大军并没有像以往那样一到达战场就迫不及待地主动投入战斗，而是朝着联军的军阵缓缓地向前逼近，甚至连一声呐喊都没有。沉闷的空气中，冲天的杀气弥漫在整个战场上。双方都明白，一旦这种沉寂被打破就是一场你死我活的殊死搏杀。无论是一动不动严阵以待的阿拉伯联军还是缓缓逼近的蒙古大军，都紧紧地盯着对手，压抑的气氛连原本打算等死尸遍野时美餐一顿的乌鸦也受不了了，呱呱怪叫着离开了树枝，在天空上盘旋着，平添了几分肃杀的气氛。

拓跋逸豆注视着不断缩短着距离的蒙古人，想要先挫挫蒙古人的锐气。他刚要让巴燕行去向盟军按照事先约定的那样挥动旗帜下令冲锋，眼前出现的一幕把他给彻底地惊呆了。他惊愕地发现：扎伊古的大军里传来了一阵动静，列成方阵的他们全都齐刷刷地随着他们的苏丹转过了身去，一队一队地开始向他们的国境方向走去。拓跋逸豆忽然间明白了自己的眼前发生了什么，他的盟军已经主动脱离了战场，把他的人马扔给了正在扇形包围过来的蒙古人。

拓跋逸豆知道自己被出卖了，他感到心里传来了一阵剧烈的绞痛。还有什么比被誓言旦旦的盟友在战斗开始前出卖给敌人更让他痛心的事情呢？

但拓跋逸豆在很短的时间内就做出了反应，他让巴燕行赶紧加强暴露在敌人眼皮子底下的右翼，自己则纵马夺过了传令官手里的大旗，用力挥舞着喊道："儿郎们，冲上去杀死那些可恶的蒙古人呀！冲啊！"

在他的带动下，原来属于拓跋部和党项诸军的士卒们立即催动战马冲了上去。他们都明白，必须在蒙古人放箭之前跟他们短兵相接，这样才有可能避免无谓的牺牲。安曼的士兵看着自己的苏丹英勇的样子，也发出一阵震天动地的呐喊扑了过去。

兀立不花在中军的位置看见扎伊古的人马果然按事先的约定脱离了战场，心里十分得意。他感到自己挽回荣誉、手刃仇人的机会终于来了，便歪过头去问身边的一名将领："一切都准备好了吗？"

那名将领笑着回答道："大将军放心，一切都按照您的吩咐准备妥当了。那些该死的党项人很快就要魂飞魄散了！"

拓跋逸豆把旗帜交给了亦步亦趋的传令官，接过侍从递过来的狼牙棒正要突入敌阵，忽然看见一只黑色老鹰在蒙古的中军附近上下盘旋，他马上就明白自己今天的对手是什么人了，不禁自言自语地说道："感谢真主，我拓跋逸豆完成誓言的时候终于到了！"

一直到两军的前锋就要相互厮杀时，还没有看见蒙古人的弓箭队伍，拓跋逸豆隐隐地感到今天的阵势一定有什么古怪。还没容他想清楚问题所在，他面前的蒙古兵却以中军为界限分成了左右两队，并且飞快地朝两边散去。同时，在部队的身后突然又迅速补充上数千名弓箭手，这些刚才还隐藏着的弓箭手一个个弯弓搭箭列着整齐的方阵，静静地对视着拓跋逸豆的军阵。看到这个情况，拓跋逸豆慌忙告诉大家快撤，可一阵摧肝裂胆的弓弦声已经响起，漫天的箭雨扑面而至。密集的弓箭当场就把冲在最前面的骑兵射倒了一大片，拓跋逸豆的军队一时间人喊马嘶乱成了一团。

蒙古人好像有射不完的箭一样，一排射完了后边一排立即补上来继续发射。呼啸的箭雨中，越来越多的士卒连人带马扑倒在地，再也站不起来了。刚才撤到左右两翼的蒙古兵这时也纷纷用骑弩从两边乱射，使拓跋逸豆的队伍更加集中，配合着中军的强弓硬弩不停地射杀着拓跋逸豆手下的士兵。

箭雨的势头刚刚减弱，许多舍弃了战马的蒙古兵就手拿着突火枪和装满火药的陶罐冲到了仍在狂射不止的弓箭手前边，对着被迫停止了冲击的拓跋逸豆的军阵拼命地射击或投掷。刹那间，整个战场上烟雾弥漫，爆炸声此起彼伏。早就受过这方面训练的蒙古战马最多喷个响鼻表示一下不安，但拓跋逸豆这边的战马却被这些奇怪的场景吓得骨酥腿软，有的马失前蹄把自己的主人抛下了马背，有的干脆又拉又尿，死也不肯重新站起来了。

拓跋逸豆知道再这么缠斗下去就等于坐等屠杀，丝毫也没有还手的余地了。他大声呼喊着收拢起队伍缓缓地后撤，希望在退出一箭之地后能重整旗鼓，再用凶猛的冲锋去瓦解蒙古人的弓箭和火器。

刀锋送英灵返回家乡，
乡音让亡人更加安详。
一路狂奔一路厮杀，
唯有信念守护身旁……

第十五章　再次流亡

拓跋逸豆的军阵扔下了同伴的数千具尸体，终于在百步之外重新排好了阵势。为了给惊魂未定的部下打气，这位年轻的苏丹干脆纵马在自己的阵前跑来跑去。他一边纵马驰骋一边大声地喊道："振作起来，蒙古人也是血肉之躯，没什么了不起的！只要冲上去跟他们混在一起，他们那些弓箭和火器就没用了！"

看着自己的苏丹丝毫也没有因为刚才的挫折气馁，安曼的阵营里又爆发出一阵激昂的呐喊，刚才失去的勇气又重新回到了士兵们的身上。毕竟那些蒙古人不是来做客的，他们作为男人必须要保护自己的妻子和儿女免遭沦为蒙古人奴隶的命运。在拓跋逸豆的带领下，他们又一次放马朝着对面的蒙古人冲去。

短兵相接的肉搏终于开始了，惨叫声和呐喊声伴着金铁交鸣的撞击声，双方的士兵都表现出了极大的勇气。满怀着征服欲望的蒙古人和一心捍卫自由和安宁的安曼士兵，还有那些刚刚从灭国亡家的颠沛流离中安定下来的党项人全都忘我地扑向对手，恨不得用自己微不足道的勇敢和力量使己方多一份获得辉煌胜利的希望。

在勇气的支配下，安曼军队取得了这次冲杀的胜利，上千名蒙古兵被斩落在马下。在具有压倒优势的弓箭和火器的掩护下蒙古人主动脱离了战斗，在渐渐变得阴郁的天气里后撤到第一次发起冲锋的地方，准备再一次列队进攻。

横扫欧亚大陆的蒙古军队毕竟不是等闲之辈，他们在头几次交锋里已经大量地杀伤了拓跋逸豆的有生力量。随着兀立不花的一声令下，惨淡的日光下蒙古军队又一次像狂风一样横扫战场，拓跋逸豆的军队这时还沉浸在刚才小胜的喜悦中，完全没想到刚刚被杀退的蒙古人又闪电般地杀回来了。

这一次蒙古军队把他们的特点发挥得淋漓尽致，铺天盖地地冲过来之后不再跟对手缠斗，而是各自利用蒙古马的灵活性和耐力不停地奔跑，一边跑一边弯弓搭箭寻找着射杀的目标。安曼军被他们搞得眼花缭乱，随即惊恐地发现自己身边的同伴竟然在不停地被射来的弓箭击中，强烈的恐慌使他们陷入了被动的境地。

起风了，呼啸的狂风里不断有人中箭落马，也不断有成群的蒙古骑兵狂呼而至，砍杀一阵便又突然消失。原本势均力敌的态势由于扎伊古的出卖早已丧失殆尽，恐慌的情绪又蔓延在安曼军阵中，拓跋逸豆清醒地意识到战斗终于演变成了一边倒的大屠杀，连忙四处冲杀收拢队伍。

被分割包围的安曼军队徒劳地抵抗着，遭受着黄蜂般成群结队的蒙古兵疯狂的追杀。拓跋逸豆身边那些拓跋部的精骑战斗力还比较强，他们在铁达喇的指挥下在拓跋逸豆周围结成了阵势，像激流中的礁石一样顽强地阻挡着一波又一波的蒙古兵，尽量地掩护着自己人撤出战场。

老天爷好像也看不下这惨烈的场面了，狂风伴着大雨倾盆而下。天空中火蛇乱舞惊雷阵阵，蒙古兵那势不可当的进攻终于在这时奇迹般地停止了。原来，蒙古人认为打雷是上天震怒的表现，都吓得勒住马缰向长生天祈祷起来。拓跋逸豆赶忙利用这个难得的机会带领人马缓缓地撤出了战场。

当拓跋逸豆带领军队回到王都时却被眼前的景象给惊呆了。到处是残垣断壁和冒着烟的瓦砾，大教长和完颜可心带着几千残兵正在忙着把无家可归的人往安全的地方转移。拓跋逸豆在大教长的面前跳下了马，默默地注视着这位德高望重的老人。默罕默德也失去了往日从容不迫的样子，他紧锁着眉头对拓跋逸豆说道："原本是盟友的扎伊古昨天突然纵兵洗劫了这里，除了王宫没有被他攻陷以外，其余的地方都被他们践踏得不成样子了。"

拓跋逸豆感到自己的心在滴血，他默默地点了点头，在大雨里不易被人察觉的眼泪尽情地流淌着。可心来到他的身边什么话也没有说，只是伸手将了将拓跋逸豆金盔外边凌乱的头发，望着可心，拓跋逸豆感到原本有些气馁的心里有一股党项人特有的东西瞬间膨胀升华了：作为苏丹他要保护自己的国土和子民，作为一个首领他要庇护拓跋部那些千辛万苦地跟着他来到这里的部众族人，作为一个党项男人他更要保护自己的女人。

雨渐渐地小了，拓跋逸豆知道蒙古人很快就会掩杀而至。他一边令人组织难民撤退，一边重新整顿人马掩护。他拉着可心的手压低了声音说道："王都是一定守不住了，你赶紧派心腹收拾王宫，拿上一切可以拿走的东西准备撤退吧，什么也别留给那些蒙古强盗！"

可心点头答应着，一双含情的妙目却盯着他问道："我们退走容易，可你呢？"

拓跋逸豆犹豫了一下回答说："你知道吗？这次领兵前来的蒙古将领正是我们不共戴天的仇人兀立不花，我找机会收拾了他就过来！"

可心听完这句话全然没了平时的样子，她大哭着捶打着拓跋逸豆喊道："我不要你去报仇了，我现在什么都没有了，我只要你！"

拓跋逸豆抓住她的肩膀使劲地摇晃着说："我的可心，你这是怎么了？难道有什么事情能让你连仇恨都可以放弃吗？"

可心扬起俊俏的脸哭叫着："不管你说什么我都不再让你去报仇了，我已经怀孕了。咱们的生活才刚刚开始，我不管蒙古人怎样，我只要跟你在一起！"

她的话让拓跋逸豆感到一阵迷惘，他不知道是该怨恨老天对蒙古人过于偏袒，还是应该感谢他老人家在他遭遇不幸时不忘安排了一个惊喜给他。他动情地看着可心使劲地点着头回答道："好，我答应你，在阻击他们一阵之后，只要给大家赢得了时间，便立即去追赶你们。"

可心带着内侍收拾好王宫里一切可以带走的东西后，便带着长长的队伍消失在轻纱一样的雨雾里。拓跋逸豆抖擞精神在城外摆好迎敌的阵势，蒙古人果然就接踵而来，出现在了地平线上。

兀立不花又犯了老毛病，他认为拓跋逸豆和他手下那些穿着白色长袍、套着精致的锁子甲坎肩的阿拉伯士兵已经不可能再组织起有效的抵抗了。望着拓跋逸豆又摆好的阵势，他轻蔑地笑着对身边的一大群将领说道："拜托各位一件事，待会儿大家都帮助我留意着那个党项人拓跋逸豆，谁给我送来他的人头我都会好好地报答他的，这个给我抹过黑的党项杂种必须死在我指挥的战斗里！"

这次蒙古军队首先发出了一阵箭雨，那些箭像一群归巢的乌鸦一样怪叫着落进了拓跋逸豆的军阵。骑兵在放箭的同时就开始了冲锋，妄图像成吉思汗在世时那样用一次冲锋就彻底瓦解对手的信心并迫使他们开始溃散。但这一次，他们却遇到了最顽强的抵抗。原本由大夏泼喜军组成的抛石队从拓跋逸豆身后的城墙上把一块块巨大的石头抛向了蒙古军密集的队形里。磨盘大的石块流星一样急速地飞行之后重重地落在了蒙古骑兵中间，激起的土花和碎石一时间打得对手人仰马翻。抛石机不仅仅只是抛掷石块，许多装满了油的大陶罐也雨点似的打了过来，陶罐掉在地上碎成了无数碎片，罐里的油把整个地面都铺满了。

第一次突击的胜利使党项人赢得了喘息的机会。拓跋逸豆重整旗鼓，再次率军冲向了蒙古军。拓跋部的精骑冲在最前边，他们纷纷把点燃的火箭射向了正处于混乱当中的蒙古人。细雨霏霏的城外顿时燃起了冲天的大火，蒙古人惊恐地拨转马头往后逃去。看着浓烟烈火中开始溃退的蒙古兵，拓跋逸豆立即下达了攻击的命令。安曼士兵意识到身后便是自己的王都，已经撤无可撤，全都大声呼喊着开始了猛烈的冲锋。

很快，安曼的军队就追上了逃跑中的蒙古兵。一阵刀砍斧剁让那些跑得慢的兵士落在马下被踩成了肉泥。兀立不花知道这种情况只要再持续一顿饭的工夫他就彻底地失败了。如果这一回再灰头土脸地回去，别说蒙古诸将里再不会有人看得起他，窝阔台大汗一定会祭起成吉思汗用过的宝刀，把自己的脑袋砍下来挂到旗杆上的。想到这里，他"刷"地拔出刀来，好几名士兵奔逃时慌不择路撞到他的中军里，他挥手就砍下了这几人的头颅。蒙古人最怕被砍头，不知是谁说的，被砍了头的灵魂到了长生天以后也仍然没脑袋。不仅不能转世为人，连自己的祖先和家人都认不出他们，只能永远地游荡在长生天边缘的苦水河边。

蒙古兵开始停止逃跑转过身来拼命了，兀立不花一看阵脚又稳住了，便挥动手里那把沾着自己人鲜血的弯刀冲进了混战的人群里。那只新近训练好的黑鹰也尖厉地叫着，扑击起一切敢跟他主人过招的人来。在兀立不花的带动下，战斗又很快变成了势均力敌的厮杀。双方的人数在每一次砍杀中不停地减少着。

疯狂的杀戮使所有的人都进入了嗜血的癫狂状态，直到日头偏西才渐渐地露出了倦意。拓跋逸豆无意中看见了远处盘旋的黑鹰，他知道了兀立不花的所在，便鼓起余勇大声吼叫了起来，这一声狼嚎般的吼叫使方圆几丈之内的人都不禁一愣，连挥刀拉弓的手也停了下来。拓跋逸豆趁着这个机会舞动镔铁狼牙棒催动闪电，狂飙似的猛冲了过去。

黑鹰比它的主人还先发现了披头散发、满脸是血的拓跋逸豆，立即扇动着翅膀朝这边飞了过来。拓跋逸豆知道这是兀立不花的心肝，便把狼牙棒横担在马背上，抽出一支狼牙箭仰面躺在马鞍上"嗖"的一箭射了过去，那只黑鹰翅膀一侧竟然躲过了这支箭。

拓跋逸豆并没有指望这支箭能射中它，只是用来分散它注意力的。还没等黑鹰调整好姿势，拓跋逸豆的第二支箭就飞到了，那只黑鹰果然不是凡品，竟然在避无可避的当口伸出爪子去硬抓那支箭。高速飞行的箭当即就把它的爪子射了个粉碎，化作一阵血雾四下里飘散开来。这样一来，那黑鹰虽然失去了一只爪子，但毕竟挽救了自己的生命，惨叫着飞上高空朝着远处飞走了。

黑鹰的惨叫惊动了正在酣战的兀立不花，他一看又是那个该死的拓跋逸豆，顿时气血上涌，用砍卷了刃的刀指着他怒骂道："你这个背弃信仰的狗杂种，竟敢再次伤害我的神鹰，我要不剁下你的狗头就枉为斡难河畔长大的蒙古人！"

拓跋逸豆的脸上跟挂了一层严霜似的，他用充满仇恨的目光看着对方说道："狗贼，我拓跋逸豆是为了心上人完颜可心来取你的人头的，看看党项人誓言的力量吧！"

直到这时，兀立不花才明白过来这个叫拓跋逸豆的家伙几次三番地缠着自己没完没了，原来是为了一个女人报仇。虽然他已经想不起与那个叫完颜可心的女人有过什么深仇大恨，但亡子之痛让他勇气倍增。他的刀光雪花似的漫天飞舞着卷向了拓跋逸豆。拓跋逸豆手里的镔铁狼牙棒也带着国恨家仇搂头打来。一声刺耳的巨响后，两个人已经过完了第一招，兀立不花被震得虎口崩裂，拓跋逸豆也被他的钢刀砍掉了一块披风。

拓跋逸豆索性脱下披风随手一扔，高举着狼牙棒抡圆了照着兀立不花的天灵盖就砸了下来。兀立不花知道拓跋逸豆天生神力哪敢硬接，往旁边一闪躲过了当头一击，百忙中还还了一刀。拓跋逸豆已经杀红了眼，一棒打空后没有再次举棒，而是从下往上一个海底捞月就兜了上来。沉重的狼牙棒正好碰上了兀立不花砍下来余势未尽的弯刀，只听见"当啷"一声，那把刀像一只鸟似的飞上了高空，远远地落在了一群正在打斗的骑兵堆里。

兀立不花愣了一下，多亏他的副将及时把手里的长柄大斧递到了他的手里。兀立不花还没来得及稳住心神，那名副将已经在无意中替他挡住了拓跋逸豆随后雷霆般的一击——狼牙棒敲碎了那个副将的头盔和脑袋，鲜血和脑浆溅了兀立不花一头一脸。温热的血液使兀立不花疯狂了起来，他把手中的大斧狠狠地砸向了拓跋逸豆，嘴里还叫着："兄弟，看我给你报仇！"

拓跋逸豆决定跟他来个硬碰硬，狼牙棒横扫而来，重重地打在了大斧上。震耳欲聋的一声响，兀立不花虽然没有被打翻，但却被震得血气上涌，一口鲜血喷在了地上。

这一击不仅让兀立不花两臂酸麻丧失了战斗力，还让他在心里产生了浓浓的惧意。他在极度的恐惧中顾不上一个蒙古将军应有的威严了，扔掉了手里的大斧拨转马头便跑。拓跋逸豆哪肯放他，举起狼牙棒就打。

眼看着兀立不花就要丧生在拓跋逸豆的棒下，他骑的那匹战马却突然踩到了一具死尸失足摔倒，把兀立不花扔出了一丈多远。兀立不花不敢再战，心惊胆战地爬起来，跌跌撞撞地钻到了旁边一大群蒙古兵里边。那些蒙古兵反应倒挺快，赶紧扔掉手里的兵器掏出骑弩，对着拓跋逸豆就是一通乱射。

拓跋逸豆挥舞狼牙棒拨打着弩箭，他看见兀立不花被人扶上了一匹战马朝远处没命地逃走了，气得大喝一声挥棒便追。就在这时，可心的面容和话语却浮现在了他的脑海里。拓跋逸豆长叹一声停了下来，最后还是掉转了马头拎着狼牙棒大声呼喝着让士兵们往回撤了。此时战场上所有的人都已经耗尽了精力，蒙古兵一看主将跑了便也不再恋战，纷纷虚晃招架着朝一起靠拢。安曼的士兵在拓跋逸豆的喊声里也渐渐朝他聚拢过来。

战斗终于结束了，拓跋逸豆的人马折损了大半。在阴云密布的天空下，拓跋逸豆默默地率领着他们回到了王都里，原本热火朝天的战场顿时冷清了下来。只有数万具尸体和天空中盘旋怪叫的兀鹰和乌鸦在冲天的血腥味里寻找着各自的美食。

　　当夜，两军都在休整，谁也没有主动出击，直到第二天上午，兀立不花的蒙古大军才又开始扛着云梯攻城。拓跋逸豆的泼喜军用王都里俯拾即是的石块给予了坚决的抗击。

　　第五天早上，拓跋逸豆和他的人马主动弃城走了。兀立不花当时并没有发现这个情况。直到一名负责侦察的百夫长在中午时分悄悄地走进了洞开的城门才发现：这里已经是空城一座了。兀立不花听到这个消息后虽然遗憾，但转念一想不用再跟那个为了女人拼命的拓跋逸豆对垒了，心里也顿觉坦然了许多。他一面派人去向大汗窝阔台报捷，一面神气活现地下令摆队进城。

　　在城里，兀立不花发现王都的绝大部分已经变作瓦砾了。除了城中心的王宫还完好无缺地矗立在那里，整个王都连一间像样的房子都很难找到了。城里的百姓全跟着拓跋逸豆走了，除了街口偶尔刮起一阵小旋风弄出点动静之外，这里已经是一座死城了。他看着自己用八千多条蒙古男儿的性命换来的战利品竟然是这个样子，气得脸都白了。

　　在中军亲兵营的护卫下，他来到了王宫前的广场上，突然看见一个身着华丽的阿拉伯长袍的老人家气定神闲地站在王宫的露台上，正仰望着天空，仿佛完全没看到他们似的。兀立不花恼怒地咳嗽了两声，那老人这才低下头镇定地看着他。

　　兀立不花大声喝问："你是谁？为什么站在那里，是想藐视我作为征服者的尊严吗？"

　　那老人慢条斯理地回答："我叫默罕默德，是这里的大教长。至于我为什么会站在这里，恐怕只有你能回答了！"

　　默罕默德的话让兀立不花很是费解，他不知道他站在露台上却要由自己来回答缘由。他避开了这个伤脑筋的话题指着残垣断壁的城市问："告诉我这里为什么会变成这样子？"

　　默罕默德微微一笑回答说："这一切的制造者就是你这个异教徒的同伙扎伊古苏丹。"

兀立不花生气地质问道:"我这个异教徒?那拓跋逸豆那个异教徒呢?你们怎么还奉他为苏丹?"

默罕默德用怜悯的眼神看着他回答:"他已经改变了信仰,早就是一位虔诚的伊斯兰教徒了。你怎么竟然这么孤陋寡闻?"

兀立不花对默罕默德倨傲的态度很是不满,他冷笑着对默罕默德说:"大教长阁下,知不知道我处死你就跟碾死一只蚂蚁一样容易!"

默罕默德依旧笑着回答:"知道,天底下难道还有不杀人的强盗,会有见到食物不嗡嗡乱飞的苍蝇吗?"

兀立不花不解地问:"那你为什么不跟着你的拓跋逸豆苏丹逃走,却非要留下等死?"

默罕默德说道:"这个问题你也许永远不会懂的。我自小就一心侍奉真主,既不会射箭也拿不动刀枪,没法参加保卫这个国家的战斗。但我可以死,我的死会让千千万万教徒知道什么是殉教,可以激起许许多多的穆斯林同仇敌忾地拿起弯刀来同你们血战到底!"

兀立不花狡猾地一笑说:"我这个人也很怪,我今天心情很好,连一根汗毛也不准备动你。你休想让我成全你当什么殉道者!"

默罕默德笑道:"我敢跟你打赌,你拦不住我死的!"说着话便踩着早已准备好的椅子踏上了露台的栏杆。在吹拂的风中,大教长的衣袂随风飘荡,俨然是一副圣者的姿态。兀立不花正在发愣的当口,大教长已经纵身跳了下来,"扑通"一声摔在了王宫前的石板地上,显见得是没法救了。

正在兀立不花惊愕不已的当口,四个身穿阿拉伯长袍的中年人像从地里冒出来的似的神情凝重地出现在了露台上,向血泊中的大教长跪了下去,高举双手,仰望着天空大声地诵念起古兰经,如泣如诉的声音让周围蒙古兵大惊失色。兀立不花也被面前的这一壮举惊呆了,脸色苍白,嘴唇哆嗦半天一句话也没说出来。

兀立不花用手里的弯刀指着为首的一个问道:"你是什么人?来干什么?"

那人彬彬有礼地回答说："我是大教长默罕默德的学生，一个虔诚的穆斯林。我们来收殓大教长的尸体，以便这位圣徒的事迹传扬天下。"

兀立不花冷笑道："赶紧滚下来，否则我就杀了你！看你还怎么传播那老家伙的事迹！"

那中年人微微一笑抚胸一礼说道："谢大人成全，我终于可以被当作圣徒传诵了！"说完自动踩着椅子登上栏杆，纵身跳了下去。

第二个登上栏杆的是一个膀大腰圆的高个子，他一上来就怒视着兀立不花，自我介绍说："我跟前边的那位一样也是大教长的学生，你看我是等一下盛殓他们的尸体呢，还是现在就跳下去？"

兀立不花笑道："那你还等什么？赶紧跳吧！"

那汉子笑道："好的，就如你所愿吧！"

兀立不花点了点头，高声喝道："跳吧！"谁料话音刚落，那汉子就已经摔到了他的面前，鲜血和脑浆差点溅在兀立不花的身上。

第三个人最干脆，连一句话也不说就跳了下来。第四个人身材瘦弱，走起路来有气无力的。他毫不犹豫地也登上了栏杆，晃晃悠悠地就准备往下跳，兀立不花感到自己已经崩溃了，连忙大叫道："拉住他！让他随便盛殓去吧！"那人听了这才坐在地上大声地诵念起古兰经来。

兀立不花垂头丧气地对身边的一个副将说道："待会儿你给他一块令牌放他走，人无论信什么到了这个份儿上都值得我们尊敬了。"正说着话，一个士兵跑来报告说："报告大将军，城外来了一支人马，为首的说他是您的朋友，是……是什么国相阿里？"

兀立不花一想起那个奸商似的国相阿里就感到十分厌恶，他知道那人这是来要赏赐了，便把手一挥说："让他的队伍驻扎在城外，叫他一个人进来吧！"那士兵回答说："他说他是陪着他们苏丹来的。"兀立不花已经有些不耐烦了，点头答道："反正不许他们来人多了，你就看着办吧！"

工夫不大，扎伊古苏丹便在国相阿里的陪同下来到了兀立不花的面前。国相阿里看着懒洋洋地半躺在椅子上的兀立不花，大声提醒道："将军，本国的苏丹陛下来了。"谁知道兀立不花连眼皮都没抬淡淡地说："来了好，那就跪下见礼吧！"

国相阿里顿时目瞪口呆，扎伊古脸色铁青地站在那里想要发怒又不敢，表情尴尬之极。兀立不花却不满意了，对身边的几个亲兵吩咐道："去，教教这位苏丹膝盖怎么打弯儿！"两名拿着长矛的蒙古兵应声而出，挥动长矛杆把他打跪在地。

全场的人都傻了，他们万万没有想到兀立不花会这么粗暴地对待一个帮助过他们的小国君主。兀立不花瞟了一眼没等人催就自动跪下的国相阿里，说道："你们作为盟友本应该受到极大礼遇，但我这样对待你们知道是为什么吗？"扎伊古苏丹摇着头回答说："不知道！我还以为这就是蒙古人的待客之道呢！"

兀立不花指着他训斥道："不管你说什么都可以，我现在只想问问你，我们蒙古大军在外边浴血奋战你们在干什么？你们是在帮忙还是把我们攻打的城市洗劫一空呢？你以为我们大老远地从斡难河边跑到这里，是专门来为你们打头阵当巴鲁营的吗？"

扎伊古一下子没话了，这件事情的确是他下令干的。当时那位老谋深算的国相阿里一再提醒他，他也全都当了耳旁风。国相阿里知道蒙古人这么愤怒肯定是想敲诈，便赶紧赔着笑脸对兀立不花说道："将军息怒，我们苏丹是一个很慷慨的人。我们回去准备财物，蒙古大军在激战中阵亡的将士全部予以抚恤。另外再给大将军和您的窝阔台大汗准备一份厚礼，你看怎么样？"

兀立不花看了扎伊古一眼，说："你看你的国相阿里说得怎么样啊？"

扎伊古虽然屈辱地跪在那里，但还是认为蒙古人不敢把他怎么样，便抗声回答说："条件我可以满足，但你对待盟友的办法实在令我难以赞赏！"

兀立不花听完站起身哈哈大笑着来到了他的身边，说："苏丹陛下，看来你还没有学会怎样跟蒙古人说话呀，尤其是没学会怎么跟我这样一个具有黄金家族血统的蒙古人说话。"说着话他拔出刀来，一下子斩下了扎伊古的脑袋。

办完这件事情，兀立不花用滴血的钢刀指着几乎被吓晕过去的国相阿里说："还是你这样的人识相，你可以当苏丹了。"

国相阿里仰起头足足反应了好半天才明白：自己的性命不但保住了，而且好运还凭空降临在了自己的身上。兀立不花伸手扶起他笑着说道："苏丹陛下，为了弥补我们蒙古人这次的损失，我决定派我的副将带五千士兵到你的宫廷里去，把凡是可以用作赔偿的东西都运回来。你看这样行吗？"

国相阿里很喜欢被称作苏丹的感觉，正琢磨着怎样回答这个强盗的问题，兀立不花却阴阳怪气地说道："苏丹陛下要是为难的话，我也可以率领这十余万骑兵自己去拿，你看呢？"

在新就任的苏丹的带领下，五千蒙古兵洗劫了扎伊古的王宫，包括扎伊古的王后和十几名妃子在内的数百名美女也跟着货物一起被装上了车，运回了蒙古大营。光是用于运送的骆驼就用了一千三百多头。

拓跋逸豆很快就跟可心他们会合到了一起。经过商议，最终决定由拓跋逸豆率领将近一万人的党项骑兵和妇孺到党项新营地去，原本是安曼的阿拉伯人自动投亲靠友，待日后再返回故里。

可蒙古人并没有给拓跋逸豆时间去从容地安排一切，兀立不花派人将抢来的财物迅速地运回蒙古，自己则亲自带领着大军日夜兼程地出现在追赶拓跋逸豆的路上。很快，他们之间的距离就很近了。

拓跋逸豆遣散了王都里一直跟着他来到这里的士兵和百姓，带着党项的族人再一次踏上了逃亡之旅。曾经跟拓跋逸豆共患难的狼头现在已经是千夫长了，被派去镇守着远离战场的边境。他没有率领众人去追赶拓跋逸豆，只是在接到了消息后把全部人马集中到了城堡外，带头向着拓跋逸豆撤退的方向跪了下来，眼含热泪地磕了三个头，站起身来对身后的众人说道："咱们很难再冲破重围去跟大首领会合了，从今天起咱们就重新变回牧人吧！有草的地方还能养不活我们这些祖辈牧马放羊的党项人？"

就这样，这支党项人在中亚西部地区，位于阿姆河下游、咸海南岸，今乌兹别克斯坦及土库曼斯坦两国之间的荒原上定居了下来，直到今天……

在索伦河边，拓跋逸豆跟一股偶然路过的蒙古军队相遇了。虽然对方只有几千兵马，但骄横的蒙古人还是摆开了架势准备跟这支扶老携幼的队伍一较高下。

拓跋逸豆看着可心问道："我该怎么办？是迎敌还是后撤？"

可心这时早就成了拓跋逸豆的主心骨，因为心细如发的她往往能想出一些出人意料却又行之有效的主意来。可心略带羞涩地回答说："依我看，你现在应该尽快地消灭这些挡路的蒙古人，然后立即脱离战场往相反方向挺进。只有这样才能彻底地摆脱身后的兀立不花。"

拓跋逸豆看着可心笑道："完颜家的女人果然了得！"

可心啐道："谁让我当了两年的王后，再怎么样也得帮着你呀！"说完这句话两人都不笑了，他们都想念起刚刚逝去的安曼宫廷里舒适浪漫的生活。可心只是无声地叹了口气，拓跋逸豆却是新仇旧恨一起涌上了心头，看着巴燕行和铁达喇已经摆好了阵势，便双腿一夹马肚子挥舞着镔铁狼牙棒冲了上去。

对面的几千蒙古兵其实根本不知道对面的那些人是干什么的，只是凭着直觉把他们当成了对手。为首的万夫长布硕自恃勇力过人，他平端着沉重的长柄大刀，朝着单枪匹马杀过来的拓跋逸豆迎了过去。两人一见面就用全力下了死手打向对方。拓跋逸豆的狼牙棒挂着风声一下子就打在了长柄刀的刀杆上。布硕还没闹明白怎么回事儿手里的家伙就脱手而飞，他下意识地低头一看，自己的手掌心都被快速脱手的刀柄磨脱了一层皮。

　　就在他一愣神的功夫，拓跋逸豆又一棒打到了。布硕甚至连躲闪的机会都没有就被打中了脖子，整个人像面口袋一样"扑通"一声栽到了马下。拓跋逸豆连看都没再看他一眼，把狼牙棒一举就冲进了蒙古人的阵里。他身后的巴燕行一看主人轻松地击毙了对面的蒙古主将，立即带着骑兵拼命地呐喊着冲了上去。

　　这些蒙古兵因为主将被突然打死，一时间就乱了阵营。有的往东有的往西，各自捕捉对手厮杀了起来。因为失去了统一的指挥，他们很快就被分割包围成了几小块，被满肚子怨气没处发泄的党项人一点点地蚕食着。看着眼前越来越危急的情况，蒙古人中军里的一辆木笼囚车里的汉子急得直跺脚。他不是别人，正是当初跟拓跋逸豆在大金国的比武场上争夺完颜可心的蒙古勇将巴特尔。

　　巴特尔原本很受成吉思汗的青睐，被派到由成吉思汗的长子术赤王爷的帐下当差。后来因为年老多疑的成吉思汗怀疑术赤反叛，派大军前去征讨。谁知道平叛的大军还没走多远就传来了术赤病死的消息，成吉思汗为此伤心欲绝，传令全军为术赤举哀。术赤死后，他原本管辖的土地就划给了已经被封为国王的木华黎。

　　窝阔台继承了汗位后，巴特尔很不服气，逢人便讲术赤当年英勇绝伦，十个窝阔台也不是他的对手。这话很快便从遥远的西域传到了正在指挥大军攻打南朝大宋的窝阔台的耳朵里。窝阔台知道巴特尔是父汗的心腹爱将，便有意把他关进了木笼囚车押送到攻宋前线，想寻找机会让他屈服并委以重任。因为西域各国时常有武装反抗发生，押解着他的人马便被编进了这支东归的队伍里结伴同行。

　　巴特尔指着如入无人之境的拓跋逸豆对从京里专门来押送他的千夫长说："如果你是真正的蒙古汉子就赶紧给我打开木笼，那个叫拓跋逸豆的党项人是我的老对手。"说到这里他又得意地补充道："眼下整个西域除了我，还真没有哪个能跟他打上几个回合的。"

那名千夫长笑道："好吧将军，如您所说我还真是蒙古汉子。我现在就放您出来。但打败了那个党项人之后您必须自己回到木笼里去，别令我难做。"

巴特尔笑道："你放心，我是不会跑的，你可见过咱们哪个将军是因为编派大汗几句不是就被杀死的？"

巴特尔重新跨上了战马之后，挥舞着弯刀直扑拓跋逸豆，两人在电光石火之间便一连过了三招。拓跋逸豆十分奇怪这支人数不多的蒙古兵里怎么竟然会有如此的高手。他定睛一看，马上认出了老对手巴特尔，便虚晃一棒用讥笑的语气开口说道："原来是你呀，这回既没有成吉思汗给你压阵，也没有者勒蔑给你当判官，你难道不害怕吗？"

巴特尔笑道："拓跋逸豆你放心，我这回不跟你抢女人，只想要你的命而已。"

拓跋逸豆挥棒打去，趁着巴特尔接招的机会问道："不抢女人？你现在怎么长进了？"

巴特尔架开他的大棒之后顺势还了一刀，回答说："当年大汗告诉我，赢得了女人的不一定能赢得天下！"

拓跋逸豆惦记着随时会追上来的兀立不花，不再跟他闲扯，便集中精神左一棒右一棒地全力发动了进攻。在木笼囚车里憋了好几天的巴特尔也抖擞精神，拼死跟拓跋逸豆过招。转眼之间，两人就打了三十几个照面。

趁着巴特尔一不留神，拓跋逸豆看准了空当一棒打在了巴特尔的马上，那匹战马一声惨叫扑倒在地上。巴特尔被当场死去的战马压住了一条腿怎么也抽不出来，他指着拓跋逸豆骂道："你这样算不得好汉，党项狗你敢放我起来再打吗？"

拓跋逸豆缓缓地举起了狼牙棒说道："要是换在从前我真还可能放你

起来再打，但我琢磨着成吉思汗告诉你的那句话的确有道理。我现在也觉得心慈手软就不配领兵带队。"说着话，他手起棒落把巴特尔砸了个脑浆迸裂，死于非命。

在兀立不花追上来之前，党项人全歼了这股蒙古兵。他们不敢耽搁，便继续朝着党项新营地的方向挺进。可是没走几天，他们就碰见了几个从党项新营地来的商人。那些商人告诉他，蒙古的窝阔台大汗已经派出了四十万铁甲精骑前去剿灭党项新营地，那四十万大军的主力就在离这里不足三百里的地方。拓跋逸豆听了不禁倒吸了一口凉气，要不是这几个商人带来的消息，他们几乎自己撞进了蒙古大军的怀里。

再想去投奔党项新营地已经是不可能的了。大家只好一路向前，希望寻求一个能够避开屠杀和迫害、避开兀立不花和他那支穷追不舍的大军的地方。

当晚，拓跋逸豆召集起部族里的长者和将佐，就今后的何去何从展开了激烈的争论。完颜可心虽然已经贵为拓跋部的女主人了，但她却带着恬静的笑容一直坐在拓跋逸豆旁边倾听议论，一句话也没有说。

倒是铁达喇忍不住了，他看着可心叫道："我的女主人，你倒是说句话呀，我们这些人就跟被火把烧灼的野蜂一样没了主意。"

巴燕行也把充满信任的目光停留在可心的脸上。拓跋逸豆亲热地拍了拍可心的肩膀说："说吧，我的女人！你没看见大家都在等着你的主意呢？"

可心羞涩地一笑回答说："我一个女人家知道什么？但我觉得兀立不花一路追赶着我们，是因为他知道我们的目标是党项新营地。如果我们撇开这个方向往其他地方去，他的嗅觉再灵也得好好地嗅上一阵子才行……"

心中的家园突然崩塌，

迷茫中脚步不敢慢下，

坚实的陆地已无处安身，

天边的大海把党项人接纳……

第十六章　千里寻仇

接受了可心的建议，拓跋部离开了通往党项新营地的大路，一头扎进了荒无人烟的戈壁滩。就在他们进入戈壁滩的当晚，兀立不花便一路追寻着来到了戈壁边缘。在荒凉的没有任何人迹的地方，兀立不花抓着脑袋问身边一向足智多谋的副将扎木腾："我的兄弟，你说那些党项人到底会去哪里呢？"

扎木腾嗫着牙花子回答说："我虽然不敢说他们肯定是朝着乌拉盖山那边继续前进，虽然那是向党项新营地方向，但要是我怎么也不会去这片只有死神和胡狼的戈壁滩里冒险。别的不说，光是没有水源这一项，他们就没法生存下去。"

兀立不花听了连连点头，自言自语地说道："是呀，没有水他们一天也活不下去。"念叨着，他心里有了主意，用马鞭朝数百里外的乌拉盖山方向一指，大声命令道："传我的将令，立即向乌拉盖山方向挺进！"

他们按照常规判断的结果大错而特错了。拓跋逸豆按照可心的计策，指挥着队伍进入戈壁不足三十里的地方扎了营。用事先准备好的水稳稳当当地休息了三天。在得到了兀立不花他们一路朝着乌拉盖山追去的消息时，他们走出了戈壁，朝着跟蒙古人相反的方向快速地撤出了兀立不花的视线。

几天之后，兀立不花终于知道上当了。他苦笑着对扎木腾说："兄弟，为了弥补我们被动的局面，你率领大军跟着，我带领三千轻骑赶紧去追寻党项人的踪迹。"

扎木腾不好意思地看着兀立不花说："大将军，我扎木腾的眼睛被湖水上的雾气遮住了，信口雌黄的胡乱猜测让您和大军陷入了被动，请求您责罚我吧！"

兀立不花摆着手笑道："猎人打不到猎物不能怪猎犬，飞鸟找不到方向不能怨天大。我怎么会因为这件事记恨你呢？"说着话他拱了拱手，便转身去挑选准备带领的轻骑去了。

兀立不花带着精心挑选出的三千轻骑，每人两匹战马，一路上不停地追踪着党项人的踪迹。由于沿途所经过的地方大都已经被蒙古人控制了，他们没费多大劲儿就在一个驻守着孤零零的土堡的十夫长那里得到了确切的情报。那名十夫长告诉兀立不花说："尊贵的大将军，就在三天以前有一支大约一万多骑兵组成的队伍，从离这里二十里外的地方朝着古喇城的方向去了。"

兀立不花精神一振，赶忙问道："他们可曾与我们其他的队伍发生过厮杀吗？"

那名十夫长卖弄地说："我们的将军伯颜帖木儿率领着大军跟他们血战了一场，最后要不是伯颜帖木儿将军身负了重伤，那些党项人连一个也逃不掉。"

兀立不花没工夫听他啰唆，把眼一瞪喝道："他们到底有多少人突围跑了？"

十夫长赶紧恭敬地回答道："他们绝大多数被俘或是死在了乱军之中，他们那个当过苏丹的首领带着五六千骑兵和不到一万人的妇孺跑掉了。"看着兀立不花的脸色阴晴不定，那名十夫长讨好地补充道："我们还俘获了他们的一员大将叫李玉……"

事情很清楚了，终于躲过了他苦苦追杀的拓跋部被伯颜帖木儿的大军围困，并苦战了一场，拓跋逸豆在这次战斗里显然失去了大半的骑兵和绝大部分的妇孺。连一向骁勇善战的伯颜帖木儿都被打成了重伤，不用再细问他也能想象得到当时的战况是何等的惨烈了。

兀立不花清醒地意识到自己要不赶紧追上拓跋逸豆并全歼了他们，拓跋逸豆就会慢慢地被西域各地的蒙古大军一点点蚕食掉。到那时，不仅他痛失爱子的大仇不能再报，窝阔台大汗的面前他也实在难以交代。毕竟从黑水城开始到现在，已经有九千多名蒙古士兵再也回不了蒙古草原了。想到这里，他对身边的一个偏将说："你立即赶去报告，命扎木腾将军全速赶来，我带着这三千勇士即刻前往古喇城，黏住拓跋逸豆他们。"

第二天的下午，一路狂奔的兀立不花和三千蒙古轻骑终于在一条土路的尽头挡住了因为携带妇孺行进速度十分缓慢的拓跋逸豆。仇人相见分外眼红，两支人马迅速地拉开了决战的架势。

厮杀的气氛令在场的每一个人都感到一阵莫名的亢奋，此时此刻他们已经暂时地忘记了悄悄迫近的死亡的威胁，杀敌的渴望占据了心里最显著的位置。蒙古兵都知道这是他们万里追杀的敌人数量和体力最差的时候，错过这个时机他们将付出难以想象的代价。党项人更是明白不打败面前人数暂时处于劣势的蒙古人，他们就将连逃亡的权利也丧失殆尽了。

呜咽的牛角号里，双方开始缓慢但决绝地靠近，直到相距不到十丈远的时候才不约而同地发出一阵吼叫，催马杀向了对手。在刀剑的撞击声里，拓跋逸豆冷冷地看着兀立不花黑色的衣甲和盘旋在他头顶的雄鹰。想到自己在可心面前发下的誓言，想着完颜鸿鹄一家的惨死，拓跋逸豆顿时怒火中烧，双腿一夹马肚子，直奔他的宿敌而去。

兀立不花此次的目的也是要找拓跋逸豆报仇。两军阵前两位统帅居然单打独斗了起来。兀立不花知道拓跋逸豆新败之后，虽然战斗力会受到很大的影响，但自己绝对不是他的对手，赶紧掏出鹰笛含在了嘴里。鹰笛是驯鹰人最常用的工具，他用成年雄鹰的骨头制成，吹的时候人是根本听不见的，但飞翔在附近的鹰却可以敏锐地捕捉到主人发出的信号，并根据主人吹的频率配合主人，从天空中攻击主人的对手。

这只黑鹰上一次被拓跋逸豆用箭射掉了一只爪子，在兀立不花的精心调养下，伤慢慢地好了。可它却牢牢地记住了拓跋逸豆的模样，今天鹰笛刚一吹响，它就从天上俯冲下来，直奔拓跋逸豆的眼睛。拓跋逸豆正在挥棒猛打面前的兀立不花，冷不防一团黑影从天而降，百忙中赶紧低头，头盔上却被狠狠地啄了一下。兀立不花趁机猛砍一刀，虽没有伤着拓跋逸豆，但刀锋却把拓跋逸豆身上的牛皮铠甲划开了一道大口子。

拓跋逸豆知道这只鹰不死就会一直在旁边捣乱，便大喝一声抢起狼牙棒，没头没脑地就是一阵狂风暴雨似的猛打。兀立不花怕自己的鹰冲下来会被伤到，赶紧吹响鹰笛让它飞上了高空。说时迟那时快，兀立不花在保护黑鹰时也被拓跋逸豆逼退了几丈远。趁着对手没有冲过来之前，拓跋逸豆弯弓搭箭照着盘旋的黑鹰射出了一箭，这一箭把那只黑鹰射得羽毛乱飞，再不敢飞过来助战了。趁着兀立不花分神去看黑鹰的工夫，拓跋逸豆猛地一磕马镫冲上前去，一把抓住了兀立不花的腰带，硬生生地将他活捉了过来。

主将被擒极大地影响了蒙古兵的士气，他们乱糟糟地用骑弩射了几箭，便一哄而散开始了溃逃。拓跋部的骑兵对这支蒙古兵最为痛恨，趁势追过去，利用人多势众的优势刀砍斧剁，当场就撂倒了一大半儿敌人。拓跋逸豆知道这不是兀立不花的主力，便大声地命令准备去追击的骑兵们勒住马缰，带着被俘的兀立不花朝着既定的目标——古喇城走去。

　　打到这会儿，拓跋逸豆的身边只剩下五百多人了，这里边还包括三四十个女人和孩子。他们策马奔驰了大约一个时辰，一座滨海小城终于出现在他们的面前。他们的突然到来使城里的一百多名蒙古守军斗志全无，落荒而逃，党项残部兵不血刃地进到了城里。

　　当他们纵马穿过街巷来到了一个拐角的时候，一片无边无际的海洋突然出现在他们的面前。拓跋逸豆和所有的党项人一样都是第一次见到碧波浩瀚的大海，迎面吹来的海风和不断地冲击着礁石的海水让他们以为来到了天的尽头。

　　拓跋逸豆目瞪口呆地看着面前的海洋，对身边的可心说："难道这里就是咱们最终的葬身之地吗？"

　　可心的心里也十分复杂，她贪婪地看着波涛汹涌的大海，玩味着拓跋逸豆这句无可奈何里带着心灰意懒的话。就在她也要为面前再也无可逃之路而哀叹时，几条巨大的海船却适时地映入了眼帘。

　　可心注意到海船上的人正在忙着解缆，赶紧对右臂负了伤的巴燕行喊道："巴大哥，赶紧带人去阻止那些人下海，这可是咱们最后的希望了！"

　　巴燕行瞬间领会了可心的话，挥手招呼着身边的族人飞马来到了正要离岸的海船前。一通喊话之后他懊丧地发现，那些穿着奇怪的白衣服的人根本不懂他在说什么，反而加快了手里离岸前的工作。巴燕行很快便从他们中间看出一个戴着高顶纱帽的男子是这群人的首领，情急之下只得顺着搭在岸上的跳板上了甲板，在那些人惊恐的目光中，弯腰把那人提上了马背，又顺着跳板回到了岸上。

　　拓跋逸豆等人围着这个满脸惊恐的男子连说带比画地要求搭乘他的船出海避难，可那个男子却一味地摇头摆手，根本无法沟通。还是可心伶俐，忽然用力地推着拓跋逸豆叫道："他既然能来到这里肯定会说西域话！"

　　拓跋逸豆听了赶紧改用阿拉伯语问道："这些船是你的吗？"

　　那人居然真的听懂了，点着头回答说："是我的，我是来自高丽*国的商人朴正焕，请将军高抬贵手。"

　　拓跋逸豆赶忙解释道："你误会了，我和我身后的这些人都是被蒙古人追杀的党项人。我们现在已经是走投无路，希望你能用船把我们送到安全的地方。"说着话他让可心指挥着士兵抬来了一个沉甸甸的皮囊，拉开了封口指着里面的黄金说道："这些就是我给你的酬金！"

　　船主朴正焕终于弄清了拓跋逸豆等人的经历，看着眼前这些毫无恶意的面孔，指着黄金战战兢兢地问道："这些都是给我的吗？"

　　拓跋逸豆连连点头答道："没错，就是不知道够不够？要是不够的话我还可以再给你一些！"

　　高丽船主朴正焕慨然答道："已经足够了，我可以把大家带到高丽国附近去。那里应该离你们的家乡不算太远了。"

　　拓跋逸豆知道，蒙古人虽然称雄陆地但却无法征服浩瀚的海洋，便重重地点了点头说："我们只求马上能够离开此地，无论是天涯海角，先去了再说吧！"

　　朴正焕回转身，大声地朝正在船边观望的水手大声喊了几句，便有两个人走过来抬起沉重的马架子往船上走去。朴正焕对拓跋逸豆说："你们赶紧在这城里多找一些粮食草料吧，这里到高丽国要走上很长时间呢。"拓跋逸豆让巴燕行赶紧去城里搜罗粮食草料，铁达喇开始组织大家牵马上船。

　　就在这时，拓跋逸豆突然发现自己千辛万苦抓回来的仇人兀立不花不知道跑到哪里去了。他焦急地对身边的侍从喊道："赶快去找该死的兀

---

*　高丽（918—1392），又称高丽王朝、王氏高丽，是朝鲜封建王朝之一。新罗末年，新罗王族弓裔建立泰封国，尚州土豪甄萱建立后百济国。918年泰封部将王建杀弓裔自立，建立高丽国，高丽国在清朝前都附属于中国。935年灭新罗，936年灭后百济，基本统一朝鲜半岛。首都开京（今开城），1392年被朝鲜王朝取代。

立不花，千万别让他给跑掉了！"

可心眼看着就要大仇得报却被仇人在眼皮子底下给跑掉了，轻轻地叹了口气，对拓跋逸豆说道："看起来那个狗贼命不该绝啊，你就不要去管他了。我估计蒙古大军一个时辰内就会出现在我们的面前，还是先离开此地吧！"

拓跋逸豆内疚地看着可心说道："早知如此，还不如刚才一棒打碎了他的脑袋呢！"但懊丧归懊丧，毕竟时间不允许再去搜寻仇人了，拓跋逸豆让可心先上了船，自己则手持狼牙棒站在船下指挥着部众，把在城里搜集到的粮食草料陆续搬到了船上。

拓跋逸豆的几个侍从还是提着刀简单地搜了搜兀立不花可能藏身的地方。但他们最终一无所获，要在一座城里找到一个刻意隐藏的人实在是太难了。搜索很快就停止了，因为他们在一座高大房子里发现了很多豆子和大米，就赶紧搬运起这些珍贵的东西来。谁知道他们究竟要在那无边无际的大海上漂流多久呢？

兀立不花其实就躲藏在不远处的一座空房子里，他沮丧地看着党项人正在四处搜罗粮草，做着出海的准备。他在庆幸自己终于从拓跋逸豆的手里逃得了活命，同时也在哀叹着再也无法找拓跋逸豆去报杀子之仇了。想到这里，他忽然震惊地发现自己其实很怕死。他绝对没有那位大教长默罕默德那种视死如归的精神，也没有那几个学生情愿用自己的死去唤醒同胞抵抗入侵者的勇气。作为一个黄金家族血统的蒙古人，这无疑是很可耻的。

从自己变得贪生怕死开始，兀立不花开始琢磨起那位已经在大金国的幽州城建起了大都的窝阔台大汗，他对付败军之将的手段让这位侥幸捡回了性命的蒙古将军又一次为自己的生命担忧了起来。不过他很快就在脑子里编造出了自己带领三千轻骑连日飞奔，最后终于在大海边全歼了党项人的鬼话，他知道就凭这个，窝阔台大汗绝对会毫不吝惜地对自己进行奖赏的。

一阵若有若无的马蹄声传了过来，兀立不花惊喜地听出，那是上万匹甚至是几万匹蒙古马一块儿疾驰的声音。不用问，这是扎木腾带着主力赶来了。他赶紧朝着岸边正在上船的几个断后的党项人望去，遗憾地想着自己的主力最终无法再留住他们了。

这个时候，小城外的马蹄声已经很近了，小城的石板路都在微微地颤动。没过多久，铺天盖地的蒙古骑兵就开始出现在城里。兀立不花感到底气又足了，他离开躲藏的房子来到了街上，叉着腰拦住了一名百夫长说："把你的马给我！"那名百夫长虽然不明白他们的将军为什么会突然出现在这里，但还是顺从地跳下了马来。

"脱掉你的铠甲！"兀立不花紧接着又发出了第二道命令。看着百夫长犹犹豫豫的样子，兀立不花勃然大怒，挥手就给了那名百夫长一记响亮的耳光。被打醒的百夫长这回不敢再迟疑了，慌手忙脚地脱下了自己身上那件攻打花剌子模国时得到的镔铁锁子甲，手脚麻利地帮着兀立不花穿在了身上。兀立不花顺手抢过他的弯刀跃上了马背，指着周围越来越多的骑兵命令道："快！冲到海边去放箭！"

的确，这是这位蒙古将军唯一能做到的了。那几艘大海船这时已经拔锚扬帆，正缓缓地朝着深不可测的大海驶去。蜂拥而至的蒙古兵用一阵霹雳般的弓弦声给他们从党项腹地的黑水城一直追到了西域的对手党项人举行了一次隆重的送行仪式。箭一支支地掉进了大海，大船渐渐远去。

望着身后渐行渐远的陆地，拓跋逸豆揽着可心的肩膀低声感叹道："想不到我大夏的大将军，拓跋部的大首领，就这样狼狈地在蒙古人面前逃走了，慌张得让连做梦都想杀的仇人都逃跑了……"

可心轻轻地握着他的手轻声安慰道："逸豆你不用如此灰心，你在横扫天下的蒙古人眼皮底下带出了你的族人，这本身就是一个奇迹，你用不着自责了。"

拓跋逸豆叹息道："三万多精骑和十余万部众就剩下了这几百人了，我还有什么值得高兴的？"

可心严肃地对他说："你当然应该高兴，这几百族人里有男有女还有孩子。无论他们到了哪里，拓跋部最终都会复兴的！"说着话，她拉着拓跋逸豆的手放在自己的肚子上骄傲地说道："作为一个生长在乱世的党项男人，你成功地保护了你的女人和孩子，我为有你这样的男人而骄傲！"

海船已经把陆地和在岸边鼓噪的蒙古人远远地抛开了，所有的党项人都默默地站在甲板上注视着，远处有他们的敌人，有他们的故乡，有祖祖辈辈牧马放羊的贺兰山。何时能够回到魂牵梦萦的大夏已经无从得知了。

海船在日落时分遇到了阴雨，灰蒙蒙的天空和暗黑色的海水让从没有见过大海的党项人感到十分恐惧，有的人甚至以为这里离魔鬼居住的地狱应该很近了，有的干脆下到了朴正焕的管事安排好的船舱里蒙头便睡，还有的跪在甲板上向新近信奉的真主不停地乞求着。

拓跋逸豆和巴燕行还有铁达喇一起巡视了族人居住的船舱，他们不停地给他们打着气。看到大首领这样从容自若，许多族人逐渐地平静了下来。他们满足了，不管怎样，他们毕竟在这场腥风血雨的万里大追杀中活了下来，他们还能找到一个与世无争的地方牧马放羊，他们拓跋部的人丁也会渐渐地多起来。到那时他们一定要再骑上战马，去驱逐强占了他们牧场和自由的蒙古人，重新回到贺兰山下。

拓跋逸豆相信：那些一路跟随着自己的党项人终会回到各自的故土，像生命力顽强的狼毒花一样延续自己的部族。

狼毒花的种子随风飘荡，

飘入大海寻找希望！

弯刀虽能打遍天下，

却抹不去我的名字永远的党项……

第十七章　　孤岛余生

　　异常平静的海面上，拓跋逸豆乘坐的大船漫无目的地航行着。虽然船队里有着多年经验的水手使大船乘风破浪，但船上那些自懂事时起就惯于牧马放羊的党项人却难免心怀忐忑，在传说中直通地狱的大海中紧紧地靠拢在一起。

　　这种像是在恐怖地狱中旅行一般的航行，虽然使拓跋部残余的族人脱离了蒙古人的魔爪，但也击碎了他们回归故土的渴望。没有人知道，这艘大船将会把他们带往何方。想着倒在漫长征途中的朋友，想着那些再也见不到的亲人，即使那些铁打般的汉子们也一个个愁眉紧锁，呆呆地望着日出日落的天际，完全没了主张。

　　拓跋逸豆站在船头，默默地看着眼前的一切。在一望无际的大海面前，他开始由衷地感叹自己的渺小。面对王朝更迭的巨大变故，他感到自己的脑子一片空白，只有一些熟悉的脸庞在不停地闪现。他们是眼里满含着期望的皇帝，是神采飞扬的赫连飞凤，还有壮志难酬的一代名将嵬名朗月，甚至还有那不知道漂泊到了哪里的古兰和阿木……

心灰意懒的拓跋逸豆深深地叹了口气，面对大海感慨着党项人的命运。昔日称雄于贺兰山下的大夏好像从这次战争爆发伊始就被各路神祇抛弃了，不但没有像先王李元昊浴血奋战建国时那样的有如神助，而且一败涂地，失去了还手的力量。身为一个血管里流淌着热血的党项男儿，自己又该怎样呢？难道许下的誓言只能抛在脑后，就这么轻轻地丢掉了吗？想到这里，拓跋逸豆紧紧地握住了腰间那口镇国宝刀，说不清是复国还是复仇的勇气又重新回到了他的身上。

可心不知什么时候出现在甲板上，站在远处静静地看着她的心上人——满脸壮怀激烈的拓跋逸豆。她知道这个男人是她一生的归宿，虽然漂泊在茫茫的海上，她还是感到无比的满足。在可心看来，这已经是那个像抛弃金国一样抛弃了大夏的上天所能给自己最慷慨的报偿了。她真的无力再去想什么大金，什么党项了。满腔的仇恨也化作清风飘向了远方。她只想永远漂浮在这海面上，就这样一直守在拓跋逸豆的身旁，无论这艘大船最终会漂到天的尽头还是任何地方。

"你在想什么？"可心走到拓跋逸豆的身旁，用温柔的声音轻声地问道。

"什么也没有想。"拓跋逸豆回过头来笑了笑，当他的目光落在可心那日渐隆起的肚子上时，终于叹了口气重新把目光投向了大海，轻轻地回答说："我只想着我们的儿子能快些出生，但是我又不想他这样早地出生！"拓跋逸豆望着起伏的海面说。

"为什么？"可心听了拓跋逸豆这句没头没脑的话，瞪大了自己那双美丽的眼睛，带着不解的神情问道。

"因为我希望他能出生在贺兰山下！"拓跋逸豆用铿锵的语气答道。两人之间出现了一阵短暂的沉默，看着可心娇媚的脸庞，拓跋逸豆忍不住伸出手抚摸着她的头发，向她投去了一个深邃的目光，心中的思绪又回到了贺兰山下，那个魂牵梦绕的地方。

海上的天气像一个老人的古怪脾气，说变就变。刚才还是风平浪静的海面上突然间波涛汹涌，风声大作。铅块般的黑黑的乌云说话间便遮住了原本碧蓝如洗的天空，小山似的浪头如同巨蟒一般来回翻滚，大船在巨浪面前犹如一片树叶，时而被抛上浪尖，时而又被摔进谷底，在滔天的巨浪中艰难地穿行着。船上的人一个个面如土色，如同受到了惊吓的野兽一般。

拓跋逸豆没有动，还是塑像一样站在船头，任凭上天赐予的巨浪无情的洗礼。可心小鸟般紧紧依偎在他的怀里，心里默默地想："无论多大的浪头也别想把我们分开，无论多大的危险我也要和他一起度过，直到天神收回命的那一天。"

海浪继续肆虐咆哮着，没有丝毫减弱的意思，反而更加无情加大了撕扯的力度。在毁天灭地般的天地之威面前，船身发出吱吱呀呀的声响，好像要变成一块块木板，投身到大海里去自由地漂荡。大船的桅杆终于超过了承受的极限，发出一声巨响后结束了对风暴的抵抗。随着桅杆的断裂，拓跋逸豆好像突然感觉到了什么，他猛地抱紧了可心，发出了一声歇斯底里的呐喊……

风渐渐停了，党项人乘坐的大船因为失去了动力，听天由命地在茫茫的大海上漂荡着。逐渐变小的浪头仍在心有不甘地撞击着船舷，好像在阴险地等待着下一场狂风的到来，等待着形成更大的巨浪。

终于平静的海面上，时间好像也静止了。在漂泊的几天时间里，大家都觉得好像已经过了很久。船上的水手在风浪刚停下时就放下了一只小船悄悄地走了。拓跋逸豆只得一边吩咐船上的族人拼命地舀水延缓大船下沉的速度，一边徒劳地派人修理着桅杆。大约一个时辰过后，大船已经多处进水，开始慢慢地下沉了。船上的党项人全都停了下来，把目光投向大海，期待着奇迹的出现。

拓跋逸豆焦急地举目四望，希望能够看到其他的路过的船只或是能勉强支撑到的陆地。他们的淡水和食物已经消耗殆尽，再这样下去，就算大船不沉入海底，一船的人也难以逃脱饿死、渴死的悲惨结局。

突然，在远处的海平面上，出现了一个模糊的黑点。随着距离的靠近，那黑点越来越清晰。一声欢呼之后，船上的人终于看清了，那是陆地，海潮正在按照亘古不变的规律把他们缓缓地推向那里。整船的人们一下子兴奋了起来，欢呼着跳跃了起来，一些侥幸跟着他们活到了今天的女人甚至还失声痛哭了起来。

满怀对生的希望，拓跋逸豆吩咐众人重新舀水，奔向那块突然出现的陆地。当大船摇晃着就快要到达岸边的时候，一些迫不及待的部众已经等不及了，他们七手八脚地放下了一只小船，笨拙地划着水朝着岸驶去。

大船猛地一震，搁浅了。拓跋逸豆指挥着众人陆续踏上了这块陌生的土地。那些已经上岸的党项人因为自己的双脚又踏上了坚实的土地，兴奋得无以复加，全都站在岸边冲着大海不停地呼喊，有的还虔诚地双膝跪倒，亲吻起脚下的沙滩来。

拓跋逸豆拉着可心，最后一批登上了沙滩，对视良久，两人的脸上全都浮现出了难得的笑意。正在这时，几个自告奋勇前去查看的部众回来了，有些垂头丧气的百夫长铁豪告诉拓跋逸豆说："这里其实是一个无人的荒岛，四面全是茫茫的大海……"

突如其来的失望迅速蔓延开来，连一向坚毅的拓跋逸豆也目瞪口呆，不知道该说些什么了。倒是完颜可心走到众人面前，用她那双动人的眼睛望着身边部众说道："这岛虽然不是很大，但幸好长满了茂密的树木！"说到这里，她用一种欣慰的神态打量着四周的环境，继续说道："你们看！那里还有一条奔流不息的小河，我们一定能活下去的！"可心的话极大地鼓舞了大家，劫后余生的微笑再次出现在所有党项人的脸上，让他们重新振作，心底里燃起了希望的火花。

大家在这一刻又都感到十分欣慰，因为这里毕竟远离了蒙古人的追杀，离开了随时会吞噬生命的大浪，让他们暂时摆脱困境。拓跋逸豆用赞赏的目光看了可心一眼，便吩咐众人寻找起能够安营扎寨的地方来。

在拓跋逸豆的指挥下，大家终于在小岛的深处找到了一个避风的山谷，开始砍伐树木，动手建造起营地来。至于食物也暂时有了着落，好在上天早就赋予了党项人生存的技能，岛上虽然没有牛羊，但是不时出没在附近的飞禽走兽仿佛在提示他们，只要肯张弓搭箭，就不用担心会饿肚子。

尽管岛上的生活艰苦异常，但是经历过生死大战幸存的人们感觉到无比的放松，真真正正的放松。晚上，大家都能安心地进入梦乡，睡上一个真正的安稳觉。因为这里决不会有人打扰，不会出现随时可能袭来的蒙古人，也不用像漂浮在海面上时担心会葬身鱼腹。

几天后的一天，拓跋逸豆扶着可心来到了一块礁石上坐下，彼此深情地注视着。这已经成了他们的习惯，每天他们都会一起来到这里，享受这久违了的平安与宁静。四目相望，这对劫后余生的情人眼中闪动着难以言表的光彩，但谁都没有开口。因为，他们彼此之间有着太多的话要说，有着太多语言无法表达的东西。茫茫的大海中央，孤寂的礁石上，两个人紧紧地拥抱在了一起，用彼此的心跳和体温向对方传达着浓浓的爱意。

可心望着拓跋逸豆，慢慢地把头扎进他的怀里，在大海深处这座与世隔绝的孤岛上，她终于得到了自己想要的一切，她那颗奔波已久的心终于安静了下来。什么仇恨和荣耀都被她抛在了脑后，她对上天心存感激，她甚至希望时间就此停顿，永远这样守在心上人的身边。

孤岛生活开始了，越来越多的困难也随之出现了。首先要解决的是日渐稀少的食物问题，拓跋逸豆让大家按照可心的吩咐跟她学习怎么在水里捉鱼，怎么在树林中捕鸟。拓跋逸豆还吩咐众人修理打磨现有的武器，派人利用岛上一种很有韧性的树木制作一些弓箭和投石机，虽然没有了敌人，但那段噩梦般的追杀却让他们养成了兔子般的警觉，时刻提防着可能跳出来的危险。

随着时间的推移，平静得不能再平静的生活轻飘飘地继续着，治愈了人们身体上的伤口，也在慢慢地医治着他们身体里已经濒临破碎的心。灭国亡家的创伤在渐渐地愈合。但在拓跋逸豆的心中，一种东西却在不停地滋生，那是对故乡的依恋，誓言和仇恨对他无休止地折磨着。望着眼前的碧海蓝天，这位大首领在心里默默地祈祷：总有一日要回到雄伟的贺兰山下，像一个真正的党项男人那样重披战甲，快意恩仇。

完颜可心的肚子更加突出了，拓跋逸豆回家的欲望也随着可心那日益隆起的腹部越加的强烈。拓跋逸豆太渴望自己的孩子能够出生在已经远离了的故土，那播撒着党项人血泪和汗水的贺兰山下。在他看来，那里才是党项人灵魂的归宿。他固执地认为，他的孩子第一次睁开眼睛就该看到那里明净的天空，呼吸到那里清爽的空气。他拓跋逸豆，拓跋部族的世袭大首领必须做到这一点。何况他还是一个父亲。但现在，这件事却只能藏在心里，没有实现的可能了。其实像他一样，这种复杂的心情也同样出现在不少党项人的心里，同样炽烈，同样无奈。

离家的时间越久，思念也越加的强烈。对故土的思念已经超越了蒙古弯刀带来的恐惧，战斗的渴望又在人们心里慢慢地滋生了起来。

随着时间的推移，岛上的生活令众人逐渐回到了茹毛饮血的原始的状态。尽管如此，拓跋逸豆还是让大家竭尽所能地修好了那艘搁浅的大船，并让一些聪明的部众模仿着那些水手的样子，试着让大船又动了起来。

在思乡的欲望的支配下，每过一段时间，拓跋逸豆便会乘上那条修好的大船，带着一队部众去海上航行，近距离地在海面上搜索一番。一方面是寻找过路的船只，好打探现在的方位，另一方面也在试探着寻找附近的大陆，好重新回到家乡去。但是，他们的努力失败了，每次出海都是毫无收获，败兴而归。到最后，他们甚至都期盼着能够遇到水手最为惧怕的海盗，因为他们又能用自己的武器去拼杀了，总比这样没有希望的生活要好得多。

几个月的时间很快地过去了，党项人在岛上的生活已经渐渐变得习惯，一些人思乡的情绪也淡薄了起来。他们已经适应了岛上的生活，现在不但有鱼虾和鸟类为食，还尝试着把岛上的野果当作了美味。当然，还有从海里打捞起来的海藻，也成了人们珍爱的美食。他们发现，吃了这些带着盐分的东西，身体都变得越发的强壮了。

这一天，拓跋逸豆还是像往常一样乘船出海，开始了试探性的航行。奇迹真的出现了。航行了没多远的时候，一个负责观察的部众忽然间大叫了起来，说是前方的不远处出现了两艘大船。

这个消息让拓跋逸豆和船上的部众兴奋不已。这段日子以来，他们每天都在期盼着这个时刻。拓跋逸豆吩咐众人一面准备好武器，一方面让大家全力划桨，直奔遥遥可及的大船而去。

距离越来越近，拓跋逸豆逐渐发现其中的一只船有些眼熟，很像高丽商人船只的样式。而尾随其后的一艘则显得小一些，上面赫然挂着一面黑色的旗帜，跟水手们曾经说过的海盗船有些相似。

"大首领，后边那艘好像是海盗船！"一个侍立在身边的部众失声叫了起来。"管他是神是魔！赶紧靠过去！"拓跋逸豆的内心已经变得激动异常，不由自主地握紧了腰间的镇国宝刀。

其实船上的每个党项人都一样，他们期待这一刻已经太久了。更何况，作为出生在贺兰山下的武士，他们的身体里早已被注入了不安分的血液，天生就不惧怕战斗。这种成分现在已经沸腾了起来，它们由于长时间得不到释放，已经是喷薄欲出，火一样地开始燃烧了。

果不其然，那真是一艘海盗船。船上那些面目狰狞的海盗们全在得意地狞笑。因为他们正准备攻击那艘高丽商船，准备把船上的财物变成享乐的资本。让他们没想到的是，一艘千疮百孔的破船突然间横空而出，挡在了他们和商船之间。

就在海盗震惊不已的时候，拓跋逸豆的船已经贴了过来，船上的党项武士身手矫健地开始跳船了。那些海盗们大多时候都是打劫一些手无寸铁的商人，充其量不过是面对商船上的护卫。等跟那些跳上船来的野人似的家伙们一交手，才知道自己根本不是对手。虽然他们还不明白自己面对的是身经百战还能幸存下来的党项勇士，但也不得不承认，他们从来没见过那样既不怕死又身手敏捷的对手。

惊魂未定的海盗们很快就被驱赶到了船尾，他们虚张声势地大声喊叫，挥舞着手中的阿拉伯弯刀冲了过去。但是很快就被一个个砍翻在地，没有人能跟对手正经八百地过上几招。

海盗头子心知不妙，看了一眼四处逃窜的同伙，便悄悄地跳下了海，抱着一块木头拼命地划着水逃命去了。这一下可不要紧，一船的海盗立即停止了抵抗，全都乖乖地放下了武器。当一个小头领模样的海盗被押到拓跋逸豆的面前时，他一边跪在地上不停地磕头，一边叽里呱啦地叫喊了起来。虽然从那个家伙脸上的惊恐之色看出了求饶的意思，但拓跋逸豆还是抬腿踢翻了他，让部众把他押回到同伙中间。

就在这时，那艘商船也靠了过来。商船的主人正是那个把党项人带进了大海的高丽人朴正焕。认出了自己的救命恩人后，朴正焕显得激动异常，赶紧让手下搭好了跳板，颤颤巍巍地走了过来。当朴正焕奇迹般地站在拓跋逸豆的面前的时候，拓跋逸豆也不禁眼前一亮，他好像已经能够感觉到贺兰山那甘甜的泉水和宽广的牧场了。

经过攀谈之后，拓跋逸豆才知道了事情的原委。原来，朴正焕自打和拓跋逸豆他们失散后，每次出海都会在附近的海域寻找一番，希望能找到那些在海上遭遇了风暴的党项人。因为他很看重自己的信誉，要兑现他的承诺。而且他还一直坚信那些党项人一定会在神的护佑下躲过那场风暴活下来。这次的航行也不例外，他们特地绕道到这里，但在搜寻的过程中他们的商船却遇到了海盗。出于本能，朴正焕立即下令放弃搜寻，全速逃避。但不幸的是，他们的商船远没有海盗船那样的速度，眼看就要被追上了，没想这时突然有人救了他们。起先他还以为是附近岛上的土人，做梦也没想到救他的竟然是拓跋逸豆和他的部众。

"拓跋大首领，看到你们还活着，我真是太高兴了！"朴正焕激动地拉着拓跋逸豆的手说道。

"能再次看到你，我也同样的高兴！感谢苍天上的诸神，把你再一次地带到我的身边！"拓跋逸豆用一个由衷的笑容回应了面前的朴正焕。

拓跋逸豆让朴正焕派来了一些水手帮他驾驭新缴获的海盗船。由于心情大好，还把自己的那条破船慷慨地留给了那些海盗，让他们自己去寻找生路。

当他们带着高丽的商船返回小岛的时候，长时间不见他们归来的可心正在岛上焦急地观望着。当她看到两条大船驶来时，差一点就要下令备战。可她很快就看清楚了船头站立的人，正是她唯一的亲人，拓跋部的大首领拓跋逸豆。

"是他！是他们回来了！"随着可心的一声叫喊，整个岛上沸腾了。一些党项人的眼睛瞬间被泪水充满，他们困在这里已经太久了，直到这时他们才体会到自己返回大陆的心情竟是如此的迫切。

拓跋逸豆吩咐船员把海盗船上的食物和美酒带回岛上，部众们一见不由得大喜过望，全都围拢过来小孩子般地争抢了起来。看着眼前的情景，拓跋逸豆也忍不住激动了起来，扯开嗓子嚷道："好好地庆祝一番吧，我们要回家了！"朴正焕也被眼前这一幕深深地感染了，马上吩咐手下的高丽人，从商船上搬来了许多食物，抱下来好几十坛波斯美酒。

小岛上很久没有像今晚这样热闹了，欢快的情绪充盈着每一个角落。无论男女都表现得兴奋异常，围着篝火欢快地唱着跳着，就像是过节一样。

"这次，您准备去什么地方？我们能跟您一路同行吗？"拓跋逸豆端起酒杯，看着朴正焕说出了自己的想法。

"回大首领的话，我们这次原本是要去波斯湾的，但我现在却改变主意了……"朴正焕说到这里打住了话头，看了一眼满脸期待的拓跋逸豆继续说道："真是天神的旨意呀，从那次之后，每次出海我都会在附近寻找你们，没想到这次真的找到了！不仅如此，您还救了我们，我决定什么地方都不去了，一心一意地把你们送到任何你们愿意去的地方！"

拓跋逸豆用感激的目光注视着朴正焕，轻轻地叹了口气说道："我们能去哪里啊？当然是要回到生养了我们的贺兰山下了！"说完这句话，拓跋逸豆举起手中的酒杯一饮而尽，等待着朴正焕的答复。

"您放心，我一定会把你们送到大元的土地上的，到了那里，你们伟大的贺兰山神，一定会指引你们继续前进！"朴正焕说完这句话脸上浮现出了轻松的表情，也端起酒杯一饮而尽。

正当众人开怀畅饮的时候，可心却离开狂欢的人群默默地走了。她在猎猎的海风中一个人独自来到了海边，出神地望着岸边停靠的两只大船，喃喃地说道："天上的神啊，你说我们回去的决定真的对吗？那些暴虐的蒙古人会忘了我们吗？"

因为想把回家的消息尽早告诉可心，拓跋逸豆一路找到了这里。当他看到可心的身影时，心头一热，从身后一下子抱住她。正在冥想的可心一惊，猛地扭过了身来。当她看到了拓跋逸豆那热切的目光时，又轻轻地把头伏在拓跋逸豆的怀里。

"放心，我们很快就会回去了！我一定要让咱们的孩子出生在自己的故乡，让他像一名真正的党项勇士那样生长在伟大的贺兰山下！"拓跋逸豆陶醉地说着，完全没有注意到可心那副欲言又止的样子。

在安排登船的时候，忠心耿耿的巴燕行来到了拓跋逸豆的面前，有些局促地望着这个自己一心追随的人说道："大首领，我和一些人决定不走了，就在这里生活下去，延续我们党项人的血脉，请你不要见怪。"

拓跋逸豆听了感到十分不解，沉吟了片刻之后还是宽容地回答说："你们留下吧！这里的生活虽然艰辛，但毕竟远离了蒙古人的铁蹄，好好保重吧！"

巴燕行和留下的党项人从此生活在了这里，并慢慢地繁衍生息了起来。时至今日，在东南亚的一些岛屿上，还有一些信奉伊斯兰教的土著居民生活在那里，自称祖先是来自大陆的党项人。

天刚刚亮，早已迫不及待的党项人欢呼着登上了海盗船，迈出了归乡的第一步。在船上，大家都在用留恋的目光注视着那座小岛，心里有些恋恋不舍。但这种情绪很快就被归乡的喜悦冲淡了，他们把目光投向大海，热切地憧憬着未来。

拓跋逸豆扶着身体日渐沉重的可心，来到了船头。随着朴正焕一声令下，两艘大船起锚扬帆，缓缓地驶进了大海，带着船上的党项人和他们的热望开始了回归故土的航行。

在海上行驶了几天，眼前终于再次出现了陆地。"拓跋大首领，这里就是大陆了，你们只要一直朝着这个方向航行，晚上就能靠岸了。从那里很快就能回到你们的家乡了，愿上天保佑你们，一路平安！"

果然，船在傍晚的时候靠岸了。朴正焕站在船头目送着拓跋逸豆率众陆续上了岸，便掉头向着与高丽一海之隔的彼岸去了。

面对遥远的归程，拓跋逸豆简单地点了点人数，总共还有三百多人跟随着他。他那二万多南征北战的铁骑如今只剩下这些了，有许多人倒在了沿途无数次的战斗中，还有的留在了西亚的大地上。巴燕行这次也没有来，他带着一小部分不愿离开的部众留在了那个小岛上。铁豪也走了，带着一些已经爱上了大海的人跟着朴正焕去了高丽，准备从此漂泊在海上了。

就在拓跋逸豆感到一阵刻骨的感伤时，早就看透了他心思的可心走了过来，柔声地劝慰道："不要伤心，我们回到故乡之后很快就会人丁兴旺的。那些走了的人也有他们的道理，他们不是正如同狼毒花随风漂泊的种子吗？走到哪里都会继续延续党项人的血脉。这样，就算蒙古人挥动弯刀也抹不掉党项的名字！放心吧，我们终究会再次壮大的……"

可心的话极大地鼓舞了拓跋逸豆，一股党项人特有的坚忍和自信又回到了他的身上。茫茫的夜色里，他连忙吩咐下去，让大家化整为零，朝着贺兰山的方向进发。

他们一路上顶风冒雨，风餐露宿，经过数月的跋涉，终于在历尽了磨难之后返回了那片曾经属于他们和他们的祖先的土地。当拓跋逸豆再次看见了梦魂萦绕的贺兰山时，忍不住跪倒在地，涕泪交流。

当他们满怀信心地加快了脚步，真正返回到阔别已久的都城的时候，让他们感到震惊的是：昔日熟悉的城市早被夷为了平地，雄伟的王陵建筑全被烧毁，全都化作了一个个孤零零的土堆。街道上到处是横行的蒙古士兵，早已看不到党项人的身影，这里显然不是他们的久留之地了。

一路奔袭一路播种，
党项人在四处散叶开花，
贺兰山下又响起了婴儿的啼哭，
赞美你万能的真主啊……

第十八章　藏地涉嫌

　　面对已经物是人非的故国，拓跋逸豆强忍住就要夺眶而出的泪水，把手里的马鞭像战刀一样虚空里一劈，转过身来看着静静坐在马上的可心苦笑着说道："看起来咱们的路还没有走完啊……"

　　可心温柔地一笑，带着骄傲的表情看了一眼自己高高隆起的腹部，用那双秋水般的眸子看着丈夫柔声说道："那就走吧，天地如此广阔，难道还怕找不到我们扎下一座毡房的地方？"说完这句话，她把自己的马凑到了满脸无奈的拓跋逸豆近前，用鼓励的神情望着这位昔日曾经威震高原、叱咤风云的大首领说道："我们已经闻到了故乡泥土的芬芳，已经看见了祖祖辈辈生息的土地，该满足了……"

　　拓跋逸豆回头望着身后紧紧跟随着的二三百人，禁不住仰望着苍天喟然长叹道："想当年我拓跋部铁骑三万，毡房连绵数十里，牛羊无数！可如今加上一路上跟着咱们走到这里的人，连一场像样的仗也打不了了！我这个大首领呀……"

　　可心听了他的话却很不赞同，目光炯炯地用饱含着激情的声音说道：

"你不要这样说！你是失去了数万铁骑，但你把党项人的种子播洒在了万里征途之上！你现在是没有能力和蒙古人打一场堂堂之战了，但你却驰骋万里，战胜了无数凶恶的敌人！你是我心中真正的英雄，一个值得万世称颂的王者。我为能有你这样的丈夫感到骄傲！"

拓跋逸豆胸膛里那一团希望的火焰被可心重新点燃，原本挂在脸上的阴霾霎时间一扫而光。他转过头去，用少有的、温情脉脉的眼神上下打量着自己的妻子，由衷地感叹道："可心，我的爱人！你的话就像是干渴人眼里的琼浆，夜行人面前的火炬，让我重新获得了信心！"

可心听见拓跋逸豆居然用这样的语言来赞美自己，一张俏脸上顿时泛起了一抹红晕，显得娇羞无比。对视了片刻之后，可心用手指着身后的党项人，郑重地对拓跋逸豆说道："看看吧，看看这些跟着你转战了万里的人们。他们来自咱大夏的各个部族和城市。你现在虽然人马不多，但也不仅仅是拓跋部的首领了！你现在是咱党项人最后的守护人！只要一想起这个，你的信心就永远不会飘逝！"

在远离城市的旷野中，党项人生起了一堆堆的篝火简单地露营了。经过与大家商议，拓跋逸豆毅然决定向南迁移，去寻找一块没有蒙古弯刀的乐土。在篝火明灭不定的火光里，拓跋逸豆看到了一张张牧人的脸庞和他们信赖的眼神。

新的迁徙开始了，虽然大家聚在一起仍是黑压压的一大片，但却完全没有引起蒙古人的注意。因为他们这时已经完全不再像一支军队，而是跟逐水草而居的牧马人没了任何区别。象征着拓跋部骑士荣誉的牛皮铠甲已经被破旧的皮袍取代，曾经在这块土地上猎猎飘扬的带翼苍狼军旗也被可心小心地藏进了行李中间，唯一保持着当年驰骋沙场的印记的就只剩下他们眼睛里那坚毅的目光和胸膛里勃勃跳动的党项人那不可征服的心脏。

在可心快要生产的时候，拓跋逸豆终于在一块水草丰美的盆地里勒住了缰绳，用手里的马鞭指着白云下青青的草地说道："赞美真主！咱们就在这里住下吧！"

这片亘古没有人烟的草地终于有了生气，一座座毡房出现在西边的平地上，马的嘶叫和孩子们欢快的笑声仿佛在向天上的诸神宣示："漂泊万里的党项人终于拥有了一块牧马放羊的土地。"

派出了人手四处打听后，拓跋逸豆才知道，他们已经来到了四川附近藏人聚居的地方。这里不但拥有大片水草丰茂的草地，还远离了蒙古人的统治。天苍苍，野茫茫，与世无争，正是他们心目中最理想的地方。

安顿了下来之后，拓跋逸豆便带领大家在营地前跪倒，高举双臂仰望苍天，真诚地感谢了真主的赐予，让他们历尽劫难之后在这里生息繁衍，延续党项民族最后的血脉。

夜晚璀璨的星空下，拓跋逸豆纵马来到了通向外部世界的山谷前，他长时间勒马伫立，用被泪水模糊了视线的眼睛望着山谷的另一侧思绪翻卷，回忆着刚刚经历过的铁血往昔。抛开在迁徙中倒下的武士和死在屠刀下的妇孺，就是这次最后的旅程也让他身边许多熟悉的面孔消失了，这些人虽然大部分都跟着他走到了这里，但毕竟还有十几人永远地留在了路上。

温和的夜风中，拓跋逸豆对着虚空中闪闪烁烁的星星叹道："飞凤，你在坟墓里睡得还好吗？蒙古人的铁蹄没有惊扰了你吧？我的古兰妹妹，你和阿木还在黄沙瀚海里穿行奔忙吗？你可知道你的逸豆哥哥正在同一片天空下的一片草地上想念着你……"

可惜天空中除了漫天的繁星之外，一片永久的沉寂，没有办法把拓跋逸豆的思念带给正在异乡的泥土中沉睡的赫连飞凤，也没办法传达给正在距此千里之外的一座小山顶上的古兰。

此时的古兰已经是商队的大首领了，名字和她的美貌一样被人们到处称颂。夜空之下，她的商队正在一座小山下宿营，商队的营地里除了篝火中"哔哔啵啵"的柴草的燃烧声外，所有的人都沉默不语，静静地望着他们的女首领身着华丽的衣裙，在腰挎钢刀的阿木的护卫下向小山走去。他们知道，女首领古兰每年的这一天都会找个高处独自一人载歌载舞，直到很晚。那个脸上很少有笑容的阿木都会远远地守护着歌舞的现场，瞪着眼睛不许任何人走近。

一个新来的伙计不解地向身边一个老伙计问道："女首领这是干什么？祭天？还是信了什么邪教？"

那个老伙计瞪了这个嘴唇上刚刚长出了一些绒毛的伙计，压低了声音说道："愿真主饶恕你！古兰她哪里会信什么邪教？她是在用这种方法向她的心上人表达思念！"

不管那个年轻的伙计是否还在喋喋不休地刨根问底，小山上的歌舞却已经开始了。美丽的古兰一边翩翩起舞，一边把她那痴情的歌声抛向天籁，抛向不知身在何方的拓跋逸豆。也许不会有人知道古兰为什么会把歌舞选在每年的这一天，并且一定要在夜幕完全降临后。可是古兰清晰地记得，数年前的这一天，她正跟自己的心上人依偎在一起，那个叫拓跋逸豆的党项英雄曾经在满天的繁星下起誓，来生来世娶她为妻……

这一天的早晨，正当射猎回来的拓跋逸豆信马由缰地回到自己的毡房附近时，一声清亮的啼哭突然传进了他的耳朵里。拓跋逸豆远远地望着在自己的毡房前忙碌着的女人们，马上明白了。那一声啼哭标志着一个新生命的到来，标志着拓跋家族终于有了后继之人……

片刻之后，策马而至的拓跋逸豆终于证实了自己的猜测，真的是可心生产了，她为拓跋家族产下了一个健壮的男婴。这个男婴的到来不仅让拓跋逸豆流下了激动的泪水，也给营地里的党项人带来了一份喜悦和希望。

这一天，大家都停下了所有的事情，开始了来到新营地后的第一次狂欢。女人们张罗着杀羊、煮肉，男人们全都围坐在拓跋逸豆的毡房前，尽情地喝起了马奶酒。

就在狂欢进行到高潮时，拓跋逸豆和抱着孩子的可心并肩走出毡房，来到了大伙儿面前。喧闹声随着他们的到来戛然而止，所有的眼睛全都聚焦在可心怀里的孩子身上。在众人的沉默中，拓跋逸豆突然从可心的怀里接过孩子，把这个赤裸裸的小生命高高地举过了头顶。在孩子的哭声中，拓跋逸豆脸上带着父亲特有的骄傲大声宣布道："这就是我的儿子，拓跋家族的继承者，一个党项人！"

在欢呼声中，拓跋逸豆把小家伙递给了满脸洋溢着幸福却故意带着嗔怪表情的可心，温柔地吻了吻她那苍白的面颊，转身大声宣布道："让我们举行一个隆重的祭祀，把这个消息告诉给那些倒在远征途中的亲人！愿他们的灵魂能够在真主的庇护下得到永远的安宁！"

狂欢结束的时候，天已经黑了。筋疲力尽的人们终于带着满足的表情回各自的毡房去了。拓跋逸豆站起身向渐渐走远的人们招了招手，也赶紧钻进了自己的毡房。他非常开心地趴在可心面前，深情地凝视着她那张俊俏的脸庞和怀里正在沉睡的孩子。

可心轻轻地拍着襁褓中的孩子，用充满柔情的眼神回应着她的丈夫。两个人都没有开口，一任无限的深情充斥在小小的毡房中。

拓跋逸豆默默地走到可心面前，拉过她那双温润的手紧紧地握在自己的手心里，"感谢你为拓跋家族延续了后代！"拓跋逸豆说着话坐在了可心的身旁，任她把脑袋靠在自己的肩头："当他长大成人时，我一定要把他调教成最勇敢的党项勇士，让他带着党项人打回贺兰山下，赶走那些贪婪凶狠的蒙古人！"拓跋逸豆激动地说。

可心微微一笑，眼睛望着毡房的穹顶，幽幽地回答道："还是让他当个优秀的牧人吧，远离蒙古人的弯刀和血肉横飞的战场，过一世太平的日子……"

拓跋逸豆听了可心的话不由得一愣，但当他的目光和妻子那忧郁的眼神相遇时，却一下子读懂了其中的深意。他叹了口气，望着可心的眼睛说道："是啊，幸存下来的党项人已经没有多少了，再也经不起冲杀和流离了……"说到这里，他心有不甘地望了望仍在沉睡的孩子，用自言自语般的语气说道："难道我们的仇恨就这样像阳光下的雪一样消融了吗？这样一来，那些蒙古人可就该得意了！"

可心看穿了他的心思，温柔的目光中刹那间多了一种倔强和骄傲的神情，她用自己那满头的秀发轻轻地蹭着拓跋逸豆贺兰山般伟岸的肩膀说道："其实我们已经胜利了。在这里，党项人已经生存了下来，只要给他们时间，就一定还会重新壮大起来。党项人的壮大就是蒙古人心头永远抹不去的阴影，你要像丝毫不怀疑自己的眼睛看到的东西一样，对此深信不疑！"

拓跋逸豆没有说话，但他显然已经被妻子说服了，他用有力的臂膀紧紧地搂住了可心，闭上了眼睛。

从那天开始，拓跋逸豆几乎像是变了一个人，不再派人离开营地去打探蒙古军队的征讨杀伐，而是带领着大家牧马放羊，过起了党项先民们赖以为生的游牧生活。

也许是天上沉睡的诸神终于醒了，也许是他们后来信仰的真主有力的护佑，党项人的牛羊多了起来，渐渐地已经漫山遍野，如同天上的星星一样洒满了绿色的草地。在安宁的生活中，人口的数量也随着新生命的不断降生开始逐渐多了起来，原本只有几十座毡房的营地几乎扩大了一倍，就像是一把洒落在绿毯子上的珍珠，昭示着党项人旺盛的生命力。

劫后余生的党项人的生活从此真正地稳定了下来，每一张脸上都洋溢着幸福的微笑。每当夜色降临，暮色四合时，营地上便会到处欢声笑语，显得那样的轻松那样的和谐。与周围那一张张笑脸格格不入的只有拓跋逸豆，他近来总是心事重重，显得十分苦恼。这一切当然瞒不过长了一双慧眼的可心，在一个和风吹拂的夜晚，她终于主动捅破了他的心事。

可心走到心事重重的拓跋逸豆身旁默默地坐了下来，拉起他的手柔声问道："逸豆，这些年腥风血雨的日子你过得还不够吗？我知道你一定还在想着埋骨异乡的赫连飞凤郡主和那个从你手底下逃走的兀立不花，你说我猜得对吗？"

拓跋逸豆低着头没有搭茬儿，但可心当时就明白自己的判断已经得到了证实，拓跋逸豆的心思又一次被自己猜透了。

一阵长时间的沉默之后，拓跋逸豆终于说话了。他用挂满了略带苦涩笑容的脸，对着随着岁月的流逝已经出落得像一朵开到极盛花朵一样的可心道："你是知道我的，我其实很喜欢这种牧马放羊的日子。但作为一个党项男儿我实在没法摆脱被誓言折磨的滋味。"

可心美丽的眼睛里闪过一丝异样的光彩，她坐到拓跋逸豆的身边看着远处明净的天空幽幽地说道："看呀逸豆，你说我们这些年里都经历过什么呀？这些经历足够咱们慢慢地回忆上一辈子了。"

说到这里，可心无声地叹了口气望了望正在倾听着的拓跋逸豆才继续说道："我在蒙古的铁蹄下，从一个世家的大小姐转瞬间就变成了国破家亡的俘虏。遇到你以后，既成了你的女仆，也成了你的心上人。好不容易适应了拓跋部的生活，把那里当成了自己的归宿，就又开始了逃亡……"沉浸在往事中的可心情绪激动了起来，她握着拓跋逸豆的手也不由自主地增加了力度："再后来，我自卖自身当了奴仆，甚至还当了乞丐。那时我简直灰心极了。谁料，万能的真主把我又送回到你的面前，还竟然当上了年轻英俊的拓跋逸豆苏丹的王后。"

可心用饱含着对往事追忆时特有的激情继续说道："接下来的日子里我是一个逃亡的部落的女主人，跟着你经历了太多的腥风血雨。现在是你一个不足千人的小部落族长的妻子，部落里的人见到我都称我夫人。说实在的，我最喜欢现在这个称呼了，因为我不用为了奢华的享受和虚无缥缈的尊称去付出什么了，我可以跟我的丈夫和整天疯跑的孩子厮守在一起。可你现在为什么又要亲手打破你当初亲口许给我的生活呢？"

拓跋逸豆抱歉地笑了笑说："可心我的妻子，咱们在一起经历的那些雨打风吹全都深深地铭刻在了我的心里。当初在海岛时，我真的曾经动过跟巴燕行他们留在那里陪着你地老天荒的念头。可党项人身上流淌的热血告诉我违背誓言的男人就像是把幼崽丢给饿狼独自逃跑的公羊一样，连羊群里最瘦弱的羊都敢把它从青草前赶跑的。再说这些日子里我一闭眼就会看见赫连飞凤在向我哭诉，她不止一次地告诉我她想回家……"

拓跋逸豆的肩头轻轻地抽动着，可心吃惊地发现这个镔铁一样的党项汉子居然哭了。她拍着他的脑袋哄孩子似的说道："你这个党项大首领甚至是当过苏丹的人怎么还像女人一样哭泣？你只要答应我：只去给赫连飞凤郡主迁葬，不要去找兀立不花复仇！"

拓跋逸豆沉吟了半晌还是点头答应了。他最后还是补充道："我答应，但要是真和他狭路相逢的话就不受这个誓言的约束了！"可心无可奈何地看着自己倔强的男人，良久之后终于还是默默地点了点头。

拓跋逸豆跟可心商量着要去西域寻找赫连飞凤的骸骨并归葬在贺兰山下的具体细节来。可心提议应该把赫连飞凤葬在拓跋部附近，因为她毕竟是那里曾经的女主人，拓跋部那些战死的英魂一定还飘荡在那里。见她归来，肯定会重新回到她的麾下。拓跋逸豆听了连声叫好，马上就让可心给他准备行装。

可心虽然不舍得他这么快就走，但也十分理解拓跋逸豆的心情，便默默地为他准备起行装来。大青马闪电和拓跋逸豆赖以成名的镔铁狼牙棒被可心强行留下了，因为它们带给了蒙古人太多的恐怖记忆，这些记忆如果被它们唤醒会惹来大麻烦的。

拓跋逸豆收拾停当以后，趁着天黑亲了亲儿子的小脸，便翻身上马了。他抖动缰绳，刚要让可心平时骑的那匹苍狼迈开蹄子，却又突然跳下马来，紧紧地把可心母子俩搂在怀里，久久不肯松开。

温暖的拥抱里，可心狠了狠心推开拓跋逸豆笑着说道："不要像女人一样多愁善感了，还是赶紧上路吧！你走得越早回来得也越快，省得我们总是担心你了！"说着话她从地下拾起一根树枝，待拓跋逸豆翻身上马便猛地抽在苍狼的屁股上，那匹马立即翻蹄亮掌窜了出去。

拓跋逸豆跑出了一段路之后回头看去，只见可心领着孩子一动不动地站在那里望着他，从可心的动作来看她应该是正在用袖子抹眼泪。

拓跋逸豆一路上丝毫不肯耽搁，他要在赫连飞凤的遗骨回到故土之后立即返回可心和孩子的身边。他从来没有料到他拓跋逸豆充满了铁血杀戮的生命里竟然越来越多地背负上了许多难以割舍的东西。半个月后，他终于顺利地通过了蒙古人占据的黑水城踏上了曾经喋血狂奔的西域的土地。

当他在一个傍晚终于再次看到安曼的城堞时，心里涌起了一股无法抑制的伤感，就是这里他曾经挥舞着狼牙棒带领着数万铁骑和蒙古人进行了最坚决的搏杀，也是这里赫连飞凤婀娜的身姿和妩媚的笑颜曾经在极端的劣势时带给了自己多少鼓舞和激励。然而这里已经成了蒙古人的天下，斯人已逝物是人非……

当拓跋逸豆出现在守城的蒙古兵将面前时，那些正在跟一个出城的歌姬调笑的家伙甚至连看都没有他一眼。拓跋逸豆无意中朝着那个歌姬一看，整个人马上惊呆了。只见那个歌姬脸上蒙着面纱，曼妙的身姿简直跟古兰一模一样。要不是那个歌姬比古兰年轻得多，拓跋逸豆真的以为他的古兰妹妹又出现在了眼前呢。想到了古兰，拓跋逸豆感到一阵伤感，心里顿时被对她的思念充塞了起来。不禁仰望着苍天暗暗地想："我的古兰妹妹啊，你现在到底怎么样了？阿木那个呆瓜是不是还在守护着你呢？"

命运之神一定是九天之上最喜欢开玩笑的，故意把个歌姬抛在了拓跋逸豆的面前，却让古兰和她的商队从另一扇城门走了出去。因为自打那次分手后，古兰就一直徘徊在故乡和拓跋逸豆足迹踏过的地方，希望能找到他在空气中残留的气息。

身家巨万的古兰很喜欢现在的生活，既能延续老父的事业又可以用现在这种方式回忆着跟拓跋逸豆有关的一切，静静地等待着拓跋逸豆许诺了的来生。但是她的痴情似乎没有感动真主，所以才给她安排了这次人生中不曾谋面的擦肩而过……

　　拓跋逸豆信马由缰地骑着马，蹄声清脆地走过了城里最宽的石板路，绕过他曾经想传位给子孙的苏丹王宫，来到了西南角的一片墓地里。这是城里唯一的一块墓地，埋葬的全是本城最杰出的人。在蒙古人到来之前，当时的苏丹拓跋逸豆特意命人把被毒死的赫连飞凤安葬在了这里，以便日后迁回贺兰山下。

　　由于动荡的局势，看管墓地的人早就不知道上哪儿去了。墓地里的荒草足足长了半人多高，许多坍塌倾倒的墓碑把这里弄得跟鬼魂出没的地方一样。拓跋逸豆用腰刀拨开荒草，凭着记忆仔细地寻找着赫连飞凤的墓葬。最后他终于在一块断裂的墓碑上看到了用阿拉伯文书写的"真主最忠实的信徒，曾经是大夏拓跋部的女主人赫连飞凤长眠在这里"。

　　拓跋逸豆感到自己的眼泪已经顺着眼角悄悄地滑过了脸庞，他颤声叫道："赫连飞凤，我拓跋逸豆来带你回家了……"

　　墓地里一阵风吹过，赫连飞凤的墓碑上突然飞起了一只美丽的小鸟。那个小精灵叽叽喳喳地叫了几声就扑扇着翅膀飞进了附近的草丛。不知道是拓跋逸豆打扰了它的好梦还是赫连飞凤在用这种方式为自己再次见到心上人而雀跃，拓跋逸豆宁愿相信后者。

　　拓跋逸豆小心翼翼地从怀里掏出了事先准备好的东西，掏出短刀迅速地挖掘了起来。没过多久，赫连飞凤的棺材就出现在他的面前了。拓跋逸豆的心怦怦地乱跳，他实在想象不出里边的赫连飞凤这时会是什么样子。当他满头大汗地撬开了棺材盖的时候，赫连飞凤的遗骨显露在他的面前。棺材里赫连飞凤那一袭红色的衣衫已经腐烂了，许多蝼蚁肆无忌惮地从头骨那黑洞洞的眼眶里进进出出。拓跋逸豆再也控制不住自己的感情，忍不住失声痛哭了起来。

　　他把马背上的一大壶烈酒拿过来，自己坐在地上一边蘸着酒仔细地擦拭着遗骨，一边一块块地放进随身携带的牛皮袋子里。好在这里已经没有任何人敢来了，拓跋逸豆就这么一边跟冥冥中的赫连飞凤喁喁低语，擦着、装着、哭着，一边痛饮着从高原上带来的烈酒。

当第二天的朝阳照射在拓跋逸豆的脸上时，他缓缓地睁开了眼睛。他把装烈酒的空酒壶放进了鞍子后的褡裢里，背起装着遗骨的皮袋子上了马又顺利地混出了城门。这位曾经的苏丹在回眸注视了被蒙古兵把守的城池一眼后便挥鞭打马，朝着来时的路狂奔而去。一路上拓跋逸豆除了在经过的集镇买些吃食酒肉之外绝不停留，困极了就找个水草丰美的地方呼呼大睡，任那匹苍狼自己喝水吃草。每次上路前他都会用骆驼奶油拌好黄豆一把一把的喂给苍狼，以保持它充足的体力。

单调漫长的旅途中，拓跋逸豆并不感到寂寞，因为他可以跟背上的赫连飞凤说话。他感到自己跟她的距离从来没有如此的接近，如此的形影不离。最奇怪的是，他的每一句话都会在当晚的梦里得到赫连飞凤的回答，一切都真实的像发生在现实当中。因此他甚至从每天一睁眼就渴望天黑，好跟赫连飞凤在梦中再一次相会，诉说那些还未曾说尽的话题。

这一晚，他终于穿过了黑水城进入了原本是大夏的土地。拓跋逸豆情不自禁地对身后的赫连飞凤说道："你这会儿该不会流泪了吧？我们已经到家了！"一阵微风迎面吹来，像一双温柔的手在轻轻地抚摸着拓跋逸豆的脸庞。满脸倦容的拓跋逸豆顿时精神大振，用手轻轻地拍了拍背后那装着赫连飞凤遗骨的包袱，说道："我知道这是你在告诉我，你听见了我说的话。你放心，明天咱们一早就起程，很快就能看见贺兰山了！"说着话，拓跋逸豆猛加了一鞭，纵马向着无尽的夜色冲去，想早一点让赫连飞凤回到贺兰山下，毕竟她已经离家太久，恐怕已经等不及了……

这一夜赫连飞凤没有在梦境中出现，反倒是贺兰山的雄姿反复地萦绕在梦里。拓跋逸豆知道这是贺兰山在向他呼唤，让他尽快把久别的女儿送进它那博大的怀抱中好好地呵护，好好地抚慰。第二天天一亮，拓跋逸豆便又上路了，他快马加鞭地朝着故乡狂奔。中午的时候，贺兰山那黛青色的山峦终于隐隐地出现在眼前，他的夙愿达成了。

望着这里熟悉的一切，一向刚强的拓跋逸豆忍不住失声痛哭着滚落马下，他一边疯狂地磕着头，一边亲吻散发着泥土芬芳的草地。拓跋逸

267

豆用自己那双能扭断迎面刺来的长矛的手捶打着地面，歇斯底里地发泄着积压了太久的满腔愤懑。过了很久，他才停止了哭泣，高举双手跪在地上，朝着贺兰山大声嚷道："伟大的贺兰之神啊！党项人的儿子拓跋逸豆在九死一生后终于回到了你的面前……"

一个老牧人正巧带着他的孙子从旁边经过。拓跋逸豆近似疯狂的举动被这个孩子看到了眼里，小孩好奇地指着正处于癫狂状态的拓跋逸豆问道："爷爷，这个人是疯子吗？"白发苍苍的老牧人抚摸着孩子的头发说："不，他没有疯。他只是一个历尽沧桑后回到故土的党项人……"

小孩一听那个手舞足蹈的人不是疯子，立刻就没了兴趣。他使劲地拽着老牧人的袖子恳求道："爷爷，我还想听你讲咱们党项人的故事，你讲嘛！讲嘛！"

老人用略带责备的眼神看着他的孙子，用教训的口吻说道："怎么又忘了爷爷跟你说的话了？不要再说我们是党项人了，听见没有？"

孩子还小，自然不会理解祸从口出的凶险，因为蒙古人秉承着成吉思汗的遗诏仍在消灭党项人，但孩子还是似懂非懂地点了点头。

老人慈爱地看着孩子，叹了口气之后又于心不忍地答应道："不提这些了，爷爷这就给你讲，但这个故事只能藏在心里，可不要讲给外人呀！"说完这句话，老人指着周围广袤的草场深情地说道："这里原来是咱们党项人的拓跋部，大首领拓跋逸豆是一个盖世的英雄。他骑着一匹叫闪电的大青马，手里拿着一根镔铁铸就的狼牙棒。他和他的妻子赫连飞凤郡主把蒙古人打得闻风丧胆……"

这些故事那小孩其实已经听了无数次了，他的爷爷每一次也都会郑重其事地嘱咐他一番。尽管这样，但他还是爱听，每一次都会对故事里的人和事无比钦佩和向往。这次也不例外，他照旧打断了爷爷正在讲述的故事，重复起每次必说的话来："爷爷，我长大以后也要做个像拓跋逸豆那样的大英雄！"

看着带着牛群从身边经过的祖孙俩，拓跋逸豆的眼睛再次被泪水模糊了。他没想到他和赫连飞凤竟然成了这个民族残存的记忆里战无不胜的大英雄，但是他不知道这种激励能持续多久，多久之后，孩子们的孩子就会忘记这些故事，成为一个蒙古人了……

在贺兰山深处，一块可以鸟瞰整个拓跋部旧营地的山坡上，拓跋逸豆掘地为穴，安葬了赫连飞凤的遗骨。他俯下身去亲吻着坟上的新土，带着欣慰的表情说道："安息吧飞凤，你终于回到自己的故乡了。这里有你熟悉的山山水水，还有那些传颂着你的名字的党项人……"

在踏上归途之前，拓跋逸豆准备前往本次旅行的最后一个目的地——中兴府附近的皇陵，他要最后一次叩拜大夏国的列祖列宗，今生不一定还有机会能够回来拜祭了。

拓跋逸豆来到皇陵时禁不住惊呆了，他万万没有想到昔日宏伟的皇家陵寝竟然会被蒙古人糟蹋成这个样子。地面上的殿宇祭台全都被夷为平地，连封土外原本雕梁画栋的彩楼也被烧得无影无踪，只剩下光秃秃的黄土堆站在阵阵风沙里，哭诉着党项人所遭受的苦难。拓跋逸豆跳下马来，像一个朝圣者那样来到了最近的一座皇陵前，跪在地上一连磕了三个响头之后，便站起身又骑马朝着另一座陵寝走去。

拓跋逸豆怪异的举动被一个途经此地的蒙古兵看在了眼里。这个蒙古兵其实也是党项人，他是众多在蒙古的弯刀前屈膝保住了性命的党项人之一。投降的耻辱举动保住了他的生命，他被蒙古人当作色目人看待了。从那个时候起，他就以自己的新身份为傲，绝口不提党项二字了。他看着眼前的情景，立即感到这个在皇陵里一座一座地跪拜的人肯定是漏网的党项贵族，要是送到蒙古人那里，　定能换回不少赏钱。想到这里，他悄悄地骑上马走出了陵区，去找他的蒙古主子报信去了。

守卫着原本属于大夏的土地的，是原来党项劲旅铁鹞军的降兵。当年铁鹞军的指挥使卫慕景德现在已经是蒙古大将军兀立不花手下的红人了。正巧他这一天闲来无事，便领人外出狩猎。一路上追逐着一只惊慌逃窜的野兔，不知不觉就来到了如今已是狐兔出没的大夏帝王陵寝区附近。

卫慕景德正要弯弓搭箭，却不想迎面撞上了赶来报信儿的士兵。那名士兵来到近前，在马上施了个礼之后便兴冲冲地报告说："将军，陵寝里来了个怪人，八成是前朝的贵人！"

党项贵族几乎已经被诛杀殆尽，现在凭空又冒出了一个，让卫慕景德感到很难相信。他用狐疑的眼光打量着那个急于报功的士兵问道："何以见得？"

那名士兵生怕卫慕景德不信，赶紧信誓旦旦地补充道："那人一定是个大人物，要不他干什么一座陵一座陵的磕头呢？"

卫慕景德这几天正发愁没有立功的机会呢，他略一思索，便从怀里掏出一块银子扔给了那个报信的士兵说："前边带路！要真是条大鱼的话爷还有重赏！"

卫慕景德手下二百多名参加狩猎的亲兵在接近陵寝时悄悄地四下里散开，从四面八方接近了已经跪拜到了开国皇帝李元昊陵前的拓跋逸豆。沉浸在败国亡家的悲痛里的拓跋逸豆没有意识到危险正在悄悄地迫近。倒是他的战马嗅出了空气中的隐隐杀气，开始焦躁不安地喷着响鼻，并用前蹄使劲地刨起土来。

拓跋逸豆依然没有注意，仍在专心致志地继续着他的朝圣之旅。战马暴躁了起来，开始拉扯着缰绳原地踱步，想要挣脱拴在石块上的缰绳。在那个蒙古人打扮的党项降兵出现在不远处的一座陵寝前边的时候，它的努力终于成功了，一声长嘶之后，战马挣断了缰绳，飞快地跑到了拓跋逸豆的身旁。

猛然警觉的拓跋逸豆抬头一看，一二百蒙古兵打扮的骑手已经扇面似的把自己围在了陵寝前。大惊之下，他立即飞身上马拔出了腰刀。在逐渐逼近的对手面前，拓跋逸豆镇定地转身对李元昊的陵墓说道："我正在为空着手来拜祭先帝您而难为情，这祭品就送来了。您就看着我砍下他们的狗头来吧！"

在马上，卫慕景德看见要抓的人居然敢上马准备顽抗，便用手里的长枪一指，喝问道："不知死活的毛贼，光天化日之下竟敢来拜谒伪夏的陵墓，你到底是什么人？"

拓跋逸豆听见这家伙说的居然是党项话，不由得一愣，他手里大钢刀也指向了卫慕景德问道："你是谁？凭什么不许我参拜大夏的帝陵！"

卫慕景德得意扬扬地拍着胸脯回答说："爷是大蒙古帝国的前军副将卫慕景德！"

拓跋逸豆听了觉得这个名字十分熟悉，便顺嘴问道："卫慕景德？卫慕尊山是你什么人？"

卫慕景德还以为是遇上了故人，便腆胸叠肚地答道："那正是我的胞兄，大蒙古帝国的英雄！"

拓跋逸豆终于搞清楚自己是在跟什么人说话了，他把牙一咬大声啐道："你这个党项人的败类！你的胞兄卫慕尊山就是一个应该千刀万剐的鹰犬，他为在蒙古主子面前摇尾乞怜害死了我大夏的名将嵬名朗月。你现在又在先帝的陵前大放厥词，我拓跋逸豆今天定不饶你！"说着话拍马舞刀直取卫慕景德。

由于拓跋逸豆的事情已经过去了很久，现在的党项人早已把他和那个长了几绺红头发的赫连飞凤当成了故事。一听对面马上的人居然报出了这个名字，卫慕景德先是一愣，继而爆发出一阵狂笑来："拓跋逸豆早就被蒙古大军赶下了大海，你怎么还妄图冒充他的名字来吓人？"

拓跋逸豆被他放肆的笑声激怒了，把手里的弯刀破空一劈，朗声嚷道："蒙古人的狗子！你敢在党项历代先王的面前跟我拓跋逸豆一战吗？"

一看对方坚持称自己是拓跋逸豆，卫慕景德也不禁暗暗心惊，毕竟那是党项人的英雄，有着盖世的武功。但仗着自己人多，卫慕景德并没有把拓跋逸豆放在眼里，但又实在没有直接跟这位仿佛是从传奇中走出来的英雄一较高下的胆量，便一边挥手让周围的骑兵围过去，一边大声叫道："这家伙就是拓跋逸豆，活捉了他，爷我重重有赏！"

　　看着蜂拥而上的亲兵，卫慕景德感到自己的运气简直是太好了。他怎么也想不到，在已经逐渐风平浪静的今天，居然还有拓跋逸豆这样一条大鱼前来撞网，看来自己很快就不用再当副将了。

　　四五十名立功心切的亲兵率先冲到了拓跋逸豆跟前，本以为大把的赏银就要到手，哪曾想拓跋逸豆把手里的腰刀舞得跟狂风似的，一眨眼的工夫就撂倒了三四个，那猛虎一般的声势实在骇人至极。其余的亲兵顿时没了胆量，尽管仍在四周挥舞着刀枪大声鼓噪，但却不敢真冲上来交锋了。倒是拓跋逸豆被喷溅到脸上的鲜血激起了万丈豪情，长啸一声之后，把手里的刀挥得呼呼作响，纵马直取在队伍后边观战的卫慕景德。

　　在场的党项降兵虽然没亲眼见过拓跋逸豆，但对这位颇具传奇色彩的大英雄的名字却早有耳闻。一看他果然跟传说中的一样神勇，顿时心生怯意。尽管卫慕景德不断地威逼利诱，他们也只是围在拓跋逸豆周围虚张声势地呐喊，谁也不肯再冲上去找死了。

　　拓跋逸豆一连砍杀了好几名躲避不及的士兵，闪电般地来到了目瞪口呆的卫慕景德近前。一员偏将护主心切，把手里的长柄大斧一抡，挡在了已经魂飞天外连跑都忘了的卫慕景德的马前。

　　拓跋逸豆一看见偏将手里的开山大斧，心里不由得狂喜了起来。因为他自幼便神力超群，惯使沉重的镔铁狼牙棒，轻飘飘的腰刀正觉得不过瘾呢。盯着送上门来的大斧子，拓跋逸豆一拉缰绳闪身避开了偏将迎面劈来的一斧，趁着两马一错镫的时候，他奋起神威劈手抢过了那把大斧。手中沉甸甸的感觉让拓跋逸豆精神大振，他顺势一抡，竟然把那个错愕间带住了战马的偏将连人带马一劈两半。

　　有了这件趁手的兵器，拓跋逸豆如入无人之境，双方的攻守立即发生了变化。原本被围攻的拓跋逸豆抢着大斧天神般奋勇砍杀，猛追四下里奔逃的卫慕景德。凡是想来挡住他的人马，全都被他一斧劈死，绝无还手的机会。卫慕景德手下那二百多人肝胆俱裂，只顾逃窜，再没人敢于上前交手了。拓跋逸豆像一只愤怒的野狼，尽情地追杀着面前这群哀叫逃生的绵羊。大斧如有神助，只要一挥就会有一个亲兵哀号着被砍成两段。卫慕景德差点就被追上，多亏马快才侥幸捡了一条性命。

卫慕景德眼看着手下的二百多人，才一顿饭的工夫就已经被砍翻了五六十个，剩下除了逃命什么也顾不上了。惜命的卫慕景德顿时胆气丧尽、魂不附体，只顾举鞭抽马一味地逃窜，不惜踩踏着地上的伤兵，躲避着杀红了眼的拓跋逸豆。

随着时间的推移，拓跋逸豆的战马逐渐体力不支，慢了下来。卫慕景德的战马也已经累得吐起了白沫儿，拓跋逸豆终于追到了他的背后，高举大斧准备劈死这个忘记了祖宗的败类时，他胯下的那匹战马终于累倒了，拓跋逸豆"哎呀"一声，大斧脱手摔在了地上。

等他再想爬起来的时候，数十名围在附近的士兵已经冲上来用手里的兵器对准了他。拓跋逸豆冷笑着伸手就去抓对手的兵器。他那双手好像是生铁铸就的一般，只要伸到他面前的长杆兵器立即被徒手折断了，马刀一类的兵器也都应手而飞。工夫不大，就有十几个兵士赤手空拳地快速退出了圈外。眼看着拓跋逸豆天神般地再次出现在目瞪口呆的卫慕景德面前，这个忘记了祖宗的家伙很失态地大叫着往后闪避，裤子里也湿透了。

但是拓跋逸豆失去了马上高速机动的优势，渐渐地又陷入了重围。他用随手抓到的一支长矛向另一个手持双锤的士兵刺去时，却没防备身后的士兵用一根铁头大棍一下子打在他的后脑上。尽管戴着兽皮缝制的兜帽，但拓跋逸豆还是眼前一黑，晃了几晃终于倒在了地上。

卫慕景德被摔得鼻青脸肿，腿都瘸了一条，但一看见拓跋逸豆被活捉立刻来了精神。他心有余悸地命令道："捆上！用两条绳子！"

降将卫慕景德已经成了兀立不花的心腹。兀立不花没想到自己的仇人拓跋逸豆居然被他捆着送上了门来，顿时欣喜若狂。他一反常态地搂着受宠若惊的卫慕景德，亲热地捶打着他的肩膀，从自己的脖子上扯下了出生接受祝福时就戴上的髀石，亲自戴到了对方的脖子上，无限欣慰地大声说道："卫慕景德，从今天起你就是我的安达*！"

卫慕景德不知道兀立不花为什么会对拓跋逸豆这样重视，但按照蒙古人的习惯，他还是赶紧从腰间解下一块很珍视的玉佩双手递了过去，算是跟兀立不花交换了信物。

看着兀立不花坦然地接过了玉佩，卫慕景德才小心翼翼地开口问道："大将军您认识这个拓跋逸豆吗？"兀立不花回答说："这个家伙就是我当年率军穷追了大半个世界的杀子仇人！"

说着话，兀立不花大步地来到捆绑着拓跋逸豆的拴马桩前，从一个士兵手里要过一个水囊，把里边的水喷在了仍在昏迷的拓跋逸豆的脸上。被凉水一激，拓跋逸豆呻吟了一声悠悠地醒转了。当他看见了面前站着的竟然是时时刻刻不敢稍忘的仇人兀立不花时，忍不住微微一笑说："天下真的是太小了！"

兀立不花心里舒服得简直比窝阔台大汗赏他一块牧场还美，他搬过一把椅子坐在拓跋逸豆对面，用讥讽的语调问道："我的苏丹陛下，你不是在大海里游荡吗？怎么又回到了陆地上啊。回到陆地上也就算了，你还去拜什么皇陵啊。这一回连你都知道活不成了吧？"

拓跋逸豆不屑地看着他回答说："别看你的武艺平常，但却是牙尖嘴利很会说话，难道你这个将军就靠这个当上的？"

兀立不花最怕人提起自己被拓跋逸豆三次战败活捉的耻辱来，他气急败坏地望着拓跋逸豆刚要发作，却突然间改变了主意，摆出一副大度的样子对拓跋逸豆说道："你说吧，你想怎么去死？本将军一定成全你！"

---

* 安达，蒙古族人对那些并无血缘关系、用誓言结成的生死之交的称呼。

拓跋逸豆冷笑着看了看身后那些正在围观的蒙古将领和降将，大声说道："你一定还一直记着当年被拓跋逸豆走马活擒的耻辱吧，你要真是一条蒙古汉子，就上马拿刀在比武场上杀死我，你敢吗？"

兀立不花张口结舌的一时想不出该怎样回答，倒是一心溜须拍马的卫慕景德在一旁帮腔道："拓跋逸豆你别猖狂，你本领再大当年不也被兀立不花将军率领的大军赶下海，带着部众狼狈地逃窜了吗？"

这件事情他不提还好，一说倒是给拓跋逸豆提了醒。他哈哈大笑地看着卫慕景德说："去问问你的主子吧，当年他被我活捉后是怎么趁着乱，像一条逃下屠夫案子的猪一样逃走的！"他这句话一出，屋里的那些蒙古将军们全都交头接耳窃窃私语了起来。因为兀立不花当年根本就没提过自己被活捉这一节，反而大肆宣扬他是如何把拓跋逸豆打败的云云……

兀立不花的脑子飞速地转着，他知道要想堵住这屋里几个好事将军的嘴，就必须想出一条可以让自己在交手中打败拓跋逸豆的计策来，省得那几个职务不高却跟大汗的兄弟们有着千丝万缕瓜葛的家伙胡说八道。他终于想出了一条毒计，决定暗中动些手脚，之后在比武场上当众杀死拓跋逸豆。

因此，兀立不花突然间爆发出一阵大笑来，他看着拓跋逸豆就像是看见了天底下最可笑的人一样，足足笑了半天工夫，他才指着周围的众将说道："你这个爱说大话的家伙，我是成吉思汗麾下最高贵的黄金家族的勇士，怎么会败给你一个被我追逐了上万里才逃进了大海的败将呢？我知道你是想借机会羞辱我，我不会给你这个机会的。我决定五天后跟你比武，那时我还将允许那些偷偷传扬你名字的党项人参加，让他们看看他们的英雄究竟是个什么货色，在蒙古人面前是多么的不堪一击！"

拓跋逸豆听后没有反驳他，淡淡地一笑说："你身上也许还残留着一些成吉思汗的血性，但愿你真的敢跟我在众人面前一较高下！"说完，他闭上眼睛不再理会了。

兀立不花那番听上去无懈可击的表白立即在蒙古诸将里引起了极大的反响。一向崇拜英雄的蒙古人都对兀立不花表现出的气概大加赞赏。兀立不花一看自己的话有了效果，便假戏真做地对卫慕景德吩咐道："我的安达，这个拓跋逸豆就交给你关押，好酒好菜地供养他几天，别让他上了阵没力气交锋！"

当天晚上兀立不花就沉不住气了，他知道谎言是不能让他打赢这场比武的。他从心里忌惮拓跋逸豆的盖世武功，思来想去，眼下也只有卫慕景德能够帮他了。兀立不花当晚亲自屈尊去拜访了卫慕景德，不仅拉着他按照蒙古人的习惯正式结为了安达，还神秘地告诉他自己不久就会再去大都朝见大汗窝阔台，要带他同行。

卫慕景德万万没想到像兀立不花这样具有黄金家族的高贵血统的蒙古将军会如此诚恳地对待自己，感动的眼泪都流了出来，指天画地地要誓死效忠兀立不花。一看时机差不多了，兀立不花便闪烁其词地向卫慕景德透露了自己的心事：自己虽然对拓跋逸豆的匹夫之勇非常不屑，但近来因为忙于公务确实生疏了武艺，因此对比武感到担心。

聪明的卫慕景德当时就明白了兀立不花的真实意图，奸笑着对他说道："安达，您的胜败关系着大蒙古的声誉，我看不如由我在拓跋逸豆的饭菜里放上一点东西，好让他别在比武场上困兽犹斗伤了您的面子。"

兀立不花听了有些担忧地问："你准备给他放些什么东西？千万别让他一上场就自己倒下死了，那样我可就颜面丧尽了！"

卫慕景德把嘴凑到他的耳朵边低声说道："我知道一种毒药，人吃下去当时不会有事，可一个时辰后便会浑身无力慢慢地死去。到时候我在适当的时候让他服药，你跟他比画几下之后便痛下杀招，到那时……"兀立不花不禁大喜过望，约好让卫慕景德提前在拓跋逸豆的食物里下毒，这才放心地走了。

被关在牢房里的拓跋逸豆早把生死置之度外，在得知有机会报仇时，便彻底地安静了下来。他跪在牢房里唯一的一扇窗户下，朝着可心和孩子所在的方向默默地祷告了一番，然后就满不在乎地躺下来大睡了起来，连日的奔波劳顿让他很快就进入了梦乡。

在梦里，他再次见到了英气勃勃的赫连飞凤。只见她身穿红衣，用深情的眼神注视着他，真切的简直触手可及。和以往不同的是，赫连飞凤这一回却只是微笑，就是不肯开口讲话。拓跋逸豆刚要上前拉她的手，赫连飞凤却嫣然一笑消失不见了。

像所有的好梦不会很长一样，正沉浸在梦里四处寻找着赫连飞凤的拓跋逸豆突然被牢房里的看守给叫醒了。那个看守端来了一盘大块的牛肉和满满的一大碗酒。过度耗费了体力的拓跋逸豆一见，肚子里立刻就有了反应。一想到自己已经很长时间没吃过东西了，拓跋逸豆二话不说就吃喝了起来。一份分量不少的饭食转眼之间就消失得无影无踪，惊得那个送饭的看守目瞪口呆，愣了好一会儿，才端起空托盘嘟嘟囔囔的走了出去。望着看守的身影消失在门口，拓跋逸豆感到十分烦躁，在牢房里来回走了几圈之后，他索性重新躺下，重新回到了梦境里。

一连两天，看守都是按时送上酒肉，照例一言不发。拓跋逸豆也懒得跟他搭讪，酒足饭饱之后就干脆躺下玩味着刚才的梦境，渴望着即将到来的比武，完全沉浸在手刃仇敌的希望之中。

到了第三天，一整天都没有人来送食物，任拓跋逸豆喊破了喉咙骂遍了他们的祖先和家里的女人，看守们也不肯露面。在傍晚时分，一个被骂得实在挺不住的看守悄悄地给了他一碗酒，说道："别骂了，我们的将军卫慕景德吩咐今天不给你吃的，你就算骂到明天也没用。喝了这碗酒赶紧睡吧！"

拓跋逸豆接过酒碗一饮而尽，在酒和饥饿的作用下，他很快又睡着了。这一次已经魂归故土的赫连飞凤没有来找他，美丽丰腴的完颜可心却婷婷袅袅地出现在拓跋逸豆面前。拓跋逸豆上下打量着年轻了不少的可心问道："可心，你怎么一下子年轻了？我们的孩子呢？"不料可心却回答说："大首领不要拿我寻开心，我只是你的女奴……"原本已经处在半梦半醒之间的拓跋逸豆刚想到这可能只是个梦，却又一次昏睡了过去……

　　这次的梦里，可心没有出现，但曾经出现在他梦里的那个老妇人又来了，一切都跟上次的梦完全相同。不知怎的，拓跋逸豆这回已经知道了她是先皇的太妃，在庙里修行了很多年。连原本根本无从知道的蒙古人处死李睍、老太妃因为怒斥拖雷被到处追杀最终安然脱身的情节也一幕幕地出现在他了的眼前。仿佛有一个声音在冥冥中告诉他，老太妃就是贺兰山神的化身。又惊又喜的拓跋逸豆刚想问问她这次比武能不能得偿所愿，老太妃却不跟他交谈而是站在山顶上大声地祈祷，在洪荒中高举双臂，大声地赞颂着党项先民生息繁衍的故事和党项历代先君建立王国的伟业。梦中，拓跋逸豆依然热血沸腾、不能自已。

　　拓跋逸豆感觉自己飘浮在空中，他能清楚地看见自己跪倒在地，紧闭着双眼，两滴泪水正顺着面颊缓缓地流下。一直过了很久，老太妃才停止了吟咏，伸手抚摸着如醉如痴的拓跋逸豆的头颅，然后带着诡异的笑容摘下了胸前的一枝狼毒花，猛地扔向了天空。

　　拓跋逸豆感到眼前一黑，四周突然急速地旋转了起来。他正在从天堂向地狱里飞速地坠落。无尽的黑暗中，老太妃的声音仿佛从四面八方传来，一声声敲击着他的心房："赞美天上的诸神吧！他们给了你一个名字，一个蒙古弯刀抹不去的名字——党项……"

　　拓跋逸豆挣扎着向周围虚空中的声音问道："你到底是谁？真的是先皇的太妃吗？"老妇人的声音显然在渐渐地远去，听起来已经细若蚊吟："我是党项不屈的化身，我是党项永远的魂灵……"

　　这几天，冗长的梦总是在没完没了地继续着，连拓跋逸豆也不知道自己在哪里了。他一会儿清醒地意识到现在已经身陷囹圄，正在等待着跟仇人兀立不花的比武，一会儿又觉得自己正在率领大军向中兴府进发，去解救陷入了重围的皇帝。到最后，他发现梦里的内容已经在随着他的意志转移，简直到了随心所欲的地步。他的思绪回忆到哪里，梦境就会回到哪里，连接得是那样的完美，简直找不到任何的痕迹……

这几天卫慕景德一直躲在暗处悄悄地观察着，他看见拓跋逸豆对于食物没有任何戒心，一颗一直提着的心终于放回了肚里。他心里得意地想："好好睡吧，这回的食物只是一些来自西域的迷幻药，下一回的可就是大马士革的穿肠毒药了！我倒要看看，你这位党项的盖世英雄如何在浑浑噩噩中赢得比武，显示你的武力！"

拓跋逸豆当然不知道自己的梦境是卫慕景德重金购来的迷幻药所致，反倒觉得梦境中的一切让他颇感慰藉。他饥一顿饱一顿地享受着卫慕景德提供的食物，沉浸在让他陶醉的梦里。

这一天又是全天没人给送食物，看守嘟嘟囔囔地给了他一碗酒就又不见了踪影。拓跋逸豆迷迷糊糊地回到了梦里，见到了一个美丽的女人。出现在梦里的这个女人让拓跋逸豆感到很内疚，他清晰地感到自己很对不起这个叫古兰的女孩。她为他做得实在太多了，而他却无以为报。他跟古兰又回到了那个表白心迹的戈壁之夜。他甚至感到了隔壁滩上那清新的空气和吹动了古兰那带着香味的鬓发的微风。

两人来到了一块高耸的岩石上，眺望着远处谜一样的地平线。最后一抹残霞也要降下去了，古兰终于打破了沉默开口说道："逸豆哥哥，我们俩认识这么久了，为什么你竟然没想过要娶我为妻呢？难道这么些年里我就没吸引过你，你总是望不到我的心我的眼神吗？"

拓跋逸豆听了叹了口气说道："古兰，我一直把你当成我的亲妹妹一样，根本没往那里想过！"

古兰幽幽地说道："你可能不知道，我在很小的时候就喜欢上你了。你还记得你第一次带我去骑马的事情吗？"

拓跋逸豆也陷入了对往事的回忆中，两个孩子骑马出游的场景再次浮现。

拓跋逸豆望着古兰动情地说道："亲爱的古兰，如果有来生的话，我一定要娶你为妻。领着你当个牧马放羊的牧人！"他单膝跪倒高高地举起右手大声说道："我党项拓跋部的拓跋逸豆在苍天下起誓，若有来生一定娶古兰为妻，绝不相负！"

古兰神情凝重地望着苍穹上繁星闪闪的夜空叫道："我的真主，我像相信你的存在一样相信一定会有来生的。请你帮我记住他的誓言吧！"

回忆似的梦境终于在饥饿中醒来了，好在送食物的看守随后就出现在他的面前，还带来了很多精美的食物。他把食盒里丰盛的酒菜摆好之后，便对仍在绮梦里徘徊的拓跋逸豆做了一个请的手势。

拓跋逸豆一打听才知道，现在已经是第五天的上午了。比武即将开始，报仇的时刻也终于到来了。虽然他知道自己的生命无论胜败都将要走到尽头，但复仇的快感还是海潮般的阵阵涌上心头，令他跃跃欲试。在生命的最后关头，拓跋逸豆忽然很想见见可心和像猴子一样整天爬高上低的孩子。想到妻儿，他的心里一阵绞痛，原本从容的心态也跟着动摇了。久经战阵的拓跋逸豆知道比武前这种心态实在要不得，便不敢再去分散精力，低头吃下了所有的食物。

恢复了体力之后，拓跋逸豆便站起身活动着筋骨，准备去办他一直想办却始终没有办到的事情——亲手杀死那个兀立不花，实现自己对爱人的誓言。一想到这也许是他这辈子能做的最后一件事情了，拓跋逸豆忍不住纵声长啸，发出了一声孤狼般的吼叫。

英雄的魂魄不离草场，
草场是咱党项的爷娘，
弯刀抹不掉祖先的名字，
党项的族人生生不息……

第十九章　重归草场

　　卫慕景德这几天一直没敢闲着，不仅每天都要跑到牢房里观察拓跋逸豆的一举一动，还花重金买来了西域的迷幻药和可以慢慢发作的毒药媚骨女儿红。据卖给他的西域商人讲，这是生长在沙漠深处的一种毒菌。外表看上去十分鲜艳，人若是吃了，不出三五天，便会患一种怪病，不但从外表看不出一点破绽，就是中毒者本人也毫无觉察。但只要一碗药引酒下肚，毒性就会在喝一碗奶茶的时间里发作，迅速地要了中毒者的命。

　　尽管如此，卫慕景德还是很不放心。拓跋逸豆的神勇使他不得不万分谨慎，生怕媚骨女儿红的毒性还没发作他的新安达兀立不花就会命丧黄泉，让自己丢掉了升官发财的希望。正是由于这个考虑，他才故意安排看守给拓跋逸豆送上了掺有迷幻药的酒食，让他在各种光怪陆离的梦境中消耗着体力。俗话说做贼心虚，因为担心拓跋逸豆对食物产生怀疑，他又故意饥一顿饱一顿的给他送饭，让拓跋逸豆在饥饿中失去了应有的警觉，真可谓是煞费苦心。

281

　　五天的时间一晃就到了，卫慕景德认为自己的功夫也已经做足了，一大早便张罗着安排好了比武的事情，并在他认为最适当的时间给拓跋逸豆送去了铠甲和兵器。

　　铠甲呈上后，拓跋逸豆的眼前不觉一亮，他吃惊地发现送到面前的竟然是嵬名朗月穿过的那副雁翎锁子金甲。当年嵬名朗月正是穿着这套铠甲挥刀跃马、征战沙场，建立了不世的功勋。现如今这副铠甲静静地放置在他的面前，真是令人感慨万千呀。睹物思人，拓跋逸豆的心里感到一阵难以抑制的酸楚，同时也激起了穿上它重回沙场的万丈雄心。

　　深情地抚摸着老友留下的铠甲，拓跋逸豆用轻蔑的语调冷冷地对卫慕景德说道："真想不到这套盔甲竟然会在你这个狗贼手里！你看着它难道就不感到惭愧吗？"

　　包藏着祸心的卫慕景德赶紧避开了拓跋逸豆凛然的注视，讪讪地回答说："大首领就不要再提过去的那些事情了，还是想想怎么应付一会儿的比武吧！"说完这句话，他连忙转身走出了牢房，逃也似的走了。

　　望着他丧家犬似的背影，拓跋逸豆大声地嚷道："卫慕景德，你给我记好了！你是不会有好下场的！"拓跋逸豆这句话清清楚楚地传进了已经走到了牢房出口前的卫慕景德的耳朵里，他心里一慌，一下子被牢房高高的门槛绊了个跟头，很不体面地摔倒在地上。望着他那副失魂落魄的样子，拓跋逸豆不禁轻声地叹息道："可惜嵬名朗月一代名将，竟然惨死在这样的龌龊小人手里，真是可惜了！"

　　重新爬起来的卫慕景德并没有对拓跋逸豆的感慨发表什么意见，只是小声地催促着手下的亲兵说道："别磨蹭了，让他赶紧更衣！多活这一时半会儿的也没多大意思了！"

　　拓跋逸豆穿好盔甲，掂了掂卫慕景德特意给他找来的一根狼牙棒，自言自语地说："可惜不是我那根镔铁狼牙棒，轻飘飘的真不趁手！"

　　在近百名蒙古骑兵的押解下，拓跋逸豆来到了设在兀立不花大营门外的比武场的边缘。一个党项降兵牵过了一匹战马，恭恭敬敬地对拓跋逸豆说："大首领，你的战马！"

拓跋逸豆接过马缰，仔细地检查起这匹战马。被众多士卒簇拥着的卫慕景德看见这个情形，立即用讥讽的语气说道："就是把最好的马给你又有什么用？打赢了你会被砍头，打输了你当场就死了，还挑什么挑！"

拓跋逸豆用怜悯的眼光看了看卫慕景德，不屑地说："闭上你那张狗嘴！你永远不会明白什么是勇气，什么是仇恨，什么是党项人的誓言！"

在大庭广众之下自讨了没趣，卫慕景德脸上青一阵，白一阵的很不自在。他望着已经顶盔掼甲的拓跋逸豆本想开口斥骂，但又害怕他手中那根狼牙棒，忍了几忍终于自我解嘲地咕哝了一句："我不跟死人计较……"

拓跋逸豆在几个蒙古兵的引导下驱马来到了比武场中央，这里已经是人山人海了。被征服后已经改换了蒙古发式的党项百姓，在上千名拿着刀枪的蒙古兵和徒手坐在那里的党项降兵身后人头攒动，黑压压的一片。这些百姓现在已经不能再使用党项人这个称呼了，他们是为蒙古人牵马坠镫的色目奴仆，是两军阵前充当炮灰的巴鲁营士兵。此时此刻，他们那数千双带着崇敬和惋惜的眼睛正朝着这边望来，目光全都投向了他们最后的英雄。

拓跋逸豆骑着战马从他们面前经过时，心里忽然间感到十分惭愧，他毕竟没有为他们赶走抢占家园的蒙古强盗，也没能为他们赢得自由和尊严。他那带着愧疚的目光却立即引起了这些境遇与奴隶无异的党项人一片热切欢呼。起先只是面对着他的百十个人在喊，到最后完全变成了山呼海啸般的狂潮，响彻了天际。

不仅党项人如此，拓跋逸豆的大名也令许多蒙古人十分仰慕，一个蒙古人忍不住对身边的同伴高声叫道："看呀！这就是那个被成吉思汗赏赐三次不死的拓跋逸豆！"

随着牛角号悠长的声音，全场静了下来。打破这短暂寂静的人是兀立不花，他随着蒙古兵的一阵欢呼声骑着一匹纯黑色的战马来到了比武场的中央。只见他身上穿着来自波斯高手匠人精心打制的黑色铠甲，头上戴着一顶黑色的精钢头盔，头盔上的几根黑色的鸵鸟毛正随着微风轻轻地飘摆。兀立不花脸上带着阴森的表情，高傲地仰着脑袋。一只黑鹰盘旋在他的头顶上，发出一阵阵令人胆寒的叫声。对这只黑鹰来说，这次的比武拓跋逸豆没带弓箭，起码不用再担心被他射伤了。

兀立不花之所以看重这场比武，其实并不仅仅是想要报当年的杀子之仇，他还要让在场的党项人看看自己的英雄是多么的不堪一击，老老实实地世代为奴。兀立不花更想让手下那些贵族出身的将领把自己勇武的事迹传到斡难河畔的蒙古草原，最好是大汗宝座所在的大都里去，以此来洗雪当年接二连三的失败和难以洗刷的耻辱。

在得到了卫慕景德的再三保证之后，兀立不花对拓跋逸豆的恐惧心理烟消云散，心里的仇恨也随之升腾了起来。对面的拓跋逸豆正好也朝着这边看来，两个人的目光立即黏在了一起，进行着无声的对决。

兀立不花最终还是避开了拓跋逸豆剑一样的目光，朝着比武场外的卫慕景德望去。早就等着这个暗示的卫慕景德一见，赶紧挥手让两名士兵端着两碗酒走到了比武场内。看着拓跋逸豆和兀立不花全都接过酒碗一饮而尽，卫慕景德马上大声命令道："擂鼓！"

因为知道拓跋逸豆体内的毒药很快就要发作，兀立不花不再耽搁，当下便催动战马发起了主动攻击。为了显示自己的声势，他哇哇怪叫着举起双刀，朝着拓跋逸豆发了疯似的冲了过去。

好不容易盼来了兑现誓言的机会，拓跋逸豆在心里默默地谢过了真主的赐福，正要出言讥讽兀立不花，却看见他已经挥刀冲到了近前。拓跋逸豆双膀一较力，挥动狼牙棒挡开了这凌厉的一击。正当他想要举起狼牙棒还击时，突然感到一阵绞痛从腹部传来，霎时间就全身麻木，使不出半分力气。要不是他秉性刚强又被强烈的仇恨撑着，连狼牙棒都差点撒手掉在地上。

兀立不花那双鹰隼般的眼睛立即捕捉到了拓跋逸豆的表情变化，他赶紧吹起了嘴里含着的鹰笛，趁着那只黑鹰猛啄拓跋逸豆双眼的当口，又发动了进攻。拓跋逸豆挥棒打开了黑鹰的进攻，身上的毒性却已经发作到了高潮，尽管猛地闪身躲避，还是被兀立不花一刀砍在胳膊上。虽然有铠甲挡着，但他的胳膊上还是被砍出了一道两寸来长的伤口，鲜血顺着胳膊滴滴答答地流了出来。

殷红的鲜血刺激了视线已经有些模糊的拓跋逸豆，剧烈的疼痛使他清醒了过来。在一声雄狮般的吼声中，他抖擞精神奋起了神威，抬手一棒把兀立不花的那两把弯刀震得脱手而飞。兀立不花愣了一下，便立即拨马而逃。

拓跋逸豆哪能容他再次逃脱，当下便在怒吼声中纵马过去，挥起手里的狼牙棒就是一阵猛打。兀立不花这时候虽然又接过了身边一个亲兵递过来的弯刀，但已经失去了继续拼杀的勇气，在拓跋逸豆狂风骤雨般的打击下狼狈地退出了老远，换来了周围一片嘘声。

拓跋逸豆被誓言驱使着催马舞棒紧紧追来，把高举的狼牙棒对准了兀立不花的脑袋，只要雷霆一击就能把兀立不花打落马下。但就在这紧急关头，一阵剧烈的腹痛终于使他的狼牙棒打偏，让兀立不花再次逃过了死神的邀请。

越来越剧烈的疼痛让拓跋逸豆全然使不出力气，连狼牙棒也变得沉重了起来。在越来越模糊的视线里，许多幻象开始不断地出现在眼前：被处死的党项末帝李睍和惨死异乡的赫连飞凤，还有可心和她身边依偎着的孩子……

此时的拓跋逸豆意识到自已中毒了。他强忍着剧痛抬起头朝着对面马上惊魂未定的兀立不花伸出了手，指着他的脸轻蔑地说道："你……你……使的好手段……"

兀立不花眼看着局势已经逆转，也不愿再跟拓跋逸豆多费唇舌，就把手里弯刀一摆，狞笑着说道："废话少说，等着受死吧！"随着话音，他的战马已经冲到了拓跋逸豆的身边，手里的弯刀也旋风般地向已经有些不支的拓跋逸豆砍去。

就在这时，一个意想不到的场面突然出现了。原本在马上已经摇摇欲坠的拓跋逸豆突然间瞪起了眼睛，对着已经冲到面前的兀立不花发出了一声震撼人心的怒吼。本以为一切就要结束的兀立不花没有防备，被这吼声吓得手腕一软，手里的弯刀竟然"当啷"一声脱手，掉在了地上。

身体里好像再次被注入了活力的拓跋逸豆随着吼声纵身跃起，扑向了惊魂未定的兀立不花，硬是和他一起滚到了马下。这时的兀立不花已经被吓破了胆，再也顾不上面子，他用力地掰着拓跋逸豆的双手，想要挣脱出来。

拓跋逸豆知道自己已经到了生命的最后一刻，便拼尽最后一点力气死死地掐住了兀立不花的咽喉，怎么也不肯松开。

这个突然的变化让全场都惊呆了，过了好半天，还是卫慕景德最先反应了过来，连声高喊让一群亲兵冲进了场内。

兀立不花被拓跋逸豆铁钳一般的双手死死地掐住了脖子，连眼前的景物都看不清了。在这一瞬间他忽然感到十分后悔，后悔不该跟这个自己根本不可能战胜的对手较量，后悔自己当初没有把他千刀万剐或是五马分尸。

随着窒息的感觉不断加重，兀立不花不再害怕了，他甚至渴望起死亡的来临。他真怕部下赶来救起他，因为一个蒙古将军如果死在比武场上还不算什么，若是狼狈的被救下场，那就真是生不如死了。他本想大声喝止那些赶来营救自己的手下，但为时已晚，兀立不花已经发不出任何声音了。

卫慕景德带着众人冲了过来，七手八脚地把拓跋逸豆扼在兀立不花咽喉上的手强行掰开了。不过这一切已经太晚了，拓跋逸豆那双有力的大手终于结果了兀立不花的性命，而他自己也带着实现了誓言后的平静停止了呼吸。

卫慕景德没想到事情竟然是这样一个结局，只得垂头丧气地下令把兀立不花的尸体抬回大营，去等待新派来的蒙古守将。一个亲兵头目望着地上安详逝去的拓跋逸豆小心翼翼地问道："将军，这个家伙的尸体怎么办？"

卫慕景德心有余悸地回头看了看那个身中剧毒仍能扼杀蒙古悍将的拓跋逸豆，恶狠狠地说道："把他的尸体随便处理吧，吊在旗杆上示众，或是干脆扔到郊外去喂狗，反正没人敢给他收尸！"

卫慕景德又错了，一个一直在等着比武结束的女人默默地注视着这一切。

当那个亲兵头目正在为自己多嘴找来的麻烦而懊恼时，一个神秘的女人突然出现在他的面前，透过薄薄的面纱对他说道："你愿意把这具尸体卖给我吗？"

亲兵头目抬头一看，她正是最近活跃在城里的那个西域女富商，连他的顶头上司卫慕景德也跟她打过交道，赶紧换了一副嘴脸媚笑着狐疑地问道："你买一具尸体干什么？难道你和他有什么交情不成？"

那个女富商轻轻一笑回答说："这你就不用管了，只说卖不卖吧！"

亲兵头目一想："管她买死人干什么呢？省得把这家伙抬走不说还能捞笔小财，我的运气真是太好了！"便故意装出为难的样子望着那个女富商说道："这家伙死前可是大夏的大人物，你看三个金币……"

女富商对这个能买两匹骏马的价钱完全没放在心上，她回过头对身后一个满脸凶相的大汉说道："阿木，给他三个金币，把尸体抬走！"

出重金向亲兵头目买下了拓跋逸豆的尸体，女富商挥手叫来了一辆考究的马车，指挥着大家把拓跋逸豆的尸体放进车厢后，便骑上一匹白色的骆驼一溜烟儿地走了。他们绕过大营后的一片树林上了大路，朝着贺兰山的方向疾驰而去……

经过一路奔波，他们终于在一处能遥遥望见贺兰山的高岗上停了下来。孤零零的高岗上，一座修建得十分考究的帐篷前，那个神秘的女富商轻轻地摘下了面纱，正是多年不见的古兰。古兰让阿木带人掀开了门

287

帘，把拓跋逸豆轻轻地抬了进去。

把拓跋逸豆安放在帐篷中的软床上后，古兰向阿木微微一笑说道："我跟他单独待一会儿，你们先出去吧。"阿木用恋恋不舍的目光看了看石床上的拓跋逸豆，默默地带领着几个亲信的伙计，退出了帐篷。

在幽暗的油灯下，古兰伸出手轻轻地抚摸着拓跋逸豆的脸庞，用满怀着无限柔情的眼神端详着他，轻轻地说道："放心吧，我路上已经给你服下了解药，明天这个时候你就会睁开眼睛了……"

原来，古兰虽然执着地盼望着来生，却不愿意离开与拓跋逸豆今生有着共同回忆的地方，她一直痴痴地在这些地方反复徘徊，回味着那些美好的过去。她坚信拓跋逸豆是个把誓言看得比生命还重要的人，只要兀立不花还活着，他迟早会回来寻仇。当她得知兀立不花驻扎在了中兴府，就专门挑选了这样一个既离驻守中兴府的兀立不花大营不远，又能远远地眺望贺兰山的高岗上设立了秘密营地，静静地等待着他的到来。

不想前几天，古兰却从寻找慢性毒药的卫慕景德嘴里获悉了拓跋逸豆伤重被俘，并要与兀立不花进行比武的消息。聪明的古兰当下便想出了营救拓跋逸豆的办法。她把一种能让人假死的天竺药物莉花根，李代桃僵地谎称是剧毒无比的媚骨女儿红，卖给了卫慕景德。这种植物生长在天竺潮湿闷热的山谷里，极其罕见，她给了卫慕景德仅够一人的剂量，使他无从查证。

到傍晚时分，拓跋逸豆终于恢复了呼吸，脸色也渐渐地红润了起来，生命的特征越来越明显，眼见着已经没了性命之忧。古兰俯下身轻轻地吻了吻他的额头，带着让人肝肠寸断的哀怨望着她的心上人，幽幽地说道："逸豆哥哥，我已经到了该离开的时候了，你和可心姐姐的今生之约还没有完呀，她一定在等着你回到她的身边去呢……"

第二天上午，古兰安排好一切，就带着阿木等人悄悄地离开了，再次踏上了等待来生的路途。古兰坚信，在那个充满了期待的来生里，她的逸豆哥哥再也不会离开她了，两人那时便可以终生厮守，直到地老天荒了。古兰一点儿也不怕她的逸豆哥哥转世的时候忘记了这个约定，她知道拓跋逸豆是一个信守诺言的人，即便走过漫长的黄泉之路也不会改变……

拓跋逸豆慢慢地睁开了双眼，经历了生死轮回的他带着满腹的疑团到处打量着周边的一切。他正趴在一匹黑骏马的背上在山间的小路上行走，马儿挂着的铃铛不断地发出悦耳的声音。那个镶着金饰的铃铛原本是挂在古兰白骆驼的脖子上的，对他来说简直是太熟悉不过了，他知道是谁让他回到了人世。

前面牵马的人看到拓跋逸豆醒了，就把大黑马的缰绳递到他的手里，说道："大首领，前面就是入川的路了，后会有期。"说完，深深施礼后转身催马走了。

带着重回人世的喜悦和对古兰的愧疚，拓跋逸豆骑着黑骏马开始奔驰。在回到了那块让他魂牵梦萦的草地时，他再也抑制不住心中的豪情，猛地抽了一鞭让黑骏马狂奔起来。他知道，用不了喝一碗奶茶的工夫，他就可以望见自己的毡房，见到等着他归来的可心和那个猴子似的一会儿也闲不住的儿子了……

回到草场后的拓跋逸豆因为兑现了自己的誓言感到无比的轻松，他从此一心一意地领着众人打猎放牧，休养生息，不再关心山谷外的那个世界了。拓跋逸豆和他的家人在与世无争的幸福中静静地度过时日，一场突如其来的变故却在悄悄地袭来，准备打破这平静安宁的生活，再次把他推到命运的面前。

这天，晴空万里，微风徐徐，是个难得的好天气。拓跋逸豆像往常一样打猎回来，指点着大儿子练习武艺。可心抱着他们刚刚降生不久的小儿子在一旁开心地看着他们。拓跋逸豆的大儿子这时已经有十来岁了，他已经能把沉重的马刀舞得虎虎生风，很有点样子了。看着如同草原苍狼一般勇猛的儿子，拓跋逸豆开心地笑了。

就在这个时候，一个党项牧人打马如飞地跑了过来，连马也来不及下就惊慌地嚷道："大首领，有一大群藏人朝着咱们的营地来了，他们全都拿着武器，看起来来意不善啊！"

听到这个消息，拓跋逸豆不禁眉头一皱，略一思索后，他走到可心的面前，摸着小儿子红扑扑的脸蛋说道："你带着儿子们先回毡房里面去，我去看看到底发生了什么！"说完这句话，便解开了大青马闪电的缰绳，纵身跳上了马背。望着满脸担忧的可心，拓跋逸豆温言抚慰道："放心吧，一定不会有事的！"

等拓跋逸豆带着匆匆集中起来的部下在营地外列好了阵势时，上千名藏人已经来到了他们的面前。那些人显然刚刚经历了一场殊死的搏杀，一个个全都气喘吁吁、汗流浃背。望着人群中威风凛凛的拓跋逸豆，一个头人打扮的藏人跳下马来到了拓跋逸豆面前，他弯下腰施了个礼说道："您想必就是这里的头人吧？我是白云寨的土司尼玛加措，我们被仇家格桑土司追杀到了这里，请您保护我们，来日我一定好好地酬谢！"

拓跋逸豆不解地望着尼玛加措问道："我早就听说过你和你提到的那个格桑土司的名字，只是不知道你们为什么动起了刀兵？"

尼玛加措是个粗豪的汉子，一听拓跋逸豆问，马上带着愤愤不平的神色回答说："他们的人偷了我们的牛还不承认，连我派去讲理的管家也给打伤了！我怎能咽下这口恶气？"

拓跋逸豆一听事情的起因原来竟然是为了几头牛，不禁哑然失笑："土司，为几头牛就弄出这么大的阵势，你就让让他算了……"

尼玛加措听了把脖子一梗，说道："事情原本也不算大，但是他们假意讲和却设下埋伏伏击了我们，这样的恶气谁能忍得了啊！"说到这里，他猛地转身指着身后的草地说道："不光是这样，这头草原的饿狼还一直尾随而来，非要杀光我们不可！"说完这句话，他把脸再次转向马上的拓跋逸豆，用恳求的语气说道："我们也实在是不得已才闯进了您的营地，还请您帮助我们脱离险境，我们将不胜感激！"说着话，这位土司居然跪了下去，用期待的眼神望着拓跋逸豆，等待着他的回答。

拓跋逸豆很不愿意搅进藏人之间的是非恩怨之中，这些年来他也一直在约束着自己的部下，尽量减少和藏人的接触，以免发生冲突，从而引起蒙古人的注意。没想到事与愿违，现在麻烦自己找上了门来，真是想躲也躲不过了。

为了不让大家再次卷进腥风血雨的格杀，拓跋逸豆沉吟了一阵之后终于带着歉意开口说道："尊敬的尼玛加措土司，我们只是借住在此地的外乡人，从来没有和你们藏人有过任何的恩怨和过节，请您能够谅解，我实在帮不了你们，趁着你们的仇人没到，你们还是赶紧逃生去吧！"

生性倔强的尼玛加措虽然感到十分失望，但还是平静地施了个礼回答道："那我们就告辞了，我们本无心闯进您的营地，还请您多多地原谅！"说完这句话，尼玛加措土司重新骑到了马上，挥着马鞭对自己手下的藏人说道："走吧，佛爷会保佑我们逃过这一劫的！"

尼玛加措的举动赢得了拓跋逸豆的好感，正在他犹豫着要不要对这些藏人施以援手的时候，草地边上忽然间尘烟大起，一支大约有千把人的骑兵已经嚎叫着冲了过来，转瞬之间就到了他们的面前。他们二话不说就挥刀砍杀尼玛加措的手下，全然没把拓跋逸豆和他的几百手下放在眼里。

眼看着土司尼玛加措带着众人跟新来的骑兵战成了一团，拓跋逸豆正要上去解劝，冷不防一支利箭射来，直奔他的面门。多亏拓跋逸豆身手敏捷，猛地把头一歪，才避过了那支呼啸而来的利箭。还没等拓跋逸豆反应过来，那些尾随而来的骑兵便朝他涌来，不问青红皂白就动起手来。拓跋逸豆知道他们肯定是把自己认作了尼玛加措的同伙，却已无从解释，只得无可奈何地大声命令道："还击！先打退这伙无理的强盗再说！"

听到了拓跋逸豆的命令，他身后的党项人不禁热血沸腾，发出一阵呐喊，冲了上去。这些党项人大多是身经百战的武士，一阵砍杀就冲乱了对方的阵脚。转眼之间，就有十几个藏人倒在了马下。一看势头不对，那些骑兵顿时没了来时的气焰，发出一阵"乌噜噜"的喊声，纷纷掉头逃跑了。

打退了尾随而至的骑兵，尼玛加措望着拓跋逸豆感激地说道："多谢你救了我们！只要我尼玛加措一日不死，日后定来报答！请恩人告诉我你的尊姓大名！"

拓跋逸豆看着对方的危机已然化解，便微微一笑回答说："既然你们已经摆脱了危险，就赶紧回你们的寨子去吧。我的姓名无足轻重，只要你记住这里有个朋友也就是了！"

尼玛加措见拓跋逸豆不愿说出自己的名字，也不好再说什么，再三道谢之后便领着手下的藏人走了。

这件事发生之后，营地又恢复了往日的宁静，两伙藏人都没有再次在附近出现。拓跋逸豆也没有过多的留意，渐渐把这件事忘在了脑后，又开始过起了他那田园牧歌般的日子。

到了年末，因为营地里人口逐渐增加，对布匹和粮食、药物的需求开始凸显了出来。拓跋逸豆决定亲自带领手下赶着羊群马匹去和藏人互市。虽然可心不想让他再去出头露面，但一时之间也找不到什么理由，只好点头答应了下来。

互市交易非常顺利，归来的途中，带着大批货物的拓跋逸豆和手下却遭遇了突然袭击。原本空旷无人的草地里忽然间出现了无数的藏人，挥舞着刀枪把他们包围了起来。

拓跋逸豆万万没有想到会发生如此的变故，面对十倍于己的敌人，他正琢磨着该如何是好，那些藏人却拿起身边早就准备好的石块，雨点般地砸向他们。在纷飞的石雨中，猝不及防的党项人根本没有还手之力，惨叫着栽到了马下。拓跋逸豆胯下的大青马也被砸伤了一条腿，哀鸣着摔倒在地。还没等栽下马来的拓跋逸豆站起身来，数千名藏人便一拥而上，按住手脚把他结结实实绑了起来。

拓跋逸豆和他的一些部众被这伙藏人捆好扔到了马背上，欢呼着带回到了一座用石头砌成的寨子，不容分说地关进了站笼*。

拓跋逸豆感到十分愤怒，他紧握着笼子上的木头，大声地喊道："你们是什么人？快带我去见你们的头人！"

他的喊声终于惊动了一个管家模样的人，这个家伙穿着五颜六色的藏袍慢慢地走到了拓跋逸豆面前，冷冷地看着他说道："喊什么喊？这里没有什么头人，只有尊贵的格桑土司，他会召见你的！"一听格桑的名字，拓跋逸豆终于明白了，他知道自己在极力避免的麻烦这回终于躲不掉了。

第二天早晨，那个管家模样的人又出现在了他的面前，带着一脸坏笑阴阳怪气地对拓跋逸豆说道："告诉你一个好消息，格桑土司决定杀了你们这些碍眼的党项人祭天，作为你们冒犯了他的代价！"说完这句话，他转过了身，头也不回地又补充道："你不是要见他吗？他会亲自主持这个仪式的，你就快如愿以偿了！"

管家走后没多久，一些藏人便拿着刀来到了站笼前，把拓跋逸豆和被俘的党项人拖出来重新绑好，带到了寨子前的祭台上。拓跋逸豆朝祭台下边一看，只见一个满脸横肉的藏人穿着华丽的袍子站在那里，腰间还带着一把镶金嵌玉的宝刀。他立即断定那人就是被尼玛加措称为饿狼的格桑土司。眼看着自己和同伴就要不明不白地死去，一个死里求生的念头突然涌上了他的心头。打定了主意之后，拓跋逸豆便用尽了全身的力气嚷道："格桑土司，我有个惊人的秘密要告诉您，我相信您一定很想知道，这个秘密能给您带来成群的牛羊！"

格桑土司显然被这句话打动了，他快步走到了拓跋逸豆面前，眼睛里闪动着贪婪的目光，将信将疑地打量着他问道："说吧，你有什么条件？"

---

* 站笼又称立枷，是一种刑具。这种特制的木笼上端是枷，卡住犯人的脖子；脚下可垫砖若干块，受罪的轻重和苟延性命的长短，全在于抽去砖的多少。

一看自己的办法果然奏效了，拓跋逸豆心里有了底，他望着格桑那双眯成了一线的小眼睛，一本正经地说道："格桑土司，只要你肯放了我的同伴，我就告诉你一个天大的秘密，并保证你一定不会失望！"

格桑望着完全不像是说谎的拓跋逸豆想了想，默默地点了点头，回答道："反正我也不在乎少杀几个人，咱们可以成交！"说着话，他就下令放了那些被俘的党项人，还叫人给拓跋逸豆松了绑。

看着同伴们全都离开了祭台，走出了寨子的大门，拓跋逸豆不禁长长地舒了一口气。格桑因为急于知道那个秘密，赶忙走上前来问道："你现在可以说出那个秘密了吧？"

拓跋逸豆舒展了一下被捆绑的麻木的身体，傲然地看着格桑问道："这秘密就是我的身份，我是一个党项人！"

格桑一听顿时来了气，指着拓跋逸豆叫道："党项人就能换回成群的牛羊吗？你营地里的那些牛羊已经快把我的草场吃光了！"说到这里，格桑没好气地咬着牙说道："如果这就是你的秘密，我现在就派人抓回你的同伴，再杀光你营地里的人！这就是我换回成群牛羊的办法。"

拓跋逸豆用轻蔑的眼神看着有些气急败坏的格桑说道："土司大人，我不光是一个党项人，还是党项人拓跋部的首领拓跋逸豆，也就是现在元廷在悬赏的要犯。我只求不要再骚扰那些无辜的人，你就可以安然带我去向元廷讨赏。这个秘密的价值不仅仅是成群的牛羊吧？"

听到拓跋逸豆这个名字，格桑土司的眼睛一下子亮了起来，他掂量出了这个秘密的价值，当下便满意地点着头说道："好，只要你不再耍什么花招，我就答应你决不再骚扰那些党项人，只拿你一个人去请赏就是了！"

听了格桑的承诺，拓跋逸豆点了点头不再说话。在他看来，用自己的一条命换回了数十个党项人的头颅，这笔买卖还算够本。他知道被释放的党项人回去就会加强防御，格桑再带人去抢劫也不那么容易了，他现在需要用自己的命为族人换取时间。

格桑吩咐手下把这个宝贝押进地牢，心里美滋滋地想："这次歪打正着收获可真是不小！竟然抓到了元廷的要犯。如果凭借这个叫拓跋逸豆的家伙能再讨得元廷的一颗铜印，那可就真是佛爷保佑了！"想到这里，格桑感到自己的底气一下子足了起来，大声地对跟在身后的管家吩咐道："把这个党项人好生看管起来，明天带着他去城里请功！"

第二天天还没亮，格桑土司就催促着管家安排起身。梳洗打扮了一番之后，他便骑上了寨子里最好的战马，押解着被关进了木笼车的拓跋逸豆出发了。他们的目的地是三条河流交汇处的城镇，那里有元廷设立的镇扶司*，手握兵权的镇抚将军可以帮他拿到他想要的金银和可以光宗耀祖、流传后世的鎏金铜印。

由于格桑的催促，路上几乎没有打尖停留，中午刚过，他们便走进了被石墙环卫着的城镇。他们来到城镇之后，才发现城里到处乱糟糟的一片狼藉，好像是刚刚发生了战事。格桑把管家派去一打听才知道，附近的老百姓造起了反，一个叫童林的汉人带着好几千手艺人揭竿而起，已经在凌晨攻占了城池，目前正在围攻镇抚司衙门呢。

就在格桑土司大呼倒霉的当口，好几百穿着杂色衣服的义军突然冲了过来，几个在前边奔逃的官兵很快就被追上，在格桑一行人的眼前被砍成了肉泥。格桑哪里见过这个阵势，顿时就吓得魂飞天外，拨转马头落荒而逃，连囚禁着拓跋逸豆的囚车也不管了。谁知道没跑出几步就被围在了当中，成了义军的俘虏。

面有饥色的义军就是因为受不了欺压才奋起反抗的，一看见被关在囚车里的拓跋逸豆，当下就砍断了铁锁把他放了出来。绝处逢生的拓跋逸豆刚要开口道谢，却看见一个首领模样的汉子器宇不凡地走到了他的

---

* 镇抚司，官署名。元、明均于诸卫置镇抚司，设镇抚等官。元朝初期也曾在边缘的少数民族地区设立，多由武官掌握。

面前，一边喝令把格桑等人看管了起来，一边上下打量着铁塔般的拓跋逸豆问道："你是什么人？怎么会被关进了木笼里？"

拓跋逸豆听见对方问起，便不假思索地说道："我叫拓跋逸豆……"不料话刚一出口就被那个首领模样的人打断了，那人仔细地端详着他不相信似的问道："拓跋逸豆？"拓跋逸豆到这时已经没必要再隐瞒自己的身份了，便昂然地点头重复道："是党项人拓跋部的首领，拓跋逸豆！"

"拓跋逸豆？你就是那个被成吉思汗追杀的党项拓跋部首领拓跋逸豆吗？"那个首领好像听见他说自己是海里的龙王一样，带着震惊的表情提高了嗓音。

拓跋逸豆见此人知道这件事情，便默默地点了点头。一看自己的猜测得到了证实，那个首领立即跪倒在地，带着无比崇敬的表情望着他说道："大首领，我也是党项人啊！"

拓跋逸豆赶紧扶起了那个首领，正要跟他寒暄几句，那人却已经转过身去对周围的义军喊道："给我把那个穿锦袍的家伙带上来！"说话间，格桑土司就被几个壮汉推推搡搡地推到了面前。首领完全不理会一个劲儿求饶的格桑，把脸转向拓跋逸豆大声地问道："大首领，这个就是要把你交给元廷的那个土司吧？"

拓跋逸豆望着失魂落魄的格桑点了点头正要说话，那个首领却已经对周围的人们下达了命令："把他给我砍了！"话音没落，周围的义军就动起了手来，转眼之间就把格桑和他的手下打翻在地，结果了性命。

看着替自己心目中的英雄出了气，那个首领模样的党项汉子望着拓跋逸豆问道："大首领，我已经很久没听到你的消息了，你们现在怎么样了？"

拓跋逸豆苦笑了一声，简单地讲述了经历过的那些事情，便按照党项人的习惯施了个礼说道："兄弟，我看我也该告辞了，还不知道营地里的人会急成什么样子。咱们后会有期吧，今后若是遇到了难处就去营地里找我吧，那里会有一座属于你的毡房，有一杯端到你面前的马奶酒的！"说到这里，他忽然想起了什么似的问道："对了兄弟，你还没告诉我你的名字呢？"

那汉子忙不迭地给拓跋逸豆还了礼，恭敬地回答说："我叫阿嗦，原本只是大夏军司的一个马夫。"说到这里，这个叫阿嗦的汉子猛地拉住了拓跋逸豆的袖子，满脸期待地望着他说道："大首领，现在元廷无道，生灵涂炭。我们何不一起举起大旗来推翻它，您正好也可以重振咱党项的雄风，重新打回贺兰山下啊！"

经历了太多生生死死的拓跋逸豆听了虽然心里一热，但马上就控制住了自己的感情，他握住了阿嗦的手用诚恳的语调说道："多年来血腥的杀戮，已经成就了蒙古人的天下，我不希望这种血腥再重复一次。我劝你赶紧散了吧，等元兵的大队一到你们会吃大亏的。"

阿嗦显然没有被拓跋逸豆的一番苦心打动，他倔强地拍了拍腰间的大刀说道："谢大首领的美意，我们不反也实在没有活路，现在除了跟那些蒙古人厮杀到底，已经没有别的路可以选了。大首领既然记挂着营地，就请赶紧离开吧！"

拓跋逸豆深深地看了一眼视死如归的阿嗦，正要转身离开，却听见一阵喊杀声远远传来。原来是元廷派出的援军到了，部队潮水般地包围了整座城镇。拓跋逸豆知道自己今天已经无法全身而退了，便把脚一跺，朝正在向着城墙跑去的阿嗦喊道："等等！"

阿嗦闻听赶紧停住了脚步，望着拓跋逸豆不解地问道："大首领还有什么吩咐？"

拓跋逸豆顺手从格桑的尸体旁拿起一把长刀，大声回答道："我跟你们一起去！"

来到了两军阵前，拓跋逸豆发现城下的元兵足有五六千人，一个端坐在马上的元军将领正在指挥进攻。突然之间，他感到这个将领特别眼熟。定睛一看才看清楚，他正是在海滨被俘的党项人李玉。拓跋逸豆不禁怒火中烧，琢磨着找个机会冲过去结果这个认贼作父的败类。

这场战斗完全没有悬念，揭竿而起的百姓当然敌不过雄霸天下的蒙古铁骑。不到一顿饭的工夫，城镇就要陷落了。除了阿嗉和拓跋逸豆带着百十名义军四处冲杀，义军已经被完全击溃，到处都是纵马舞刀的蒙古骑兵。拓跋逸豆已经没有机会再冲到李玉的面前了，数百名骑兵铁桶一样包围了他们。拓跋逸豆在混战中被受伤的战马摔出了一丈多远，面对蜂拥而至的蒙古兵，拓跋逸豆如同疯虎一般疯狂地砍杀，身上受了好几处致命伤仍死战不休。

正在督战的李玉听说这里出现了一个难缠的角色，立即打马来到了近前。当他看清楚了那个满脸是血的人是谁时，顿时惊呆了。正要下令活捉这个人时，一些闻讯赶来的弓箭手已经张弓搭箭，把一阵箭雨射向了挥舞着半截铁枪、大呼酣战的拓跋逸豆……

新上任的镇抚将军李玉派人把拓跋逸豆抬进了大帐，只见拓跋逸豆脸色灰暗，身上密密麻麻的足有好几十处伤口，眼见着已经没救了。就在他想要挥手让手下把他抬走时，拓跋逸豆却猛然间睁开了眼睛冷冷地看着他用党项话轻蔑地说道："李玉，我……我真应该恭……恭喜你，……你现在可真……够威风的……"

李玉听了浑身一震，他极力控制着自己的情绪站起身来，朝周围的将佐大声命令道："赶紧把医官叫来医治！我还没审……审问他呢！快呀！他不能死……"

随着他的命令，随军的医官被叫进了大帐，仔细地查看了一番之后，便躬身施礼对李玉说道："禀告将军，这个人最多还能再活半个时辰，就是把神仙请来也是活不了了。"

有些歇斯底里的李玉猛地一转身，对着大帐里的几个将佐大声吼叫了起来："你们都出去！都给我出去！"不明就里的将佐虽然不知道这位镇抚司大人到底要干什么，但还是彼此带着诧异的眼神互相看了看，躬身退出了帐外。

等众人都走出帐外后，李玉"扑通"一声跪倒在拓跋逸豆身旁，声泪俱下地说道："大首领，你不能死，不能死啊……"

　　已经处在了弥留之际的拓跋逸豆艰难地睁开了眼睛，用冰冷的语气问道："不……不能死？留下来让你报……报功吗？"

　　李玉用拳头捶打着自己的胸膛哭泣着回答道："大首领，我李玉不是忘记了祖宗的败类，那年我被俘后是他们用数百个妇孺威胁我……我才……"

　　然而，拓跋逸豆已经听不见李玉的辩白了，他圆睁着双眼离开了这个世界，离开了热爱他的党项人和他的毡房。在离开这个世界的最后一个瞬间，他看到了年迈的老太妃，死在铁蹄下的李睍，还有雄伟的贺兰山……

苍鹰只落在陡峭的山崖，

是英雄就该纵横天下，

弯刀抹不去党项的名字，

最后的英雄他姓拓跋……

大结局

拓跋逸豆死后，尸体被李玉派人送回了营地。苦苦等待着他的可心和大家流着泪把他安葬在了营地附近最高的山岗上，让他永远守护着营地，守护着历尽了苦难的党项人。

李玉离开营地后回到了镇抚司，立即传召了附近大大小小的土司和头人，让他们立誓不去打扰那些党项人，不去打扰他们牧马放羊的生活。

年复一年，留在这里的党项族人已经人丁兴旺了起来。拓跋逸豆的大儿子被拥立为新的首领，他们的后裔逐渐和当地的羌族不断地融合，最终发展成了一个重要的支系。

虽然拓跋逸豆再也看不到这一切了，但他的名字却永远地留在了党项人的心中，被作为党项民族最后的守护者到处传唱。为了缅怀远在贺兰山下的故乡，他的后代在每一座营地里都会修起一座高高的碉楼，既可以提早发现敌人的偷袭，也可以遥望贺兰山下遥远的故国……

老妇人的歌唱完了，她向远处看了一眼，便扔下了仍然沉浸在歌声中的党项人，迈步走进了茫茫的夜色中。望着她渐渐远去的身影，几个年轻的牧人正要前去追赶，却被那个年岁最大的老牧人伸手拦住了。

在大家诧异的目光中，老牧人遥望着老妇人的背影说道："不要阻拦她，在这个世界的其他地方，也还有像我们一样的党项人。她是要去告诉他们，咱们曾经经历过什么样的苦痛，咱们的祖先有一个盖世的英雄，他曾经率领着一支铁骑一路西行，足迹踏遍了西域的漫漫黄沙和风高浪急的海洋……"

沉默了片刻，一个年轻的牧人忽然开口问道："她到底是谁？"

老牧人听了，好像是自言自语地说道："我原本也不知道，可我现在终于明白了！她是贺兰山不屈的化身，她是党项永远的魂灵……"

说到这里，老牧人轻轻地站起身，把手里的酒碗一举，动情地说道："记住我们的名字吧，它叫党项！是蒙古人用弯刀也无法抹掉的！"